东北师范大学日本研究丛书

主编：尚侠

日本女性文学史

刘春英　著

商務印書館
创于1897　The Commercial Press

2012年·北京

图书在版编目(CIP)数据

日本女性文学史/刘春英著.—北京:商务印书馆,2012
(东北师范大学日本研究丛书)
ISBN 978-7-100-06631-0

Ⅰ.日… Ⅱ.刘… Ⅲ.妇女文学—文学史—日本
Ⅳ.I313.09

中国版本图书馆CIP数据核字(2009)第050823号

东北师范大学日本研究丛书
主编:尚侠
日本女性文学史
刘春英 著

商务印书馆出版
(北京王府井大街36号 邮政编码100710)
商务印书馆发行
北京市松源印刷有限公司印刷
ISBN 978-7-100-06631-0

2012年12月第1版 开本 880×1230 1/32
2012年12月北京第1次印刷 印张 13
定价:32.00元

本丛书承蒙日本国际交流基金资助出版

序

吕元明

我对写作文学史，不大感兴趣。文学史好写，也不好写，很难写出特色来。

刘春英女士写作的《日本女性文学史》，有人也曾写过，以我的观感论，尤其不好写。不过，当刘春英女士将《日本女性文学史》的写作细目拿给我看时，我发现她确实看到了很多点子上。她对日本女性文学史的梳理，相当有程序，而她对日本各文学阶段女性作家的新论断，尤值得引起注意。

日本女性文学史，是日本民族、国家、日本女性史的一部分，有其发展、流变的过程。这涉及社会发展阶段、女性的社会地位、女性作家文学的势力及其影响。

日本在历史上是根据社会发展进行大胆改革的国家，对日本社会产生巨大影响的改革有两次，一次是公元7世纪的大化革新，将古老豪族左右的国家，引向中央集权统治的封建主义国家；一次是明治维新，结束了幕府对国家的封建统治，使日本走上资本主义道路。

日本的女性文学也在这样的过程中发生、发展。可以说，革命性、开放性、坚韧向前性是日本女性文学史的基本性格和精神，随着时代发展，这种性格和精神不断发展、变化，呈现出精彩的、斑斓的成果。

各国文学早期的作品,往往很难找到作家的名字,更难找到女性作者的影子。但在日本的大和和奈良时代的文学中,却不难找到女性作者的身影。这些女性作者有着坦荡的胸怀,健康、富有个性,勇往直前。作为文学史家,将历来文学史著作中少有发现、没有引起注意的女性作家及其作品加以整理分析,确实需要做很多深入细致的工作。譬如,日本古代的婚姻形态(如访妻婚),日本古代的天皇中的女性,这些在日本古代不同女性作者的写作中是怎么表现的,无疑都值得我们去研究。这些日本女性文学史的创始之作,在《古事记》、《万叶集》里其实都可以不时有所发现。

作为日本古代文学史代表作的《古事记》,虽是通晓汉语的宫廷官人太安万侣所作,实际是来自天武天皇时代的女官人稗田阿礼的古史说唱,"说部"其实正是稗田阿礼所承担的任务。可以说,稗田阿礼的说唱,对日本文化起了奠基和转折的作用。

大化革新将日本的社会和国家政治发展水平提高到一个全新的阶段,日本国家进入文明时代,也开创了文学崭新的发展天地——平安王朝时期文学。平安王朝时期(794—1192年)一方面大力吸收中国汉字、汉文化,另一方面利用汉字作为日本语言的标音,发明了片假名和平假名,极大地推动了日本文化的发展。

大化革新的奈良时期整理的结集《万叶集》,收有四百五十年间古代和歌4500余首,有名和无名的作者有数百人,上至天皇、贵族阶级,下至东国农夫、军人、乞食者、游女,其中女性作者有一百数十人之多,如前面提到的游女即是,但多数女性作者是天皇、皇族、贵族、官吏。《万叶集》中最古的一首歌即是盘姬皇后(仁德天皇皇后)所作,著名的天皇、皇族、贵族女歌人有磐姬皇后、舒明天皇、大伯皇女、但马皇女、镜女王、额田王。其他女歌人石川郎女、纪女郎、坂上郎女、狭野茅上子、茅上娘子、大伴坂上郎女、坂上大娘、笠女郎、对马娘子(玉槻)、田村大娘等也几乎都是古代飞鸟、平城期的一流女性作家。可以说,日本古代文学,几乎有一半是靠女性创造的。

宫廷交往、官场应酬,往往需要汉语、汉文的表述。在上流社会,汉语、汉文水平的高低,往往也是身份修养的标志。日本的假名文字成为日本政治、文化表现的主流,历经了很长时间。平安时期假名作为日本的语言的表述,主要是在贵族和宫廷女性中作为消遣使用的。当时女性在宫廷贵族间任职也较多。日本的女性文学正是在这群女性的表述中产生、发展起来的。

平安王朝时期,女性文学在太宰府左迁后(910年)发达起来,且成为当时文学的主流。

在平安朝前期,和歌中女性仍有很大的势力,代表者有小野小町、斋宫女御、藤原道纲母、和泉式部、伊势大辅、清少纳言、赤染卫门、小式部内侍、相模、佑子内亲王家纪伊、待贤门堀河、小侍从、式子内亲王、建礼门院右京大夫等。

物语文学形成期的几部代表作品《伊势物语》、《大和物语》、《竹取物语》、《宇津保物语》、《落洼物语》等作者均不详,可见物语在开始阶段,并不受到世人的欣赏。社会在进步,女性地位却在下降。即使是代表日本物语文学顶峰之作的《源氏物语》,其作者紫式部也只是女官名,连生卒年都没有记载,真实的名字也不清楚,可见女性在平安王朝时期的地位是不高的,而她们却创造了当时最富有革命性的、超一流的文学。平安王朝时期的日记文学、随笔文学的代表作家几乎也都是女性,如《蜻蛉日记》的作者藤原道纲母(又名藤原伦宁女)、《更级日记》的作者菅原孝标女、《和泉式部日记》的作者和泉式部、《紫式部日记》的作者紫式部、《枕草子》的作者清少纳言等，其名字无不借用的是其官职、父兄官名乃至儿子之名称。

这些驰骋王朝文坛的女性作家，虽未能以真实名字立世，却以其纤细的感情、真挚的性格、对生活真实的描写、富有色彩的表现力、流畅富有动态的民族语言的表达，使日本文学由以汉语表述为主转变为以假名为标音，极大地拓展了日本文学表现的天地。

平安王朝的物语文学、日记文学、随笔文学，成为这一时代的新的文学表现形式，丰富了日本文学的范围。特别是物语文学，不受韵文格律的限制，是文学的各类形式的中心，不仅可以细腻地描写外在客观世界，也可以表现人的丰富的内心世界。平安女性作家发展了这种前人没有充分运用的散文形式，成为后来物语、散文、小说的滥觞。因此，日本文学研究者往往称紫式部的《源氏物语》是世界上第一部长篇小说。而紫式部在自己的物语创作中所运用的“物哀”的理念，则对后世的文学产生了极大的影响。

日本女性作家并非只贡献于文学，她们还开创了假名文字，使之成为民族语言表述的先河。

其后，将军势力扩大，取得天下，幕府上台执政（1192—1867年）。几百年间，文学成为男性的世界，女性文学不再是文学界的主流。

曾是日本上流社会女性使用的假名文字，已在社会普遍使用。文学的中心由贵族变成了幕府武士。不过，在和歌中尚可见女作家的名字，有名的有宫内卿、俊成女、永福门院、永福门院内侍等，但文学主流已让位给军记物语。

其后又过渡到经济势力极大膨胀的城下町的商人社会，平民有了写作的机会，印刷大为发展，文化广为普及，出现了井原西鹤《好色一代男》、《好色一代女》那样的作品。

江户庆长时期歌舞伎兴起时,出云大社的巫女阿国到京都演出歌舞伎舞,受到欢迎。在此基础上,女歌舞伎盛行一时,后来以有伤风化被幕府禁止。总而言之,女性作家已难以在武士、町人社会生存。

日本女性文学再次在日本社会上引起注意,是在日本明治维新(1868 年)以后。明治维新的改革,结束了幕府的封建统治,推动日本进入资本主义时代。同时,也带来日本女性的解放。一批日本女性作家作为一支新军登上文坛,成为文坛的风云人物。

明治维新开始的日本近代女性文学和平安王朝的女性文学,是两个时代的产物,在性质上、规模上、表现上、影响上,都会有所不同。日本古代文学的《万叶集》中,日本女性充分显示了文学的才能。而平安王朝后期的女性文学,几乎独占那一时代的高峰。而进入近代以后,日本女性作家和男性作家大致立于平等的基础上,其创作上则显示了她们不同的特征和各自的艺术成就。

日本近代初期,走进一流作家行列的女性作家的第一人当是樋口一叶,但即使是在当时那种开化后的社会,樋口一叶也只留下一张照片,和她在开创近代女性文学方面的成就极不相称。

其后,与谢野晶子、田村俊子、宫本百合子相继走上文坛,这三位女将是近代文学前期最富有开放精神的女作家,赢得广大读者的推崇。人所共知的与谢野晶子曾公开写诗反对日俄战争,在爱情上也最富有开放精神。田村俊子曾以《木乃伊的口红》,大胆提倡日本女性的思想解放和性解放,后旅居加拿大多年,最后病逝于中国上海。宫本百合子背叛贵族家庭,走向贫民下层,最后投身于日本无产阶级革命。

在她们之后的是平林泰子、佐多稻子、林芙美子，她们也是以激进的女性作家的面目出现。冈本鹿子的创作在某些方面有些类似田村俊子。

日本发动的侵华战争，在日本各阶层引起极大波澜。绿川英子毅然离开日本，参加中国的抗日战争，为日本坚持正义的女性文学开创了新天地。

战后日本女性获得前所未有的解放，女性文学呈现多元化的局面。大田洋子反对核战争，老作家中继续创作的有宫本百合子、野上弥生子、林芙美子、网野菊、宇野千代等，战后开始崭露头角的女作家有圆地文子、濑户内晴美、有吉佐和子、曾野绫子、田边圣子、大庭美奈子、壶井荣等。

战后日本文化广为普及，女性文学创作也色彩斑斓。日本文学如果以十年为一个周期的话，那么每一周期都会出现一批新面孔的女作家。

在日本的历史上，女性文学经历了古代高潮、平安王朝时期高潮、明治改革以后的高潮。刘春英研究日本平安王朝女性文学、日本近代女性文学已有很长时间，此次将其长时间的研究成果整理为《日本女性文学史》，实可一读，是为序。

2008 年 11 月 8 日

于长春

目　　录

自　　序

——日本文化的变迁与女性人格的变异

公元712年问世的《古事记》，不仅为日本民族历史文学的滥觞，同时也揭开了蒙在大和女性头上的面纱。迄今千余年来，日本文学画廊中，林林总总靓丽的女性形象，纷彩多姿。伴随着朝政的更迭、世事的变迁，她们或幽怨满怀，踟蹰而行；或义愤填膺，铿锵而至；或乜斜旧习俗的羁绊，袅袅独行，在历史的舞台上昭示了一段精彩的日本女性人格变迁史。

"文学作品中几乎所有的女性形象都象征着被抽象成原则的女性的本质"①，都是那个时代所赋予女性的符号和代码，都鲜明地呈现出时代的烙印和痕迹。女性和男性同样是具有创造价值的人类，是社会的主体。然而在父系文化下，女性作为社会主体的资格被剥夺，从而被异化为男性的统治对象，从人类文化的角度认识这一主题，使我们不能不对探求日本女性发展史产生浓厚的兴致。

从人类冲出原始蒙昧状态，到现代文明社会崛起之前，被压迫、被奴役可以说是妇女的共同命运。但是，不同时代、不同社会、不同

① 水田宗子著，叶渭渠主编：《女性的自我与表现》，中国文联出版社2000年版，第8页。

国家因其经济、政治、文化、风俗等各种不同因素的制约，所表现出的对妇女的压迫和奴役的程度与方式又千差万别。

在日本历史上，女性地位的演变可以说是呈现出一个V字形。自大和时代①起，日本女性虽然和男性生活在同一片蓝天之下，但是上古时代流行的母系社会残留的婚姻形式——访妻婚，随着生产力的发达，物质生活的丰盈，婚姻形态内质的变化和封建家族制度的形成，女性地位的渐趋式微，至中世纪武家社会时期，开始接近消亡。明治维新时期扑面而来的西风以及强化型教育制度的普及，使日本妇女的自主意识开始抬头，但是社会惯习中为女性设定的“贤妻良母”之角色，导致男尊女卑制度之横行，使日本女性长时间内作为历史舞台上的配角，其主体意识以男性主体意识延长的形式被禁锢了。直至20世纪初叶，女性渐始与男性于一个平台上开始追求真正的“人”的生活。但是女人首先作为一个人，不拘哪个时代，都有生存的权利，都会有自己的主张和声音。尽管自奴隶时代起，男尊女卑的社会习俗将女人渐趋置于男性的樊篱中，她们的人权、她们的希冀、她们的憧憬，在男权统治的漫漫历史长河中被动地浮游，但还是不时地泛起几朵绚丽的浪花。

日本文学绵延千载，其中女性创作功不可没，且不说有幸作为日本第一部历史文学作品《古事记》口诵传承人的稗田阿礼和跻身于日本第一部诗歌总集《万叶集》中的那些众彩纷呈的靓影，单是其后

---

① 大和时代(250—538年)：指日本定都于大和地区(位于现奈良)的时代，其间，国王屡次在此范围内迁都。因当时统治者大量营建古坟，又称古坟时代。古坟的分布基本上遍及本州岛南部，以奈良、大阪的大和盆地为主。此期最大特色是圣德太子仿效中国隋朝提出《十七条宪法》。

绽放于平安朝①的随笔文学、物语文学、日记文学等多种体裁中的巾帼佳作,已足以使我们充分地领略到了日本古代文学的巅峰美景。进入近代,伴随着西方资产阶级文学思潮的袭来,日本近代文学中个性开始觉醒,人性开始复苏,加上十月革命后左翼文学开始崛起,导致了众多的"娜拉"走出封闭的家庭,其与文明相呼吸的近代人的自我意识及其反封建压迫、反帝国主义侵略的精神,都在一段时间内对中国文坛产生了不小的影响。20 世纪 60 年代以后,随着日本经济的高速增长,物质生活的骤丰,妇女地位和受教育程度的提高,新闻媒体的发达,日本女性文学又迎来了第三个创作高峰期,一大批才华超群的女作家登上文坛,在各种题材的创作上,留下很多令人难忘的作品,这在亚洲都是一个特殊的范例。她们所起的时代先驱作用,令许多须眉男子都难以比肩。难怪诺贝尔文学奖获得者大江健三郎说:"不远的将来,在日本,能够构建新小说思想或思想性小说这种文学世界的,唯有(日本的)年轻女性们……"②

改革开放以来,中国的日本女性文学研究渐趋繁荣,尤其是近年来,陈岩、刘利国两位先生合著的《日本历代女诗人评介》、肖霞教授等著的《全球化语境中的日本女性文学》及张晓宁教授撰写的《日本近代文学的女鬼才——与谢野晶子论》等几部大作的问世,加之屡见于报纸杂志上的关于日本女性文学的高论,以及各种版本的《日本文学史》中对女性文学的译介,标志着中国的日本文学研究进入一个新阶段。这些丰硕的研究成果曾经对本人的治学产生了重大的启迪作用,也是激起我撰写此书的诱因之一。但是略感遗憾的是,迄

---

① 平安朝:桓武天皇于延历十三年(794 年)将京城迁至平安京(今京都),至 1192 年源赖朝创立镰仓幕府止这段时间。

② 匡文立:《和服下柔肠百结》,载于《中国图书商报》2002 年 1 月 24 日。

今中国还没有一部完整的日本女性文学史及同类的译作问世。川端康成和大江健三郎作为诺贝尔文学奖的获得者,固然有其被介绍的价值,但对我们这个东邻经济强国和世界上的一个文化输出大国中占其一半人口的女性和女性作家进行了解和研究;亦不是没有裨益的。

国内在如何解析日本女作家群体文学本源的问题上,较为流行的是止于平面的表象式的论述法,聚焦于“女性”在日本文学创作中的积淀,这种单一的评价,显然有悖于日本古代女性文学生成的基本逻辑及其所蕴含的丰富文化内核。毋庸置疑,长久以来,我们一直囿于“文学史”的范畴来认识日本古代文学,这种狭隘的作业方式,使我们很难准确地解析导引日本古代女性文学发生的许多真正原因及其生成的最基本因素。倘若我们能够换一种思维方式,以“文化意识”为引导,跨越“文学”的界限,在更加广阔的“文化语境”内解读日本古代女性文学,关注“女性文学之本”,即其成型的真实源头、成型的轨迹和成型的模式,以及这种弱化的社会角色所呈现出的女性意识和政治社会意识,乃至人格变异的研究,这将不啻为一种有意义的探索。

本书欲将日本女性文学置于整个日本女性发展史和日本文化史的背景之内,以尽可能开阔的视野把握日本女性文学的发展脉络,力图在斑驳纷杂的女性文学创作实践中,耙梳葺理出一些规律性的东西来,以飨读者。

第一章　大和、奈良时代日本女性的创作

第一节　大和、奈良时代日本女性生存的时代土壤

据史学家考证，在一万多年以前，日本列岛上就有了先民居住，到了汉魏时期，中国的史籍上开始收录有关于日本列岛的些微文字。问世于公元712年的日本第一部历史文学作品《古事记》及在《古事记》成书前流传的一些后来被收入《万叶集》中的和歌，从某种意义上来说，真实地反映了日本列岛上生存的大和民族先民的生活状况，尤其是隐于其中的日本历史的更迭，及其带给日本女性的沧桑命运。

在人类的历史源头，曾经有过妇女辉煌的时代，“当时妇女不仅与男子处于平等地位，而且往往占有很高的地位，”[①]恩格斯将这个女性辉煌的时代称为母权时代，日本乃至世界各国的“考古发掘的材料及上古时期的神话传说都可以验证那时人们对妇女的尊崇”。而母系氏族社会妇女之所以能够在当时与男子处于平等地位，首先是因为“妇女在物质生活资料的生产中占据主要地位，当时人们按

---

① 恩格斯:《家庭、私有制和国家的起源》，人民出版社1972年版，第73页。

年龄、性别实行自然的劳动分工，男子从事劳动强度大的狩猎、捕鱼等，女子则从事采集、种植和家务劳动。妇女从事的采集活动，可以说，在某种程度上，或多或少可以保证人们经常性的食物来源。另一方面，在生产力水平低下的情况下，氏族的生存取决于劳动力的强弱与多寡”。[①] 人丁兴旺是人们企盼的目标，特别是当时人类自身繁衍能力低下，妇女的生育功能对促进部落力量的强大无疑起到了重要作用，故女性以生育功能建立了母权制基础。然而随着社会的发展，男性在生存竞争中逐渐占了上风，渐趋凌驾于女性之上，并最终以体力之优势奠定了父权制。

在每个民族的语言产生之前，早期的神话往往承载着原始初民最初的记忆、生活经验、所信守的道义和理念。《古事记》中大国主神的神话，作为原始初民传达意识的载体，用一种隐喻的方式将日本早期社会发展演变情况展示于世，成为我们考察日本古代社会的珍贵资料。大国主神少年时遭遇两次生死大劫，都是其母亲助他转危为安的。母亲的形象，标志了生命原初阶段女性的非凡地位。及至年长，随着权势的增强，大国主神游弋于数个女性之间，使对其辅佐甚久的原配须势理毗卖忧心忡忡地意识到，身为男性的夫君可以遍寻天下芳草，可是身为女性的自己除了大国主神以外，形单影只，没有别的“相好”，没有别的“丈夫”。其地位江河日下，及至后来不得不在拥有三房六妾的丈夫面前折腰。

“私有制产生后，带来了社会领域的巨大变化，社会的分工催化了家庭内的分工，谋取生活资料逐渐成为男子的事情，家庭内的财产

---

① 张凤华：《妇女地位的历史考察》，《社会主义研究》1998 年第 6 期，第 75 页。

也落于男子的执掌中，妇女被排除在社会生产劳动之外。”[①]也就是说，“随着私有财产制度确立的同时，妇女也成为了男子的奴隶。从女性主体人格的失落过程中，我们发现了文化的悖论”，即“女性为畜牧业和火的发明做出了重大贡献，从而推动了人类历史的进步，但同时却暴露了其在农牧业等生产领域的弱势”，从而最终将自己推向从属的桎梏；女性的生育为人类的繁衍做出了重要贡献，却因此被剪断了翱翔的翅膀，被囚闭于家室；男性在求生的拼搏中，创造着“文明”，使自己成为人，却把女性贬为对象和工具。男权的诞生，就是女性人格失落的开始。[②]

日本的神话、古歌谣等口传文学，不像中国的神话、古歌谣那样散见于各种典籍中，而是集中地收录在《古事记》（712 年）、《日本书纪》（720 年）和《风土记》（715—733 年）以及《古语拾遗》（807 年）中。[③]《古事记》“可谓是一部绝好的民俗学资料”，因其中隐含着大量宗教思想，“日本神道教因此把《古事记》奉为教典”。《古事记》开篇记载了日本国土和人种的起源。日本的历史于是被分为“神代”和“人代”两个阶段[④]。其第 7 代神中“第一个出场的有名有姓的女神是‘伊耶那美命’，这也是首次点出其性别特征的女神，该形象与此前诞生的神大大不同，即不是自然地从地下冒出来，而是由无性繁衍转向了男女结合的两性繁衍。伊耶那美命第一个有了自己的配偶，即男神伊邪那岐命，并通过婚姻和家庭来延续自己的

① 张凤华：《妇女地位的历史考察》，《社会主义研究》1998 年第 6 期，第 76 页。

② 韩贺南：《文化变迁与女性人格》，《吉林大学社会科学学报》1994 年第 1 期，第 50 页。

③ 李均洋：《日本文学的发生和起点》，《外国文学评论》1999 年第 1 期，第 92 页。

④ 郝祥满：《日本人的色道》，湖北人民出版社 2009 年版，第 3、4 页。

后代”。[1] 有趣的是，伊耶那美命与伊邪那岐命的婚姻同中国神话传说中伏羲、女娲的婚姻一样，均是兄妹婚。两者均反映了原始时代氏族社会一度出现过的血亲婚配现象。

书中描写兄妹两独神受命于天之御中主神[2]的命令，以“日本男根”之象征“天之琼矛”搅动海水，成“自凝岛”后，降至岛上，建立“天之御柱”，约定二神绕柱而行，相遇后婚配。他们第一次碰面时，女神先开口说道：“多么漂亮的小伙子啊！”随后男神也叫道：“多么美丽的姑娘啊！”[3]“可以认为，这是一首依附于具有原始宗教性质的原始婚姻性交礼仪的男女对唱歌谣。”[4]可是，“行闺房之事，生子水蛭子”，后二神“往天神处请教”，神告曰：“因女人先说，故不良。可回去再说。”[5]他们“仍如前次绕天之御柱而行”，男神先开口，女神次之。这一次复会接连顺利生下了日本最初的国土——八个岛。“显然，两次结婚仪式代表日本远古时代婚姻关系的一个重大转折，即从母系社会转移到了父系社会。”[6]这也是世界各民族都经历过或正在经历着的妇女被统治、被奴役的时代。

值得深思的是，女性主体人格的失落并不是大和先民的独创，“而是具有世界文化的共性”。“男尊女卑，对于女性来说尽管更多地体验了文化的丑与劣，然而它绝不是自然化的过程，而是人类历史

---

① 肖书文：《从〈古事记〉看日本妇女性格的形成》，《湖北大学学报》2004 年第 5 期，第 357 页。

② 宇宙中央之主者，代表宇宙之根本。

③ 安万侣著，周作人译：《古事记》，中国对外翻译出版公司 2001 年版，第 4 页。

④ 李均洋：《日本文学的发生和起点》，《外国文学评论》1999 年第 1 期，第 95 页。

⑤ 安万侣著，周作人译：《古事记》，第 5 页。

⑥ 肖书文：《从〈古事记〉看日本妇女性格的形成》，《湖北大学学报》2004 年第 5 期，第 357 页。

发展的必然抉择。""人类何以做出如此选择,如果从文化人类学角度认识这一问题,则不得不承认,它是在一定历史发展阶段上,人类为了自身的生存与发展,适应生态环境所创造的文化,尽管这种文化太普遍也太残酷。这就是人类走出自然的必经之路。"[①]《古事记》和《日本书纪》[②]中的女性形象及其后平安王朝女作家笔下的女性形象,正好如实地反映了这段历史变化的过程。虽然主管高天原的天照大神在父母最后晚生的三个孩子中地位最高,这有悖于父权社会中长子继承制,但这恰恰是反映了母系社会的幼子继承制的残余。[③]

《古事记》作为日本历史上问世的第一部作品,传说、史实、虚构并存。里面塑造了众多的女性形象。其中着墨最多、形象最活灵活现的就是天照大御神[④]。父神伊邪那岐命让她与弟弟须佐之男命分别治理高天原和海原。就实际权限来说,姐姐的权限更大些。一次被父神驱逐出家门的弟弟须佐之男命来高天原处滋事,天照大御神生气躲进山洞不出来,于是"高天原立即黑暗","变成永久之夜"[⑤]。众神为了让世界重现光明,费尽心机将她诱出洞,最终"天照大御神即出岩户,高天原与苇原中国都自然明亮起来了"。[⑥] 须佐之男命的横生滋事,表明了男权对女权的挑战,但是最终须佐之男命的受罚败北、臣服于太阳女神,标志着"以日为本"的国土确立了女性中心的文化传

---

① 韩贺南:《文化变迁与女性人格》,《吉林大学社会科学学报》1994 年第 1 期,第 49 页。

② 《日本书纪》:日本第一部官修编年体正史,720 年舍人亲王(677—735 年,天武天皇第三子)等撰,记录神代始至持统天皇时的历史。

③ 叶舒宪、李继凯:《太阳女神的沉浮》,陕西人民出版社 2010 年版,第 6 页。

④ 天照大御神:又译作"天照大神",即指高天照耀发光的日神,也就是所谓的"太阳神",被奉为高天原(神灵界)上的主神。

⑤ 安万侣著,周作人译:《古事记》,第 14 页。

⑥ 同上,第 15 页。

统。天照大御神成为世世代代日本人心目中的神话母亲的原型。①

《古事记》成书于8世纪,而此前的7世纪上半期开始的律令制时代②,“正是日本女性史上最辉煌灿烂的时代。原因之一即是该时期女性在生产中具有举足轻重的地位,而最主要的原因还在于日本在进入阶级社会之后,仍然长期保留着母系制的残余。其突出表现就是长期流行招婿婚,即是以女方为婚姻的主体、招婿上门的一种婚姻形态,与男娶女嫁正相反。最为典型的是招婿婚的早期形态,即存在于大和时代并延续到平安时代的访妻婚。这种家庭结构多以妻子为中心,子女由母亲抚养,家政由她们掌管。”据考证,直到10世纪以前,日本的女性多以“刀自”、“刀自卖”相称,而据《广辞苑》之解释,“刀自”意为“掌管家政的妇人”③。

这种社会世态,造就了女性较高的社会地位,母权相应受到人们的尊重,日本历史上从6世纪末至8世纪出现的“女帝现象”恐怕就是与此密切相关吧。这一时期有8代共计6位女天皇秉政④。这6位女帝的登基有各种缘由,但有一点是显而易见的,即“女帝”现象的出现与日本母系社会的遗存,与女子掌权密切相关;其时女性在社会上还有一定的权限,所以我们也就不难理解《古事记》中伊耶那岐

① 叶舒宪、李继凯:《太阳女神的沉浮》,第8页。

② 律令制时代:645年,日本进行大化革新,效法中国的隋唐政治制度,由国家制定律令,目的在于以法律形式加强中央集权和政治统一。9世纪,摄关政治产生后,律令制渐趋废弛。

③ 李卓:《律令制时代的家庭与婚姻》,《日本学刊》1995年第2期,第120页。

④ 6位女天皇:从公元592年到770年,在不到200年的时间里,古代日本出现了8代6位女天皇,总计在位时间近90年,形成了日本历史上特有的女帝时代。6位女天皇及其登基的时间分别是:推古天皇(592年)、皇极天皇(642年)、持统天皇(686年)、元明天皇(707年)、元正天皇(715年)、孝谦天皇(749年)。其中皇极天皇和孝谦天皇为两次登基,更名号为齐明天皇(655年)和称德天皇(764年)。

命去阴间寻找因生小孩而烧伤致死，在阴间早已蜕变成面目狰狞的女鬼妻子伊耶那美命时，被吓得仓皇出逃，感到受了侮辱的妻子“更遣八雷神，率领千五百名黄泉军来追赶和报复丈夫”[1]这一故事成型之缘由了。可见在世人的脑海中，妇女在阴间地府还是至高无上的统治者。这点与我国阎王爷执地狱牛耳之形象截然不同。

日本自大化革新[2]后，急于使自己能与东亚的大唐政权比肩而立，政治经济制度都取之于先进的大唐，在婚姻与家族制度上也采取了一些措施。不过，“因日本当时的社会发展水平与中国相去甚远，有些法律条文便不可避免地与当时的历史现实产生落差”[3]。而日本律令制时代的情况是氏族刚刚解体，整个社会处于母权制向父权制过渡的时期，“访妻婚”没有消失，以父权制为代表的家庭尚未普及，这些都使得维护父权与夫权的法律很难对人们产生约束力量。而彼时的大唐早已进入家国一体的高度成熟的封建主义社会。[4] 日本在大化革新后建立的中央集权制远不如唐土。所以，当时以圣德太子[5]为首的宫廷权贵，为了巩固新兴的皇权，首先仿效唐律，加强父权制，从法律上提升和巩固父亲在家庭、家族中的绝对统治权。

---

① 安万侣著，周作人译：《古事记》，第9页。

② 大化革新：公元645年，皇太子中大兄皇子在中臣镰足协助下，在宫内杀死苏我入鹿，确立起自己的统治地位，改年号为大化。其实质是要废除皇族及地方豪族特权，把全国土地及人民划为天皇所有，实行“班田受授法”。

③ 李卓：《律令制时代的家庭与婚姻》，《日本学刊》1995年第2期，第107页。

④ 同上，第121页。

⑤ 圣德太子（574—622年）：本名上宫廏户丰聪耳皇子（廏户皇子），别名为丰聪耳、上宫王，是日本飞鸟时代的政治家，推古朝改革推行者。父亲是用明天皇，母亲是钦明天皇的女儿。公元592年大和豪族苏我氏外孙女丰御食炊屋姬即位为推古天皇，593年立外甥圣德太子为皇太子辅佐朝政。圣德太子辅政后即大力进行改革，即推古改革，并遣使入隋、唐学习中国制度。后推行新政，制定冠位十二阶、颁布律法十七条、采用历法、编修国史、使用天皇名号、兴隆佛教。

"除了制定维护父权家长制的法律外，律令国家的统治者还十分重视倡导从中国传来的人伦礼教关系。'孝'是中国古人行为规范的最高准则，在家庭中贯彻'孝'的目的是'齐家'，把它进一步扩大，就是'治国平天下'"①，这些深得日本统治阶级推崇的夫权、父权，在《古事记》里已经初露端倪。

我们前面提到，《古事记》开宗明义，描写了伊耶那美命和伊邪那岐命两位神举行婚礼时，由于女神先于男方开口，而导致婚后产下怪胎，原因是"牝鸡司晨不吉利"。后来重新修正，方才生下八个大岛。显然，神话传说中，日本国土的成型，日本民族的建立，就是父权制社会击败了母系社会的遗痕。

而父权制的建立始于私有财产的积累，男性对于女性的贞操，对于能够继承自己财富的嫡系血统子孙的注重，也是夫权社会的一种惯常陋习。《古事记》中天照大御神的儿子番能迩迩艺命觊觎大山津见神次女木花之佐久夜姬的"艳丽"，向她求婚。木花之佐久夜姬怀孕了，番能迩迩艺命竟怀疑其不是自己亲生的骨肉，说"一夜就受孕了，这不是我的儿子"②，于是少女只好发誓，做一件危险的事来证明自己的清白。她在分娩时在"殿里放起火来，生下儿子"③，估计这是当时的一种宗教仪式吧。母子平安，这才在丈夫面前洗刷了自己的清白。"如果仅以此作为考察律令制时代家族状况与家族制度的依据，则很容易误导出日本父权制家庭已经确立的结论。"实际上，"律令制时代父权制虽已产生，但尚未达到绝对统治的地位"④。由

① 李卓：《律令制时代的家庭与婚姻》，《日本学刊》1995 年第 2 期，第 110 页。

② 安万侣著，周作人译：《古事记》，第 40 页。

③ 同上。

④ 李卓：《律令制时代的家庭与婚姻》，《日本学刊》1995 年第 2 期，第 111 页。

于访妻婚的存在,生产力的欠发达,社会上还保留了原始时代男女之间自由交往的情侣关系及其交往方式,母权制没有受到颠覆性的破坏。故恩格斯所说的母权制让位于父权制这种"女性的具有世界历史意义的失败"①,在日本迟迟未得以兑现。

"直至大和时代,日本的婚姻形态仍然是以女子为主体的访妻婚,即男女双方结婚后各居本家,过婚姻生活则由男到女家造访才能实现,这种婚姻形态带有浓厚的母系制族外婚的色彩。到了律令制时代,由于生产力大发展及律令制的熏染,父权制已经有了长足的发展,相当多的一部分都结束了'访妻'的历史,实行从夫居,世系按父系计算等。尽管如此,访妻婚仍作为一种婚俗遗留下来,母权制残余制约着父权制的发展。主要表现为夫妻分居是律令制时代较为多见的现象,也是访妻婚制下特有的居住形态。"②在《万叶集》等作品中所收录的4500余首和歌及其后问世的《源氏物语》、《枕草子》等作品中,我们会发现,恋歌占了相当大的比重,其原因无非是由于当时社会流行的访妻婚习俗,恋爱关系与婚姻关系界限不清,结婚男女并非同居而生。对于这一时期的女性来说,虽然在家庭中的地位较高,但是却处于被动地等待男人来求爱,缺乏自主的尴尬境地。由夫登门访妻,"一夜情式"的"访妻"习俗仍很流行。婚恋的结合仍充满了原始的浪漫的色彩,"男女相悦者即为婚"③,相见喜悦分离难,缱绻思绪化作万首激情的歌作,恋歌就是这些情感的结晶。男女性交往较为自由,不拘男女、婚否,"婚外恋并非授人口实。当时人们并无什么贞节观及'通奸罪'的意识,认为婚姻只是当事人双方自己的

① 《马克思恩格斯全集》第21卷,人民出版社1965年版,第69页。

② 李卓:《律令制时代的家庭与婚姻》,《日本学刊》1995年第2期,第111页。

③ 《北史·倭国传》,转同上,第117页。

事，所以律令关于通奸罪的规定无异仅是一纸空文。《万叶集》的和歌中有很多类似的例子，当亲子关系与男女恋情发生矛盾时，许多人都会私订终身”。[①] 虽然受唐朝的影响，律令的制定者还是“力求将唐律中一夫一妻制的规定与本国一夫多妻的现状相调和，将‘前妻’称为妻，将‘后妻’称为妾。使日本律令与唐律得到了统一，而实际上，却变中国的妻妾有别为妻妾无别或差别甚小，如承认妾是夫的正式配偶，与妻同属夫的二等亲，可继承丈夫的遗产等，都是对现实中妾的地位的确认。‘妾与妻同体’，‘次妻与妻同等’，便成了当时人们头脑中的基本概念”。[②] 当时“法律尽管已经在触及社会生活了，但对于婚姻仍然是一个盲点，即使律令制度在设计时参考了唐朝的婚姻法，在形式上禁止重婚，维护一妻一夫制，但这只是一个摆设，这时维护婚姻稳定的力量全凭薄弱的道德和情谊以及责任感、羞耻心”。[③]

由于访妻婚的松散婚姻特征，使男性很难将自己的感情终生维系于一个女人身上，所以一夫多妻制就成为一个普遍的婚姻模式，从而派生出千千万万个女性的苦恼。在《古事记》“仁德天皇卷”中曾经描述一位妒妇皇后石之姬命。据谓她对其他的妃子非常凶狠，但自己也命运多舛。天皇已有四房妻妾，还“欺骗皇后”到处拈花惹草。皇后为筹办酒宴，外出采摘角柏，归途，皇后闻知天皇在家金屋藏娇，愤而“将御船所载的角柏尽悉投弃于海”[④]，滞外不归。后天皇多次派人接她回宫，她执意不肯，最后天皇亲自出面方才将她接回，

---

① 李卓：《律令制时代的家庭与婚姻》，《日本学刊》1995 年第 2 期，第 117 页。
② 同上，第 119 页。
③ 郝祥满：《日本人的色道》，第 116 页。
④ 安万侣著，周作人译：《古事记》，第 138 页。

但她仍然妒性十足,同时对天皇亦情痴不减。

稗田阿礼虽然为《古事记》的成书立下了汗马功劳,不过,太安万侣[①]等人的后来加笔整理,使该部作品带有不少男权色彩。男性可以超越历史谈女性的本质,崇尚母性,就像将天照大御神神化为光辉的太阳进行崇拜。它的另一个极端是把有独立思想,不服从性别分工,不想在制度的樊篱下顺从生活的"女性看成是妖怪,是阴面的存在。男人们要压抑女人、迫害女人,母性被神话化的同时,女性的魔力也被神话化了。正如统治者的神话是被描画出统治者的故事一样,母性的神话也是被生动地描画出妖女的故事"[②]。《古事记》中石之姬命这样挑战了婚配制度、皇权权威、男性好色行为之女性,即被后世的男权主义者定性为"嫉妒成性"。

除了《古事记》,从当时其他一些女作家的生存状况和她们的作品中也可以看出当时的婚姻形态与道德风貌。律令制时代,倡导父权制的婚姻家庭,但是"访妻婚"的分居式家庭结构,只有在丈夫具备了建立小家庭即房户的经济条件以后,一部分妻妾才得以实现从夫居,反之,此愿就遥不可及。据"久武绫子对藏于正仓院的大宝二年可判明的户籍考察,是时夫妻别居状况高达79%"。[③] 又比如,据史书上记载,《蜻蛉日记》的作者道纲母的丈夫藤原兼家[④]前后共娶了近10房妻子,但是直到晚年他建造豪华的东三条宅院时,也只是

---

① 太安万侣(?—723年):奈良时期汉学家,原名安万侣,太是朝廷赐与的尊称。据传系神武天皇后代。曾仕文武、元明、元正三代天皇,官至民部卿。和铜四年(712年)奉元明天皇之命,以稗田阿礼之口述,整理编撰《古事记》。

② 水田宗子著,叶渭渠主编:《女性的自我与表现》,第41页。

③ 李卓:《律令制时代的家庭与婚姻》,《日本学刊》1995年第2期,第112页。

④ 藤原兼家是当时右大臣藤原师辅的第3个儿子,官至右大臣。

允许时姬[①]一房妻子搬进去，不光因为时姬是兼家娶的第一个妻子，而且还为其生了三子两女，因此兼家很重视时姬在社会上的地位，余皆自理。为此藤原道纲母心下甚是不平，给她带来深深的伤害和无穷的妒意。再比如《源氏物语》中的光源氏，荣华富贵一生，也是及至晚年，方才建"六条院"，将其所有的嫔妃纳入其中。当时的社会婚姻状况，一夫多妻现象还波及到庶民阶层，大宝二年(702年)御野国春部里28户中，有妾者达32.1%；养老五年(721年)下总国大岛乡28户中，有妾者达39.3%。[②]"可见，当时的家庭是同居还是分居，经济状况至为重要，这种情况是发展中的父权制与母权制交杂存在的必然现象。"[③]其实日本的一夫多妻制，早在大和时代之前就已经初露端倪，据中国的《魏志·倭人传》记载，当时的邪马台的风俗是"大人皆四五妇，下户或二三妇"。[④]

作为母系社会遗痕的"访妻婚"的存在，其主要原因就是当时的生产力发展水准的滞后，导致经济状况无法支撑以一夫一妻制为主的个体家庭的大量普及，所以只能通过法律来强化这一社会发展的进程。从《古事记》、《万叶集》等作品中，我们不难看出那个时代的影子。

父系文化最主要的标志就是"强化了女性的自然属性"，男性占有资产并具有资产的支配权，男性统治因此有了物质基础。两性的结合，更多的"是作为繁衍人口的手段，这种生育文化强化甚至异化

---

① 时姬：藤原兼家正室，藤原中正的女儿，时姬生有三子，即道隆，道兼，道长，还有两个女儿，即超子和诠子。

② 李卓：《律令制时代的家庭与婚姻》，《日本学刊》1995年第2期，第119页。

③ 同上，第118页。

④ 铁军、潘小多、王静、施昊：《日本古典和歌审美新视点》，中国传媒大学出版社2010年版，第4页。

了女性作为生育载体的自然属性。男子可以多妻多妾”，而“女性则要贞洁”，以保男性财产继承人血统的纯洁性。伴随着这种社会习俗的强化，“女性其社会属性即作为人的本质的社会主体性被泯灭了，于是女性只是性的载体和生儿育女的工具”[①]，其后果，就是经济上难以独立，人格上渐趋成了男性的附庸。

这就是4至8世纪初的日本社会女性生存的时代土壤，它提供给女性作家的参照系就是历史的舞台正在向男性倾斜，社会的习俗和法律正规范和诱使着她们稀释乃至抛却自己的文化人格，向男权社会的价值标准看齐。

第二节 上古及万叶时代的女歌人

上古时代，日本百余名女性以其辉煌的诗作，为日本和歌的形成与发展、日本传统美学理念的确立立下了汗马功劳。

在和歌发展史上，继《记·纪》[②]歌谣群之后最重要的作品当推《万叶集》，“它不但是日本文学宝库中光辉灿烂的名著之一，而且也是世界文坛上的一朵奇葩”[③]。对它的研究，已经形成了一种“万叶学”，至今仍令学者趋之若鹜。

以大化革新为肇始，日本专制政治有了长足的进步，律令制国家的发展极大地推动了日本文学意识的觉醒。首先是拥有权势的宫廷贵族，他们一是利用文学为自己树碑立传，另则利用文学来表述自己

---

① 韩贺南：《文化变迁与女性人格》，《吉林大学社会科学学报》1994年第1期，第51页。

② 指《古事记》和《日本书纪》中收录的50余首古歌谣。

③ 彭恩华：《日本和歌史》，学林出版社1986年版，第11页。

的情感世界。当时宫廷中还有一些御用歌人，旨在为皇室增辉。神话与传说只能是讴歌神与英雄，而人们喜闻乐见、短小精悍的和歌，却是表述民众个人感情波澜的最佳载体。进入奈良朝，这一形式就必然成为朝野的一种重要文学形式，《万叶集》就是在这样的背景下产生的。

《万叶集》是日本现存最古的和歌集，大约完成于公元8世纪末叶。其成书，可谓是横跨数个"世纪的复杂的社会产物，各个时期又有不同的文化背景，所以它的歌风必然随着时代的变化而呈现出不同的特征"。[①] "其形成和发展大致分为四个阶段，就表现领域来说，创作素材逐渐从宫廷走向民间，作者也从皇亲国戚扩大到官吏、文人和平民；就内容来说，和歌逐渐减弱它的御用功能，注重个人情感表达，自觉地追求审美；就风格来说，自然清新，质朴豪放的格调向细腻、丰富、抽象的境界转化。"[②]《万叶集》全书共20卷，所收最古的歌作系第16代天皇仁德天皇（公元4世纪初）的皇后磐姬所作，最晚的歌作于淳仁天皇天平宝字三年（759年）。"实际上，最早的仁德天皇及雄略天皇、圣德太子的歌，大都是伪作，真正诗歌创作开始，推定为7世纪天智天皇时期，下延至8世纪后半期，约一百年的时间。"[③]另据日本学者沼泽隆雄考证，《万叶集》全书收录了近450年间32个皇朝各阶层的歌作4490余首[④]，其中长歌约260首，短歌约4200首，旋头歌约60首，全部用"万叶假名"写成。这种兴盛于奈良

---

① 高文汉：《中日古代文学比较研究》，山东教育出版社2000年版，第159页。

② 任健：《万叶时代女性的歌吟》，《日语学习与研究》2007年第4期，第44页。

③ 吕元明：《日本文学史》，吉林人民出版社1987年版，第29页。

④ 沼沢隆雄：《万葉女性の精神生活》，『国文学解釈と鑑賞』，至文堂発刊，昭和十六年（1941年）十二月特集号，第9頁。

时代的诗歌形式，一直被视为日本民族文化的象征。通常由五、七、五、七、七共五韵，31个假名组成，用以叙事或抒情。

在诗歌形式的分类上，主要是叙事诗和抒情诗两大类。前者以对客观世界描写见长，后者注重表达诗人个人的主观感受。“从严格意义上说，日本是没有叙事诗的历史的。但抒情诗却很发达”。《记·纪》歌谣群虽不乏上古叙事歌谣的色彩，“但到了奈良时期已日臻圆熟，出现了众多的抒情诗人”，而这些诗人又多为食朝野俸禄的官宦和宫廷诗人。私有制的发展，社会的变迁，知识阶级的出现及其社会地位的加强，都推动了日本抒情诗的发展。“抒情诗是通过诗人的眼睛观望世界，是以自己的感受反映现实生活的”。在天智天皇执政（661—671年）至8世纪这一百余年里，“律令制国家经历了确立、顶峰和转向没落的过程。万叶诗歌的发展、繁荣恰是这一过程的写照和记录。它深刻地反映了确立起新制度的社会现实的世相，进步和粗野的，贵族实权者和失权者，压迫者和被压迫者，它表达了社会各阶级、各阶层的感情和思想，特别是表达了贵族阶级的精神世界”①。

《万叶集》的作者身份比较复杂，上至天皇、皇后、贵族，下至防人之妻、妓女等。内中有姓氏可查的作者有478人（一说530人），其中女歌人124人，约占署名总数的25.9%②。艺术成就较为突出的女歌人有磐姬皇后、镜王女、大伯皇女、持统天皇、额田王、大伴坂上郎女、狭野茅上娘子、笠女郎等。所收歌作中60%为“相闻歌”③，

① 吕元明：《日本文学史》，第29、30页。

② 刘锦明、赵乐甡：《大伴坂上郎女与魏晋文艺思潮》，载《日本研究》2004年第4期，第57页。

③ 相闻歌与杂歌、挽歌为《万叶集》中的三大类。

“杂歌”则占20%左右。“相闻”一词的由来与中国有着很深的渊源。唐代《艺文类聚》中即有“唯别三年,无一日之忘,京师禁急,不敢相闻”之语,很明显,这里的“相闻”是“书信往来,互致问候”之意。“相闻”在《万叶集》中的原本之义亦为“书信往来,互致问候”,与《艺文类聚》中的意思相近,此后逐渐增添了抒咏私情、恋慕相思的情爱成分。“相闻”歌不仅仅指恋歌,也指其他同胞、亲友间互赠的和歌。但主要还是指男女恋歌。而“杂歌”是指与当时宫廷有关的和歌,其含义、用法和分类都借鉴了编纂于6世纪初的中国诗文集《文选》。

就整体而言,因经多人之手编纂,各卷在体例上参差不齐,其内容稍显庞杂,有反映统治阶级思想和情趣的,有描写劳动人民的贫苦生活和应征戍边时亲人别离情怀的,也有劳动中青年男女的情歌对吟。女性歌人在《万叶集》的相闻歌中占据着重要地位,尤其是万叶前期女性歌人数量众多,身份驳杂,内容亦广泛。进入奈良朝之后,女歌人的身份相对集中,除东歌①和防人歌②之外,大部分出自皇亲国戚和贵族阶层之手。《万叶集》卷17至20,集中收录了这些女性个人的作品。“这些和歌虽然在艺术手法上没有后世和歌那样词藻华丽、修辞繁杂、意境曲折,但因其情感如山间泉水般自然溢出,情感真挚,语言清新,是万叶和歌中最精彩动人的篇章。”③

“和歌在从《古事记》以表现国家统一意志为核心的思想到《万

---

① 东歌:系《万叶集》卷14收录的230余首日本东部广大地区的民谣,大都为恋歌。

② 防人歌:大化革新后,日本入侵朝鲜兵败,遣派大批人力,于九州地区设立防卫工事。防人歌大多是描写当时人们爱情和亲情离别之苦的,《万叶集》第20卷收有防人歌80余首。

③ 任健:《万叶时代女性的歌吟》,《日语学习与研究》2007年第3期,第45页。

叶集》的以表现个人意识为主的发展过程中”[①]，女性作者无疑也起到了重要作用。《万叶集》的作者中，除了个别为抚慰神灵以求得平安，未婚的皇女被选择担当斋王[②]以外，其余的人虽然年龄、身份、阅历、地位不同，但总体上感情真挚，委婉纤弱，或憧憬于纯真的爱情，或陶醉于炙热的情恋，或反省于失恋的痛苦，自然万物都能触动她们敏感的神经，拨动对心上人的万般情思，“寄景于情，借景抒情，往往富有官能性、幻想性、主情性、神秘性，带着浪漫主义色彩，燃烧着女性作为‘人’的强烈意识。因此，女性和歌在人的存在的真实性中追求抒情的美，与对内心凝视的确认交织成生命的乐章，以微妙细腻的语言捕捉瞬间的感受，塑造出或热烈、或奔放、或内向、或纤细、或脆弱等比男性更加丰富多彩的形象”[③]，其直率地表达情感的艺术形式往往脱离社会的藩篱和掣肘。

这些女诗人由于视野的狭小，更多的是关注于身边的生活，主要沉浸于自身“恋情”的陶醉。虽然也有数位女帝的歌作流芳百世，但大多为宫闱生活的吟唱。磐姬皇后是日本和歌创作的先祖，歌作以“恋歌”为长，歌风率真，尽展缠绵之情。镜王女（亦称镜女王）虽然存世歌作仅有5首，但在万叶集时代的女歌人中亦是凤毛麟角。其抒发情感的“恋歌”，既有炫示皇家身份的矜持之作，又不乏宣泄激扬昂奋的少妇之情的佳篇。在万叶前期的女歌人之中，额田王无疑独领风骚。唯一能与额田王相比肩的女歌人则是大伴坂上郎女。

---

① 郑民钦：《和歌美学》，宁夏人民出版社2008年版，第17页。

② 斋王：在伊势神宫侍奉神灵的人叫做斋宫，亦称斋内亲王、御杖代。与奉职于贺茂神社的斋院总称为斋王。斋宫从未婚的内亲王（公主）或亲王之女当中卜定，原则上一代天皇卜定一次。她们是律令国家中祈求天皇在位长久、国家安康的最高巫女。她们在退出神职之后，很多人入了皇宫，乃至贵为中宫。

③ 郑民钦：《和歌美学》，第22页。

《万叶集》中收录大伴坂上郎女84首和歌。持统天皇是《万叶集》中为数不多的“女帝歌人”的领军人物，共有6首歌作入选。

在《万叶集》后期的女性歌人中，狭野茅上娘子[①]与笠女郎[②]亦名垂千古。狭野茅上娘子有23首歌收录于《万叶集》中，其创作特征是情感奔放、浓烈，其哀婉悱恻的恋歌和发自内心的啼血销魂般爱的呼唤，充满着一种愤然斗争的力量和悲壮的情怀。这大概与其和丈夫中臣宅守之间坚贞不渝、备受挫折、勇于追求幸福的爱情经历有关。《万叶集》中共收录了笠女郎的29首歌作，其创作倾向虽然与狭野茅上娘子相近，但又不时闪现着婉约、细腻的象征性意蕴，尤其是令她闻名后世的赠给大伴家持的恋歌，“机警灵巧的创作技巧更把对爱情的追求心理表现得淋漓尽致，在孤寂凄楚的情绪中体验爱的神奇”。[③]

此外，该时期女性歌人中值得提及的还有但马皇女、石川郎女[④]、巨势郎女、舍人娘子等。这些女歌人的作品大多是讴歌亲情及爱情。

日本历史上长期留存的母系社会遗痕——“访妻婚”习俗，使男

---

① 狭野茅上娘子：又名狭野地上娘子，生卒年不详。原本为皇宫中从事杂役的身份低微的女官，后结识了下级官员中臣宅守（生卒年不详），两人喜结良缘，他们自由的爱情受到了当时来自各方面的阻力，中臣因为莫须有的罪名，被流放越前国。期间，狭野茅上娘子写下了23首表达真挚情感的相思情诗，现收于《万叶集》卷15。

② 笠女郎：上代女歌人，生卒年不详。也作笠郎女，是大伴家持周围众多女性之一。《万叶集》收其赠与大伴家持的和歌29首，皆为歌咏男女情感的短歌。此外，《玉叶和歌集》（1312年）、《新千载和歌集》（1359年）也有收录。

③ 郑民钦：《和歌美学》，第23页。

④ 石川郎女：上代女歌人，又称石川女郎、石川命妇、石川内命妇、内命妇石川朝臣、佐保大伴大家。曾作为侍女出仕宫廷。初嫁大伴安麻吕，生育大伴坂上郎女，后成为命妇，并曾在圣武太上天皇巡幸时应诏作歌。《万叶集》收其歌作8首，内容以恋歌为主。

女在两性的交往方面尚保持着相对的独立性。异性之间的结合，往往要借助繁文缛节的对歌作为媒介和桥梁。在这一点上，《万叶集》给我们提供了很多鲜活的事例。其中，“尤以女性居家待君、盼君已经成为诗歌中的一种传统表现模式了”①。

远古时代，不可解知的自然现象，使女性被赋予神奇的神通能力和延续种族之能力，加以其广博的慈爱心和坚毅的品格，这些皆令其受到尊重。但是，后来女性成为男权社会的牺牲者，“她们甚至不能主宰自己的命运。爱情的欢悦、婚姻的幸福对她们来说”，往往是天方夜谭。因此，“对于她们来说，对爱情的渴望与追求，便成为古代女性，特别是贵族女性和歌创作”的永恒主题。她们的作品执著于真挚的爱情，散发着“强烈和醇厚的艺术魅力”。但是，她们“却得不到命运的眷顾，情感世界总是弥漫着哀愁，充满着怅惘。于是，吟诗作赋便成为她们抒发情怀、排遣愁绪的一种手段。由于生活经历不同，她们的和歌创作也表现出鲜明的个性风采”②。而其中磐姬皇后、持统天皇、额田王、镜王女、大伴坂上郎女等女性歌人以其跌宕起伏的一生及绚丽的诗作，成为了万叶女流歌人最杰出的代表。

磐姬皇后　生卒年不详，歌人，据传为日本第16代天皇仁德天皇③之妻。她是日本和歌的始作俑者，也是遭古代守旧者们指摘的“妒妇”的典型。其代表作《念天皇歌四首》，载于《万叶集》卷2卷首，为和歌史上的经典佳作。该组短歌也可以说是日本最早出现的

---

① 叶舒宪、李继凯：《太阳女神的沉浮》，第8页。

② 任健：《万叶时代女性的歌吟》，《日语学习与研究》2007年第3期，第44页。

③ 仁德天皇：据《古事记》和《日本书纪》记载，其为应神天皇之子，日本第16代天皇（313—399年在位）。有学者认为，他就是《宋书·倭国传》所记载的倭王赞（或弥）。在位期间，重视农业，曾疏通难波的堀江，筑茨田堤，开和珥池。外交上积极与南朝刘宋通交，力图在朝鲜半岛扩大优势。

情歌，诗作以缠绵悱恻之柔情，倾诉了对外出巡游未归的天皇的强烈思念之情。作者以“终日”的企盼和“海枯石烂”的不渝之志，描述了盼望天皇早日归来的“断肠人”的万分迫切的至纯心情。这组恋歌，塑造了一个对爱情矢志不渝，而又情感炙热、率真执著的皇后形象，表达了万叶时代女性对爱情的坚贞追求。其中第2首和第3首尤为感人，歌曰：

二

终日盼君归，
断肠人意谁与知；
不若倚高山，
长夜枕磐梦相随，
纵死黄泉心也依。

三

念君情如此，
此情何必有尽时；
青丝舞依依，
待到黑发镀霜银，
银丝伴我盼夫君。①

据《古事记》记载，仁德天皇先后娶后妃4位，又召见容貌秀丽的黑日卖，被磐姬皇后发现，妒心大发，横生阻拦，但天皇还是欺骗皇

① 陈岩、刘利国：《日本历代女诗人评介》，大连理工大学出版社2005年版，第23、24页。

后，暗中去幽会。《古事记》中的天皇，无不妻妾成群，男权主义昌盛，而一弱女子无能为力的“嫉妒”，不过是其炙热情感本能的强烈排他反应而已，但在夫权为上的时代，却被生生地涂抹上一层妖魔的色彩。但也有日本学者认为此乃传颂之歌，是后人假托皇后所作。

持统天皇　645—702年在世，日本第41代天皇（690—697年在位）。天智天皇①次女，天武天皇②皇后。在天武天皇去世后即位为天皇。其名为鸬野赞良皇女，又称菟野皇女、沙罗罗皇女。齐明三年（657年），13岁时，即受父命，与自己的叔父、天智天皇的弟弟大海人皇子，即后来的天武天皇成婚。

齐明七年（661年），鸬野赞良皇女随齐明女帝③“征讨新罗”④。翌年父天智天皇即位，丈夫大海人皇子被立为皇太子。天智十年（667年），重病的天智天皇欲改立自己的儿子大友皇子⑤为皇太子。

---

①　天智天皇（626—671年）：本名中大兄皇子，又名开别、葛城。父舒明天皇，母皇极（齐明）天皇。秉性英睿果敢，舒明天皇崩后，与朝臣中臣镰足密谋，攻灭专权之苏我氏，拥孝德天皇登基，制定了一系列巩固中央政权的法令，这就是历史上著名的“大化革新”。齐明七年，齐明天皇薨后，中大兄皇子即位，是为第38代天皇。

②　天武天皇（630—686年）：大和时代歌人，第39代天皇。本名大皇第、大海人皇子，后又称：明日香（清御原）、宫御宇天皇、明日香清御原宫天皇、天渟中原瀛真人天皇。有同母兄天智天皇，皇后天智天皇女鸬野赞良皇女（持统天皇）。673年即位。在位15年，为古代天皇亲政的鼎盛期。

③　齐明天皇（594—661年）：日本第37代天皇，在位7年，颇重武备。此前曾于642年以皇极天皇之名登基。

④　征讨新罗：齐明天皇七年（661年）一月六日，齐明天皇率27000人集结在大阪南波，准备潮满出发征战，半年后，齐明天皇病死，663年，日军在朝鲜的白村江大败。

⑤　人友皇子（648—672年）：人和时代的汉诗人。又称伊贺皇了，天智天皇第一皇子，妃为额田王之女十市皇女。天智十年（671年）即位为弘文天皇，翌年，叔父大海人皇子发动政变，弘文天皇兵败自尽。《怀风藻》收其汉诗2首，为日本文学史上最早的汉诗人。

大海人皇子遂避祸于吉野山。两个月后，天智天皇去世，大友皇子登基，史称弘文天皇。次年，大海人皇子起兵，经“壬申之乱”后夺取皇位。在此过程中，鸬野赞良皇女始终与丈夫并肩共战，将自己的异母弟弟弘文天皇逼死，并被册立为皇后。晚年天武天皇身体羸弱，皇后辅佐天皇理政，二人致力于将日本建立成为律令制的国家。

朱鸟元年(686 年)天武天皇去世，为了让自己的儿子草壁皇子顺利即位，皇后以谋反罪处决了与自己同时嫁给天智天皇的姐姐大田皇女所生长子大津皇子①。持统三年(689 年)，嫡子草壁皇子早夭，翌年(690 年)皇后正式即位后，敕命仿效唐土的长安格制，建设都城藤原京②，营造药师寺③。在位期间，积极推助以佛教为中心的文化。持统十一年(697 年)禅位于孙子轻皇子，成为日本历史上首位太上天皇。之后，她一直执掌朝纲，旅游各地，强化律令制国家的建设。

持统女帝的歌作存世并不多，目前仅见《万叶集》中的两首长歌、4 首短歌。歌作内容或为悼念夫君天武天皇，或为忆及驰骋疆场的丈夫的雄姿。款款深情跃然纸上。令持统天皇扬名后世的是其为天武天皇逝世所作长歌以及短歌《春去夏来》两篇佳作，尤其是后者更负盛名，这首诗收录在《万叶集·卷 1·28》中，歌曰：

娄春寂静去，初夏方始来。

---

① 大津皇子(663—686 年)：天武天皇三子，大伯皇女同母弟。683 年为太政大臣，后以谋反罪被赐死。皇子长于诗歌，歌调明快，诗见于《怀风藻》，被视为日本汉诗之祖。

② 藤原京：位于奈良县橿原市，694 年建成，因为土地不够宽广，难以适应越来越多的人口居住，所以在建成仅仅 16 年后的 710 年，元明天皇便迁都平城京。

③ 药师寺：世界文化遗产，始建于公元 680 年，为天武天皇为祈求皇后的安康而建筑的佛教寺庙。天武天皇离世后，持统天皇执政时期建成药师寺七堂伽蓝。

遥望香具山,[1]悠然晾白衣。[2]

这首歌同时也收入了藤原定家编撰的《小仓百人一首》之中。对于这首歌的创作意图,历来众说纷纭,不过,短短几句诗词所展现出来的却是一派嫩叶乍吐、远山葱绿、白衣映辉的"朴实无华的原生态自然审美观"。作者巧妙地采用色彩对比的写实手法,[3]将初夏鲜亮的色彩感烘染托出,展示了女帝眺望大好河山的壮志与豪情。

持统天皇的歌作是日本女性文学的开山之作,也是日本文学的开山之作。女皇的歌作多表现感情世界,通过其对爱情的表述,可以演绎出日本妇女的社会地位的变迁。歌颂自然风光和国土的歌作,则显示了其对国土的踏访,这对古代国家的建成起到了重大作用。

除去这几首歌,持统天皇对后世最大的贡献是,她率先垂范,推动了宫廷歌坛的繁荣,促进了吟诗作赋的蔚然成风。自天武朝起为日本天皇中央集权制的鼎盛时期,制订了有名的《飞鸟净御原令》及《大宝律令》[4],出现了宫廷诗人,诗歌题材逐渐广泛,皇族开放的文化生活,为万叶时代歌坛的空前繁荣提供了丰厚的时代土壤。著名诗人、留唐归来的柿本人麻吕就是依托这种环境脱颖而出的。[5]

额田王 《万叶集》第一期女歌人,伊贺出身。曾奉仕6代天皇,常为天皇代笔作歌。额田王学识渊博,在当时无人能比。她对日本古典和歌做出了他人无法企及的贡献。她的创作时间跨越40年,

---

① 香具山:大和三山之一,位于奈良县境内。

② 以下未标明出处的诗歌,皆为笔者所译。

③ 武萌、李晶主编:《小仓百人一首》,大连理工大学出版社2009年版,第5页。

④ 《大宝律令》:701年制定的法律,包括律6卷,令11卷,全文今已失传。

⑤ 陈岩、刘利国:《日本历代女诗人评介》,第26页。

歌作题材多样，艺术感染力极强，很有几分磅礴之气。但是有关其生平的记载却寥寥无几，根据目前发现的些微文献资料来推算，额田王大约出生于舒明九年(637 年)。一说是镜王之女，一说是镜王女[①]之妹。据《日本书纪》第 29 卷有关天武天皇的章节里记载说："天皇初娶镜王女额田姬王，生十市皇女。"[②]这是目前于史书上可以查到的直接记述有关额田王生平事迹的唯一的文字材料。所以后人只能依据额田王的作品，或其他难觅的佐证，间接地努力探析这位古代女歌王纷杂的人生经历极其精彩的和歌创作。

额田王一生被命运所戏弄。少时嫁天武天皇，与是时还是皇子的夫君相爱，生下十市皇女，后来却被夫兄天智天皇纳为妃嫔。天智天皇驾崩，壬申之乱后，她又被召回到天武天皇身边。而女儿十市皇女于此前嫁与"壬申之乱"中被逼自杀的天智天皇之子弘文天皇。日本著名作家井上靖在其创作的历史小说《额田女王》中，曾对额田王的身世进行了考证，书中写道：额田自幼离开老家，被从事宫中祭祀活动的额田乡的额田氏收养。[③] 十余岁入宫，在宫廷掌管祭祀并陪伴暮年的女天皇——日本第 37 代天皇齐明天皇。其间曾先后被齐明天皇的两位皇子——大海人、中大兄皇子(即后来的天智天皇、天武天皇)所宠幸，她长期身处宫中权势之争的旋涡中，情感世界亦不可自持。但额田王坚持职守，始终以虔诚的心灵参与朝廷祭祀神灵的活动。井上靖在评价这样一位被称作"巫女"的传奇诗人时说，

---

① 镜王女：上代女歌人。《日本书纪》中表记为"镜姬王"，在《万叶集》中表记为"镜王女"。为万叶初期的女歌人。现存和歌 4 首，表现出相当成熟的创作技巧。

② 十市皇女(？—678 年)：天武天皇第一皇女，母额田王。与天智天皇之子大友皇子结婚，生下葛野王。

③ 任健：《万叶时代女性的歌吟》，《日语学习与研究》2007 年第 3 期，第 45 页。

额田王是“能够听到神的声音的、具有特殊魔力的女性”，是“神与人类的中介者”和“天皇的代言人”。所谓“中介者”、“代言人”，是指额田王不仅要将神的旨意转换为天皇的语言，还要在重大场合代替天皇吟诗作赋，以此表达天皇的感受。① 足见额田王才思之高。

《万叶集》收录额田王的长短歌作共 12 首，占据初期万叶歌数量的 25% 左右。额田王作为一位活跃于齐明、天智、天武天皇三朝的重要歌人，其作品如同一面历史的镜子，一是可以为我们提供一些了解额田王身世的佐证；二是这些反映其身世的歌作，又相形对照地折射出来她所生活的那个时代的状貌。

比如，额田王在其创作的《万叶集·卷 1·20》的歌作的解题中写道：“天皇，在蒲生野游猎时，额田王作歌。”这些“写在歌前的解题，和写在歌后的注释的纪实性很强，可以帮助了解作品的写作背景”②。又如，《万叶集·卷 1·8》之歌作，亦能为我们解析其传奇人生经历提供线索：

乘舟熟田津，将士要远行。
潮涌月圆夜，扬帆赴征程③

有学者认为，这首歌是齐明天皇所作。“但是，从历史和文化背景上来看还是把它看作额田王的歌来解释最为恰当。”④

---

① 『井上靖歴史小説集』第 7 卷，岩波書店，1981 年版，第 27 頁。

② 陈岩、刘利国：《日本历代女诗人评介》，第 25 页。

③ 转引自任健：《万叶时代女性的歌吟》，《日语学习与研究》2007 年第 3 期，第 45 页。

④ 陈岩、刘利国：《日本历代女诗人评介》，第 26 页。

齐明七年(661 年)正月初六,齐明天皇[1]率重兵进发九州、征讨新罗,中大兄皇子随船前往,在大阪难波港待命出征。额田王当时随侍左右,创作了上面这首歌。这是一首为了祭祀神灵、鼓舞全军士气而咏唱的战歌。读罢这首歌作,我们仿佛看见额田王与中大兄皇子比肩临风而立,已深深地沉浸在战鼓齐鸣、整装待发的高度亢奋中。仿佛眼前就是千百艘战船顺借满潮之势,欲扬帆起航的壮观景象。额田王奉女皇之命而作的这首《出征歌》,虽然语调无铿锵之音,但却充分表达了中大兄皇子侵略朝鲜半岛之"雄心壮志",并借中大兄皇子的心境"传达了神的意志"。[2]

从中国的《魏书》等史籍上可以看出,自卑弥呼[3]时代始,日本列岛上的女性就常被赋予神秘的色彩。"万叶人认为:神灵只会降临到女人身上。所以,在出征的战船上,配有身份高贵的女性保驾。据推测,额田王当时很可能是一位地位较高的占卜师。"f[4] 可是,她的虔诚乞灵和澎湃的诗篇,并没有给日本皇廷祈来福音,半年后,齐明天皇病故。两年后,日军大败于白村江。自此,朝廷为防备新罗的报复性入侵,不得不从飞鸟迁都近江[5],耗费巨资修筑工事。迁都翌年,齐明天皇之子中大兄皇子即位,史称天智天皇。

---

① 齐明天皇(594—661 年):日本第 37 代天皇,是一位女皇,在位 7 年,颇重武备。

② 任健:《万叶时代女性的歌吟》,《日语学习与研究》2007 年第 3 期,第 45 页。

③ 卑弥呼(约 157—247 年):古代日本邪马台国的女王。她是《三国志》所载和曹魏往来通好的倭女王,能使鬼道,以妖惑众,年长不嫁。倭国是位于九州或大和地方的一个 30 余个部落联盟的国家,约存在于公元 2—3 世纪日本弥生时代后期,又名邪马台。文献记载始见于中国史书《三国志·魏志》中的《东夷传》,3 世纪中叶后不见于记载。

④ 转引自高文汉:《中日古代文学比较研究》,第 161 页。

⑤ 飞鸟:奈良一带。近江:现滋贺一带。

额田王是万叶初期成就最突出的歌人。她不仅对日本古典和歌的贡献无人能出其右，而且她还在“唐风”鼎盛的时代背景下，开创了宫廷饮宴上的“歌合”，此举“直接推动了和歌从敬天祭祖、祈福禳灾的祭歌向赞颂帝王公德、抒情寓志手段的转变”。[①]

文人骚客舞文弄墨，结游于“歌合”之中。额田王因其出众的文才，名重歌坛，虽已与皇弟大海人生有一女，无奈皇命系身，又被皇兄天智天皇招幸。此番违背人伦的离奇遭遇，对于一个未及而立之年的弱冠女子，又是何等的伤害和无奈。

额田王即便享有宫廷诗人的桂冠，作为与皇族有瓜葛的女性，其感情亦不能自持，在庄重肃穆的宫中礼仪活动中，她偶然与自己依然热恋着的前夫大海人皇子相遇。《万叶集・卷1・20》之歌作即是此情的真实写照：

紫茜浸苑君挥袖，慎防眼杂守苑人。[②]

该诗作于668年5月5日，是日恰逢宫中的“出猎”。这种来源于中国的宫廷采药仪式，或许与徐福东渡蓬莱寻长生不老药之传说有关。在男人去猎取鹿茸、女人去采集草药之时，额田王和前夫大海人皇子不期而遇，邂逅于皇室御园——芳草园中。两人相见，旧情萌动的皇子远远地挥起拖着长袖的手臂，急于向前妻表示炙热的情意，额田王怦然心动，可是已为皇兄的妃嫔，岂又能轻易出轨，便提醒皇

① 任健：《万叶时代女性的歌吟》，《日语学习与研究》2007年第3期，第45页。
② 转引自郑民钦：《和歌美学》，第21页。

子“须避人”。而心仪前妻的大海人皇子气盛地答歌道：

紫草芳香乱我情，恋君何因他人妇。①

上述这两首短歌，感情粗犷、热烈，如实地揭示了额田王和大海人皇子、天智天皇之间的感情纠葛以及隐藏其后的权势之争的阴影，无论就其历史故事，还是就作品本身来论，都充满了历史认知价值，千百年来为各种文学版本所收。

大海人与皇兄天智天皇关系不睦，后来演变成暴力夺权、殃及社会的动乱。夹身其中的额田王只能在政治的旋涡中被动地沉浮。其感情仿若浮萍，在她的人生旅程中随风波动。额田王是一个命运多舛的女歌人，由于特定的历史因缘，额田王对天智天皇和天武天皇的感情也极为复杂。“壬申之乱”后，天武天皇即位，额田王又重新回到了前夫天武天皇身边，但是耽于皇权神权化的天武天皇对额田王的感情，早已今非昔比。额田王人老色衰，倍感人世两茫茫。

朝暮思君至，孑然守闺房。
秋风吹廉动，空思玄夜长。
——《万叶集·卷4·0488》②

这首歌大约作于670年。当时天智天皇病重，未及一年即驾崩。

---

① 转引自郑民钦：《和歌美学》，第21页。

② 转引自高文汉：《中日古代文学比较研究》，第162页。

才思敏锐的额田王身处感情的窘困中，不觉借风寓意，感叹自己孤凄无奈的心绪。歌人借秋风抚动的门帘，搅起热恋中少女心中的涟漪，形象刻画出女子盼“君”归来时微妙的心理活动，这首歌细腻地描绘了自己当时等待恋人时的寂寞情怀。如果说前面那首“紫野”之歌是具有一种理智的炙热之美的话，那么这首“秋风”之歌则带有一种哀感式的清雅凄楚。两诗风格之所以有差异，一是不排除额田王随着自己年龄的增长，心境发生了舒缓的变化；二是由于岁月的沧桑，使额田王深切地体悟到了大海人皇子和天智天皇对其情感的落差。而与此相形对照的是，四季风光在两首诗中做了很好的铺垫。前者是初夏，野外出猎，主人公年轻靓丽，感情炙热；而后者适逢秋日，作者独守孤灯，孑然一身，人老色衰，感情无处寄托。这首“秋风”之歌，以风来比喻有人来访的先兆，尤其是在注重刻画细腻、寓意深刻的中国闺怨相思诗中司空见惯，反映了当时的近江宫廷也深受汉文化的影响，该诗表达了奈良时代，对爱情坚贞不二的女性面对男性用情不专时的烦恼。

齐明六年(660年)，新罗国联合唐朝灭了百济国，导致大批汉学造诣深厚的知识分子及众多百济难民涌入日本，他们的文学修养影响了近江宫廷，促进了日本社会对于大陆文化的接纳和认可，汉诗作为宫廷文化受到推崇。[①] 额田王不仅长于和歌，在汉诗方面也长袖善舞。其汉诗佳作，豪放阳刚之气不亚须眉。

一次宫中的盛会，天智天皇让臣子们辨析阳春名花与秋山红叶之优劣，臣子们竞相赋诗争宠，唯额田王则以歌应对，她精彩的汉文

---

① 任健：《万叶时代女性的吟唱》，《日语学习与研究》2007年第3期。

令后世皆惊：

寒冬今已去，阳春遂重还。
百鸟久未鸣，而今妙音啭。
百花久未放，千兹乃盛开。
惜乎山路密，欲入采摘难。
惜乎芳草深，名艳不可攀。
转思三秋时，红叶可取玩。
枝头青翠色，流连任赏观。
为有此般恨，吾心爱秋山。①

额田王选择了红叶绚烂之秋作为审美的对象，“不知是出于成熟女性的审美意识，还是对人生流转的感叹。”“在额田王出现之前，日本古代歌谣并未形成这种明显的季节感，而中国古代则早有咏春叹秋之作，此歌可以认为是最早的汉诗仿作。正如中西进氏所说：‘额田王把中国优美的季节感固定在了和歌之中。’”②

额田王情感充沛，汉学造诣极高。从存世的汉诗作品来看，其遣词造句、意境构思，都或多或少地留有中国六朝诗坛的遗风。加之作者文学感悟力极强，所以读其作品，如临其境，如闻其声。

“额田王长期生活在宫中，对律令制初期的国家所呈现的朝气蓬勃的气象具有深刻的感受，以无与伦比的诗人的天赋讴歌时代的

---

① 转引自彭恩华：《日本和歌史》，第19页。
② 转引自高文汉：《中日古代文学比较研究》，第160页。

新生，她的歌作不仅具有女歌人少有的雄浑激越的气势，同时又极具有女性纤细丰饶的内心世界，弹奏着温柔清理的曲调，通过对大自然的爱恋和人生哀欢的咏叹，开拓出富含文艺意识”①的诗作。额田王当时是位居宫廷里管理祭祀的巫女或者侍奉天皇的女官，但是不论身份如何，“额田王的和歌都没有受到那种传统文化的束缚，而是融入了自己的情感，独具个性，或娓娓道来，或气势磅礴，风格之多样性、规模之多样性，在当时实属罕见”。“这一特点，不要说在当时的女性歌人之中了，就是在整个《万叶集》中也是少见的，是第一位超出男女和歌差别的能够和柿本人麻吕相提并论的一流歌人。”②

镜王女　（？—683 年），又称镜姬王、镜女王，大和时代歌人，身世不详。据最具权威的日本国学大家本居宣长在《玉胜间》中考证，镜王女实为镜王之女，额田王之姊。而另一说则称镜王女葬于舒明天皇陵域内，她生前曾向天智天皇请求，为病愈丈夫建立兴福寺消孽，且临终前一日，天皇亲临探望，想来必与舒明天皇连亲带故。此外还有传记称其原本为天智天皇侍妾，后被天智天皇敕嫁近江朝重臣藤原镰足为正室。据《日本书纪》记载，镜王女卒于天武十二年七月五日（683 年），《万叶集》与《歌经标式》③分别收其 4 首和 1 首和歌。

镜王女存世作品不多，皆为与天智天皇、额田王、藤厚镰足之间的唱和，但创作技巧圆熟。在《万叶集》中，她以情爱诗高手闻名，

---

① 郑民钦：《和歌美学》，第 24 页。

② 元金香：《从额田王其人其歌来剖析其与〈万叶集〉的关系》，《外语研究》2004 年第 3 期，第 73 页。

③ 《歌经标式》：日本最古的歌学书，藤原滨成（724—790 年）撰，成书于 772 年。

其和歌中虽不乏与其身份相符的矜持，但也不时地跃动着炙热的情感。

龙田神山旁
浅滩林茂绝声响
布谷鸟听我讲——
切切不可高声唱
激我恋情焦胸膛

——《万叶集·卷8·1419》①

从内容上看，此为一首恋歌。在山高林密、溪水潺潺、幽邃静谧的龙田神社后山上，布谷鸟的朗朗叫声，深深地刺激恋人的心扉。望眼欲穿企盼着恋人未果的恨怨与伤感，使焦躁的歌人把布谷鸟作为倾诉的对象。诗作情景交融，魅力无穷，浓烈的感情变成流动的画面，景象对心象的反衬作用具有强烈的艺术效果，诗作在自然纯朴的抒怀中，催生着思念情感之升腾。

大伴坂上郎女 （695？—781年？），出身于名门豪族大伴氏族，其父大伴安麻吕是著名的武将，官至大纳言兼大将军。母石川郎女、兄大伴旅人皆为万叶时代歌人。她本人为《万叶集》第三期歌人，因家居奈良市东郊的坂上遂得名。

大伴坂上郎女13岁时嫁与一品亲王穗积皇子（？—715年），20岁左右皇子去世，再醮藤原麻吕（695—737年），养老初年又与异母

① 转引自陈岩、刘利国：《日本历代女诗人评介》，第31页。

兄宿奈麻吕(？—728年)成婚，生坂上大娘、坂上二娘。另外，她与大伴百代、骏河麻吕、大伴家持还有歌作相赠。神龟五年(728年)始孀居。此时，大伴旅人亦鳏居，坂上郎女赶赴兄长任地筑紫，为异母兄及未及冠的侄儿理家。以大伴旅人和山上忆良为中心的筑紫文化圈所开创的当时最前沿的学术氛围，对坂上郎女的诗歌创作意义重大。天平二年(730年)，坂上郎女随离任的大伴旅人返归京城奈良，翌年其兄离世。此后，坂上郎女执掌大伴家事。天平十年前后，坂上郎女将自己的大女儿大娘嫁与侄儿大伴家持①。有日本学者推测，孀居后的坂上郎女亦可能出仕过宫廷内命妇。坂上郎女大约生于持统九年(695年)至文武四年(701年)之间，卒于天平胜宝二年(750年)至天应元年(781年)之间。史称大约高寿85岁。其晚年正值以大伴家持为中心，辑成古代诗歌总集《万叶集》的时期，坂上郎女大概竭其所能辅佐胞侄大伴家持，促成其完成了《万叶集》的整理、编纂的伟大使命，使其功垂千古。

受家族影响，坂上郎女在诗歌创作上显示出非凡的才能。《万叶集》中收录其和歌84首。从歌作的数量来看，在《万叶集》中位居第3位，仅次于大伴家持和柿本人麻吕②，为女性歌人之最。“从创

---

① 大伴家持(716或718—785年)：又称大伴宿祢家持，曾任越前守、少纳言、大帐使等。大伴旅人长子，母为大伴旅人之妾。《万叶集》收其歌作479首。

② 柿本人麻吕：大和时代歌人，生卒年不详。也作“柿下”、“人麻吕”，《万叶集》作“柿本朝臣人麻吕”。677年左右为舍人，持统初年(687年)时成为宫廷诗人。祖上为5—6世纪前半叶居于奈良盆地东北部的大和豪族，与皇室及后宫关系极其密切。其和歌洋溢着对皇室的崇敬，亦与此不无关系。终生为六位以下下级官吏。其长歌实现了和歌由“咏”向“作”的转变，这对日本文学与日本文化的发展都具有重大的意义。《万叶集》卷一、卷二、卷三、卷四与卷十五收其和歌84首，另有365首或其创作、或其编辑的各地民谣，收于《万叶集》其他各卷中。

作风格上来看，坂上郎女是一个积极汲取传统，又积极突破传统的和歌作家。对于传统的突破，一方面得益于外来文化刺激的外部环境，一方面也源自于作家的禀赋个性，两方面的结合使得坂上郎女在万叶作家中独树一帜。"①大伴坂上郎女享年米寿之幸，其诗作虽不乏人生中各个年龄段的感情摹写，但最能体现其个人主体意识和自觉的，还是那些表现闺中怨的篇章。在这些深受中国六朝诗风影响的诗歌中，作者或泣或诉，表现出一个弱女子面对当时社会上流行的男尊女卑社会体制的无奈、责难、愤恨。对当时流行的"访妻婚"，导致女方只能被动地等待以及由此而产生的爱情中的欺诈行为，她敢于敞开胸襟尽情直言指斥，"她追求的是爱情的坦诚和平等，对人格的尊重。爱情中这种清醒、认真，这些引以为诫的作品，是她生活体验的痛苦总结，可以视为日本性爱情生活的宝鉴，是万叶相闻歌中弥足珍贵的佳品。"②

坂上郎女一生感情飘零。她开始创作活动，大约不晚于养老四年(721 年)，是时可能初寡。搁笔的时间大约在天平胜宝二年(750年)，时年 55 岁左右。从现存的作品来看，除去 4 首以外，都是她再醮之后 30 年间的作品。《万叶集》中收其长歌 6 首，短歌 77 首，旋头歌 1 首。内容涉及杂歌、相闻歌、挽歌，以及女性作者绝少涉猎的羁旅和歌。"这些歌作，题材广泛，除情爱婚恋外，尚有母爱、祭神悼亡、酬唱嬉戏、即景抒情、辩白告诫、人生感喟等"③，因其一生婚姻坎

---

① 北京日本学研究中心文学研究室编:《日本古典文学辞典》，人民文学出版社 2005 年版，第 135 页。

② 刘锦明，赵乐甡:《大伴坂上郎女与魏晋文艺思潮》，《日本研究》2004 年第 4 期，第 60 页。

③ 同上，第 63 页。

坷，所以歌作绝大部分是与周边的男性互相赠答的恋歌，但也不乏虚构之作。“但从她的爱情和歌来看，其实具有强烈的感情，以哀婉的象征抒情形式来营造纯粹的艺术世界。以娴熟的技巧描绘出一个风情万种，多愁善感的闺妇形象，奔放而缱绻，热烈而理性。”[①]“这种以作歌为乐，以与歌友赠答的形式，创作大量虚构歌作的做法，可谓开创了日本‘职业歌人’之先河”[②]。

坂上郎女的诗风理性清澈，清丽自如的写景、状物及四季的变幻，在作者的笔下熠熠生辉。“她不仅拓展了和歌的抒情领域，而且也加浓了对生活反映的含量”，“她希求感情生活的无限享乐，敢于纵情狂放，蔑视常规习俗，毫无顾忌地我行我素”，且“充满女性细腻的情感。”[③]尤其是其情歌极具欣赏价值。下面一首和歌充分地体现了这一点。

说来却不来，不来盼你来。
却不等你来，怨你说不来。[④]

坂上郎女一生梅开三度，感情的蹉跎，使她能够深切地体会到恋爱中的男女心理，上述诗歌是坂上郎女赠与其第二任丈夫，即朝中重臣藤原镰足之孙藤原麻吕的4首情歌之一。虽然坂上郎女与其只共同生活了一两年，但估计两人感情甚笃。此诗节奏感极强，读来朗朗上口。歌人巧妙地将声律用于诗作中，充分利用发声的抑扬顿挫，短

---

① 郑民钦：《和歌美学》，第22页。
② 陈岩、刘利国：《日本历代女诗人评介》，第42页。
③ 同上。
④ 任健：《万叶时代女性的吟唱》，《日语学习与研究》，2007年第3期，第47页。

短四句诗词，反复使用相同的发音，像珠玉落盘一样娇嗔般喷吐而出，鲜明地表现出急盼情人情人却不来时的万般焦躁、郁闷、沮丧等个人心理，以暗示心中的不悦，使抒情达意之艺术效果倍增。

第三节　日本文化转折的奠基者
——稗田阿礼

在人类远古无文字记载的时代，古人对长期生活经验的积累，对不能驾驭的自然环境以及人类生存搏斗的认知及其记载，作为本民族原始时期的文化雏形，只能依靠本民族博闻强记的口传者来保存和延续，即将氏族形成、繁衍、生产及与周边环境磨合的生存记录，经众人之口加工，逐步形成无特定作者的口承传说，并在长时间内左右和制约着人类思维的童年时代。

一般而言，在人类文化发展史上，都要有一个漫长的无特定作者的神话传说时代。而日本文学发展史却比较特殊，在其书面语言形成的第一部作品中，却留下了一个女性的名字，她就是奈良朝时代的女官人稗田阿礼。

白凤二年(673 年)，壬申之乱后，天武天皇登基；大宝元年(701 年)朝廷发布《大宝律令》；养老二年(718 年)，发布《养老律令》，并多次派遣遣唐船，求习唐朝礼制，积极推动日本文明的腾达。和铜三年(710 年)，迁都平成京，日本开始在政治、经济上有了飞速的发展，出现了相对稳定的和平建设时期。和铜四年(711 年)，天智天皇第四皇女元明天皇(661—721 年)，敕命太安万侣(？—723 年)从语部(日本古代司记诵、讲解上古传说的职官)，“撰录稗田阿礼所诵之敕语旧辞，以献上者。”始撰《古事记》，翌年成书。

作为日本最早的历史和文学作品,《古事记》记述了日本从开天辟地的古代传说的神代到推古天皇时代(593—629 年)的历史和传说。全书由序及上中下三卷正文构成。

太安万侣在《序》中,谈及了该书的撰写动机和撰写过程,简述了“壬申之乱”后,天武天皇即位施政的一系列方针政策及取得的成就,天皇曾为巩固律令制国家而下诏撰帝纪:“朕闻诸家之所赍帝纪及本辞,既违正实,多加虚伪。当今之时,不改其失,未经几年,其旨欲灭,斯乃邦家之经纬,王化之鸿基焉。故惟撰录帝纪,讨核旧辞,削伪定实,欲流后叶。”[①]“这段文字明确无误地说明,天皇出于确立基于氏姓尊卑的社会秩序,为健全发展大化革新的政治成果,而对以往帝纪的旧辞[②]去伪存真,予以修订,以流传后世,并将此举提高到‘邦家之经纬,王化之鸿基’[③]的高度。既是出于政治目的,那么只能围绕如何宣扬皇室的正统化而做文章。序文的第一部分列举了 11 件大事,可视为是《古事记》的中心主题”[④]。在这一思想指导下,太安万侣根据宫廷女官人稗田阿礼的口诵,进行了“削伪定实”的编撰工作,并将其整理成文,于和铜五年(712 年)进呈第 43 代元明天皇,是为《古事记》。

《古事记》“上卷是神话传说,写的是天照大御神直系系谱,即统谱;而其中卷和下卷,神话、史料混杂,分别录述了第 1 代神武天皇至第 15 代应神天皇,以及第 16 代仁德天皇至第 33 代推古天皇的天皇

① 安万侣著,周作人译:《古事记·序》。

② 旧辞,称本辞,系民间各氏族历代相传的传说。

③ 安万侣著,周作人译:《古事记·序》。

④ 马兴国:《〈古事记〉、〈日本书纪〉的文学特征异同辨析》,《日本研究》1999 年第 2 期,第 57 页。

家族系谱，即皇统谱、帝纪记事”。“其内容虽然大部分是无稽可考也不足凭信的神话奇谈，但它却是第一部记述毋宁说是杜撰了日本皇统的起源和世系的著作，对后世产生了深远的影响，更重要的是它是日本现存的最古老的书面文史著作，对于了解、考证日本古代的生活方式与风俗习惯乃至日本民族与宗教的起源，都有比较重大的价值。”①

《古事记》是由“帝纪”和“本辞”两部分组成的，所谓“帝纪”就是记载与天皇家世相关的诸般事宜，而“本辞”也称旧词，即“指神话、传说、或民间故事，这是口头流传的故事”，《古事记》的价值“乃是作为文学书来看，这是一部记载古代传说的书”，日本文化发展史上不仅受中国文化的影响，我们在观《古事记》第157节的“天之日矛”时，还发现它“很有印度故事的色彩”②，足见《古事记》中的神话不仅记载了日本民族成型过程中的民族生存史，也反映了远古时代该民族的文化涉外史。

目前我们对稗田阿礼本人所知甚少。据传她具有惊人的记忆力。太安万侣在《古事记》书前序曰：“时有舍人，姓稗田名阿礼。年廿八，为人聪明，度目送口，拂耳勒心。”③

稗田阿礼通晓历代天皇业绩，亦熟谙古代神话、传说和歌谣等。她称天皇敕她“颂习帝皇日继，及先代旧词”④。可见，“舍人”是宫廷中记诵、讲解上古时代传说的职官。稗田阿礼通晓的“帝纪”，系指皇家史事，“旧词”系指神话、传说等。稗田阿礼的主要职责是参

---

① 彭恩华：《日本和歌史》，第20页。

② 安万侣著，周作人译：《古事记·周作人序》。

③ 安万侣著，周作人译：《古事记·序》。

④ 同上。

加大尝祭和舞乐仪式，并向天皇讲授。

大化革新以前的宫廷“舍人”不懂汉字，“帝纪”、“旧词”都是靠口头传诵的。“说部”其实正是稗田阿礼所承担的说唱任务。所以，完成文字的创作任务，只能依靠汉文修养颇深的太安万侣了。

据《古事记》的作者太安万侣介绍，该书的成型得力于稗田阿礼。稗田阿礼身为女性，所以《古事记》中的女性地位比较特殊。可以说，在日本文化史上，稗田阿礼有着突出地位。她作为宫中的一位女官、传承人和讲述人，可能用歌唱的形式再现了日本民族发展史上留存的东西。后来受到女帝元明天皇的注意，就让太安万侣等文人用文字把它记述下来，使这样一部集史实、歌谣为一体的日本第一部史传作品得以问世。《万叶集》中收录有124位女歌人的诗作，里面不乏女性天皇的歌作。这些女帝的歌作，有些是早于稗田阿礼的，但是和稗田阿礼相比，她们的诗歌更多展现的是爱情，而稗田阿礼作为日本第一位口传者，其贡献则更多地表现在她对国家、民族、思想、文化等方面的认识上。

稗田阿礼出仕时，日本皇室曾先后连续登基即位数位女天皇，稗田阿礼在宫中执掌如此重任，想来是拜母系社会余光所赐吧。所以对于该书中设置天照大御神之缘由，日本著名学者梅原猛曾经考证说：“以天照大御神为首的女神们的活跃，不正是充分意识到持统、元明两位（就血缘关系而言，两者为姐妹，论伦理关系则为婆媳）女帝的存在吗！”①

虽然最后《古事记》成书于太安万侣之手，但对于其史料的口诵

① 梅原猛著，卞立强、赵琼译：《诸神流窜——论日本〈古事记〉》，经济日报出版社1999年版，第447、448页。

和传承,以及在此过程中口诵传承人的加工这一点上来说,稗田阿礼可谓是日本古籍整理、日本文化转折的奠基人,也是日本口传文学的第一人。“《古事记》的真正价值也远远地超出‘邦家之经纬,王化之鸿基’这一皇权思想,而以它生动的远古神话、传说和帝王谱系,在文学史方面显示了重大意义。”①

① 马兴国:《〈古事记〉、〈日本书纪〉的文学特征异同辨析》,《日本研究》1999年第2期,第57页。

第二章　平安朝时代女性作家的创作

奈良朝始，日本文学开始萌动，至平安时代，日本文学已立于世界文学之林，其中日本女性作家功勋卓著。尤其是平安朝始，日本的女性文学，不仅开创了日本古代文学的高峰，同时也以长篇小说之精粹，登上了世界文学之巅。

第一节　平安朝女性文学源头探微

平安朝时代，日本女性文学呈现了异常繁盛的局面。对该时期这一特殊文学现象的探索，使我们不能不注目于其生成的基本逻辑，及其所蕴含的丰富文化内核，即日本女性文学成型的真实源头。

本节试从历史层面之源头、摄关政治体制之源头、文化教育层面之源头、社会习俗层面之源头以及汉唐文化冲击之源头等方面，揭示构成日本女性文学迅速崛起，以及平安朝文学蓬勃发展之要因。

一、历史层面之源头

分析平安朝女性文学繁盛的原因时，不能不追溯日本女性文学出现的历史背景。可以说，日本女性文学时代的出现，是日本文学的女性话语趋向在历史机遇中的一次实现，也可以说，它是一个复杂的历史现象和文学现象，是多重因素作用的合力。这中间固然有日本文化价值取向的变迁、庄园制的形成、藤原氏的专权等因素，但真正的决定因素，是在生活表面下涌动着的深层次激流。

依据中外史书，我们大致了解到日本历史上的卑弥乎和奈良朝的6位女帝在位时期是一个女性地位如日中天的时代。自公元8世纪初问世的《古事记》和《日本书纪》等日本史籍中所描述的远古的那些似曾雷同的故事，都穿凿附会于高天原太阳女神创建大和国的传说，此种神话的杜撰明显留有母系社会和农耕社会的痕迹。而同是这几部史书，在对中古皇权更迭的描述中，已明确昭示了日本开始进入父权为上的奴隶社会。比如，伊邪那岐命与伊耶那美命结婚的方式，磐姬皇后的妒忌的缘由，以及本是生命的创造者却被视为“身上蛆虫聚集，脓血流溢”①的死亡与污秽的化身的伊耶那美命之形象，无不昭显着男尊女卑之思想。其后有关众多天皇的传说，无不伴随着广纳妻妾的故事而彰显其伟业，女性作为一个蒙面人的角色，隐隐约约地隐藏在男性的背后，她们的形象基本上退化为一个符号，完全没有个人的心理特征和主体话语，表现出十足的附属性。那些幽婉低回的“闺中怨”，正是男尊女卑桎梏下，日本古代“怨妇”的声声哀鸣。

那么古代的日本审美文化意识，何以青睐这类奴性为上、柔顺为美的女性呢？

大和、奈良时代的家庭经营模式和社会体制，决定了女性在社会生产中的辅助地位。古代所有的女性作品中的记载，均说明传统的两性关系，是以男性对女性的压抑，使女性隔绝于社会信息的流通，

---

① 安万侣著，周作人译：《古事记》，第8页。

成为无生命价值可言的、传统伦理规范下的家庭的“附属物”为基础的。这一点我们可以从平安朝时期任何一部女性作品中窥见一二。几乎所有作品的生活场景都聚焦在女性生存的场所，或女性爱欲视力半径所及之处。即便像《源氏物语》这样的长篇巨著，虽然涉及宫廷权术之争，但也像室内情景戏剧一样，侧重于女性心理及情感的描写，淡化刀光剑影的描绘。

物质生活的现实，反映到意识形态上，自然而然地形成了对妇女人生角色的认知与规范。

此外，璀璨的汉唐文化敲开了日本文化的大门，18 次遣唐使的派遣，使日本列岛长时期沐浴汉雨唐风。而作为舶来文化重要源流之一的儒教，在奈良、平安时代固然没有像中世纪那样被幕府武士所膜拜，但在仿效中国而制定的日本古代律令中，已明显贯穿了儒学“男尊女卑”的思想，如仿效中国而制定的法规中有“七出”。所谓“七出”即男性依据一己之愿，可以休妻的七种理由。当然，不可否认，在实际生活中，由于日本母系制“访妻婚”遗风的尚存，儒教的戒规在日本有别于中国，并没有得到全面的贯彻。但我们必须清醒地认识到，“访妻婚”相对于女性来说，表面上看，好像女性有广阔选择的自由，殊不知，随着生产力的进步，这种风习的遗存，反倒是给了男性更多的性自由。在古坟时代，男女关系很简单，男女之间追求的是朴素、原始浪漫色彩的性，进入奈良时代以后，每个夜晚男性都可以自由走访他所心仪且又接纳他的女子。“到了平安时代社会发生重大变化，女性无论在经济生活上还是性生活上都失去了昔日的自由和自立，在夫权确立的这一时代，她们必须利用她们的性能力换取生存的保障。获得了生产资料和生活资料支配权的男人无疑拥有最大的性选择权，有条件追求他们的浪漫和满足。平安时代被公认为日本好色的时代，也主要是那些新贵们异常活跃的结果。”①

这种男女结婚不同居的生活方式，助长了男子朝三暮四、恣情纵欲的可能性。这种独特的婚姻方式，必然造成妇女的极大不幸，反过来，又带给妇女更多的伤害。那个时代，女性的地位日趋卑微，甚至不能主宰自己的命运，爱情的欢乐、婚姻的幸福对她们来说，是遥不可及的。因此，对于爱情的渴望和追求成为古代女性，特别是古代女性和歌乃至日记创作的主题。

例如，日本第一部诗歌总集《万叶集》，其成书于 8 世纪中叶，在日本文学史上具有极其重要的地位和深远的影响。在有据可查的 478 名作者中，有 124 人为女性歌人，足见日本上古时代日本女性文学的发达，而这种发达又是与千百万个妇女的真实生活写照和美好的企盼密切相连的。而这又是是时较为宽松自由的政治和经济地位所使然。

《万叶集》中这些才华横溢的女歌人，她们向往美好的生活和真挚的爱情，但却得不到命运的眷顾，从她们的诗赋中不难看出当时的日本女性对社会上流行的“访妻婚”制下所造成的男性始乱终弃的无奈、责难、愤恨和对完美爱情的渴望与追求。

但是进入平安朝以后，随着佛教的盛行和封建势力的桎梏，女性被排挤出政治和经济的领域，闭锁于家门内的女性创作队伍大幅萎缩。唯一活跃的是继续追逐情感世界的王朝贵族的女性们。她们以前无古人的创作艺术技巧，记录下一夫多妻制下切身的痛苦，揭示了正在下降趋势中的平安朝女性的生活悲剧。比如，拿《源氏物语》来说，一部 54 回的小说中，出场了 300 余位女性，她们都是作为以光源

① 郝祥满：《日本人的色道》，湖北长江出版集团 2009 年版，第 84 页。

氏为代表的几个男性的陪衬而亮相的。又如《枕草子》中所描绘的皇后定子，后宫争宠失败，寄居荒草房中分娩。还有《蜻蛉日记》中的藤原道纲母，恰如“秋夜长”的诗句所言，每逢日暮，寂寞难挨。

这种伦常关系在很大程度上形成了一种社会意识，那就是构成当时日本社会所特有的压迫、禁锢女子的完整的思想体系。该体系使妇女如同围着太阳转的月亮，依附于男性。日本历史为其提供的思想文化背景是有异于男性的，而她们在对传统思想文化的接受方面也有自己鲜明的特点，最重要的一条是面向“夫权”和贵族社会所表现出来的无奈的奴性。当然，这种奴性表现出来的程度和方式有所差别。

个别一度觉醒的先驱，感到了个人与整个社会的对立，她们作为人的价值和尊严未得到社会应有的承认与尊重，在这种来自外界的压力下，她们蜷曲在自我的狭小空间中苦闷、彷徨，犹如压在石头下的小草努力生长，发出几声微弱的呼声，结果又被夫权的大浪携回苦海。

从社会文化意义上来说，这可谓日本古代女性文学成型的历史层面的真实的源头。

二、摄关政治体制层面之源头

摄关政治体制，是日本中世纪时期一个重要的历史现象，其衍生的摄关文化是平安时代特有的政治文化，也是《源氏物语》、《枕草子》等几部女性文学作品的政治主线。这种特异现象的出现，缘于当时正值日本平安时代“摄关政治”①的顶峰。

---

① 摄关：是“摄政”与“关白”的简称。藤原氏自9世纪中叶起至11世纪中叶，利用世代外戚地位，以辅佐未成年天皇之由，执掌朝纲，名曰“摄政”，天皇成人后仍握有实权，名为“关白”。

天皇外戚藤原氏之先祖，本为公元645年，协助中大兄皇子推进“大化革新”之功臣中臣镰足，后被执掌朝纲的中大兄皇子，即天智天皇赐姓“藤原”，从此藤原氏一族把持朝纲400年之久，史称“摄关政治”时代。他们实行摄关政治，挟天子以令诸侯。不仅在政治上，在文学上他们也占据着统治地位。他们是文学的主体，是文学的创造者，又是文学享受者。所以将这一时期的文学统称为“贵族文学”。

藤原氏一族由于是天皇的外戚，内部不断相互倾轧，都一心想把自家的女儿拥立为皇后①。于是，这些出身于藤原氏不同分支的“嫔妃为了争宠，纷纷雇用出身于中小贵族而富有才艺的侍女为辅佐，从而使在后宫担任过女官的女性作家应运而生”②。所以，“以藤原家为中心的门阀政治的一个出乎意料的副产品，就是平安朝女性文学的兴隆。”而另一直接重要条件，就是一条天皇时代建立的“一帝两后”的新制度③。藤原道隆④的女儿定子和其叔父藤原道长⑤的女儿彰子这两个后宫中相煎异常惨烈的堂姐妹以及由其所雇用的才女所组成的文艺沙龙就是该制度的产物。定子所在的后宫任用的才女有清少纳言、马典侍等；彰子这边则任用了紫式部、和泉式部等⑥。而她们之间的激烈竞争，在客观上又促进了她们的艺术和文学水准的提高。

---

① 西乡信纲等著，佩珊译：《日本文学史》，人民文学出版社1978年版，第69页。

② 李祝亚：《社会·人生·文学》，《日语学习与研究》1995年第1期，第92页。

③ 大冈信著，尤海燕译：《日本的诗歌》，安徽大学出版社2010年版，第77页。

④ 藤原道隆：《蜻蛉日记》的作者藤原道纲母的丈夫与第一夫人时姬所生长子，官至关白。长德元年（995年）病逝后，翌年其子内大臣伊周和中纳言隆家获罪被流放，自此家道中落，殃及贵为中宫的女儿定子皇后。

⑤ 藤原道长：藤原道隆同母弟，官至关白。曾将彰子等四个女儿送入宫中嫁与三个天皇。作为天皇外戚，把持朝纲数十年。

⑥ 西乡信纲等著，佩珊译：《日本文学史》，第70页。

这些作为后宫侍从的女官们，有感于社会现实及其这种现实波及于自己的人生变迁，从而点燃了她们直面人生、反映人生创作的热情和勇气。她们用她们那细腻的笔触，记录了官场的黑暗、政治的倾轧、贵族的腐败和恶浊可叹的末世。

在摄关政治体制下，男性主人公命运浮沉不定，女性则作为男性政治斗争的工具和筹码，成为统治者最无情、最丑恶的政争工具。婚姻如同儿戏，丈夫可以恣意妄为，妻子只能坐守孤灯。摄关政治体制对于平安王朝时期的中上层女性来说，无疑是一场人生的悲歌。而众多两性的悲欢离合及官运的荣辱，又交织成了一幅平安盛世贵族没落的图景。

这种平安时代的摄关政治体制及其产生的后宫政策，造就了日本空前绝后的女性文化，产生了世界文学史上极为罕见的、众多女性作家林立的场面。可以说，摄关体制的政治文化氛围，为紫式部等女作家汲取丰富的创作素材，提供了社会大舞台。她们以其精湛的杰作为平安王朝的没落，上演了最后一幕盛装的宫廷舞会。

百余年后，镰仓的武士登上历史的舞台，揭开了平民时代的帷幕。

三、文化教育层面之源头

夫权和父权，是悬在日本古代女性头上的两把刀。在家从父，出嫁从夫，父性文化切断了女性与社会的联系，强迫她们遵守着这一不合理的性别分工。但作为平安朝宫廷权力的载体，宫闱文化的兴盛，成就了平安时期女性文学的高峰。

平安时代的贵族，大多是通过世袭途径而致仕的，为了维护家族的声望与地位，不惜以女儿作为攀龙附凤的工具。贵族官宦之间不乏有人以通婚纽带的关系，来巩固自己的实力，以在争权夺势中有更多的筹码。比如，平安时代的中小贵族，他们希望多生女儿，以便能与天皇联姻，换得荣华富贵。这样一来，背负了父兄使命的贵族女性文化和源于夫权文化的后宫沙龙文化便骤然而起。

所以，从平安朝时代开始，在贵族社会内，就有让女孩子从小接受教育的传统。他们认为，有了才学，人生便多了一次赌注。当时，但凡有条件的人家，都将子女的教育作为发展、兴旺家族的一种策略，因此，普遍重视对女子的教育，将其作为一种长远的战略投资。

虽然这是一种动机并不纯正的教育，但毕竟造就了许多才华横溢的女性，涌现出像藤原道纲母、清少纳言、赤染卫门、和泉式部、紫式部等许多著名的作家，她们几乎横扫了当时的文学领域，把日本古典文学推向顶峰。可以说，最先觉醒的就是这些女知识分子，而最先活跃的也是这些女文学家。女性文学正是在这样的历史背景下应运而生的，从某种意义上说，它又是那个时代妇女解放运动的先驱和喉舌。

此外，以汉文为长的男性宫廷文化，必有其掣肘之处；而以女性为发端的假名文学，则掀起了日本语言史上的伟大变革，标志着日本民族复合文化的生成，奠定了女性文学生成的文化土壤。① 著名评论家川村凑曾说过："男性总是在捍卫传统的语言，他们对不断变化的语言有一种抵抗感，比如贵族们，为了显示传统和渊源，他们宁可保卫既有的语言——古汉语，而不管这个语言是否落伍；而女性对语言的适应力则非常之强，她们不但很快适应了新的语言变化，还从这种变化中凝练出一种十分微妙的全新语言。这是男女之间的差异，也是日本女性文学发达的因素之一。"②当时，连平安朝的男作家纪

---

① 辻善之助：『日本文化史 2 平安時代』，春秋社 1949 年版，第 71 頁。

② 川村凑：《日本女作家：反叛封建家长制》，《北京日报》2001 年 7 月 15 日。

贯之都曾慕名用假名文字冒充女性作家创作了著名的《土佐日记》。

在黑暗的摄关体制下，无数个美丽的少女，为了家运的亨通，走进深宫，梦断皇城；或嫁入豪门，妻妾难睦，这种恶劣的社会风气，将女性作为政略婚姻中的一个工具，她们负载着沉重的传统观念的重担，不越传统樊篱半步，她们的视域被牢牢地固定在家中，视点仅仅定格在某个特定的男性身上，甚至于为了达到这一目的，被迫献出了自己的青春和生命——皇后定子虽有最卓越的才女清少纳言做辅佐，但在25岁就魂断深宫；《源氏物语》第一回中出场的主人公桐壶更衣虽集三千宠爱于一身，却做了一夫多妻制下的冤魂；空蝉虽然才貌超群，却最终出家伴孤灯。

这特定的时代特征，使出身于中等贵族家庭的女性作家们从自身的经历中，直观地触及到了时代与社会的不幸，她们具有良好的学识和教养，思想敏锐且感受深刻，所以她们才能为同样不幸的同胞掬上一把同情的泪水，这浸满了女性辛酸泪的笔触，亦成为日本古代女性文学成型的文化教育层面的源头。

但是，我们也应该认识到，虽然从事文学创作的女性有机会掌握一定的知识，但古代知识女性所受的教育有很大的局限性，其内容大都不外乎是培养合乎礼教标准的贤妻良母。因此，她们之中的大多数人的人生角色，同普通的妇女相比，本质上并无二致①。这些女作家中，有后宫嫔妃，也有才女名媛，尽管其各自地位、身份相去甚远，但是，作为普通女人，在对男性的依附这一点上，她们又有一定的相同之处，其文化背景也大致相近。偶有个别女子因环境的特殊，在才学方面得到较好的培养，能够比较充分地发挥自己的文学才能，写出

---

① 『図説日本文化史大系4平安時代』，小学館1958年版，第69頁。

了压倒须眉的作品，但即使是这样比较有个性的女作家，往往也都负载着传统伦理观念的重荷。

四、社会习俗层面之源头

在原始社会的晚期，男子由于其在生产中的优势而逐渐掌握了家中的权柄，而妻子则被贬低、奴役，变成了淫欲的奴隶，一旦得到满足，便被男子弃之如敝屣。始乱终弃的故事总是以男女的始乱开始，而以男对女的弃告终，女子的一心追求与男子的无情抛弃，便造成了悲剧，这是男尊女卑时代的典型的产物。

日本古代流行"访妻婚"的习俗，但在一夫多妻制的社会状态下，女性只能被动地等待男人。从当时的婚姻关系中不难看出，男子拥有主动权，而女性除了倚门相望、任人选择外，似乎就别无他法。在男人看来，女性似乎只是男人的附属物，男子到处招蜂引蝶，乃天经地义，爱情维系则全在妻子的容忍和谅解，这完全是一种不平等的爱情观。

紫式部在《源氏物语》中，主观上欲暴露日本平安时代宫廷贵族的腐败政治和淫欲生活，通过主人公爱情上的坎坷遭遇和对贵族妇女婚恋痛苦的忧思，描绘出一幅日落西山的贵族社会的历史画面。而这也就涉及了"好色"之说，即当时流行于上层贵族社会的开放的性风俗。对于源氏这种人，我们不能仅就其个人的道德品质来针砭，还应该透过他的行为方式来剖析当时的社会风气、日本上层社会中的享乐以至腐化堕落的世态。

在奈良朝和平安朝，贵族社会中有一种风流的风俗，或曰"好色"。实际上"好色"一词，日本释义和中国不尽相同。中国的好色，是指以男性为主，指男性玩弄女性，而日本则不然。在平安朝贵族社会，"好色"指的是男女互相喜爱乃至痴情。但是，在男女政治和经济地位不平等的情况下，在“访妻婚”还是社会上一种主要婚俗的背景下，“好色”只能是男性的择“色”自由，而以女性的“色衰”败北或压抑而告终。正如井上清指出的那样，“表面上看起来，好像男女在性的自由方面是对等的，但是根本上一切属于男子，女子等于零，有着天壤之别。”①

以《源氏物语》中的光源氏为例，他真正明媒正娶的妻子只有葵姬和三公主，但却和众多的女性发生性关系。作者紫式部并没有对他乜斜而视，这与当时的社会风气不无关系。小说中的男士，对“好色”几乎个个无师自通，他们认为，如果终身与糟糠之妻相厮守，会无法挺胸做人，男人们之间可以互相交流猎艳经验，还可以互相推荐自己的性伙伴，他们认为这是君子风度。

《源氏物语》文采飞扬，文学价值很高。正因为如此，长久以来，一般学者都以古典的态度衡量之，而忽视了其中缠绵极致的性内容。源氏这个角色相当复杂，其行为颇有一些像中国古典小说《金瓶梅》中的西门庆。如果说西门庆是在中国明代商业高度发达的社会情况下，一个典型的性享受的弄潮儿，那么，光源氏则是庄园制经济体制下的一个风流倜傥者，不过其出身要高贵些，行为要文雅些，还披上了一层痴情的外衣。

透过光源氏与众多的女性瓜葛引发的风流故事，人们仍可以看到当时各种追求享乐的社会风气，也可以看到女子终究是男性的玩物，甚至她们还意识不到自己的命运。比如说轩端荻是伊豫介前妻的女儿，正当青春年少，她是源氏染指的众多女性中的一个，源氏本来觊觎她的继母空蝉，寻机苟合，不料空蝉发现后机智逃走。源氏将

① 井上清：『日本女性史』，三一書房 1956 年版，第 97 頁。

轩端荻误认为是空蝉，将错就错，而轩端荻“并不怨恨源氏公子的非礼行为”，自此两人无后话。源氏公子一辈子偷香窃玉，都如入无人之境，轻易得手。

在这部作品中，“恋母情结，近亲相奸，见异思迁，沟壑难填的色欲，都被暴露无遗”，“作者可能通过一连串的情节对当时的社会进行某种程度的批判。也可能通过一连串的意淫和色欲来表现人性之无可救赎，最后达到日本文学传统之一的‘物哀’，认为在人的世界经过性的欲望和荣华富贵后，最后还是空虚的悲哀，即佛教所说的‘寂灭’。”①

这些“出身于中层贵族的女作家们之所以在自己的作品中偏重表现个人的生活和感情，其主要原因是，当时的贵族妇女，特别是中下层的妇女，都有这样一种感受，似乎她们最深刻地触及到了时代与社会的不幸，因她们具有良好的教养，故思想敏锐且感受深刻，然而她们毕竟是中下层贵族的妇女，故逃避不了时代和社会传统等方面加之于身的悲剧命运”②。

由于以《古事记》和《日本书纪》为代表的史籍作品都是出自男性之手，他们沿袭了社会上将女人定为男性的附属物的观念，把女子的功能确定为男人的附属，根本不顾及女子自身人格和尊严。这样的作品中的女性，往往带有强烈的附属性，而且其中绝大部分作品作为男性话语霸权的表现，专以强调男性的感受为主，而此期的女性文学从一开始就表现了不同于男性的特色。从这种历史层面、文化层面和社会习俗层面汩汩流淌出来的，就是平安朝女性的主体意识，是

---

① 刘达临：《浮世与春梦》，中国友谊出版公司 2002 年版，第 210 页。

② 李祝亚：《社会·人生·文学》，《贵州民族学院学报》1995 年第 1 期，第 93 页。

在柔弱敏感的女性心灵中产生出来的强烈反响。

五、汉唐文化冲击层面之源头

女性文学的出现，显示了日本文学发生的具有最根本性的特征，即日本文学史上和日本文化史上，每一种新样式的崛起，如果没有外来的异质文化的强烈的冲击，就无法激活日本文化的元素。文化的受纳和交融，可以使中日文化之间互补提升、相得益彰，从一个侧面又促进了平安时代女性文学的诞生。

中国的汉唐文化，曾经对日本的古代文化之生成产生了重大的催化作用。平安朝伊始，当时的天皇维系着奈良时代的传统，迢迢万里，不辞辛劳，派遣唐使和学问僧到中国长安，求习中国的社会制度、文化、宗教等先进文化，使日本在较短的时间内，涉猎了世界上较先进国家的文明水准。此时的日本实行“律令制”，即应用中国的律令、社会制度、组织管理手段，强化天皇政府的权力，这实际上是政治上的“唐风文化”。至平安时代中期，律令制逐步崩溃。

虽然平安朝女性文学走俏之时，中国的大唐早已倾覆，宋王朝崛起，但是唐代是中日两国最友好、交往最密切的时期，两国正式建立联系，互派使节往来。而作为一种强势文化，盛唐文化之精粹在相当长的一段时间内还在日本流传，表现出了旺盛的生命力。此后频繁来日的宋朝商贾和数量众多的学问僧的赴宋，继续将交流的传统推波助澜。以宫廷贵族生活为场景的日本女性文学，其作品几乎都与这段历史事实所切合，尤其是紫式部的《源氏物语》、清少纳言的《枕草子》，更是如实地反映了古代日本对异邦先进文化的受纳过程。

唐代的封建文化和艺术深为日本贵族所喜爱，对于当时受过良好教育的中层贵族妇女们来说，时尚文化作为审美对象的主体物一旦成立，又反过来制约着她们的感觉趋向和好奇心的指归。一部《源氏物语》,引用了中国典故和事物有二百多处,舶来品可谓是琳琅满目。作品通过出场人物大量的言行、举止、生活场景等的布局,反映了日本统治阶级积极汲取唐朝封建制度的努力。从书中可以看到:当时选拔官员仿效隋唐的科举考试,以才取人,为此开设太学,倡学儒家经典。乃至官员的官名、官服与唐王朝几无二致。唐人舞在宫中极为盛行,妃嫔皆知。

《源氏物语》第 7 回《红叶贺》一章,描写了为了给朱雀院行幸,宫中表演唐人舞《青海波》的场面,"高高的红叶林下,四十名乐手绕成圆阵,嘹亮的笛声响彻云霄,美不可言,和着松风之声,宛若深山中狂飙的咆哮。红叶缤飞,随风飞舞。《青海波》的舞人源中将的辉煌姿态出现于期间,美丽之极,令人惊恐。"①

作者身处我国北宋初年,但对我国盛唐、中唐的文化,依旧怀有憧憬之情,并推崇备至。甚而用唐玄宗和杨贵妃之故事演绎当朝日本天皇的爱情悲剧,并把它镶嵌到平安王朝贵族的生活场景中。文中还引用西汉王昭君的故事,秦宰相赵高指鹿为马、汉武帝烧香返魂等历史传闻亦在作者的笔下栩栩生辉。这些都使其作品具有浓郁的中国古典文学气氛,使我们读起来毫无隔世之感。

当时,日本留学生拼命学习中国的先进文化,带回大量的中国典籍,致使社会上吟诵汉诗蔚然成风,老少争相传阅。其中,白居易的诗文就曾对《枕草子》影响甚大,该随笔中引用、改动白居易的诗文比比皆是,显示了作者非凡的汉学才能。此外,《史记》、《战国策》、《汉书》等中国古籍亦畅销一时。随着佛教的传入日本,《法华经》走俏,紫式部笔下三分之一的篇幅涉及是时崇佛世相以及佛教徒的火

---

① 紫式部著,丰子恺译:《源氏物语》(上),人民文学出版社 1980 年版,第 156 页。

化殡葬等仪式。此前，正是鉴真和尚东渡，学问僧最澄①、空海②自唐土留学归来，开山建业、大兴庙宇、香火鼎沸的日本崇佛极盛时代。

以上之事，不胜枚举，可以说，作者以浓厚的兴致反映了平安王朝贵族们对隋唐文化的锐意进取，同时又在这个广阔的时代背景下，以生花妙笔描绘了一幅在舶来文化强烈冲击下，平安王朝贵族们学习、借鉴、受纳唐文化的图景。汉唐文化在很大程度上影响了她们作品的内容和文化视野。

第二节　平安朝女性文学的成型模式

纵观古今中外，父系文化都横亘了数千年之久。西方的宗教曾诅咒女性，东方的佛教视女性为祸水，几千年来，女性在这种父系文化的钳制下，渐趋失去自我，她们成了社会化的人。因此，社会上对其举止言谈的规定，都自觉或不自觉地制约女性心理的形成和变化。

曾经在日本历史上长期存在的“访妻婚”，这种婚姻的形态逐渐走向没落，被嫁娶婚所取代，随着从平安朝时代开始的封建土地制的变化，私有财产不断增加，男人开始在生产和家庭中要谋取统治地位。

女性地位渐趋衰败以后，女性的一切创造活动都受到了严格的限制和禁锢，强调女性性别的特殊性，也就默认了男性性别的统治者

① 最澄（767—822 年）：平安时代著名高僧，延历二十三年（804 年）赴唐求法，翌年回国，延历二十五年（806 年）建立天台宗。

② 空海（774—835 年）：平安时代著名高僧，延历二十三年（804 年）赴唐求法，两年后回国。弘仁三年（812 年）于高野山建寺传布真言宗。著有《入唐求法巡礼纪行》、《文镜秘府论》、《刘希夷集》等著作。

的资格。女性被视作传宗接代的生殖机器和劳动工具,被限制在狭小的家庭和深宫之内,同时对她们施以教化,使她们自我奴化,坚守"三从四德"的那一套东西,拜倒在男性的脚下,像紫式部这样的伟大作家在《源氏物语》中都将女人赤裸的身体描绘成"可怕得令人难忘",就是这种奴役思想的异化表现。

在奴隶社会和封建社会,"君为臣纲、夫为妻纲",都规定了一方的绝对权利和另一方的绝对义务,夫妻关系中妻子的从属身份是对个别的具体的男子的忠贞驯服,表现在女性作品中,就是"女性为情而生,为情而死,她们生存的质量紧紧地与某一男性的思恋爱慕粿合在一起",产生强烈的从属意识,试想想,她们能够不痴情吗?强大的社会、滞重的历史、庄严的道德、残酷的法律,一致强加给她们这样的信念:"你是某人女,你应为某人生儿育女,料理家务,而且你的荣辱兴衰甚或你的家族的荣辱兴衰都与这个男性休戚相共。"在一夫多妻制的社会习俗中,女性必须要努力维系自己的地位,她要取得并保持丈夫的爱宠,最主要的工夫必然用在两性关系上。所以很自然地就产生了两性方面的"思恋爱慕"。这种感情反过来装饰了自己,使她在丈夫眼中显得可爱。《源氏物语》、《枕草子》中的众多女性不都是这样忍辱负重吗?平安朝时代发达的恋歌不是与此密切相关吗?恩格斯曾说过:"古代所仅有的那一点夫妇之爱,并不是主观的爱好,而是客观的义务,不是婚姻的基础,而是婚姻的附加物。"①这句话也同样高度概括了日本古代社会的两性关系的实质。平安朝时期妇女的处境与构成男性文学创作源泉的士大夫文人有明显的差别。她们不属于"得志入青云,失意处穷巷"的仕人阶层,而是从社

---

① 恩格斯:《家庭、私有制和国家的起源》,第59页。

会到家庭都扮演着二等公民的角色。

古代日本女性很少能直接体味到政事变迁、宦海沉浮所带来的心理倾斜，她们的生命本身又是贬值的，其不自觉地依附于夫权之下，显示出认知方面的某种茫然，绝不是偶然的。这种特定的伦理模式越是紧固，女性就越是不容易冲破它的束缚，经济关系导致的人身依附，使女子的个性压抑达到最大程度。弱女子的最弱之处在于自我意识的贫弱，从历史的眼光来看，妇女的进步历程就是自我意识不断增强的过程。

我们看到平安朝妇女文学题材大都集中在婚姻爱情问题上，父系文化切断了女性与社会的联系，把她们的身心禁锢在家庭，强迫她们遵守这一不合理的性别分工，女性被迫退入家庭，不仅丧失了社会退路，还时刻面临着被财产化的厄运。在父系文化看来，女性这桩财产的特殊价值在于生育子女和满足男子的性需求，除此之外，她们一无是处，女性价值的高低主要取决于女性的容貌，这是她们超逾封建等级的唯一出路，于是很多的女性只能把自己的一生的安宁与幸福寄托在一个无法预卜的男性身上，“一朝选在君王侧”，成了她们排解不开的梦想，正因为如此，我们看到历代的文学作品中的女主人公不是倾国倾城的美人，就是性格极佳的大家闺秀。男性可以大言不惭地说，书中自有颜如玉，然而这美貌与教养是不属于女性自己的，一部源氏的“《红楼梦》”，枉断多少倾城魂。

《源氏物语》出现在公元10世纪左右，比曹雪芹的《红楼梦》还早700多年，同时它也是当时世界上篇幅最长、女主角最多的小说。但是女主角虽多，全书却大部分以一个男主角串联情节，主要是叙述光源氏从12岁到50多岁这几十年中的性爱经历，他曾经和众多的女性发生性关系[①]。这本书用了大量篇幅描写了源氏和各种身份的女子相遇、恋爱、赠诗、幽会等悲欢离合的过程。

作者对光源氏并没有持贬斥态度。源氏的所作所为有其经历和社会的因素。但是毫无疑问,女性意识的发展与整个民族的发展息息相关,不同时代的经济状况、政治气候、文化背景都是形成女性意识变化或停滞不前的直接原因。"对男性的美化、神化、立体化都是建立在对女性的丑化、简单化、模式化上。女作者可能把女人当作一个我,而男性作家可能会把女人当作一个她,两者关注的角度和方法不一样,要么就在男性之镜中照出男人的需求和女人的形象,是巫,是妖,是贞女,是贤妻良母。"[②]人的主体意识是一个不断觉醒的过程,平安朝女性作为人的主体意识的觉醒,首先是体现在爱情婚姻上,她们要求美满专一的爱情质量,努力摆脱作为工具的附属地位,显示了女性个体意识的自觉觉醒。平安朝时代庄园制形成的较为丰盛的物质生活,以及更加昌盛的一夫多妻制,使沉睡了几千年的女性意识被震醒了,年轻的知识女性的觉醒是相当引人注目的组成部分,使她们看到了整个社会以及自身的处境[③]。于是有了女性的渴求、希冀、愤懑;有了女性的欢悦、撞击与呐喊;有了女性对爱情的大胆的追求和讴歌。这种被压抑的个性的精神的扩张,开创了日本"女人无史"之后的"有史"的开端。才思睿智的女作家,依据生花妙笔中融会的自传色彩,驱使着自己以先驱者的女性形象,对于社会与人生

① 藤井貞和:『源氏物語入門』,講談社1996年版,第85頁。

② 水田宗子主编、周祥苍等译:《日本现代女性文学集》,上海译文出版社2001年版。

③ 山中裕、鈴木一雄:『平安時代における文学と生活』,至文堂1992年版,第88頁。

进行探析，但由于时代的制约，我们看到更多的是她们踟蹰在“围墙”中苦闷、彷徨、惆怅的身影。随着个人意识的增强，不断地外延成对旧有的生活模式或陋习的朦胧的反叛。可以说，女性小说的中心冲突就是觉醒的个人与社会的对立与冲突。

比如说《蜻蛉日记》(974 年)中的藤原道纲母将风流成性的丈夫拒之门外，空蝉为躲避世间的烦恼出家为尼，左马头之女毅然抛弃了不忠于爱情的知己，可以说她们面对的不是一个不值得爱的人，而是这种男性背后的男尊女卑的吃人的社会。

日本古代的女性文学，无不涉及爱与情，几乎每一部作品在温文尔雅的面纱中，都隐隐透出女性的无奈和辛酸的泪水。但不论作者的出身如何，同是作为女性，在对男性的依附这点上，她们又有一定的相通之处，其文化背景也大致相同。“三从四德”的社会准则用于现实生活对女子的压迫并渗透于社会意识和妇女教育之中。从而塑造了千百万个贤妻良母。正是社会习俗的严格规范，使女性作者与男性作者在从事创作的文化背景方面显示了某种差异。一方面她们绝对从属于某一个别的男子，这个身份就是女子的本色，女子对男子以强烈的从属意识为核心为基础的忠贞驯服、思恋爱慕，这就使她的真实感情在与异性的交往中，基本导向忍耐妥协、自卑自贱的人生态度。“三从四德”的道德规范已经切实地融进女性的意识，成为她们处理关系的指南。另一方面，带着这沉重的枷锁，她们所描述的女人多不免以男子的理想为标准，或是贤媛，或是良母，都合于男子所界定的审美标准。

同时生活在一个闭锁的环境中，囿于中层贵族的思想感情，憧憬美满的爱情婚姻，使她们自觉不自觉地产生了对男性行为的认同，她们笔下的男主人公，大多出身高贵，才貌双全，这中间最为典型的就属《源氏物语》中的光源氏了。

光源氏作为《源氏物语》这部长篇小说的中心人物，可以说是平安朝男权社会和政权斗争的产物[①]。作者通过他和围绕着他的众多女性，从宫中到宫外，成就了一部中世纪的百科全书。作者将主人公命名为光源氏，就意味着他是女性环绕的核心，是夫权的代表，作者将人世间的一切美好的憧憬和事物都赋予在他的身上。他出身高贵，父亲是天皇，母亲是最受宠爱的后妃，天生俊美无双，且又多才多艺，风流倜傥，儒雅多情。“既有济世救国的才能，又有雍容大度的政治家的风度，在错综复杂的宫廷斗争中，不重名利，表现了容忍和退让。他在情场上对女性彬彬有礼，有始有终，这其中实际上寄托和蕴含了女作家的美好的政治思想和生活理想，她希望贵族社会中出现此等盖世奇才，更希望贵族妇女面对的男子都能如此情意绵绵，感情永恒。”[②]

但是我们不能不指出，作者最根本的一条是错误的，她是站在一夫多妻制的封建主义的立场上来塑造合乎封建礼仪要求的男子形象的，我们不能不悲痛地看到站在男权背后的泪眼潸潸的不幸的妇女们的身影。不管作者有意或是无意，但从本质而言，这都是建立在对女性的自卑、自贬的简单模式上。我们有充分的理由认为，平安朝女性文学的成型模式就是一夫多妻制下女人爱而不得的哀鸣。这种流风所及，使日本文学的长河中，“奴性的女性形象具有绵长的历史延伸力”[③]。从某种意义上来说，宣扬那种以强烈的从属意识为核心、

---

① 秋山虔注解：『源氏物語』，岩波書店 1968 年版，第 221 頁。

② 李祝亚：《社会 · 人生 · 文学》，《日语学习与研究》1995 年第 1 期，第 93 页。

③ 佐々木八郎、曽沢太吉、谷山茂等著：『新修日本文学史』，京都書房 1977 年版，第 161 頁。

为基础的妻对夫的“爱”，就是在宣扬“妇性”，宣扬“夫纲”和“妇道”。以上两种表现倾向可谓日本古代女性文学的成型模式。

第三节　平安朝女性文学的成型轨迹

平安朝的女性作者把处在夫权社会下顺行着封建习俗的女性的心理表现得淋漓尽致，又以她们的冷峻和尖刻揭示了那些女性无可挽回的衰落的命运。葵姬也好，定子皇后也好，她们的悲剧无不使人掩卷深思，但是我们在评价一部作品的时候，更主要是看它为文学史增添了什么新的内容、新的形象。如果我们站在女性文学的角度，即在日本女性小说史和平安朝女作家群这个坐标系上来衡量她们的创作，就会发现她们对平安朝文学的最突出的贡献，恰恰是她们在社会中具有超前性。她们是那个时代女性中第一批为女性代言的作家，她们以鲜明的女权思想为自己的作品标识了一个醒目的主题，即“女人不是性，是人”。

平安朝也和中国唐朝的女性文学作品一样，出现了一些有理想、有追求，具有一定反叛精神的女性形象。“由于她们所处的社会与文化的环境不同，她们对理想的追求，反抗传统的深度和强度也出现了差异，”这种差异不仅显示了中日文学中女性形象的演变轨迹，而且还具备一定的文化意义，“表现了女性自我的觉醒及封建桎梏下妇女解放的趋势。”[①]我们可以将女性形象的演变、女性解放和封建社会文化的流变联系起来，对平安朝社会中的女性形象和精神追求

---

①　王引萍：《中国文学中叛逆女性形象的演进》，《中南大学学报》2003 年第 1 期，第 538 页。

的变化进行历史的鸟瞰。下面我们试以几部有代表性的作品为例做一下简单的分析。

广义上来说,女性文学也就是以女性视点作为女性书写者观察打量世界时采取的普遍姿态所进行的一种创作。平安朝的女流文学,几乎每篇作品都是写女性的哀愁、寂寞。她们把女性对爱的渴望写得惟妙惟肖,但一切都包含在温婉清丽之中。

女性在社会中的艰难地位确实反映了社会意识的文明程度,"女性的社会地位不是用职业等外在的形式来衡量,而是以观念的认识程度来确定的,当着整个社会意识尚在变革之时,对女性的社会认同也不会奢求先得到进化,当着女性要实现与整个社会意识的文明之时,便衍生出女性意识与整个社会意识的错位,家庭与生活的痛苦。女性要战胜这些雾障和痼疾,显然必得付出沉重的代价。"①平安朝的女性作家依据自己的生活,外延成对同时代女性命运的思考,这种从女性本体出发,以女性意识为鉴赏器的"女性审美视点",揭示了女性作为人的主体意识的觉醒,展示了其先驱者的风采。一方面她们为自身价值的实现,要面对社会的挑战,要奋力拼搏;另一方面她们又描写了先驱者与社会习俗博弈时所付出的沉重代价,生活与爱情的相克所带来的烦恼和痛苦,这就使此期的文学呈现出比大和、奈良时期都更高的层次,其人物形象更具文学魅力。这方面的代表人物就是藤原道纲母及其作品《蜻蛉日记》,《蜻蛉日记》的历史贡献就在于它描写了这个男尊女卑时代妇女情感上的困境和朦胧的觉醒和反抗。

---

① 贺萍:《困惑与寻求:知识女性的精神探索——兼谈女性文学女性意识的历史发展轨迹》,《社会科学战线》1999 年第 3 期,第 118 页。

《蜻蛉日记》的出现,并不是单纯的社会现象,而是社会观念形态的某种趋向,因此我们更愿意从社会学的角度,去分析作品中所代表的社会意识中的积极一面。

《蜻蛉日记》的作者藤原道纲母出身中等贵族之家,父亲藤原伦宁是一位文章生,一生任地方官。作者被认为是本朝最美的三大美人之一,并有很高的汉学修养,同时还擅长绘画、音乐、女红,这样一位花容月貌、多才多艺的女子对自己未来的生活充满了无限的憧憬。当她 18 岁的时候,接到当时的右大臣之子藤原兼家的求婚时,心情非常激动,觉得自己是世界上最幸福的人[①]。一般来说,女人是耽于理想主义的,她们总是幻想着有一个尽善尽美的白马王子,值得她们去依靠。藤原道纲母兴奋异常,充满了对爱的幻想和追求,但当她真的步入家庭时,严酷的现实粉碎了她这纯属臆想的幻梦之后,使她从理想的顶峰坠入到现实的谷底。接下去的婚姻生活无情地打碎了她的所有的幻想,在和她结婚之前,丈夫兼家已经有了正室和一子,而按照当时的贵族社会风俗,男性的第一次婚姻往往是政治性的门当户对的联姻,所以第一位妻子具有较高的地位。婚后不久,道纲母发现兼家又有了新欢,使她大失所望,抑制不住悲愤的心情,在日记中写道:“君太薄情,让妾心冷”,[②]“细雨蒙蒙如线落,泪若雨丝终不断”[③],“夜夜难眠未长眠,积郁之叹话杜鹃”。[④] 整部作品描写了作者对幸福生活的憧憬和因这种幸福生活在现实中无法实现而产生的失落感和绝望感。

---

① 西乡信纲等著,佩珊译:《日本文学史》,第 79 页。

② 藤原道纲母、紫式部著,林岚、郑民钦译:《王朝女性日记》,第 30 页。

③ 同上,第 105 页。

④ 同上,第 157 页。

藤原道纲母才色兼备，是当朝几个有名的诗人之一，在封建的父权的社会中，她没有自己的名字，因生子藤原道纲遂得名道纲母。在作品中，她作为贵族子弟藤原兼家的7个妻妾和数不清的众多情人中的一个，感情生活可想而知。面对当时的社会习俗，她撇开了对女性的束缚，而且对用情不专的丈夫，表示了自己的不满。

我们衡量她的创作，就会发现她对平安朝文学的最突出的贡献，恰恰是她在社会中具有超前性质的自觉的女性意识。她聪慧刚强，男权社会的挤兑，使她再也不愿做个低眉顺眼、逆来顺受的小女子。然而男女平等的意愿谈何容易实现，其后面临诸多的情感和精神痛苦在折磨着她。在把女性的牺牲视为美德，扼杀女性自我的父权社会结构下，女性的背离行为只能受到社会更大的伤害。自此，丈夫过门不入，导致女主人公辗转不寐，孤苦一生。

在这里女主人公万般无奈而又痛楚地呼喊出对世俗社会的怨恨，对好色男性的鄙夷。男权文化对女性的唯一要求是贤妻良母，逆来顺受，而当觉醒的女性试图反抗男权文化对自身身份的限定时，她和男权中心的文化冲突就产生了，她自己的角色便尴尬至极。藤原道纲母的困惑在于，为什么女性不能同男性一样享有平等的爱情权利。正是这种窘困的现状，令藤原道纲母一改少女时期的浪漫幻想与理想化，逐步走向懔持乃至于某种程度的理智。

道纲母开始了人的觉醒，她意识到了自己的存在。她要求合理的生活，这就使她不可避免地和世俗的观念乃至社会的陋习发生碰撞。虽然她还不清楚自己追求的是什么，但仍然孜孜以求。作为平安朝时代女性意识的第一声呐喊，毕竟是在历史的铺垫下发出了。无论是对世俗社会的抗衡和挑战，还是对女性爱情观的审视和反思，都使藤原道纲母为代表的平安时期的女性意识超越了历史，使新时期女性文学中的女性意识开始苏醒。她从个人生活的角度发掘了爱而不得的女性本能的痛苦，从而揭示了恪守传统道德的女性的心灵深处的巨大矛盾。

几十年后，也就是宽弘 4 年（1008 年），在《蜻蛉日记》之后，又一位自由女神的日记作品问世了，她就是和泉式部的《和泉式部日记》。和泉式部对隶属于男性的女人的不幸命运，深感不满，想要在恋爱生活中无拘无束地伸展个性。这就是这部日记中贯穿着的带有强烈主观色彩的主题。

早期女作家的笔下人物，还没有挣脱传统道德的束缚，而在和泉式部的面前，一切封建礼教的桎梏已经丧失了作用。她不再只是哀哭自己的不幸，而是以张扬狂放的自由和冷对一切的清醒，获得自己在男子社会中的绝对自由。这部作品的问世，标志着女性文学从渴望男子汉到获得男子汉的艰难历程，终于走到了它的停泊地。

藤原道纲母的日记，集中于个人的苦恼。和泉式部的日记却与此不同，她不局限于个人的苦恼，在两性生活上是开放的。她以艳丽流畅的文笔和率直、炙热的情感，塑造了一对不为闲言所困扰，勇敢、执著地追求幸福生活的青年男女形象。这或多或少与她的经历有关。和泉式部初与和泉守橘道贞结婚。长保元年，进宫服侍皇太后，先与为尊亲王相爱，为尊亲王殁后，又与其弟敦道亲王感情甚笃，不久东窗事发，公众舆论沸腾，丈夫与其离婚，父亲与其断绝关系。亲王决意接其入宫，在非议声中，他们开始了新的恋爱生活，但四年后敦道亲王又故世。

日记以回忆的手法，记述了作者与敦道亲王这段短暂的恋情。作者集中表现了对爱情的追求，日记中的主人公甚至不避社会舆论，放纵多情。不过，在平安朝那个时代，这部作品不失为追求爱情的勇敢告白。

和泉式部不再像同时期的女性那样固守无味的婚姻,她是一个憧憬、追求爱情的少妇。她与两位亲王在宫中相逢,一见钟情,甚至未婚同居。这里感情的发展是自然而然的,爱情的召唤已冲破封建礼教的束缚、门第观念的羁绊以及世俗的偏见,男女主人公都在追求有爱情基础的两性的结合。与以前的恪守"妇德"的女性形象相比较,和泉式部无疑是前进了一大步。应该说,和泉式部正是在争取人的权利的过程中,显示出她超越前辈的性格力量。

在平安朝日记文学中,女作家们再也不以幸福的爱情为前提,她们宁愿更清醒地面对现实,并在其中发现自己生存的价值和意义。她们真实地描绘了婚姻的不幸,夫妇间的不理解,并从不同的层面得出几乎相同的结论,男女依旧是不平等的,而女性依旧在不同的程度上,处在男人的奴役中,这种结论使大部分的女作家笔下的女主人公,产生了对男性普遍的失望感。

在女性解放的斗争史上,女性革命运动的先驱和风云人物,往往多是像藤原道纲母、和泉式部一类的女知识分子或大家闺秀,而那些最下层的市民阶层的女子,非但难有能力登上妇女解放的舞台,连最起码的生存权利都要受到践踏,求生无路,求死无门。

不过,这时期有的作家或有的作家的某些作品,已经不希望她们笔下的女主人公只是一个被侮辱、被损害的、乞求同情、哀怜的形象。她们有了较之旧时代的女性更高的生活追求,并希望在精神上获得与男子平等的地位。《和泉式部日记》问世的翌年,紫式部的一部集大成的长篇小说《源氏物语》问世了,虽然里面描写了三百余位的女性形象,有名有姓的女子不乏其人,但有一个无名无姓的女性却由于她的特立独行给我们留下了深刻的印象。这个未留下名姓的女子,原为左马头的知己，我们暂将其称为左马头之女吧。

左马头本人生性练达，世事倍通，对艳事尤有研究。左马头认为，不拘好坏，已成为夫妻，不论何时，必须相互容忍，这才不失为宿世姻缘。他所谓的相互容忍，其实主要是针对女性而言。左马头出仕之初，与该女子相识，她坚定忠诚，颇具才识灼见，不计左马头职位低微，与他倾心相恋，并竭尽相助。她个性虽强却对左马头事事谦让，只是不能容忍他的轻薄行为。左马头对她的嫉妒成性非常反感，威胁要与她断交，左马头之女即愤而直言："你现在一事无成，身微名贱，要我耐心地等待你的发迹，我毫无痛苦，但倘要我忍受你的薄幸，静候你的改悔，则日月悠长，希望渺茫，却是我所最痛苦的，那么现在就是诀别的时候了。"①残酷的社会生存境况使每一个觉醒的女性因传统的女性角色与现实人生之间的冲突而产生心理上的不平衡及压抑感。左马头之女要求爱情的坚贞，追求感情的专一，断然与左马头断绝关系。究其实质来说，左马头之女反抗的只是封建制度和婚姻陋习，由于她对生活的认识是直觉的，所以她反抗的只是用情不专的负心男。然而浮世好色的男尊女卑的社会，还没有给这样的女子提供实现其理想的土壤，而且在当时的社会中这无疑也是一个不可能实现的奢望。这个痴情忠贞的女子以自己的尊严和生命与这个好色的男权社会抗争，最后终于带着被践踏的爱情，被风流男子们所埋葬了。以左马头之女为代表的平安朝的女性们力图突破世俗的束缚和传统的压抑，她们的果敢行为，使女性被提到社会的"人"的层次上。

左马头之女对爱情的追求比藤原道纲母执著，因而她的叛逆性

---

① 紫式部著，丰子恺译：《源氏物语》（上），第167页。

也比道纲母更强烈。如果道纲母和左马头之女在寻求个性解放的方面,在寻找男人的路上,是站在同一地平线上,那么左马头之女是以俯视眼光来看待男性的,在她看来,周围的男人都是卑琐的人,她与左马头的相交令其看到了男人的浮躁和好色。

女作家在塑造女性形象时,都将自己的美学理想融进某个人物身上,于是好多女性形象,都成为美的化身,这些女性都倾注着作家的美学情愫,一般来说,女性在写爱情悲剧时,常常侧重写女性为爱情而殉情的精神美,作品中女性更是将情当作自己的生命,“为情而生,为情而死”,这样更增加了艺术感染力。

作者紫式部由于早年的不幸的婚姻,使她深刻地懂得一夫多妻制下贵族妇女的痛苦,这对她设置小说里的人物有重大的影响。《源氏物语》中那些出身豪门、锦衣玉食而又囿于一夫多妻制生活之中不能自拔的贵族小姐身上,不能说没有一点作者的影子,但是她可能更是想通过左马头之女这个小人物之口,喊出自己要求一夫一妻制的痛苦的呼声。

左马头之女无名无姓,既不是出身名门望族,又不是才貌超群。从某种意义上来说,她也没有那么多的传统思想的羁绊,但她却以自己的人格尊严高高地站在女性解放运动史的山巅上。如果说藤原道纲母是一个一夫多妻制的针砭者,和泉式部则是一个一夫多妻制下的奋勇夺爱者,那么左马头之女就是一个超前于现实社会的一夫一妻制的倡导者。这三位女性形象的发展和演变模式,从某种意义上说,正鲜明地表现了日本女性解放前进的方向。

第四节　平安朝女性文学的艺术成就

璀璨的日本平安朝文化,孕育了无数杰出的女才人。她们能诗善赋,或以大胆奇拔的笔触争雄天下,或以气势磅礴的构思青史留名,其精湛的艺术成就,不仅使日本文学熠熠生辉,而且也令世界文学为之增色。

今天,当我们有幸拜读这些闪烁着女性睿智的艺术结晶,沿着她们芳笔下的世界尽情遨游探寻时,不能不为她们的激情所感染,不能不为她们的气势所裹挟。

社会发展史证明,"当一个民族的经济出现历史性的高涨并因此迅速改变了社会生活观念形态时,往往会迎来文学兴旺时期,导致文坛巨擘的诞生。从历史上看,经济繁荣时期人们格外追求精神生产的发展,经济繁荣还会带来政治昌明的局面,有利于作家自由创造力的发挥"。可以说,一个开放的时代,有利于为作家带来各种"参照系","使作家在比较中立于更高的历史审视点上,透彻地理解时代和社会。"①

日本的平安朝女性文学,就是在这种社会文化氛围中产生于世的。

一、假名随笔及《枕草子》

假名随笔,肇始于清少纳言(966—约1025年)的《枕草子》。该书成书于长德元年(995年)至长保三年(1001年)前后,有三卷、五

① 唯名、启华:《论文学成就与时代土壤》,《上海社会科学院学术季刊》1986年第1期,第159页。

卷、七卷等多种版本,杂糅了日记、纪行、随笔等形式,表达了作家对宫闱生活及自然景物的直观感受。

清少纳言,系平安中期歌人,日本三大随笔家之一。生于世代文官家庭,歌人清原元辅之女,清是她的姓,少纳言则源自其父兄的官名。少时能攻读《汉书》。9 岁时随肥后守之父上任途中,沿途的自然风光在她幼小的心灵里留下了深刻的印象。正历元年(990 年),内大臣藤原道隆的女儿定子入宫,翌年被封为中宫。长历二年(991 年)两度离异的清少纳言出仕定子,甚受眷遇。长保二年(1000 年)皇后难产辞世后离开宫廷,成为前摄津守藤原栋世的继室,晚年落发为尼。

作者所生活的年代,正值摄关体制全盛之时,藤原氏一族的族长为了争权夺势,竞相将自己的女儿送进宫中为嫔妃,以期作为天皇外戚独揽朝纲。作者从侧面为我们展现了一幕摄关体制下宫闱生活的惨剧。其间,也不时显露出一个中层贵族妇女对世事的讽喻之情。

《枕草子》起笔于清少纳言在宫中供职时,成书于其离宫之后,书中对皇后定子的赞美,以及对日本贵族社会的肯定占了重要篇幅。全书以作者出仕中宫定子女官时的日记为主,由 300 余段长短不等的文字构成。通常分为三部分:一是对女性内心世界的刻画,即通过追思往事、感物伤怀,表达自己喜怒哀乐忧烦等丰富的感情和敏锐的审美感受;二是以日记形式记述宫中生活见闻,即讲述自己与中宫定子及诸宫人的交往,表现出对贵族典雅文化风气的追慕,对宫廷和上层贵族权威的敬畏与赞美;三是对自然和人生的随想式叙述,其中尤以对自然景物的摹写为佳,不仅文笔简洁明快,充满幻想和感伤情调,并且极善捕捉瞬间的动态美。其中最负盛名的就是关于四季景物的精湛描写,充满了清纯高雅的美感与跃动的季节感,千百年来,一直被后世推崇。

春季的拂晓时分最有情趣，东方的天空渐渐发白，远山微微露出轮廓，那紫红的彩云细长地飘在天上。

夏季最有趣的是夜晚，月明之夜自不必言，幽暗之夜亦有无数的萤火虫交飞起舞的情景，令人陶醉，就连夏夜降下的雨水也是那样意味深长。蒙蒙细雨，洒在闪着朦胧微光的萤火虫身上。

秋季的黄昏最有情趣，灿烂的夕阳沉向西山之时，更有投巢的点点归鸦，三只、四只、两只，渐渐远去，令人感慨万千。还有隐没在天际的雁阵，虽小成黑点，也令人依依不舍。日暮后暝色逼人，更有风声、虫鸣撩人愁肠。

冬季的早晨最有情趣，落雪的早晨当然很美，就连白霜满地，或无雪无霜的凛冽的拂晓，也要连忙升起炭火。手捧着火盆穿过宫中渡廊，那情景与寒冷的冬晨无比和谐。时近中午，寒气渐退，地炉，早已变成白灰，不免使人扫兴。①

四季景物的轮回，让作者捕捉到令人惊诧的美感，将其变成轻歌曼舞般鲜活的文字，在意识的表达空间上婆娑起舞。而且作者还长于将一些事物现象和升华的思维联系起来，通过婉转凝练的笔法和冷彻的知性，借助平安王朝的后宫平台，写实地尽展那个斑驳风俗世相和缤纷复杂的人情世界。例如，摄政关白藤原家族的内讧，利用女儿做筹码，执掌宫中大权，年关将近，下级官吏为晋级的辛劳，诙谐的调笑中让人为之辛酸。

① 刘德润等：《日本古典文学赏析》，外语教学与研究出版社 2003 年版，第 77 页。

作者出身于中等贵族家庭，这部作品虽然反映了社会等级之间的不平等和对时代的忧虑，但是着力宣扬的还是对皇后定子的赞美，对日本贵族社会的肯定。就作品整体而论，作者缺乏对人生、社会的深切关注，关于皇后定子与权臣藤原道长之女中宫彰子之间的权势之争，以及周围复杂的人际关系极少涉笔，只是以白描式的艺术手法，记述了定子父亲的故世、定子的失宠及至猝死，从侧面为我们展现了一幕摄关体制下宫闱生活的惨剧。作为日本文学史上第一部随笔作品，它继承了物语、日记文学形式的写作方法，题材广泛，行文自由，夹述夹议，此种风格深得人们喜爱。

《枕草子》的问世正值平安盛世，骈丽的汉诗文和淳厚的和歌集早已捷足先登，以《竹取物语》为代表的物语文学也开始步入文坛，加之活跃的王朝宫闱生活、开化的社会风气，以及女作家睿智、敏锐的感觉，使作为三十六歌仙之一的清少纳言词如泉涌、文采焕发，大有巾帼不让须眉之势，将《枕草子》推向艺术成熟的顶峰，她的随笔为日本散文文学奠定了基础。

而且值得提及的是，《枕草子》里面作者深厚的汉文学修养随处可见，据日本学者藤本一惠考察和统计，枕草子共引用39处汉文典籍①。由此可看出汉文化对于《枕草子》的影响程度之深。

二、表现内心世界的艺术

日记文学成熟的标志，是以假名文学能流畅自如地展现和剖析人物的心理活动，借以揭示作者丰富的内心世界为基础。在这方面，最早的代表作当推藤原道纲母的《蜻蛉日记》。该作品是第一部充分表达女性个人自由感情之作，它基于女性真实人生，其写实性文笔

---

① 藤本一惠:『枕草子講座』(第一巻)，有精堂1975年版，第63頁。

和细致入微的心理描写，对后来的日记文学和物语文学有很大影响。因此，日本文学评论家池田龟鉴曾给予《蜻蛉日记》最高的评价，说它是日本日记文学中最值得注目的作品。①

作者藤原道纲母出身于地方官吏之家，能诗善赋，天历八年(954 年)生下藤原道纲。后与朝秦暮楚的权贵丈夫感情日疏，37 岁时(973 年)搬回父亲家中，至此逐渐脱离了与兼家的关系，专注于对子女的教养和和歌的创作。晚年可能出家为尼。《蜻蛉日记》是道纲母对自己近 21 年婚姻生活的自省。有感于一夫多妻制下女人的痛苦，藤原道纲母在孀居后执笔写下了这部浸透女性泪水的辛酸之作。该作寓借“蜻蛉”之古意“蜉蝣”，寄托了作者对虚无缥缈、世事无常的哀怨。作品分三卷，上卷起于少女时代，详述与兼家相识、结婚、生子，直至发现丈夫用情不专的 15 年间的事；中卷描述遭丈夫疏远的过程；下卷记述作者摆脱苦恼，倾心于艺术和母爱的过程。

作品以回忆手法将藤原兼家狂妄自恃、放纵好色的性格刻画得栩栩如生，并塑造了一位美貌、单纯、倔强的才女形象。作者敢于面对现实，如实地揭示贵族男性擅越的专权，以及她对此感到的苦恼、愤懑。虽说作者并没有脱离平安贵族的道德思想范畴，但她却第一个触及一夫多妻制的社会与道德结构。道纲母和兼家的冲突，带有深刻的社会原因。道纲母基于对美好爱情的追求，不得不对一夫多妻制进行某种程度的反抗。事实上她与兼家结婚的时候，兼家已经娶妻生子，道纲母是激怒于爱的竞争者，而要求爱的专一。总之，夫妻关系受制于财产、社会地位、权势的羁绊，冲突与此相连。道纲母的悲剧在于兼家本身便是社会外在的化身，有着深刻的时代、阶级的

---

① 池田龟鑑：『研究枕草子』，至文堂 1979 年版，第 77 頁。

烙印，有着男权社会中性别的绝对优势，所以出身中等贵族家庭的女性，去希求高攀上层贵族间的平等的爱恋，从一开始便注定了其悲剧的结局。

这一事实说明，日本日记文学是具有自觉意识的女性为追求个人幸福与生活权利而进行创作时所采用的富有个性的文学体裁。它完全脱离了公式性的笔录，而成为富于生动形象塑造、表述内心世界的文学形式。

使日记成为表现个人心灵的艺术的另一个重要作品，是《和泉式部日记》。该作品是平安女性日记文学的代表作之一，大约成书于宽弘五年（1008 年），作者是和泉式部。不过，由于这部日记是用第三人称写的，且书中有些内容还涉及了和泉式部没有亲身经历的事情，因此有人揣测，该日记出自于他人之手。

藤原道纲母的日记，集中于个人的内省生活，描写也仅限于女性单一的天地；和泉式部的作品却不同，不局限于个人的苦恼，在两性生活上是开放的。她以艳丽流畅的文笔和率直、炽热的情感，塑造了一对不畏闲言、勇敢执著地追求幸福生活的青年男女形象。这或多或少地与她的经历有关。平安朝的贵族文坛上才女辈出，论女性和歌之才，和泉式部独占鳌头。

和泉式部（？—约 1028 年），其父大江雅致是主管皇宫的建筑修缮的官吏，后来还出任过越前守①，她的母亲曾是朱雀天皇之女昌子内亲王的乳母。大约 23 岁时，和泉式部与橘道贞结婚，后其丈夫出任和泉守②这一肥缺，因此后人称她为和泉式部。她和道贞生有

① 越前守：今福井县一带的地方长官。
② 和泉守：今大阪府部分地方的长官。

一女,即后来的著名女歌人小式部内侍(？—1025年)。长保元年(999年),和泉式部进宫侍奉皇太后昌子,先与为尊亲王相爱,为尊亲王殁后,又与其弟敦道亲王感情日笃。致使宫中非议声骤起,“因为敦道亲王结交的正是他的嫂子,而这个时候,血亲伦理观念在日本已经越来越强了”,[①]为此和泉式部与丈夫分手,与父亲绝交,随亲王进宫,开始新的恋爱生活。未几,亲王又故去。沉溺于恋情不能自拔的和泉式部为悼念亲王之离世作了124首挽歌将日本的和歌创作推向顶峰。例如下面这首和歌:

恋君之心碎千片,片片里有恋君心。[②]

“逝者已故去,这颗爱你的心,已经碎成了千万片,可是每一个碎片中,都包含着我爱你的心,所以对你的爱恋,其实一点都没有失去啊”。[③] 两场短暂而炙热的爱情,带给和泉式部的,只是无限的惆怅和寂寥。宽弘六年(1009年),和泉式部出仕中宫彰子,后与藤原道长的家政官藤原保昌为婚。晚年,丈夫与爱女早逝,和泉式部孑然一身,不知所终。

日记以回忆的手法,描述了作者和泉式部缠绵、奔放的恋爱经历,记述了作者和敦道亲王之间这段短暂的恋情,集中表现了她对爱情的追求。和泉式部对隶属于男性的女人的薄幸之命,深感不满,想要在恋爱生活中无拘无束地伸展个性。日记以两人赠答的和歌为中心,散文部分则为和歌余韵未尽的延长与说明。总之,这部以心理描

---

① 郝祥满:《日本人的色道》,第112页。

② 大冈信著,尤海燕译:《日本的诗歌》,安徽大学出版社2010年版,第86—87页。

③ 同上,第87页。

写见长的日记，在平安文学中占有相当重要的地位。作品中穿插的两首短歌，以及144首赠答歌，浪漫潇洒，勇敢炽热，大大地增强了作品的感染力，同时作者在描写上使用了虚构手法，从而丰富了日记文学的表现力。其大胆的情爱告白开创了日本私小说的先河。

在表现内心世界的丰富感情方面，《赞岐典侍日记》（1109年）亦毫不逊色。这部作品以近乎男女之爱、夫妇之情的普通人的感情，朴素率直地描写了对已故天皇的思恋之情。作者赞岐曾任堀河天皇典侍，作品系宫侍生活的真实记录，由上下两卷组成。上卷详细记载了堀河天皇在染疾和病故期间的姿容与苦恼，以及作者的悉心护理与爱莫能助的焦虑。同时，也记述了天皇故去后女官们的悲痛情绪；下卷描写了奉白河院之命，作者再度入宫，于宫中触景生情，抑制不住对先帝的思慕之情。作者从自身经历中有感而发，坦诚地描绘少女的痴情，字里行间洋溢着一种悲怆之美。

三、宫闱见闻录

王朝日记文学能登上文学之巅，是由于它映射了作者个人心灵的颤栗与内心风波的涟漪，但它绝不仅限于爱情题材，还包含了更广泛的社会内容。《紫式部日记》（1008—1010年）又名《紫日记》，可以说是这方面杰出的典范。该篇日记达到了平安朝公卿贵族所没有触及的深度和女性文学所没有企及的高度。同时日记中展示的大量宫中仪式的诸般礼节、器什、服饰等，又为了解和研究当时的社会习俗提供了绝好的参考资料。

作者紫式部出身于中等贵族家庭，长保三年（1001年）四月孀居，同年秋开始构思《源氏物语》，以慰藉自己孤寂的情怀。36岁那年冬天，她被摄政关白藤原道长召进宫中，奉仕其女儿彰子皇后。在该部日记中，紫式部以纪实的笔触，以中宫彰子宽弘五年（1008年）

九月十一日生下敦成亲王，宽弘六年(1009年)十一月二十五日又生下敦良亲王这两件大事为中心展开叙述。记述了侍奉一条天皇中宫藤原彰子时的所见所闻。

该日记是了解以关白藤原道长为首的贵族社会活动的第一手资料。藤原道长在其哥哥、曾官至摄政关白的藤原道隆于长德元年(995年)病逝后，为了执掌朝纲，于长保元年(999年)侄女定子皇后诞下第一皇子敦康亲王的前五日，将年仅十二岁的女儿彰子送入宫中。翌年彰子被立为中宫，自此开创了“一帝两后”的宫制，这也客观上造就了平安王朝女性文学繁荣的外在缘由。时隔9年，彰子皇后才为一条天皇生下第二皇子敦成亲王，翌年又生下第三皇子敦良亲王。对于曾经将四个女儿送入宫中为后妃，一心要享尽人间富贵的藤原道长来说，小皇子的诞生将有助于他以外戚的身份把持朝纲。而这两位小皇子其后也如愿以偿地当上了第68代和第69代天皇。在相当长的一段时间内，其外祖父藤原道长及其一族得以敛尽天下钱财。

该日记大约成书于1010年秋，作者记述了从宽弘五年(1008年)五月五日至宽弘七年(1010年)一月三日之间，自己仕于中宫彰子时的女官经历、见闻与杂记。全书采用日记体和书信体的混合体，由六十段长短不等的文字缀编而成。名曰日记，实际上各年记事繁简不一，结构混乱。内中以宽弘五年初秋至翌年一月三日为最详，几占全书容量的近70%。

整体观之，该作品主要侧重于以下几个方面的描写：第一，日记起笔于敦成亲王诞生前的初秋。作者以较大的篇幅描述了中宫产期将近，道长的府邸“土御门殿”内张灯结彩，喜气洋洋，阖府惴惴不安。已婚妇女回娘家分娩之习俗，连皇后也不例外。小皇子敦成亲王的诞生,令道长阖府上下喜极而泣,举办奢侈豪华的庆诞仪式,乃至一条天皇亲驾行幸助兴。日记的后半部分则简略地描述了翌年正月敦成亲王受饼仪式、宽弘七年(1910 年)彰子生第三皇子敦良亲王后正月的受饼仪式及该皇子生后五十日的庆宴仪式。

第二,该日记与以往女性日记之最大区别在于,作者没有止于单纯的生活实录,而是基于自己内省的深度,对周边事物人情做了较为客观的描述。作者于宽弘六年(1009 年)正月初三到正月十一日之间,插入了一部分用书信体写作的"消息文",此举让坚持日记格式之说的人,谓之为后来的画蛇添足①。在占据全篇日记总内容量21%②的这部分杂记中,紫式部对宫中女官的容貌、才华、性格、教养、为人处世,以及对同代文人和泉式部、赤染卫门、清少纳言等人多有评论,并袒露自己的心绪。其中尤其使人感兴趣的是作者对和泉式部鹊起的名声甚是不服。而对于奉仕于定子皇后的散文大家清少纳言也颇有微词。她认为清少纳言清高自傲,轻薄无教养,汉学底蕴虽厚,却不无瑕疵可击,恐怕将来不会有好结局。不幸的是真被她言中,清少纳言晚年的确穷困潦倒,不知所终。从这些遣词造句中,我们不难发现,当时分属两宫皇后的宫中两个对立的女性文艺沙龙争宠之激烈的程度。

第三,该日记特别记录了宫中与藤原道长的赠答歌,以及参拜法成寺、和歌的唱和以及庆贺重阳节和贺茂祭的盛况等。这部日记是紫式部的回忆录,记录精确,表现生动,对研究平安王朝的宫闱生活有重要的参考价值,同时,对了解紫式部的生活及《源氏物语》的成

---

① 藤井貞和:『源氏物語入門』,講談社 1996 年版,第 77 頁。

② 北京日本学研究中心文学研究室编:《日本古典文学大辞典》,第 931 页。

书过程亦不啻为珍贵的参考资料。

作者紫式部生于中层贵族之家,长大后又嫁与同阶层的人为妻,后来守寡。她生于斯长于斯,对自己所属的阶级乃至主家藤原道长家的繁荣,以及与其连带的宫中的生活不吝赞美之词。但是这部日记使我们在奢华的贵族生活的表象后,看见了行将落幕的贵族社会的背影,也体会到作者孤寂的心灵。身为宫中女官,每日眼观没落的贵族阶级的现实生活,作者忧心忡忡地写道:“每当看到或听到一些喜庆之事、有趣之事,反而深深勾起我平素出家遁世的思想,增加我的郁闷、忧愁之情,这真是再苦恼不过的事。还是将一切都忘记吧,想也无用,而且徒增罪孽。唯于清晨观看池鸟戏水无忧无虑之状而已。”[①]这种对自己内心的凝视、反省、孤独与苦涩的悲叹的思想情调不但在平安贵族女性中漂浮,还向我们昭示了长篇巨著《源氏物语》所蕴含的对世事的不安、忧愁和烦恼的“物哀”情愫。

日记中还有一段关于紫式部回归故里时的描写。旧居已衰败不堪,凉风习习,灰尘绕梁,蛀虫在先夫的书中爬行,使人深深地叹惋紫式部的“薄幸”。孤独无助的紫式部默默忍受着凄风楚雨,面对着宫中的是是非非,她只好将全部身心投入到巨大的虚构世界——《源氏物语》的创作活动中。与倜傥风流的贵族公子光源氏相遇,那是她这个阶级所有历尽患难和折磨的年轻女子来生的梦幻。

《紫式部日记》目前只存世一卷,前后欠缺统一性,很多专家推测其内容量似乎应该远不止这些。从判断日记的常识上来说,《紫式部日记》中有一部分内容较为详细,日期相连,还有一部分则呈现出跳跃式的欠缺状态。从江户时代开始,就有人对该日记是否完整

---

① 转引自西乡信纲等著,佩珊等译:《日本文学史》,第80、81页。

持有异议，当然持赞成性观点的人也不乏其数①。

上述事实说明，日记文学不仅是表露感情的艺术形式和记述男女个人遭遇的创作，也是揭示平安时期宫廷的权势之争及宫闱生活的见证。而渗透纸背的，主要是权势之争所带来的个人的喜与哀、苦与乐的复杂情感。

四、失意漂泊的心灵

菅原孝标女的《更级日记》(1059 年)可以说是平安朝后期“一个女人一生的写照”。它所展现的不再限于豪华、奢侈的宫廷与贵族世界，而是开始表现那些生平漂泊的普通官吏的生活，从而丰富了平安日记文学。

作者孝标女出身地方官吏之家，是《蜻蛉日记》作者藤原道纲母的外甥女。孝标女进宫做过女官。日记起笔于她 13 岁时，随父自任地返京后，她贪婪地阅读各种物语，憧憬此生能与《源氏物语》中的主人公光源氏之类的男人结百年之好。但命运多蹇，她历尽磨难，至 33 岁时，才出仕佑子内亲王，翌年嫁下野守橘俊通为继室。51 岁时丈夫病逝，在凄凉困苦的孀居生活中，她从佛教中寻找安慰，并开始执笔回味平生。作品虽为日记文学，但又具有物语和纪行文学的特征，其中穿插的 11 个梦，贴切地表现了一个女人由天真烂漫的少女时代到暮年及笃信宗教后的心境变化。语言朴实，读来哀婉动人。《更级日记》具有浪漫性与幻想性，这也是其他日记所没有的。

延文五年(1073 年)问世的《成寻阿闍梨母集》，可谓是古代日中文化交流史上的一首颂歌。作者成寻阿闍梨母(？—约 1073 年)为大纳言之女，并曾仕于后冷泉天皇。延文四年(1072 年)，其子成

---

① 藤井貞和:『源氏物語入門』，講談社 1996 年版，第 89 頁。

寻作为僧人渡海入宋朝,赴五台山巡礼。其所作日记叙述了年近八旬的作者在得知儿子要到中国学艺时悲伤难禁,3年后儿子赴宋,作者更忧其命运,她悔恨放走爱子,生怕此生母子再难相见,常常潸然泪下,一年后便离开人世。日记真实地记录了感人的母爱和八十老母思子的悲切心情,真挚动人。作品从另一方面也反映了中国佛教对日本的影响,以及日本民族在其发展过程中抛家舍业、博采众长的求学精神。

五、从物语到长篇小说《源氏物语》

平安朝时期,繁华的京城文化活动,使耽于和歌创作的贵族,深感抒发情感的困窘,急于呼唤新的文学形式的出现。由于假名在贵族妇女中的广泛使用,使街头巷尾流传的逸话传闻逐渐被记录乃至变成雕琢的文字,这样"物语"就应运而生。物语是继神话传说和和歌之后,日本文学史上的一个重大收获。"源于日本民间评说,并接受了我国唐宋传奇的影响,以'语说事物'为主旨的物语文学"①,其文学传承有两个来源:一是情节简单的,以虚构为主的《竹取物语》式的"传奇物语";另一个是以记述为主,"和歌点题"的《伊势物语》式的"歌物语"。两者的逐步融合,又催生了物语融进现实题材的要素。物语这一新兴艺术形式在平安时代得到了迅速的发展,《源氏物语》的诞生,即标志着思想性和艺术性完美统一的历史叙事式的长篇物语进入创作的成熟期。

物语初创时期,几乎所有的作品都没有作者的署名,即便像是《源氏物语》这样伟大的作品,其作者生卒年月及真实姓名亦无迹可寻。但恰恰是这种创造了假名文学的女性文学,丰富了日本文学的

---

① 陶力:《紫式部和〈源氏物语〉》,辽宁大学出版社2001年版,第17页。

体裁,使日本文学摆脱了汉语表述模式的掣肘,开创了日本文学表现的全新时代。日本文学评论家加藤周一认为:“女流作家用本国语文表现人们的日常生活体验、思想感情,通过男女之间的爱情生活反映社会的变化,它不是肤浅的言情小说。”①

《源氏物语》是日本古典文学的巅峰之作,也是世界文学史上第一部现实主义长篇小说。在这部作品里,紫式部以清新的现实主义和典型的艺术手法,将她在平安朝贵族社会里所耳濡目染的一切真实反映出来,展现了一幅活生生的时代画卷。它涉猎上下 80 年、4 个朝代的历史。作品中出场人物 400 余人,上至天皇,下至奴仆,仅主要人物就有 30 余人②。作品描写了源氏家族的发达史,刻画出一幅从奴隶社会过渡到封建社会的日本历史画卷。

《源氏物语》约成书于长保三年至长和六年(1001—1014 年,一说为 1001—1008 年)间,此时正值摄政关白藤原道长执掌朝纲的平安王朝贵族社会的鼎盛时期。表面上看似一片太平,实际上,整个贵族社会已经危机四伏。藤原家族利用天皇外戚之身份,肆意收敛天下财富,皇室贵族则与之抗衡。而中下层贵族因仕途不公,纷纷跑到地方上另寻出路。地方贵族势力、庄园百姓起而反抗。尖锐的社会矛盾,已经昭示了日本古代贵族社会行将崩溃、贵族日趋衰败的景象。该书正是以这段历史为背景,通过主人公光源氏奢华的一生,及其同众多女性的感情纠葛,反映贵族之间的权势斗争和荒淫无度的生活,揭露出王朝政治的腐败和社会生活的黑暗。正如日本文学评论家亀井胜一郎所言:“从某种意义上说,《源氏物语》是烂熟了的王

---

① 加藤周一与叶渭渠、唐月梅对谈录:《日本文化与文学》,《世界文学》1995 年第 5 期。

② 藤井貞和:『源氏物語入門』,講談社 1996 年版,第 54 頁。

朝的‘病态部分’。”①作品不仅相当深刻地表现了贵族社会的状貌，同时，在客观上反映了一些本质性的问题，揭示了某些规律性的东西，即便对于今天的读者来说，仍不啻有其深刻的认识价值。

《源氏物语》全书54回，100余万字。可分为前后两大部分，前44回写源氏游弋于脂粉堆及宫廷中，尽享荣华富贵；后10回写源氏之子薰的感情阅历。全书围绕着源氏父子为中心人物展开情节，每章可相对独立，各章之间又互相照应，浑为一体。

这部小说以写情为主，着力展现人物内心深处复杂而曲折的情感变化。“描写的是宫廷贵族男女间的爱情，虽然主人公都处于政治旋涡中，但作品从不直接描写他们如何理政，通篇以‘爱情’为主要舞台，宫廷中的一切政治斗争都是舞台，起烘托人际关系及贵族社会的‘人性’与‘人情’的作用。”②全书在作者设置的以光源氏为中心，上自桐壶帝、下至薰君、匂皇子，四代人追求爱情的一条感情的轨道上，舒缓地滑行，一缕淡淡的哀思，漂浮于全书中。但小说除了聚焦于男女主人公缠绵缱绻的恋情以外，作者笔下那些沉迷于纸醉金迷、荒淫放荡的贵族们的形象也使读者深切地体味到了行将落幕的贵族社会的最后的晚餐。作品真实反映了摄关政治时代的深刻社会矛盾和危机，揭示了平安朝贵族社会衰亡和没落的必然趋势。

“中外文学史证明，作家的出身和经历，从某种意义上来说，制约着作家认识社会的高度，反映社会的广度和批判社会的力度。”③

---

① 亀井勝一郎:『日本人の精神史』(1)，文芸春秋社1967年版，第434頁。

② 姚继中:《于破灭中寻觅自我——〈源氏物语〉主题思想论》，《外国文学评论》2000年第1期，第122页。

③ 赵连元:《东方异彩·双璧联珠——〈红楼梦〉与〈源氏物语〉的美学比较》，《北京社会科学》1999年第5期，第89页。

紫式部大约生于公元973年(一说为978年),卒于1014年。这正是平安王朝达于顶峰并转折的时期。藤原氏原本是大化革新的功臣,但后来在与同族的争斗中,紫式部祖上这一支早已落魄为中等贵族。父亲藤原为时尽管才学过人,但一生也只能官至越前国守。在平安朝的贵族中,中等贵族是一个生活与政治地位最不稳定、最动荡,因而也是对时代的矛盾最为敏感的阶层。紫式部幼时丧母,未几姐姐去世,在她的青少年时期,又恰逢父亲怀才不遇,内外环境的挤压,常让感情纤细的少女无言以对。她随父亲赴职外地,更使她有机会遍观世态炎凉,人间疾苦。这一切,都对她人生观的形成产生了重大的影响,使她从小就极为敏感,多愁善思,自尊而又倔强。在《源氏物语》中,紫式部塑造了众多的妇女形象,而其中都不乏作者的影子。公元999年,21岁的紫式部按照门当户对的习俗,嫁与中等贵族藤原宣孝,是年丈夫已经48岁,且已经有了三房妻室,作为第四小妾的艰难生活可想而知。不到三年,丈夫又病逝,带着幼小的孩子的紫式部自此终生未嫁,矢志自守地抚养着子女。短暂的婚姻生活,使她饱尝了一夫多妻制度下女人的痛苦,饱经了生死离别的风霜雪打,这一切都不能不加重紫式部内心的凄凉感和矛盾感。丈夫病逝五年后,29岁的紫式部结束了孤苦伶仃的孀居生活,入宫致仕,侍奉皇后彰子。这种生活的剧变,使作者得以积淀了深厚的文学素养和广博的文学素材,也成为她创作的真正缘起和契机。《源氏物语》就是基于这种体验,起笔于她寡居期间,成书于宫中出仕时代。“她以一个女性那哀怨的目光看人生,以一个女性那敏感的触觉去感受人生,因而,她所创造出的文学世界,就不能不是一个抒情而又沉重的世界”①。

① 陶力:《紫式部和〈源氏物语〉》,第9页。

紫式部基于自己亲身的经历，对平安王朝的女性投之以巨大的关爱之情。该部作品出场的400多位人物形象中，女性就占据80%，足见“作者为人物设定的这一特殊比例的目的，以及作者通过这一切所要倾述的情感”①。作品成型于摄关政治体制高峰时期，但是作者又游离于摄关政治的干扰，展述了一个以宫廷文化为中心，以女性形象为主体的美的宇宙空间。② 作者以光源氏为男性主人公，通过他与众多的女性（以及男性）感情上的纠葛描写了两性情感上的多面性，在春夏秋冬景物的变换中，拉开了平安王朝末日生活的舞台。

恩格斯指出：“最初的阶级压迫是与男性对女性奴役同时发生的。”③平安时期的一夫多妻制本身就建立在对妇女的压迫、凌辱之上，是束缚妇女的精神枷锁，《源氏物语》的主人公光源氏正是利用这一制度频繁娶妻纳妾，先后与12位女性有染。而从女性角度来说，她们一方面受侮辱，另一方面这种制度又构成了她们幻想的依据④。《源氏物语》中的光源氏是作家着笔用色最多、感情倾注最浓烈的中心人物。他相貌出众，聪慧过人，似乎是集众美于一身的人物。源氏本为皇子却被上天作弄，酷爱紫姬却不断拈花惹草，最后落得个面壁向佛的人世两茫茫的下场。他一生追求“欲”，却又被“欲”所累，灵魂与肉欲始终在苦苦挣斗，最后还是不得超脱。

我们在前面谈到了平安朝贵族社会间流行的好色风习，因此，作

---

① 姚继中：《〈源氏物语〉与中国传统文化》，中央编译出版社2004年版，第83页。

② 野岛芳明著，姚继中译：《源氏物语交响乐》，重庆大学出版社1999年版，第27页。

③ 马克思、恩格斯：《马克思恩格斯选集》第四卷，人民出版社1972年版。

④ 王珊：《在压抑中寻觅自我——试论〈源氏物语〉中的紫姬形象》，《新余高专学报》2004年第1期，第12页。

为权势化身的皇子光源氏,其好色行为也就令人不难理解了。但是这里却不能不提及光源氏因追逐母亲的容颜所派生出来的爱恋行为。源氏公子追蜂引蝶,一生浮华,未得善终。作者在展示其悲剧命运之时,还无意识地将其好色性格与社会成因重叠在一起,加深了小说针砭社会的含量。后宫女性的激烈争宠,是男性社会权势争斗使然。光源氏3岁时,备受女御欺侮的生母桐壶更衣便含恨病故。光源氏12岁时及冠,未久,便与仰慕已久、酷似生母的藤壶女御互生恋情,生下皇子冷泉。光源氏18岁时,不经意间与相貌酷似藤壶女御的紫姬邂逅,他便"不由自主地激动得浑身颤抖、热泪盈眶"[①],自此与紫姬度过了大半人生。光源氏四旬时,嫡子冷泉继承皇位,封生身父亲为准太上天皇。偏偏此时,比其年少二十余岁的二夫人,先皇的三公主与贵族子弟柏木私通,生子"薰"后,不堪丑闻重压,落发为尼。光源氏认为这是对他乱伦背德的报应,遂进嵯峨山不知所终。光源氏以母亲为偶像,终生追逐"永恒的女性",这或许是一种病态,抑或是一种恋母情结的显现。倘若他出身寒微的母亲不是被等级森严的贵族社会夺去了年轻的生命,倘若他靓丽的母后能助他登上皇位,他也未必能与藤壶女御生下假皇子"冷泉",那么他辉煌的一生肯定不会背负那么多的烦恼和忧愁,小说后半部分也就不会再讲他名义上的儿子"薰"的故事了。平安朝时期佛教在日本的传播,以及自身视野所限,都只能令作者将这一促使光源氏悲剧性格形成的社会外在诱因归结为佛教的因果报应,从而淡化了小说的社会批判意义。

江户时期的国学大师本居宣长曾提出了具有划时代意义的见

① 紫式部著,丰子恺译:《源氏物语》(上),第60页。

解，他认为："《源氏物语》的主题思想就是'物哀'"、"《源氏物语》通篇描写的是苦闷、忧愁、悲哀——也就是一切不如意的事。这不正是'物哀'的最好的体现吗？"[①]作者执著于对当时贵族们追求享受肉欲生活之典型的光源氏及其精神的苦闷根源进行深刻的剖析，同时又以大量的篇幅揭示了光源氏的"欲"所带给众多靓丽女性的不幸之源，"意在说明人生的苦恼和悲哀，显露了作者以哀动人，以哀感人的美学观。""平安朝时代往生净土、生死轮回的佛教思想极为流行，这使得人们的审美情绪向'感伤'与'怜惜'的方向倾斜，'以物喻人，以人寄物'，感伤人的生死轮回，叹息物的凋枯繁荣。'无常'即美，而'无常'的发生过程，正是悲剧的日本式的表现形式"[②]。紫式部出身于贵族家庭，祖上世代为官，出入宫廷，这也就不可避免地决定了她作品中浓厚的贵族意识，而"人生无常"、"四大皆空"等佛学观念，则不能不使她产生末世的敏感和对贵族社会的衰落哀惋无奈之感。

"《源氏物语》以源氏公子的奢华风流、宦海沉浮、情场得失、婚恋成败、亲朋交往等情况为主线进行描述"，"通过光源氏在爱情上的巡礼，形成贵族社会面貌的长幅画卷。"[③]源氏不是天皇，却是皇太子和冷泉帝的父亲，因此《源氏物语》可谓是"一部天皇史，一部宫廷史"[④]，观《源氏物语》全书，作者直击现实社会与人生，对司空见惯的女性命运，敢于寄予深切的同情；另一方面又把源氏写成一个美的化

---

① 姚继中：《〈源氏物语〉与中国传统文化》，第74页。

② 同上，第94页。

③ 赵连元：《〈红楼梦〉与〈源氏物语〉艺术美比较》，《广西社会科学》1996年第5期，第89页。

④ 张俊哲：《〈源氏物语〉中的小说叙事与历史叙事》，《国外文学》2003年第3期，第122页。

身,妇女的庇护者,在一定程度上对源氏表示同情与肯定。在紫式部的笔下,源氏就是梦的载体,是所有女性可望而不可即的美丽幻梦,英俊潇洒、才华横溢,多情而不滥情,对于他染指的每一个女性,或铭记一生,或在她们面前像一阵风,轻轻掠过。然而这种始于好色陋习之"泛爱"行径,是建立在始乱终弃的贵族享乐主义基础上的,正是这种柔情似水的杀人方式,断送了冰清玉洁的原配葵姬的生命,使他最钟爱的紫姬"寂寞伤心人未知,泪洗衣袖无人知"般郁闷离世,还使高贵的三公主出家为尼,美丽倔强的空蝉投河自尽,夕颜朝露般地骤然辞世,最终与其发生不伦之恋的继母藤壶女御亦被迫遁世。

"《源氏物语》的主题,是从人的精神史的角度来描写贵族社会的矛盾及其没落的历史。"①但是"从文学的角度,就典型性而言,《源氏物语》中的男性形象远不如女性人物血肉饱满,意义丰饶,其中性格雷同者颇多,即便是最具风姿的光源氏,也因过多地融入了作家的主观色彩而显得矛盾重重,经不住几多推敲"②。《源氏物语》中的女性几乎个个倾城美貌,并且源氏对她们也真心相爱,但她们却无一例外地不得善终。对于她们来说,不外乎有三种命运可供选择:一、魂飞天外,入土为安;二、落发为尼,情断尘缘;三、寒夜伴孤灯,苦熬人生。这些悲惨的女性"命运和源氏一生经历一样,反映了紫式部'感物而哀'的审美特征"。她们悲惨的命运,是"时代的使然。平安时代是日本历史上封建贵族最鼎盛的时期,任何人都无法脱离时代所赋予她们的烙印。藤壶皇后、葵姬等都是封建贵族按照自己的需要培养出来的封建淑女"、封建社会的大家闺秀,她们不得不为迎合权

---

① 西乡信纲等著,佩珊译:《日本文学史》,第72页。

② 陶力:《贵族阶级的精神没落史》(上),《杭州师范学院学报》1994年第1期,第53页。

贵而屈身折腰。《源氏物语》就其内容而言是一部女人为同性而作，女人为女同胞鸣不平，呼吁人的地位和尊严的划时代巨著，它不仅再现了贵族社会，也昭示了平安时代人们的人生价值。[①]“历史上没有哪个时期的女性像平安时代的贵族妇女那样，成为统治者最无情、最丑恶的政争工具，成为最公开、最无耻的玩弄对象。”[②]也没有哪一个时期的婚姻像那时一样，丈夫可以恣意妄为，妻子必须坐以待毙。可以说，《源氏物语》反映了妇女问题、婚姻问题等平安时代最突出的社会问题。

《源氏物语》既是一部反映平安时代贵族生活的百科全书，也是一部中日文化交流的百科全书。紫式部幼时严格的家教，使其汉文修养颇深。她对当时走俏日本的白居易的诗词情有独钟，作品中引用的“白诗”即多达 90 余处[③]。“尤其是作为《源氏物语》情节发展基础的第一回《桐壶》，基本上是套用了白居易的《长恨歌》的框架”[④]，《长恨歌》的主题使得物语之精粹《源氏物语》处处闪烁着诗的意境之美。此外作品还引用了《史记》、《汉书》、《战国策》等汉学典籍，紫式部基于本民族特有的思想感情和审美心理，将“汉才”的精粹圆熟地融于自己的创作实践中，使其作品呈现出极其鲜明的民族特色。

“《源氏物语》中共引入近 800 首和歌，其中一部分来源于《万叶集》和《古今和歌集》，还有一部分为作者所创。”[⑤]这部分自创的和

---

① 张龙妹：《试论〈源氏物语〉的主题》，《日语学习与研究》1993 年第 1 期，第 52 页。

② 刘振瀛：《日本文学论集》，北京大学出版社 1992 年版，第 1 页。

③ 川口久雄：『平安朝日本漢文学史の研究』(中)，明治書院 1982 年版，第 684 頁。

④ 赵连元：《〈红楼梦〉与〈源氏物语〉艺术美比较》，《广西社会科学》1996 年第 5 期，第 88 页。

⑤ 同上，第 89 页。

歌"兼具了抒情诗与叙事诗两种截然不同的文学功能"。作者"用和歌的抒情诗特征去表现人物发自内心的主观世界,歌唱刹那间的欢乐、悲哀、苦痛与眷恋"。在唱和赠答诗中,"它又具有强烈的叙事功能,以浪漫的文学形式诉诸真实的情感交流"①。

"《源氏物语》的总体艺术风格是通俗优美,文词高雅,全书无一秽笔,每每写到性,只是为暴露贵族阶级骄奢淫逸的积习,作为美的对立面而写,点到为止。使全书充满诗情雅趣,且女性心理明显,写人叙事,缜密细致,感情丰富,舒缓丰富,如涓涓流水,又如杏花春雨,体现日本传统文化温柔典雅的艺术风格,给人一种柔婉之美感。"②此外,作品中还充满了贵族阶级的美学情趣、佛教的因果报应及虚空感伤的情调。

在《源氏物语》中,作者以其睿智的艺术之眼和巧夺天工的造化之功,创造出许许多多思想个性鲜明的典型形象和极富诗情画意的美妙意境。《源氏物语》是散文与韵文的完美结合,谓为"诗文合璧"的典范,其诗文内容通俗、寓意易懂。其中,"自然之悲的艺术情调主要体现为同春夏秋冬、四时风物相联系的幽怨感伤与宁静哀愁",这种纤细而恬淡的愁绪和"人生无常"的感慨笼罩着整部小说,并奠定了反映贵族心灵体验的"物之哀"的审美感觉和"优雅婉丽的艺术风格"。③ 这亦是《源氏物语》最显著的美学特征。而紫式部在这部物语创作中运用了"物哀"理念,也对后世的文学影响甚大。

纵观《源氏物语》全书,作者紫式部笔下的文字一直纠结于矛盾

---

① 姚继中:《〈源氏物语〉和歌艺术风格论》,《四川外语学院学报》2004 年第 5 期,第 51 页。

② 赵连元:《东方异彩 双璧联珠》,《北京社会科学》1999 年第 2 期,第 79 页。

③ 同上,第 78 页。

的旋涡中，她既隐讽现实，又难以割舍否定她立身的社会和赖以生存的阶级；她既乜斜于纨绔子弟的骄奢淫逸，又不无赞叹地附会以藤原道长及其女儿彰子等为首的上流社会的风雅情趣及其才干；她刻画了众多不幸女性的形象，又将天下最美好的美词丽句披挂在光源氏身上。简而言之，“紫式部并没有单纯地以冷峻的、批判的眼光对待这一切，而是以女性特有的纤细而敏锐的感触去捕捉置身于宫廷之中的王朝人的生活、思想、感情、心理等，在诉诸于笔端的同时，以‘怜惜’的心情静观着已经明显地出现颓势征兆的贵族社会的命运。超越行将灭亡的命运，拼命追求对永恒的创造，其内心深处的精神支柱是对‘雅文化’的衷心向往——这就是她的人物的原型。”①就其思想而言，我们可以断言：《源氏物语》“没有超出贵族世界观的范围，所以以佛教的末法作为宇宙之终极。作家揭示了贵族的矛盾、冲突和罪孽，但仍是在肯定贵族阶级的前提下提出来的”②。

---

① 野岛芳明著，姚继中译：《源氏物语交响曲》，重庆大学出版社 1999 年版，第 53 页。

② 吕元明：《日本文学史》，第 62 页。

第三章　镰仓、室町、江户时代日本女性的创作

第一节　武家政治的确立与女性地位的衰微

平安时代以后，曾经在日本历史上长期存在的婚姻形态——“访妻婚”逐渐走向没落，并被嫁娶婚所取代，但是妇女地位更加坠向地狱。访妻婚到嫁娶婚不仅是婚姻形式的变化，更是父权制对母权制的彻底否定，女性在婚姻关系中由主导变为从属。日本妇女的这种地位沦落是有着深刻的社会根源和思想根源的。

1. 建立在武家政治基础上的家制度剥夺了女子的政治权利和经济权利，是造成妇女地位低下的社会根源。

平安时代后期，随着王朝贵族势力的日渐衰落，武士阶级迅速崛起。镰仓时代，武士已经成为了统治阶级。与贵族不同，武士是以习武、作战为主要职业的阶级，适合从事这一职业的男性自然成为家庭的中心，而妇女则越来越居于次要地位，顺从于夫婿、固守贞操成为其所要遵守的道德规范。室町时代，这种道德规范进一步明确为遵守“三从”之道。江户时代，以家业为核心、以家产为基础，实行家长制统治的家制度在武士阶级中确立。随着这种家制度的确立，武士社会的基本继承原则明确为：由嫡长子继承家长在政治、家族、财产

方面的一切特权和地位，次子及诸庶兄弟则继承一部分或不能继承这些特权，同样有血亲关系的女子则被完全剥夺了继承权。这种家制度突出家长的权威，排斥家长和继承人以外的其他家庭成员，规定家长和家庭成员之间是一种主从关系，同时更加强调女性对男性的绝对服从。而将军和大名更是通过强化这种家制度来巩固自己的统治，强化其与属下的主从关系。整个武士社会被诠释成以将军、大名为家长，中下级武士为家庭成员的大家族，出现了家国同构的政治体系。不仅如此，随着幕藩体制的形成和士农工商等级秩序的建立，武士至少在形式上居于各阶层之首，武士社会的家制度和伦理道德也逐渐扩展到日本的各个阶层，其所宣扬的女性道德观也为社会所普遍认同。在这种背景下，日本妇女的整体地位明显下降，其在家庭中只能作为男性户主的附庸而存在，已没有独立的人格可言。因此可以说，家制度的形成和普及是造成日本妇女地位低下的主要社会原因。

2. 儒家的女性道德观在日本的广泛传播，是导致这一时期日本妇女地位低下的思想根源。

中国儒家的典籍早在大和时代就已传入日本。据《古事记》记载，应神天皇十六年(285 年)，五经博士王仁从百济来到日本，献郑玄校注的《论语》十卷和《千字文》一卷①。进入幕府时代，尤其是在14 世纪以后，出于巩固封建秩序的需要，统治者开始大力宣扬儒家思想，使之在武士社会的意识形态领域逐渐占据主导地位。统治者在大肆宣扬忠孝观念的同时，也强调“男尊女卑”、“三从四德”。但这些思想只是在武士和贵族社会中传播，尚未普及到平民社会。到

① 安万侣著，周作人译:《古事记》，第 36 页。

了江户时代，统治阶层内部的知识分子纷纷仿照中国的女训等编著女性训诫书，以浅显易懂的语言形式，面向社会各阶层，宣扬儒家的女性道德观。在这样一种背景下，儒家的女性道德观逐渐渗透到了社会生活的各个方面，规范着女性的言行。它主要从以下几个方面体现出来。

首先，儒家思想将妇女的活动空间严格限制在家庭内部。江户时代的女子训诫书《女童子教》提出："身当在住所，勤家业勿怠……夫则主外事，妇则营内廷，信力坚固门，灾祸云无起。"①佐久间象山的《女训》进一步阐述了女子的日常活动："裁缝之道乃女子之技，切不可疏怠。夫之衣物，相时而备，不违时令。晨当早起，进汤捧盥，装扮清洁。毋误夫之公私事宜。勤习庖厨肴馔之事，不可惰怠……古有男治外女安内之训，妇人循夫家之法，专心管理家内之事。"②可见，《女童子教》和《女训》对妇女日常活动的规定，其本质是强调女子只能操持家务，而不能参与其他的社会活动。此外，《女今川》也对"四行"进行了进一步的解释，更加明确了女子的语言行为准则。上述女子训诫书在社会上广泛流传，使得儒家女性观被社会各阶层所接受，其结果是造成了妇女社会地位的愈发低下。

其次，儒家思想宣扬三从四德，强调妇女要听命于男性，从而剥夺了妇女的独立人格。江户时代，日本封建社会的知识分子接受了这种思想，并将其写入各种女训之中，予以宣扬。佐久间象山在《女训》中强调："女子不分贵贱，均应遵守三从之法。幼从父史，既嫁从

---

① 《女童子教》，收录于李卓主编：《日本家训研究》，天津人民出版社 2006 年版，第 561、562 页。

② 《女训》，收录于李卓主编：《日本家训研究》，第 548、549 页。

夫,夫死从子。”[①]贝原益轩在另一部女训——《女大学》中对男女之别也作了明确的区分:“凡女性在心性上的毛病是不柔顺、怒怨、长舌、嫉妒和智浅。女子十之八九有此五疾。此乃女人不及男人之处,时时自省,以求戒除。染五疾者因其愚钝智浅。女人属阴性,阴则暗如黑夜。故恶而较之男子,妇人不明是非、不辨毁誉、不分福祸。……愚昧不堪,故万事须谦卑顺服、遵从夫君。”[②]《女大学》之所以将男女之别提升到绝对高度,其目的就是教导女性在家庭内部要绝对服从丈夫,严守妇道。此外,《女实语》中也强调“父母如天地,舅姑比日月。夫若为主君,妇则犹从者。朝夕孝父母,恭敬事舅姑。夫妇争勿嗔,曲理顺夫心”。[③]

第三,儒家思想规定丈夫可以纳妾和嫖娼,但妻子却必须严守妇道,从而造成男女双方在婚姻方面的不平等。12 世纪末期开始,随着武士社会的建立,女性坠入地狱,愈发从属于男性,其在婚姻关系中的地位也逐渐下降。江户时代,儒家女性观的广泛传播,进一步造成了男女双方在婚姻关系上的不平等,其主要表现在以下两个方面。首先,男子可以休妻,女子不能离婚,在离异问题上夫妻之间是完全不平等的。日本人仿照中国的“七出”创造了“七去”,作为男子休妻的原则。所谓“七去”,即“一、不顺舅姑之妇须去之;二、无子之妇须去之;三、淫乱则去之;四、过吝啬则去之;五、有癞病等恶疾则去之;六、多言不慎,过酿物议,不见容于亲戚,紊乱家规者则去之;七、有盗物之心者则去之”。[④] 江户时代,这些原则成为男子休妻的法律依

① 『日本教育文庫・教科書編』,同文館 1911 年版,第 65 頁。
② 《女大学》,收录于李卓主编:《日本家训研究》,第 543 页。
③ 《女实语》,收录于李卓主编:《日本家训研究》,第 559 页。
④ 《女大学》,收录于李卓主编:《日本家训研究》,第 541 页。

据。男子可以随意编造上述种种理由，抛弃妻子。而妇女则没有离婚的权利，甚至不能随意离开婆家。江户幕府的幕臣伊势贞丈在自己撰写的家训中就告诫女儿："无论丈夫如何不好，不生怨恨，不起离心，宁死不出夫家，一心为夫着想，是为贞女。"[①]其次，妻死夫可再娶，但夫死妻则不能再嫁。《女大学》谈道："女子以夫家为家……一朝出嫁，终生守节，女子之道也。"[②]《女童子教》也要求女子："妇行存心间，洁白守贞操。专心为一途，敬孝事舅姑。"[③]此外，江户时代的知识分子还特别强调贞操观念，要求女性在婚前不得与男性发生性关系，婚后更要为丈夫恪守贞操，甚至是与丈夫以外的男性交谈都受到限制。《女大学》中就强调："年轻时不可狎近夫家亲友、下人中之年轻男子，与之嘻笑打闹。固守男女之界。无论何等事宜，不宜与年轻男子互通书简。"[④]《女童子教》中也强调："妇行存心间，洁净守贞操。"[⑤]而且，幕藩政府也在法律上规定，对犯通奸罪的妇女处以死刑。《叶隐》一书就记载了锅岛藩对通奸的武士之妻处以极刑的案件。

第四，儒家思想影响着日本女性教育。儒家认为，对女子进行教育的主要目的是为了维护家族关系，为将来出嫁后为人妻、为人母作准备，以使女子能够适应夫家的生活。这样一种教育观也左右着日本古代的女子教育，特别是贵族、武士和商人阶层的女子教育，使得女子教育的内容不注重学问，而特别重视女性的教养。日本古代女

---

① 《伊势贞丈家训》，收录于李卓主编：《日本家训研究》，第 453 页。
② 《女大学》，收录于李卓主编：《日本家训研究》，第 541 页。
③ 《女童子教》，收录于李卓主编：《日本家训研究》，第 564 页。
④ 《女大学》，收录于李卓主编：《日本家训研究》，第 542 页。
⑤ 《女童子教》：收录于李卓主编：《日本家训研究》，第 564 页。

子教育的内容主要包括以下三个方面：(1)文化修养教育。日本虽然受到儒家思想的影响，但没有出现“女子无才便是德”的观念，并且由于平安和镰仓时代的公家贵族在价值取向上对于有文化修养、有才学女子的赞赏，中上层贵族家庭一般都会让女子读书习字，吟咏和歌。武士家庭的女性最初仅学习武艺，此后受到贵族社会的影响，也开始主张提高文化修养。《女式目》中也强调商人的妻子要有一定文化修养：“女人不分地位高低，各有所爱，然首先应学艺、写文章。如不谙此道，则一生中不识善事也不辨恶事，既无乐趣，又无慰藉。此乃商人妻子之第一要务。”①可以说，古代日本能够接受文化教育的妇女还是占有相当比重的。但这种文化教育的目的却是满足以男性为中心的家庭的需要，是为了让女性更好地服侍丈夫和料理家务。(2)“妇功”，即妇女技能教育。根据江户时代朱子学者贝原益轩的解释，“早起晚寝，专事女工，专心家事。织缝纺织，不可惰怠”②，这是“妇功”的基本内容。妇女在家庭中的基本职责就是纺织缝纫、专心家事。《女式目》中的“无攸遂，在中馈”，《女庭训》中的“无非无仪，唯酒食是议，无父母诒罹”，说的都是同一个意思。由于礼法对“妇功”的强调，以及家庭生活中女性对“妇职”的实际履行，日本古代庶民家庭的女子无论贫富贵贱，从小就要接受家务技能工作的训练。(3)女德教育。统治阶层的知识分子为了塑造出符合自己需要的女性形象，而仿效中国编著了许多女教读物。如《女四书》、《女庭训》、《女今川》、《女大学》、《女子训》以及宣传孝妇节妇的假名体《列女传》等被广泛作为教材使用。这些不同历史时期女

① 《女式目》，收录于『日本教育文庫・女訓編』，同文館 1911 年版，第 99 頁。
② 《女大学》，收录于李卓主编：《日本家训研究》，第 541、542 页。

教读物的一个共同特点，便是对女子的视、行、说、想、做，都有非常具体的规定。如江户末期思想家佐久间象山所作的《女训》中有关女子言行的戒律是："坐立起居，体态端正，不仰不俯。步伐急促则俗鄙不堪，然若能悄然不喧，亦显柔和。步幅宽窄适度，行走运力于腰间。腰身柔弱，则形容萎靡；昂首阔步需适宜有度。"[①]《女童子教》中有"言物低声语，声高莫掀唇，欣悦莫大笑，生气须制怒"之规定。[②]可以说，对女性进行道德教育的目的就是要女子懂得男尊女卑之道，以及"三从"、"四德"之类的所谓女性准则，使之成为知晓礼法和妇道、符合男权社会要求的贤妇人。

综上所述，日本古代妇女地位的下降，归根结底是社会意识形态变化的结果，是武士阶层为了维护其统治而强化社会等级结构的产物，更是恶用儒家思想的结果。

第二节　镰仓、室町、江户时代女性作家的创作

建久三年(1192 年)，源赖朝征夷大将军[③]建立室町幕府，日本历史上开始了由贵族奴隶制向武士封建制的转变。此后，武士执掌朝纲，文学史上称之为幕府时代。漫漫的 600 余年间，这种纷纭复杂的政治的、经济的诸种变化，势必要对上层建筑的文学产生影响，或促进、或羁绊，并规约其文学的走向和时代风尚。

幕府时代，武士阶级和町人的闪亮登场，不仅改变了日本历史发展的进程，同时也改变了文学队伍的性别组成和文学倾向的追求。

---

① 《家训》，收录于李卓主编：《日本家训研究》，第 547 页。

② 《女童子教》，收录于李卓主编：《日本家训研究》，第 561 页。

③ 武士阶层的最高领袖大多被封为"征夷大将军"，简称将军。

被武士的盔甲束之深闺的女性，也丧失了她们在平安王朝时所积聚起来的表现自我的场地和机会，谦卑低下的地位，使耀武扬威的武士和饱暖思淫欲的町人富甲得以享受长期被驯化培养出来的“女色”。物欲横流、男尊女卑、性泛滥的社会陋习，使商业性的市井文化为背景的集中描述性爱主题的“好色物语”横行于世。“好色”实际上仅是男性享受女性的“专利”。男性作家笔下的众多“殉情而死”的案例，不仅昭示着女性地位的低下，同时也表明了被抑制于牢笼的王朝贵族时代驰骋文坛的女性作家的无奈与无助。

镰仓、室町、江户文学是在古代的平安时代文学基础上发展起来的。文学史的发展规律，从来都是承上启下，优胜劣汰，新社会生活势必要缔造新形式的社会画面。中世纪战乱频仍，武士阶级登上政治舞台，江户时代，城市里商贾云集，市井文化高度发达，原有的以表现贵族阶级情趣为主的和歌、日记和物语文学体裁已不能昭示崭新的社会内容，文学形式势必要进行吐故纳新，这正是文学自身的内在规律和它所赖以产生的时代状况所使然。

武士的戎马倥偬的厮杀和对政治权力的渴望，使“军记物语”勃然兴起，江户时代的经济大繁荣，使町人和农民的形象立于文坛之上，文学开始由宫廷这一狭小的天地彻底走向社会。而其中还有两种文学特点有别于前代：一是在佛教全面浸润文学的基础上，隐士文学①以“天下有道则仕，无道则隐”的深刻、冷静、内向的思维方式，来

① 隐士文学：日本中世，随着对立阶级之间，或统治阶级内部的矛盾、斗争的激化，从统治阶级内部游离出的一批败北者，他们或散落江湖，或隐退山林，成为隐士。这些隐士们冷静地回眸他们作为其中的一员曾经生活过的现实世界，对之投以重新审视和批判的目光，进行文学创作。其所创作出的文学被称为隐士文学。日本中世隐士文学的代表性作家鸭长明就是最典型的例子。

观照更现实的生活，而辉耀于中世文坛；和平安王朝那些“坐宫观天”，目睹贵族社会世态炎凉的宫中女官作为写作主力不同，此时，具有宗教地位和庶民身份的鸭长明①（1155—1216 年）、吉田兼好②（1283—1350 年）等知识阶层的男性开始成为随笔文学的中坚。

二是伴随着和歌理论和戏剧理论萌生的同时，新的文学体裁、文学内容令江户文坛中的草子文学、戏剧文学、俳句、能和狂言交融成一首市井文学的交响合唱。这些“新文学”倡导“武家”的文化、思想，其中又杂糅了净土宗、日莲宗、禅宗等为代表的新佛教之诸般理念。比诸生性粗放、性别观念保守的武士生活，女性则被置于深闺之中，失去恋爱自由的机遇，女性作家创作的空间更加萎缩，其作品的社会含金量也更加稀薄。女性的创作受制于社会制度和文化结构，武士阶级的长子继承制及其家长制和家族制的确立，捆缚了女性的身躯，也遏制了女性的才华，导致自平安王朝至明治维新的 600 年的漫长岁月里，日本女性文学唯一值得一提的就是她们留存于世的一些少量的诗作、纪行文学及日记文学。

武士政权建立伊始，其就从根本上改变了一直以来占统治地位的“贵族”社会的伦理规范和价值观念，建立了与新时代相适应的社会秩序、伦理观念和生活信条。但是刚刚失去政权的贵族虎视眈眈，

---

① 鸭长明：平安末至镰仓初歌人，随笔家。生于京都。父为下贺茂神社神官。应保元年（1161 年）授从五位下。后因仕途失意出家。晚年为幕府将军源实朝召见，执笔随笔集《方丈记》（1212 年），反映自己经历的人生五大灾难。

② 吉田兼好：镰仓至南北朝初歌人，随笔家。生于京都一神官家庭，幼时喜读老庄之书。正安三年（1308 年）出仕，官至藏人、左兵卫等。二条天皇故后出家。除反映世事无常的随笔《徒然草》（创作于约 1330—1331 年）外，尚有《兼好法师集》（1356 年），收和歌 285 首。曾参与《源氏物语》、《古今和歌集》等多部书籍的校订。

寻机卷土重来,恢复旧体制。其后,随着鸟羽天皇倒幕兵败[①],皇族复古势力退潮。而以皇族为中心所形成的文学沙龙,仍固守着作为“文化的创造者”的地位。武士阶级还在忙于杀戮征战,平民文学还孕育胎中。掌管古代文化的前朝皇族遗老仍力图张扬其“贵族文学”,去占领新兴的武士阶级尚未掌控的文学园地。最初,作为平安朝时代贵族文学的主要表现形式之一的和歌创作空前繁荣,到了中世纪仍余音未了。和歌作者们带着对贵族社会的思慕,固守着仍然属于他们的文学阵地。他们认为,唯有和歌“或抒下情而达闻,或宣德而致化,或属游宴而抒怀,或采艳色而寄言。诚是理事抚民之鸿徽,赏心乐事之龟监也”[②]。他们的和歌创作中始终保持和继承着平安时代传统,他们丰富多彩的和歌创作,迎来了集 396 位诗人的 1978 首歌作,内中含有历代天皇 120 首诗作的宫廷诗集《新古今和歌集》(1205 年)的问世。该歌集从浩如烟海的和歌中,“拔犀象之牙角”,“采翡翠之羽毛”[③],精选而成。抛却古朴无华、真情流露、托情于景、情景交融的前代诗风,它转而追求唯美主义和艺术至上主义,以独特的“余情”、“妖艳”的歌风流传于世,由于歌人多数大都抵触刚刚确立的武家政权,“他们多在抒情世界里采取浪漫主义方法,描绘憧憬的事物”[④],从而表现出在与武士阶级对立中日趋衰败的贵族阶级逃避现实,怀旧复古的不安和动摇之情,反映出编撰者的倾向。

---

① 即“承久之乱”,1221 年朝廷与镰仓幕府之间的争雄。后鸟羽天皇为了恢复皇家的权势发动讨幕军,但最终被镰仓政府镇压下去了。

② 《新古今和歌集》汉文序,岩波書店 1992 年版,第 4 頁。

③ 同上,第 6 頁。

④ 吕元明:《日本文学史》,第 105 页。

《新古今和歌集》内中除收有平安时代的女作家和泉式部25首和歌之外,还收录了中世女诗人式子内亲王[①]的49首歌作,其中一首最能代表此类复古情怀。

深山无岁月,不知春来临;
积雪已融化,滴到草庵门。
——式子内亲王(卷1,春上)[②]

式子内亲王,作为后白河天皇之皇女,在中世纪武士登台、战乱频仍的局势下,只能为死于非命的伯父崇德天皇、哥哥以仁王和年幼的外甥安德天皇默默祷告。作为天皇的替身,式子内亲王以斋院这一身份,十年居于神贺茂神社,为天皇侍奉神灵。上述这首诗就是与世俗断绝一切关系的生活写照。"居于深山,不知光阴荏苒春将至。松树上的白雪在阳光下慢慢消融,晶莹闪烁的水珠滴答落下,宛如时钟作响,向主人报知春天的足音,颇富有绘画色彩。"[③]

此时,随着社会的发展,"诗歌之巧,丝竹之妙,虽为幽玄之道,君臣皆重之,然当今之世以此理世抚民渐愚"[④]。贞永元年(1232年)后出版的各种"敕撰和歌集"中,已经大量显现武士的身影,足见贵族的创作园地逐渐被武士所蚕食。

除了《新古今和歌集》之外,《千载和歌集》(1188年)亦是中世

① 式子内亲王:平安末镰仓初女歌人。平治元年(1159年)为贺茂斋院。10年后辞职。建久八年(1197年)削发为尼。羸弱的身体,坎坷的经历,使其和歌深沉凝重。《千载和歌集》、《新古今和歌集》收其歌作155首,另有家集《式子内亲王集》。

② 转引自宿久高:《日本中世文学史》,吉林大学出版社1992年版,第15页。

③ 同上,第15页。

④ 《徒然草》第122段。

和歌的代表性结集,女歌人的创作活动亦可从中窥知一二。

是时,私家和歌集和私撰和歌集比较流行,仅镰仓、室町时代就有 193 人的 266 集。其编撰动机繁多,主要是为了自省。这些歌集为后世的和歌发展史的研究,提供了重要的参考资料。女诗人式子内亲王的《式子内亲王集》存歌 388 首,此外,建礼门院[①]右京大夫[②]、藤原俊成女[③]亦留存后世《建礼门院右京大夫集》、《俊成卿女集》和《越部禅尼消息》等家集。

此期的诗坛,还有一件大事不能不提及,这就是镰仓初期由藤原定家[④]编撰的《百人一首》和歌集,这些取材于《古今和歌集》、《新古今和歌集》、《千载和歌集》、《拾遗和歌集》、《后拾遗和歌集》等 10 部和歌集中的 100 首歌作,几乎跨越了 8 世纪至 13 世纪近六百年的王朝岁月,内中包含了 21 位女性的诗作,而其中占据 67% 的 14 首恋歌,可视为“幽怨王朝下的悲歌”[⑤],是“访妻婚”习俗下妇女企盼真挚爱情不得的哀鸣。藤原道纲母的“独枕长夜君不知”的感叹,大贰三位的“相思乱我心”,右近的“山盟今犹在,恩情已成昨”,赤染卫门的“悔不该轻信君言”,相模的“常拭断肠泪,罗袖未曾干”,佑子内

① 门院:皇后所生之子登基做了天皇,其母便会被封为某某门院。

② 建礼门院右京大夫(1157—?),平安后期镰仓初歌人。其父官拜宫内少辅从五位下。建礼门院右京大夫曾两次出仕宫中,服侍平清盛的女儿高仓皇后。其间与平清盛的孙子平资盛相恋,对在坛浦战役中战死的平资盛的思念成了她后来生存下去的动力。

③ 藤原俊成女(?—1252?),镰仓时代歌人。藤原俊成养女,又称俊成女、皇太后宫大夫俊成女。出家后称为越部禅尼、中原尼等。初嫁《新古今和歌集》的编撰者源通具为妻。10 年后丈夫又迎娶新欢,深受打击的俊成女,于建仁元年(1202 年)入宫致仕。建保元年(1213 年)精神郁闷出家。在世期间,几乎参加了当时所有著名的“歌合”。其作品有 116 首收入《新古今和歌集》中。

④ 藤原定家(1162—1241 年),平安时代末期镰仓时代初期歌人。藤原俊成之子,官至权中纳言。还编撰有《新敕撰和歌集》(1235 年)。

⑤ 铁军、潘小多、王静、施昊:《日本古典和歌审美新视点》,第 3 页。

亲王家纪伊的"恩断惹泪垂"等幽闭于闺怨的名词佳句,"无不吟唱出女性歌人发自灵魂深处的观感与认识,表现了女性哀楚的精神世界"。①

其后的隐士文学,战记文学、草子文学,乃至能、狂言和歌舞伎等文学样式或体裁与女性作家越发疏离。除了室町后期净琉璃女作家小野阿通的《净琉璃十二段草子》以外,整个中世时代,女性作家唯一有所建树的就是曾经在和歌和俳句的领域闪耀过星点光辉。从收有她们作品的《新古今和歌集》、《千载和歌集》、《御殿 90 首赛和歌》、《新续古今集》、《新选菟玖波集》中,女歌人的创作活动似可窥见一斑。

此期比较著名的歌人有式子内亲王、建礼门院右京大夫、宫内卿②、藤原俊成女、永福门院③、永福门院内侍等人。她们的共同特点是几乎都是出身于名门望族,自幼饱受家学熏陶,不但文学天赋出众,而且多师事于歌坛领袖藤原俊成④和藤原为兼⑤等人,衣食无忧的殷实生活,使她们的创作风格颇富女性轻松明快之特色。一是歌风清纯高雅,追求浪漫和唯美主义色彩,尤以宫内卿受到广泛的赞

① 铁军、潘小多、王静、施昊:《日本古典和歌审美新视点》,第 297、298 页。

② 宫内卿(? —1204?),镰仓前期歌人,据谓不到 20 岁即夭折。曾参加宫中的多种"歌合"。歌作以意境新颖著称。

③ 永福门院(1271—1342 年),镰仓时代歌人。其父为太政大臣。正应元年(1288 年)被伏见天皇立为皇后。正和五年(1316 年)出家。有自撰《永福门院百番御自歌合》(1318?)。

④ 藤原俊成(1114—1204 年),平安朝后期著名歌人,著有《长秋咏藻》、《古来风体抄》等。

⑤ 藤原为兼(1254—1332 年),镰仓时代歌人。又名京极为兼、冷泉为兼。少时从祖父藤原为家习和歌,曾出仕宫中,官至权中纳言。后先后被流放佐渡与土佐,终客死和泉国。其和歌创作反对因袭常规旧习,主张革新。敕撰和歌集收其歌作 132 首。

誉。她构思独特新颖，其成功之处，在于将丰富的想像力与超现实的描写融以鲜明的色彩；二是这些诗作大都内容浅显易懂，尤擅词汇的灵活运用；三是长于叙景抒情，写景状物，描摹逼真。代表性人物永福门院以敏锐的感觉，勾勒、挖掘出极其自然的视觉美和听觉美；四是作品量较大，除了散见于各个诗集中的数百首佳作以外，她们还分别留有家集《式子内亲王集》、《建礼门院右京大夫集》、《俊成卿女集》和《越部禅尼消息》等。

除上述几位较为著名的女歌人之外，中世的知名女歌人还可列举数十位："二条院谱岐、为子、殷福门院大辅、藻壁门院少将、亲子、嘉阳门院越前、后深草院少将内侍、后深草院辩内侍、进子内亲王、八条院高仓、土御门院小宰相、公宗母宗母、徽安门院、下野、新宰相、游义门院、仪子内亲王、近卫、实衡女、实明女、教良女、祝子内亲王等。她们试图以平淡的歌风和优雅的词句表达强烈、悲伤的情绪。内中一些身份较低的歌人对把和歌引向地方的庶民文学起到了翘楚的作用。"①

平安朝时期，日本的物语类小说创作达于顶峰，到了平安朝末期乃至中世前期，便逐渐式微。在宫中和贵族间流行一批反映没落贵族阶级思想意识的小说，但几乎都是平安时期名作的仿制品，所以历史上将其称为"拟古物语"。据估计，其数量有200余篇，大半为镰仓前期所作，作者均不详。"从内容、文体上来看，大多出于女性之手，为宫廷女官或上流贵族家庭的侍女所作。"②现仅有《石清水物语》(2卷)、《李代桃僵》(8卷)、《苔衣》(4卷)、《住吉物语》、《松浦

---

① 陈岩、刘利国:《日本历代女诗人评介》,第9页。

② 宿久高:《日本中世文学史》,第27页。

宫物语》等 20 余卷，内容多为身为贵族公子的主人公叙述自身的荣华富贵及婚姻的惆怅结局，“冗长乏味，毫无创新”[①]。

至战记物语走俏文坛，孔武有力、生动活泼、豁达粗犷的武士风格以及锱铢必较的、性观念开放的町人观念的“新文学才开始昂扬”。文学创作已难觅女性领军人物的芳颜。女性只能作为偶尔露面的隐形人或聊慰武士、町人情场的对象。女性作家的匮乏导致张扬女性意识的声音之缺失，这正是现实女性地位更加低下的反映。所以日本的镰仓、室町时代和江户时代的文学是在贵族文学的影响下，不断摆脱平安朝时期由女性文学领军的贵族文学的束缚，逐步向武士、平民过渡的张扬男性意识的混合体。

武士阶级兴起，镰仓幕府当政，商业活动规模的扩大，形成了京都与镰仓之间繁忙的交通往来，从而也为日记文学、纪行文学提供了广泛的素材。其中《海道记》、《东关纪行》、《十六夜日记》比较出名。后者为女作家阿佛尼之代表作，又名《阿佛记》、《阿佛房纪行》，约成书于公元 1280 年左右。阿佛尼（？—1283 年），本名不详。她出身于下级贵族家庭，歌坛泰斗藤原为家[②]的侧室，和歌冷泉派领袖藤原为相的母亲，早年曾在宫中奉仕，出家后称阿佛。文学是社会生活的反映，是文学家通过语言创作的一个现实或非现实的人或自然界的世界，它无不反映出作者所生存的时代的现实和动向。阿佛尼的丈夫藤原为家死后，围绕其遗产之一的播磨国[③]细川庄园的继承权问题，长子为氏与继母阿佛尼及异母弟为相之间龃龉不断，父亲给

---

① 宿久高：《日本中世文学史》，第 27 页。

② 藤原为家（1198—1275 年），镰仓中期御左子家的歌人。幼名三号，号中禅院。生于世代为官之家，五岁继承爵位，官至大纳言。有数百首歌作散存于各种歌集中。

③ 播磨国：现兵库县。

弟弟的遗产,嫡长子不认可。双方就此发生纠纷,进而影响到和歌的创作,互相诋毁,各不相容。该部日记就是描写丈夫死后,为解决丈夫留下的这份遗产,作者去镰仓诉讼的事。一夫多妻制的社会,使阿佛尼为保障自己的权益,备尝艰辛,她在镰仓呆了两年,最后还是一无所获,郁郁而终,"她胜诉的判决是在其死后三十年才做出来的。"[①]日记记下她从京都到镰仓一路上的经历与感受,也揭示了她在镰仓的生活境况。作为侧室,她为儿子利益之争,几经蹉跎。除了《十六夜日记》外,阿佛尼还著有《转寝记》,又名《打盹》,描述了作者年轻时代痛苦的失恋情思,那时她曾隐居在爱岩。阿佛尼的几部作品,可以说如实地反映了中世社会女性的悲剧。作为著名歌人,阿佛尼的歌风兼容了是时霸居歌坛的藤原为家氏族诸流派之精粹,《云津岛赛和歌》(1263 年)、《摄政家月十首赛和歌》(1275 年)、《续古今集》等均录有其歌作。

平安朝时期女性日记繁荣一时,中世纪时期,女性日记文学相形见绌。值得一提的有以下几部:中务内侍[②]的《中务内侍日记》,作品无常感较浓,记述了后深草天皇宫廷里的一些仪式和行事,内插 154 首和歌。《弁内侍[③]日记》,作品基调哀婉,记述了作者自己出仕的 13 年的经历,内中收有作者及其妹的歌作 300 余首。后深草院二条[④]

① 北京日本学研究中心文学研究室编:《日本古典文学大辞典》,人民文学出版社 2005 年版,第 38 页。

② 中务内侍:镰仓时代女作家,原名藤原高子,弘安三年(1280 年)始,侍奉伏见殿,正应五年(1292 年)离开宫廷。

③ 弁内侍:镰仓时代女歌人,祖父辈均为诗人和画家。后深草天皇在位期间入宫为内侍。文永二年(1265 年)离开宫廷,以其妹之死为机出家。

④ 后深草院二条:镰仓时代女作家,父为大纳言雅忠,母为后深草天皇宫廷女官大纳言典侍。幼时丧母后,四岁被后深草院收养。文永八年(1271 年)为后深草院侧室,一度失宠被逐出宫。晚年钵于宗教。

(1258—?)的《出口成章》五卷本,作者记述了奉仕天皇,其情感阅历乃至出家的感受,哀叹痛苦的一生。此外笃信佛教的歌人宜秋门院丹后的《源家长日记》以及室町时代歌人日野资名之女的《竹向所记》等也可列为此期的佳作。

庆长八年(1603年),江户幕府成立,文学史上称为近世,亦称为江户时代,江户幕府成立后,建立了严格的"士、农、工、商"之身份制度,同时还将儒教奉为国教。由于工商业迅猛发展,随之而形成了一种新的社会阶层——町人。其时,约占全国5%—6%的町人阶层逐步兴起并汇成为一支强大的政治力量①,城市化的发展为町人文学提供了一个全新的创作空间。当英雄和贵族逐渐退出历史舞台的时候,町人阶层开始成为文学最主要资助者时,反映其浓重享乐思想与强烈的金钱支配欲的文学作品便应运而生。"这两者结合得最频繁、最微妙也最荒唐的领域便是对女性的占有。""无论武士用剑,还是町人用钱",都"是以保障在男性本位文化的大范畴里,让女性发挥服务功能,或有意识地强化所谓的'女性的特色',以适应自己享乐的胃口"。在这种"只有男性对社会文化拥有主动权与发明权"②的社会中,女性就像秋风中摇曳的芦苇。致使"由室町幕府到江户幕府,文学中的性爱题材有增无减"。③ 而这种对"性"的描写和追求与贵族社会的两情相悦式的情感游戏相差甚殊。《古事记》开创了日本色情描写的滥觞。"到平安时代,日本大量引进中国有关房中术的典籍和印度散佚的此类典籍",以至于"从平安时代贵族到幕府

---

① 刘金才:《町人伦理思想研究——日本近代化动因新论》,北京大学出版社2001年版,第2页。

② 叶舒宪、李继凯:《太阳女神的沉浮》,第98页。

③ 同上。

时代的武士,从和尚到尼姑普遍好色,也由于这一时代大量情色典籍的流传,于是到了江户时代好色之道在日本大兴起来”。[①] “性行为已经商业化了,作为男子无疑更希望将性爱和家庭分离,以逃避养育子女的经济责任等。武家社会重视家的延续,武士为了兼顾家业的传承和自己欲望的满足,也需要妓女和艺伎来补充家庭生活,通过与社会底层的女子之间的性交易来满足‘浪漫爱情’的需要。”[②]主导武士的信念是:“因为他们一出征,便不知是死是活,因而要及时行乐,享受性爱之乐,同时又要用性爱来激励斗志。”[③]江户时代表现町人社会的嗜钱好色的町人物语开始走俏文坛,而女性则从平安王朝时的文坛主将,在男性社会的“好色”眼镜中,竟沦为无地位而言的“附属物”。作为女性,她们只能或追随效忠主君剖腹的武士丈夫而自杀、投海、遁入空门,而成为女性道德完善的楷模;或被町人的铜臭所俘虏,甘心为奴;或在追求自主爱情的道路上,执著于己见,与苛刻的法律相冲突,而葬身于社会习俗的屠刀下。“能够与情人一块实现‘情死’,就算是她们难得的幸福了。据传著名戏剧家近松门左卫门写有12部以情死为题材的剧本,而西鹤《好色一代男》中所例举的殉情妓女就达31人之多。”这就是日本中世纪文学作品提供的女性形象。

人文思潮的勃兴,带动了小说、诗歌、戏剧高潮迭起。与贵族审美视野迥异的町人们,以其娴熟的笔触关照了市民的众生相。元禄时代,以井原西鹤、松尾芭蕉、河竹默阿弥等为代表,“抓住时代脉搏”,“破除儒教的伪善道德所束缚”,“倾注内心情感”,“大胆肯定

① 郝祥满:《日本人的色道》,第86页。

② 同上,第88页。

③ 同上,第138页。

恋爱和性欲，正视人的真实情感而创作大量町人作品的文豪们，表现出了儒学所没有的现实精神”①，在各自的领域上结出丰盛的硕果。是时可谓是男性争雄，女性寥若晨星，唯一雁过留声的就是芭蕉的几位俳人女弟子——川和智月、斯波园女(1664—1726 年)和千代女(1703—1775 年)等。稍微有些人气的俳人还有有井诸九(1714—1781 年)、田上菊等。她们以女性特有的纤细感觉，敏锐地捕捉、描摹身边的事物，细腻、深刻地勾勒人间百态，得到当时文坛的认可。

中世纪的战乱世态，加速了京城向周边城市的文化传播，同时伴随着商品经济的繁荣，使得人们更加思考新的人生。但是女性还是一如既往地处于“他者”的地位，被这个社会拥有话语权的男性主宰着。女性作家在文坛上只能充当配角，留存于后世的只是无奈的几声凄厉，几声哀怨。其中较为有些名气的当属荷田苍生子(1722—1786 年)，她不仅是歌人，还是个学识渊博的国学家，存世有歌集《杉树下的枝》。此外，当时有名气的歌人还有油谷倭文子、土崎筑波子、鹈殿余野子等数十位。

此外，江户时期兴隆一时的汉学也波及到了深闺，就中生于藩医之家的原采苹，生于儒士之家的江马细香和政论家梁川星岩之妻梁川红兰等三位女性，被称为汉诗三杰，在她们终生耕耘的汉诗田地中，不仅吸取了以赖山阳为首的江户时期汉学之精粹，同时她们又拓宽了古代日本女性作家偏爱白居易一家诗文的狭隘视野，将李白、刘禹锡、李商隐、陆龟蒙等中国诗赋的醇香带至江户诗坛。

武士执掌朝纲的 600 余年间，占据舞台的是铿锵好战的武士和取钱有道的男性町人形象，女性之灵魂被扭曲，被禁锢，其文学偃旗

---

① 刘金财:《町人伦理思想研究——日本近代化动因新论》，第 90 页。

息鼓自在情理之中。

第三节　出云的阿国

歌舞伎是日本古典戏剧中的一种形式，与中国的京剧有颇多相似之处，其与“狂言能”、“人形净琉璃”并列为日本三大古典戏剧。它与“净琉璃”相仿，“都是一种多场次的、大型的、情节复杂取胜的剧种”①。“其唱、念、做、打俱全”，又吸收了“能”和“人形净琉璃”之要素，“可以说歌舞伎是集日本传统戏剧艺术之大成”。是日本封建末期兴起的一种市民演剧形式。其起源背景与大阪、江户两大城市的町人阶级势力的崛起息息相关。目前史学界一致认为，歌舞伎是安土桃山时代过渡到江户时代，即16世纪至17世纪初期，由一位叫作出云阿国的女性始创的。虽然阿国并非才华盖世，但一个既无名望、又无势力的少女，以其崭新的构思、多种艺术的整合能力、商业策划能力和超越时代潮流的文化时尚眼力，靠着自己的双手和才智，开拓出新的艺术领域，从这一点来说，阿国还是日本历史上鲜见的才女。

歌舞伎的形成时间，和木偶净琉璃形成时间相差无几。“中世纪的能乐②和狂言③对歌舞伎的产生曾有很大的影响。同时它也从民间艺术中汲取了很多营养，从而形成了一种新的演剧艺术。如果说能乐是贵族阶级培植起来并为之专有的艺术，那么歌舞伎则完全

---

① 王爱民、崔亚南：《日本戏剧概要》，中国戏剧出版社1982年版，第5页。

② 能乐：日本传统戏剧之一，集歌唱、演奏、舞蹈等多种表现形式的短剧。江户中期始定型，内容分为表现神怪梦幻和现实生活两大类。

③ 狂言：发源于祭神猿乐（寺院祭神仪式上的余兴表演），初见室町时代，原为穿插在“能”演出幕间的短喜剧，以主配角讽刺诙谐的对白展开情节，旨在缓解“能”剧悲切哀伤的气氛。

是在民众的支持下发展起来的群众性演剧。”①

歌舞伎的创始人阿国的生平不详，民间流传很多版本，但可信度不高。一般认为阿国为出云（现在的岛根县）人，是出云大社奉职的铁匠中村三右卫门的女儿。阿国身材窈窕，舞姿出众，曾作为巫女在大社跳神乐舞。

戏剧一词在日文中写作“芝居”，原指古代在草地上进行的演剧，据传平成天皇大同三年（808 年），一位卜者为了以阳火除却猿泽一大洞穴里冒出的黑烟导致的民间疾患，而在福兴寺门前跳起“三叟舞”，此为日本戏剧的肇始。这个带有浓重的宗教色彩的传说，如实地反映了自奈良朝始，从佛教到神道教，宗教在民众生活中的崇高地位。镰仓时代新兴的武士阶级大兴土木，修建神社和寺庙，“这些寺院、神社成了日本演剧艺术发展的温床。在逐渐摆脱唐式文化和建立民族文化的基础上，过去的宫廷雅乐和民间散乐、歌舞和各种杂艺汇在一起，开始向戏剧的形成过渡。”②

当时出云大社为了筹集修葺寺庙之资，让巫女扮成舞女，组织她们赴京都化缘。据《雍州府志》记载，大约在庆长十二年（1607 年），阿国身负募捐修寺的使命，带领戏班从出云经由佐渡到了京都，搭台子进行演出③。另一说为庆长八年（1603 年），阿国在京都北野天满宫举行的“祭”上演出。庆长九年（1604 年）丰臣秀吉七周年忌辰时，阿国率班还在丰国神社临时祭场表演了女歌舞伎《往昔之事》，

---

① 王爱民、崔亚南：《日本戏剧概要》，第 48 页。

② 同上，第 8 页。

③ 一说元禄年间（1688—1704 年）。另外，《御湯殿の上日記》1581 年的记载，《多聞院日記》1582 年的记载，《言継卿記》1588 年的记载，《時慶卿記》1600 年的记载，都涉及类似“加贺国”、“出云大社”、“巫女”等内容。但迄今对这个时间的推论仍莫衷一是。

阿国边舞边唱道："月夜里前来，明月夜里前来啊，月夜深交欢，月夜不禁心思慕，仰望长空泪盈盈。夜泣之身有谁怜，月夜啊怨绵绵。"①

初始她们"用小歌风格的歌舞剧来表现当时新兴茶屋、澡堂中男女之间的调情"②，以表演者的演技为中心，轰动了京都。她们极尽所能，在集会场所演出神乐舞。"阿国歌舞伎的特点是女扮男装，身穿黑色僧衣，黑包头，足下起舞，舞时击钲。"③加之跳的又是井然有序的团体舞，令人耳目一新，广受好评。到京都演出后，人气倍增，观众如潮，一些游女（妓女）以模仿为能事，相继组建歌舞团，邯郸学步。有记载，在京都丰国神社的祭典上，有五百多名女歌舞伎同时聚集④。

初始，演出成员全部为女性，跳一些童子舞、念佛舞等民间歌谣性质的舞蹈。以后阿国女扮男装，模仿男人访艺伎、冶游等，上演一些色情故事的短剧，在社会上引起了轰动，名声大振，人们称其为"阿国歌舞伎"。阿国不断推陈出新、更换节目，人气长盛不衰，乃至受邀到全国各地巡回演出，得到各大名、幕府将军，甚至宫廷的青睐。

"武士由于身份的限制，不能迎娶庶民出身的女子为妻，如果在同一阶层找不到合适的女人"，就得打光棍，加之平安王朝时就流行的贵族蓄娈童之遗风，所以男色便应运而生。由此，出云的阿国女扮男装，散发出变态的性感魅力，乃至其后的"若众歌舞伎"之男扮女装的流行，都与中世纪日本人接受和欣赏"性倒错"的风俗有关系。⑤

---

① 叶渭渠：《日本文化史》，广西师范大学出版社2003年版，第271页。

② 北京日本学研究中心文学研究室著：《日本古典文学大辞典》，第195页。

③ 王爱民、崔亚南：《日本戏剧概要》，第48页。

④ 黒川道祐著，立川美彦編：『雍州府志』，臨川書店1997年版，第88頁。

⑤ 郝祥满：《日本人的色道》，第151—152页。

其后，歌舞伎男女混合，也有少年儿童参加演出。歌舞之间，还穿插些滑稽表演，打破了能和狂言那种悲剧与戏剧、崇高与滑稽的界限。他们所唱的歌多为当时流行的“今样”[①]。后来又配有专门的乐师。

不久，阿国和她的丈夫名古屋山三郎组织了一个戏班子演出。男歌女舞，山三郎善唱民歌，而阿国将念佛诵经时舞动的肢体语言改编成“念佛踊”，又“综合能乐、女狂言、风流舞等艺能中的舞蹈剧，乐剧、民俗艺诸因素，第一次固定在新型的青楼酒馆等游乐场所表演”。[②] 这种女扮男的“倒错”造成一种特殊的好色氛围，他们的表演颇受欢迎。阿国率领其他巫女周游诸国，起初只是边唱歌边摠钲，顺势跳着故乡的神乐舞。山三郎似乎极具艺术天赋，他为阿国出谋划策，努力将当时各种艺术形式融汇其中，使表演和舞蹈、作曲、配乐、舞台效果、服装设计，以及中间插播的“猿若狂言”（滑稽短剧）结合起来，让阿国歌舞团成为“阿国剧团”，开创了新天地。[③]

这样一来，能乐和狂言的因素，以及当时民俗艺能的各种成分都渐趋渗入了歌舞伎。各种成分相辅相成，就构建成为一种新的艺术种类。这时的歌舞伎以女扮男，男扮女为趣，观众主要是看男女姿色，而不是很重视技艺本身。在歌舞伎剧团里，虽然有男有女，但演出时以女为主，所以被称作“女歌舞伎”。此外，在歌舞伎演出的地方，人群嘈杂，龌龊不断。《歌舞伎草纸》上记载，也发生过凶杀事

---

① 今样：平安中期开始流行的一种新起的词句华丽的歌谣，歌词通常为七五调，四句，成为白拍子舞特有的歌词。内容多反映民众的思想感情，富有抒情色彩。其主体是贺词、神歌、田歌。至镰仓中期开始衰落。转引自吕元明主编：《日本文学史辞典》，上海辞书出版社 1994 年版，第 5 页。

② 叶渭渠：《日本文化史》，第 271 页。

③ 转引自 2009 年 8 月 27 日百度网“出云的阿国”。

件，即所谓“拔刀骚”。[①] 同时由于女歌舞伎玉石混淆，许多剧团假戏剧之名进行色情交易，幕府甚堪风纪之忧，鉴此，在宽永六年（1629年），幕府以“紊乱风纪”为由限禁女性演出，遂改由美貌男童表演，下令“禁止所有女子登上舞台”，歌舞伎才变成清一色的男人世界。

阿国在京都表演歌舞伎舞蹈，大约三十年后，被幕府以有伤风化为由取缔。此后，社会上又流行以美少年为主的“若众歌舞伎”，大约在1624年前后，在京都就有由青少年组成的所谓“若众歌舞伎”，这些剧团全由男青年组成，也叫“美少年歌舞伎”。为了迎合时尚，他们男扮女装，专事妓女和嫖客。是时在京都和大阪等地方，又出现了不少“若众歌舞伎”剧团，即青年歌舞伎剧团。承应元年（1652年），是时的幕府已接受了中国的宋明理学而比较重视道德教化，若众歌舞伎复因“男色”问题遭禁，官方指斥青年歌舞伎是“蛮风”的媒介，下令禁止“若众”登台，改由成年男子登台。后经剧团业主斡旋，官方勉为同意，规定凡优伶必须剃去前发，目的是使他们不再做伤风败俗的表演。当时江湖一般下层的民众，都剃去前发，将后面的头发向上梳成一髻，叫做野郎头，所以这时的歌舞伎也称为“野郎歌舞伎”。从此以后，歌舞伎伶人才开始专心攻习技艺，而不单纯以色为生。[②] 遵从了幕府的规定，野郎歌舞伎开始正式上演，始成为今日歌舞伎的前身。歌舞伎内容也渐趋严正，乃至现今，日本政府将其申报为“世界文化遗产”，但歌舞伎的演员们，一直还保留了剃前发的习惯。

“歌舞伎”一词在江户时期以前写成歌舞妓，原意是“调笑”和

---

① 王爱民、崔亚南：《日本戏剧概要》，第48、49页。

② 同上，第49页。

“好色”，充满着民间的诙谐趣味。[①] 阿国“歌舞伎”风靡一时，当时人们称之为“倾”戏剧，其意一是“指新倾向的兴起或脱离常规的风俗行为”[②]，意思就是指能够做出与众不同的、新颖奇特、引人注目而独到的事情。另一说是来源于《汉书·外戚传》的“一顾倾人城，再顾倾人国”，写美人色相倾城的故事。其因是由于阿国声名鹊起之后，青楼女子群起仿之，使当时由于町人的现实享乐思想而产生的好色风俗彻底舞台化，所以用汉字的“倾”来表示，是含有对好色自由放纵的意思。而“倾”汉字的日语发音是「kabuki」，后来写成相同发音的日本汉字“歌舞伎”[③]，这也正是日后的“歌舞伎”现代日语的发音。

作为歌舞伎的始祖，有关阿国的晚年，众说纷纭，一说归乡落发为尼，87 岁驾鹤西去；一说 1613 年以 67 岁之身离世[④]。现京都四条西有“阿国歌舞伎发祥地”纪念碑，供后人瞻仰。

第四节　弱化的女性和角色心理与审美意识

把平安朝文学推上顶峰的，可以说是日本古代的女性作者，她们立下了汗马功劳[⑤]。这些妇女几乎都出身于中上层家庭，在宫中做过官，多数还随父兄赴地方任过职，不少人还是歌坛高手。这种生活经历开阔了她们的视野，也使她们有机会展现自己的才华。但在男

---

① 吴心波：《当代日本社会与文化》，上海外语教育出版社 2001 年版，第 313 页。
② 北京日本学研究中心文学研究室编：《日本古典文学大辞典》，第 195 页。
③ 叶渭渠：《日本文化史》，第 272 页。
④ 福島裕子：『出雲阿国物語』，出雲阿国顕彰会，1992 年版，第 20 頁。
⑤ 『日本古典文学研究資料·第 9 巻』，明治書院，1984 年版，第 31 頁。

性专权的平安朝社会，能给妇女提供的思想文化背景还是有异于男性的。她们在接受传统文化和从事创作上形成了自己的特点：首先，是观照人生的现实性。她们赋诗为文主要是抒发个人情怀，而无政治方面的考虑。由于生活圈子狭窄，大部分作家的作品表现出题材纤小、精致幽婉、抒情性强的特点，其中最突出的是关于爱情题材的作品。这类作品文情并茂、联想丰富、大胆表白、向往幸福，真实地反映出平安王朝的社会风气。在众多的女性作家中，虽然有紫式部这样的大文豪能较为隐讳地阐述对历史时局的看法，但更多的女作家的目光还是投向了现实人伦情感。其次，在情感表现上，这个时代的女作家很少畅怀高歌，更多的是压抑迂回、委婉曲达。另外在审美情趣上倾向于柔美凄婉。其审美意识与正统伦理观念结合得颇为紧密，因而妨碍了审美情趣的多元发展。

这一时期，贵族的没落，动荡的生活也使得官宦家庭出身的普通女性再也不能像平安时代那样执著于系统的教育，悠闲地沉湎于文学创作，而要为生计奔波。更为重要的是，随着武家的崛起，女性地位逐渐下落，在这样一种背景下，女性作家群体消失，流传于世的文学作品也是寥寥无几。仅存的一些贵族女性作家为了逃避现实世界的痛苦，设计出一个虚构的世界，从中不受限制，自由地观照，追求人生。对她们而言，作品中的世界，要比现实人生更为充实。而且不论是艺术风格、审美情趣，还是表现手法、艺术技巧，和前一代作家相比，自然是人间两重天。

及至中世纪乃至江户时期前期，由于社会制度以及新儒教学说的推波助澜，日本妇女的社会地位进一步沦落，女性的自我价值超越历史和社会被弱化，导致她们长时间在文坛上的失声，而男性作家笔下的女性形象定位的错误，又误导和抑制了女性独立自我意识的发展。个别冲出围墙的几许呼声，其思想性格又出现了两重性，一方面是对男权压迫的不满，另一方面则是抗争中的软弱性和对男子的依赖性。从相当一部分女作家的作品看，在貌似希求男女平等、妻妾平等的主题之中，往往隐藏着对男子的依赖心理，她们还自觉不自觉地想找个依附。女性的依附思想也是她们走向悲剧的重要原因之一。可以说，正是女性依附的温床，助长了男性以自己为中心的纵欲以及对女性的轻薄。受此种环境的限制，已是弱化了的女性在社会的生存发展中就自己画地为牢，难以逾越伦理规范对自身的约束，在以相夫教子为基本内容的女德的要求下，女性文学的基本定位可以概括为温顺敦厚、幽娴贞静以及平淡中的几许哀愁。读本作家荒木田丽女（1732—1806 年）创作的《池藻》（1771 年）、《初午的日记》（1777 年）、《怪世谈》（1778 年），歌人大田垣莲月（1791—1875 年）的歌集《莲月式部二女和歌集》等女性文学都不乏此种创作倾向。唯一例外的是江户时代女歌人野村望东尼（1806—1867 年），因其倾向于幕府末期的改革派而被捕流放，其家集《向陵集》（1863）和《梦中历历事》、《比卖岛日记》等，则涉猎了被捕囚禁于姬岛之生活记录，反映了勤王改革派的强烈愿望。

“三从四德”“成了压抑女性能力，限制女性角色地位的精神桎梏，造成了女性弱化的角色心理。折射在奴隶时代、封建时代的文学中就成为一种被贬抑、被冷落、被压迫和被摧残了的弱化形象。越是千古流芳之作，越把这种弱化心理表现得淋漓尽致”。[①]“这种特定的伦理模式越是严密、越是强化，女作者们就越不容易冲破它的束缚而吸收其他文化成果，使女子个性的压抑达到最大程度。”[②]日本古

① 花建：《社会角色与女性文学》，《上海大学学报》1986 年第 1 期，第 18 页。

② 乔以钢：《中国古代女性文学创作的文化反思》，《天津社会科学》1988 年第 1 期，第 73 页。

代文学中女性的嘤嘤的哭诉，抒发了曾被男性权威和女性规范囚于"寂寞深闺"的苦闷，这种弱化的女性角色和角色心理绵延至整个古代时期女性文学中，成为日本中世和近世女性文学中以各种表层情节和技巧重复再现的母题。试举近世以前时期的任何一部女性文学作品来说，从故事的叙事层面来看，作者大都把书中的女主人公"我"置于卑琐、势利、灰色、庸俗的男性中，通过女性视角对现实生活的凸现，来达到对女性角色的阐释，客观上起到了对同时代女性地位的反思和女性意识的反省。

与此相对应是日本古代、中世和近世女性作品审美情趣上的趋同倾向，情感表现上的压抑迂回，婉转曲达，在女作家的笔下，这种手法的运用，很多时候是与感情上的压抑联系在一起的，不幸的遭遇使她们的人生蒙上一层暗淡、物哀的色彩，在她们的作品里都化作哀怜幽怨的歌；同时也正是这种压抑，给这些作品抹上了时代女子情感生活所特有的色调，而客观社会条件也促使她们长于这样的表达方式。

自大和直至江户末期的大部分作者，在揭露父权文化重压下的女性的可悲的生存状态的同时，几乎都没有描绘出自己的理想的婚姻蓝图，她们或在桎梏中呻吟着，或是在迷茫中踟蹰而行。她们笔下爱情悲剧的着眼点，似乎偏重于对两性性爱这一最神妙的美的大胆追求，对于负心男子见异思迁、朝秦暮楚的谴责，这一点反映了古代、中世和近世觉醒的新女性的性爱意识的单一、褊狭。这种褊狭的视角，从日本文学发展的平行走向来说，它又没有超出日本文学的整体藩篱，即把文学看作是心灵的悸动，着力表现的是个人与欲情的苦恼，人生的变幻和诸多的无奈这样一种观念。女性文学创作无疑会带来某些影响。首先是导致古代女性作家观望人生的现世性，这一传统在人轻言微、无资格干预政事的武家社会知识女性的创作中表现较为突出，她们的写作主要是抒发比较狭隘的个人情趣，即对现实人伦情感的重视，作者思维主要是朝向自身、现世，关注的是与此直接相联系的人和事、情与景。我们浏览中日古代女性的作品，“很容易发现这样一些跨时代的共同主题：闺中相思、弃妇、忧思、伤怀感物，她们的视点是如此地接近，心境又常是那么相通。世事的变迁、朝代的更替，在多数女性作品中仅仅留下淡淡的痕迹”，以至于我们可以将这些作品从内容上大体概括为“身边小说”、“闺中作品”。[①] 与中国相比，第一，日本中世和近世历史短暂；第二，日本女性被奴役的状态未变；第三，由于女性作家生活空间的局限，思维深广度的局限，使日本古代女性文学成型轨迹显得平缓有致，其创作倾向不乏雷同之处。她们的作品偏向情爱的实现而缺乏对现实的否定性的高度超越，女作家往往是面对现实发几声感慨、牢骚，哀而不怨或怨而不怒。比如随笔集《枕草子》对失宠的皇后定子难产的描写，叙而不怨。比如阿佛尼的《十六夜日记》只是无奈地点明了儒家思想重压下，一夫多妻制对妇女冤案的视而不见。

日本古代、中世和近世女性深层文化心理建构对创作产生的影响是一个值得深刻思索的问题，特定的生活地位和思想背景塑造了日本古代、中世和近世才女们的人生意识、心理素质、审美趣味。就她们的作品所体现的价值观念、思想感情而言，大部分是抒发遇人不淑和爱而不得所爱的苦闷，难有达到对自身命运、自我生存境况的自觉意识，明显地带有日本古代、中世和近世女性创作表层和深层的以女性为倾诉对象的斧痕。

---

① 乔以钢：《中国古代女性文学创作的文化反思》，《天津社会科学》1988 年第 1 期，第 74 页。

从古到今,贤妻良母的淑女型美已成为东方女性美的代表,男人在寻找女人时,常常把这些女性作为自己的理想的择偶对象,纵然某些男人也瞩目于风姿绰约的靓丽女性,但是他们在寻找妻室时,常向淑女型女性倾斜。作为男性作家,在塑造女性美的时候,常常对这种女性给予浓妆重墨,这是世之常情。如果女性在这个问题上与其雷同,就不免落入封建的窠臼。在男人的心中,常常把女性的温顺作为女性的美德来称颂,而女作家理应认识到,女性的美,是在女性的温柔里蕴藏着欲维护自己人格尊严的阳刚之气。①

综上所述,我们必须认识到,幕府时代,武士阶层对妇女精神上的横征暴敛,将平安王朝时代燃起来的圣火,藏之于冰山 600 余年,直到明治维新才驱散她们头上的阴霾,女性的时代又要开始了。

① 陆文采:《男女作家塑造女性形象的比较研究》,《辽宁师范大学学报》1994 年第 3 期。

第四章　日本近代女性作家的创作

第一节　启蒙主义思潮与近代女性自我意识的觉醒

明治维新之后，日本社会发生了天翻地覆的变化，脱亚入欧的国策使日本妇女的社会地位至少在表面上有所提高，古代日本社会一直存在的一妻多妾的陋习和压抑个性的封建家族观念也受到挑战。在此情形下，明治政府提高了妾的身份，承认了妾与妻同为配偶的法律地位，并在1882年正式废妾，实行了一夫一妻制。与此同时，文学也在扑面而来的西风的影响下，加快了近代化的步伐。在政治小说和翻译文学兴盛的黎明期之后，坪内逍遥、二叶亭四迷等人揭开了日本近代文学的序幕。而女性文学也终于跨过镰仓时代以来漫长的"冰河时代"，进入了一个新的发展时期。明治维新所倡导的"对现代化的追求和人权的影响，唤起了女性认识自我及表现自我的欲望"，而"随着基督教的传播，西方女权主义的思想的传入，以及人权运动的发展，这一切使优秀的知识女性越来越密切地关注她们在现代社会中的地位、身份"。[1] 而近代日本的女性文学的发展过程，也

---

[1] 水田宗子主编：《日本现代女性文学集》（作品卷），上海译文出版社2001年版，第4、5页。

是“新女性不愿被父系文化的精神束缚和摸索叙事话语的过程”。①一大批追逐黎明曙光的女性正是在这样的背景下用五彩之笔展示了其女性自我意识觉醒的历程。

明治时期，以中岛湘烟（1863—1901 年）、若松贱子（1864—1896 年）、三宅花圃（1868—1943 年）、木村曙（1872—1890 年）、北田薄冰（1876—1900 年）、樋口一叶（1872—1896 年）为代表的一批女作家登上了文坛。中岛湘烟原名俊，出身于京都一布商家庭，17 岁时曾凭借着深厚的文学修养被选为宫中女官，后投身于自由民权运动并遭牢狱之灾，中岛一生积极致力于女性解放事业。她曾于 1884 年发表评论《向往自由灯之光、而述心中之事》、《告同胞姐妹》；1887 年发表小说《善恶之歧路》，轰动一时。而出身于东京官僚家庭的三宅花圃原名田边龙子，自幼进入中岛歌子的歌塾“萩之舍”学习和歌创作，后来因为受到坪内逍遥的小说《当世书生气质》的影响，创作出处女作《草丛中的黄莺》，批判了明治时代肤浅的欧化主义，该小说于 1888 年由金港堂出版，并多次再版，备受关注。此后，三宅花圃又于 1890 年发表了《八重樱》等作品。樋口一叶则是受到了同为“萩之舍”塾生的三宅花圃的影响，而立志文学创作，并成为明治时代最具代表性的作家。若松贱子出身于会津（今福岛县）藩士家庭，幼年时进入教会学校——菲利斯学校，并成为基督教信徒，以翻译欧美国家的文学作品见长，1886 年发表纪行文《旧都的礼物》、1887 年翻译了诗歌《温柔公主物语》、1890 年发表翻译小说《遗物》。木村曙出生于神户一商人家庭，东京高等女子学校毕业后开始进行文学创作，其处女作《妇女之鉴》从 1889 年 1 月 3 日到 2 月 28 日分 33 回在《读

① 水田宗子著，叶渭渠主编：《女性的自我表现》，第 264 页。

卖新闻》上连载，描写了女主人公去英国剑桥大学留学，后又赴美学习技术，回国后成为企业管理者的故事，轰动一时。北田薄冰出生于大阪一律师和政治家家庭，1892 年进入东京芝区英学专门学舍学习英美文学，曾先后发表了《三个寡妇》（1894 年）、《乳母》（1896 年）、《牵肠挂肚》、《野花》、《佛手柑》（1898 年）、《片丝》（1899 年）等。

不仅是小说创作领域，诗歌领域也出现了许多女性作家。明治初期，由于翻译文学的兴起，导致新体诗的盛行，进而诗歌的平民化趋势渐趋形成。与古代歌作相比，近代诗歌的种类波及到短歌、俳句和现代诗。在明治诗坛上，率先登上近代短歌文坛的女诗人首推大塚楠绪子（1875—1910 年）。大塚楠绪子出身于土佐一法官家庭，16 岁时开始随佐佐木信纲（1872—1963 年）学习和歌创作，曾发表诗集《寻花》（1891 年）等作品。近代歌坛的领军人物则是与谢野晶子，其浪漫主义歌作惊世骇俗。其密友，生于福井县武士家庭的山川登美子（1879—1909 年）也积极参与到诗歌的创作活动中，从《明星》创刊以来就发表诗作，在她短暂的生命中，曾与与谢野晶子等共同出版了歌集《恋衣》（1905 年）等。此外，出身于华族的柳原白莲（1885—1967 年）潜习歌道的同时，创作了戏曲《指鬘外道》（1919 年）。与柳原白莲同样师从佐佐木信纲的九条武子（1887—1928 年），生于京都僧人之家，创作了《金铃》（1920 年）、《熏染》（1928 年）、《白孔雀》（1930 年）等歌集以及佛教赞歌式的随笔集《无忧华》（1927 年）。

这些女性作家的作品虽然个性不同，但都极大突破和超越了传统的艺术风格，都将反对封建束缚、追求个性解放作为创作的主题。上述这些女作家中，除了樋口一叶和与谢野晶子成为文坛的不朽作家外，其他作家在文坛上独放异彩之后，都几乎像流星一样一闪而过。她们虽然在文坛上没有持久的影响力，但却开启了近代女性文学的创作之门。

日本近代女性文学的出现与当时的政治、社会、文化、教育等诸方面的变化有直接的关系。

首先，明治维新之后的启蒙主义思潮为女性文学的出现创造了条件。早在江户时代末期，幕府就已经提出"和魂洋才"的口号，开始吸收欧美的文化，并对传统的制度进行改革。明治新政府建立之后从根本上废除了封建的幕藩体制，建立了以天皇为中心的中央集权制的近代化独立国家，同时开始实施"文明开化"、"殖产兴业"政策，大力引进欧美的近代思想和文物制度，自由民主思想也在日本广泛传播。启蒙大师福泽谕吉（1834—1901 年）率先提出"天不生人上之人，也不生人下之人"，宣扬平等观念，此后又与森有礼、中村正直、加藤弘之等人组成启蒙团体"明六社"，创办启蒙杂志《明六杂志》。这些思想家在宣传启蒙思想的同时，也宣扬男女平等思想。如福泽谕吉在 1872 年出版的《劝学篇》中就提出了"男女平等"、"一夫一妻制"等思想。1874 年，森有礼在《明六杂志》上发表"妻妾论"一文，抨击传统家族制度下夫妻之间的主从关系，指出"丈夫有要求妻子辅助之权利，也有保障妻子之义务，而妻子有要求丈夫保障之权利，也有辅助丈夫之义务"①，强调夫妻之间应该互相尊重，主张男女双方应该享有婚姻自由。思想家中村正直则提出了良妻贤母主义，主张应该将日本妇女从"三从"、"四德"等精神枷锁中解放出来，使之成为"亲爱四分、好意见二分、巧智一分、美丽一分"的女性，具有

① 山口美代子：『論争系列 4 資料明治啓蒙期婦人問題論争の周辺』，家庭出版社 1989 年版，第 13 頁。

“良善之教育才艺”，能够“辅助丈夫”的伴侣。思想家土居光华[①]则对江户时代的《女大学》等女子训诫书进行了批判，出版了《文明论女大学》一书，宣扬“男女同权”。1885 年，思想家大庭宗吉为了提高妇女教养和艺术水平而创办了《女学杂志》，1892 年，文学家北村透谷（1868—1894 年）在《女学杂志》上连续发表论文《厌世诗人与女性》、《德川时代的平民思想》等，彻底否定了德川时代的旧文学，提倡个性自由、女性解放，在文坛上引起巨大反响。此外，来日本传教的美国传教士和日本基督教徒则站在基督教的立场上，提出了“废娼论”和“排妾论”。

在这些启蒙思想的影响下，妇女获得了些微解放，拥有了提出离婚诉讼等权利。更为重要的是，女性的自我意识逐渐觉醒，开始以文学创作的形式表达自己的心声，《女学杂志》及由《女学杂志》同仁创办的《文学界》也成为她们发表作品的地方。如明治初期的女作家中岛湘烟于 1887 年在《女学杂志》上发表了《善恶之歧路》，樋口一叶则在《文学界》上发表了《雪日》等诸多作品。

第二，女子教育的发展使女性作家群和读者群开始出现。明治二年（1869 年），明治政府公布《学制》，要求“男女皆须就学”，即开始推行义务教育。1886 年公布的《小学校令》，把小学分为寻常小学和高等小学两个阶段，学习年限各四年。甲午战争之后，女子的初级教育制度日臻完善。1900 年的《小学校令》规定父母有义务让子女接受四年制普通小学教育，并且官办普通小学不能征收学费，由此建立了四年制义务教育制度。此后，义务教育年限从四年提高到六年。

---

① 土居光华（1847—1918 年），作家、翻译家、出版商、政治家。兵库县淡路岛人，曾发表《文明论女大学》、《淡山翁遗稿》。

而女子中等教育制度也随着1895年《高等女子学校规定》的颁布而开始建立。1920年《改正高等女子学校令》的出台，标志着女子中等教育制度的确立。在政府出台上述政策前后，一大批公立和私立的女子学校大量出现。其中，私立学校主要有迹见花蹊于1875年创办的迹见女学校，木村熊二、镫子夫妇于1885年建立的明治女子学校，下田歌子于1899年创办的实践女子学校，吉冈弥生于1900年建立的东京女医学校，津田梅子于1900年建立的女子英学塾等。在教育体制逐步确立的背景下，日本女子教育迅速发展和普及。19世纪70年代初期，女子的小学入学率仅为15%左右，而到了40年后的20世纪初期，日本已经基本上普及了女子六年制义务教育①。女子教育的发展，客观上提高了女性自身的文化素质，使女性作家的出现成为可能。明治时代的女作家大多具有高小学历，一些还具有高等女子学校的学历。更重要的是，女性具有一定文化知识后，可以阅读女性文学作品。读者群体的出现成为近代女性文学确立的基础。

第三，日本国家主义者自19世纪80年代中期开始重新提倡贞节、柔顺等儒家妇女道德伦理，束缚了妇女的解放。在这种背景之下，反对儒家妇女道德的束缚、要求自我解放成为女性文学的主题。

19世纪80年代中期开始，复古派在政府的支持下，开始压制启蒙主义思潮，反对欧化，最终通过颁布《教育敕语》的形式，使儒家伦理与国家主义相融，并提出了以传统家族制度为基础，以天皇为本家的"家族国家观"。同时，复古派还重新强调儒家女性道德伦理，要求女性辅助丈夫，恪守顺从、温和、贤淑的传统妇道，做"良妻贤母"。复古派的代表人物元田永孚主张对女子进行贞节、柔顺的儒家妇道

① 文部省:『百年学制史・資料編』,帝国地方行政学会1975年版,第484－489頁。

伦理教育，并出版《幼学纲要》一书。不仅如此，明治政府在颁布的民法中还强调作为家长的父亲对自己的女儿有绝对的权利，同时还规定妻子与丈夫以外的其他男子发生关系为通奸罪，但对丈夫与妻子以外的女性发生关系却没有规定，这充分反映了男女在婚姻上的不平等。

政府和具有封建思想的知识分子宣扬的传统女性道德伦理观念不仅难以压制女性的觉醒，反而更进一步激活并推动了日本女性解放运动的发展。不甘心于旧的家庭束缚的青年女性以挑战男权社会为切入点，开始自我觉醒，将自己的苦恼和内心的矛盾通过文学形式表达出来。

第四，大正时代妇女解放运动的兴起促进了女性文学的发展。大正时代，西方的自由民主主义思潮进一步传播到日本，民众的自我意识高涨，要求普选权和宪政的民主主义运动如火如荼。文坛上，注目于人世间悲剧的“自然主义文学进入顶峰阶段；尊重自我，主张彻底的个人主义和人道主义的白桦派文学也开始萌动。”女性自己组织的妇女解放运动也随之兴起，其中心就是“青鞜社”。“青鞜社”成立于 1911 年（明治四十四年）6 月，是日本第一个争取女性解放的群众性文学团体。《青鞜》杂志作为“青鞜社”的机关刊物，则创刊于稍后的 9 月，发起人是以平塚雷鸟（1886—1971 年）为首的毕业于日本女子大学的校友。《青鞜》是由女性创刊的第一本女性刊物，它不仅采用以女性读者为对象的商业化运作方式，更以服务于女性，致力于为女性的自我发展和解放为其办刊宗旨。在《青鞜》创刊号上，“青鞜社”章程的第一条就明确规定：“本社力图发展女性之文学，发挥各自天赋之特性，来日以培养未来女性之天才为目的。”平塚雷鸟在创刊辞《原始，女性是太阳》中也强调，我们并不是“期待着青鞜社出现所谓的女性天才”,“而是让每个女性发挥出全部的天赋才能,由此而发现各自的天才”,强调的是女子的“自我发现和觉醒”,即女性的“自我解放”①。该刊物只刊登女性作品,初期多刊载小说和诗歌,后期则变成了涉及女性问题的女性主义论坛,提出很多聩人深省的社会问题。从创刊至1916年2月号停刊,共出版了六卷52册。

“青鞜社”和《青鞜》杂志具有很强的影响力。首先,《青鞜》杂志吸引了众多知识女性,她们积极向《青鞜》投稿,讨论女性解放的问题,从而促进了妇女解放运动的发展。其次,在《青鞜》杂志的影响下,《读卖新闻》、《太阳》、《中央公论》、《六合杂志》等众多报纸和杂志也出版了“新女性”专辑。在这一背景下,知识女性纷纷著书立说,表达自己的心声。可以说,“青鞜社”的活动在一定程度上促进了妇女自我意识的觉醒,也推动了女性文学的发展。

第二节　樋口一叶的创作

樋口一叶(1872—1896年),原名樋口奈津,也写作樋口夏子,一叶是其笔名,于1892年在同人杂志《武藏野》上发表处女作《暗樱》时开始使用。樋口一叶是明治时代最杰出的浪漫主义女作家,同时也是日本近代现实主义文学的早期开拓者之一。她从女性的视角,深刻而细腻地描写了社会底层人群的悲剧,特别是那些深受封建统治压迫的妇女们的悲剧,创作了大量反映当时社会现状、再现生活在贫穷与封建男权支配下的女性疾苦的优秀作品,“成为当时妇女社

① 于华、陈谦:《〈青鞜〉的创办与日本近代女性问题》,《新闻大学》2006年第4期,第26页。

会角色转变的先驱”。在短暂的创作生涯中,她共创作了22篇短篇小说,4000多首和歌,以及多达70多本的日记。“1896年11月,由于长年的困苦生活及感情上接二连三的打击,年仅24岁的一叶身心交瘁,被肺结核夺去了年轻的生命。”①在21世纪的今天,曾经活跃于近代文坛的女作家大部分已经被人遗忘,唯有樋口一叶仍然受到关注。正如日本樋口一叶研究者盐田良平所言:“当时并不是没有其他的女流作家,也并不是没有和她一样年轻时就去世的闺秀,但像樋口一叶的文学作品那样为后人所喜爱的作品却没有,也没有像樋口一叶那样为人所惋惜的女流作家。”②可以说,樋口一叶是日本近现代女作家第一人,她代表了女性文学创作的最高峰。日本政府为了纪念她,于2004年将其肖像印在了新发行的五千日元纸币上。这是继夏目漱石之后的第二位作家,也是第一位女作家的肖像成为纸币的图案。

樋口一叶的创作活动可以分成两个时期,前期从1892年发表处女作《暗樱》开始至1894年12月发表《大年夜》之前为止,后期从发表《大年夜》开始至病逝为止。前期樋口一叶师从《朝日新闻》记者、通俗小说家半井桃水,发表了《暗樱》、《漂亮的带子》、《晚霜》(1893年)、《晓月夜》、《雪日》(1893年)、《琴之音》等11部小说,其中主要的作品是《琴之音》和《雪日》。后期,特别是从1894年12月发表《大年夜》到1896年1月完成《青梅竹马》,在这被日本文学评论家和田芳惠称为“奇迹时期”③的14个月中,她创作出《行云》、《浊

① 胡媛媛:《没有结局的爱情——评樋口一叶的感情经历及对其作品〈浊流〉的影响》,《西昌学院学报·社会科学版》2006年第1期,第40页。

② 塩田良平:『樋口一葉』,吉川弘文館1963年版,第1頁。

③ 和田芳恵:『樋口一葉研究』,日本図書センター1992年版,第53頁。

流》、《十三夜》(1895 年)、《岔路》(1896 年)等 11 部经典作品。下面对樋口一叶的这两个创作时期进行具体分析。

樋口一叶在创作生涯的前期,创作风格具有浪漫主义倾向。小说《雪日》是这一时期比较重要的代表作,描写了一位名门闺媛阿珠不顾门第差别与小学教师桂木一郎恋爱,并最终私奔的故事。故事结尾是阿珠虽然获得了解放,但她并不感到喜悦,反而觉得自己不知廉耻、自私自利,这表现出阿珠对待旧道德的矛盾心理。尽管樋口一叶在作品中没有让主人公彻底摆脱封建道德的束缚,但却突出了超越世俗的恋爱才是真正的恋爱这一中心思想,并且通过浪漫的语言和技巧的表现,诠释出近代浪漫主义的文学精神和恋爱观。据日本文学研究者安田保雄考证,《雪日》是樋口一叶以自己和半井桃水的交往为素材创作而成的[①]。明治时代,男女的交往是受到严格限制的,樋口一叶向半井桃水这样一个中年男人学习小说创作自然也受到了非议。1893 年 2 月 4 日,一个下雪的日子,在中岛歌子[②]的劝说下,樋口一叶来到老师半井桃水的住处,提出中止二人的师生关系。可以说,樋口一叶正因为在现实世界中屈服于传统道德观念,与自己所爱慕的半井桃水中止了师生关系,所以才在虚拟的文学世界中让女主人公与自己所爱之人私奔。《琴之音》也是樋口一叶前期的代表作,该小说最初发表于《文学界》明治二十六年(1893 年)12 月号上。主人公金吾四岁时,母亲因与父亲感情破裂离家出走。父亲因为被妻子抛弃而感到郁闷,遂借酒消愁,最后死在河边。金吾变成了

---

① 安田保雄:『琴の音』,『国文学解釈と鑑賞』,1986 年第 3 期,第 47、48 頁。

② 中岛歌子:幕末尊王攘夷派志士的遗孀,女歌人,歌塾“萩之舍”的经营者。1886 年,樋口一叶 15 岁时开始在“萩之舍”学习和歌创作。在那里她孜孜以求,创作水准飞快地提高,与三宅花圃、伊东夏子被并称为“获之舍”三大才女之一。

举目无亲的孤儿，四处流浪。一天，他听到了19岁的森江静弹出的琴声，遂被吸引，并由此"感到了喜悦，懂得了羞耻，对视为恶魔的母亲也产生了怀念之情"，最终从忧愁和愤怒中解脱出来。这部小说完全是作者虚构出来的，情节安排上也存在欠缺之处。正如林岚先生所言："小说的结尾具有很强的戏剧性。客观地说，这样突如其来的美好精神结局虽然很容易让读者感动，却很难让读者首肯，起码缺少说服力。也许这也恰恰就是欲通过小说来表现音乐救世思想的作者，在其浪漫主义的情怀与社会的严酷现实之间，无法再做其他选择的唯一落笔之处。"[1]此外，樋口一叶还在《文学界》1894年9月和10月号上连载小说《暗夜》，描写了流浪青年直次郎爱慕少女阿兰，痛恨欺负阿兰的众议院议员浪崎，最终为了爱情而去杀人的故事。这部作品的情节仍然是虚构出来的，缺乏艺术感染力。

如果说樋口一叶的前期文学创作还不是十分成熟，作品内容多为空想的话，那后期创作已经不再局限于描写恋爱故事，而是将创作主题拓展到贫富问题，将目光转向社会，并确立了现实主义创作手法。

《大年夜》(1894年)是围绕"金钱"这一最现实的主题展开的作品，描写了一个在为富不仁的商人家做女佣的少女阿峰的悲剧。阿峰父母双亡，和贫穷的舅舅生活在一起。为给生病的舅舅治病，阿峰在大年三十曾向老板娘借钱，但却遭到拒绝，迫于无奈偷了主家的两元钱。晚上，老板娘准备计算账目，让阿峰把装钱的抽屉拉开。当阿峰战战兢兢地拉开抽屉后，却发现里面的钱都不翼而飞了，只有一张纸条，上面写着："抽屉中的钱暂借一用，石之助"。原来，主家的浪

---

① 引自林岚:《音乐的净化力量》,《日本学论坛》2001年第2期,第2、3页。

荡公子石之助拿了其父的钱财去游乐，于是阿峰盗窃之事被掩盖了。在这部小说中，樋口一叶真实地再现了下层民众的贫困生活，同时通过设定富有戏剧性的结局表达了对贫苦民众的同情。

《青梅竹马》(1895年)是以生活在东京著名的花街——吉原附近的少男少女的成长故事为题材的小说。这部小说表面上是一部描写情窦初开的少男少女爱情的作品，但实际上却是一部揭露社会黑暗的现实主义小说。大黑屋(妓院名字)妓女的妹妹美登利、龙华寺住持的儿子信如、田中屋(高利贷商人)的儿子正太郎、消防队员之子长吉、三轮车夫之子三五郎都生活在吉原附近的贫民窟中。他们天真无邪，自由自在，丝毫没有意识到成人之后将要面对险恶的社会。美登利相貌出众、性格倔犟。信如则腼腆内向、文雅秀气。美登利在心里悄悄地喜欢上了信如，而信如却丝毫没有察觉，一次误会使彼此更加接近。二人虽然内心相爱但却由于出身不同，而只能默默地分手。小说的结尾非常凄惨，一个布满秋霜的早晨，不知是谁将一束水仙绢花悄悄插在了美登利家的窗口上。她十分珍惜这只花，小心翼翼地保存了起来。第二天清晨，信如离开了家，去寺院修行。过了不久，美登利成为了妓女，开始面对屈辱的生活。樋口一叶通过描写少男少女们悲惨的生活境遇，成功地揭示了明治社会的黑暗面，猛烈地抨击了扼杀美好爱情的现实。这部小说不仅有着很高的思想性，也具有很强的文学艺术性，全篇用抒情般的仿古文体写就，文笔流畅，语言优美。小说一问世，就好评如潮。森鸥外、幸田露伴等人都给予了高度的评价，他们认为这是一部具有划时代意义的小说。

《浊流》(1895年)是樋口一叶运用浪漫主义和现实主义相结合的方法创作的写实性最强的一部小说。主人公阿力的祖父是一个正直的知识分子，因为写了被认为是“对世无益的书”，被长官撤职，气得绝食自杀。父亲是个技术熟练的工匠，但“为人高傲，不善应酬”，在阿力幼小之时便撒手人寰。苦难的生活虽然将阿力磨炼成为倔犟刚烈的少女，但旧世界的滚滚黑流还是让她沦落为妓女。在她放荡不羁的后面，深藏着一颗难以名状的苦恼之心。阿力有个旧相好——被服店老板源七，源七一直迷恋着阿力，以至于倾家荡产。一个月白风清的夜晚，源七再次来找阿力，但却被拒之门外。当源七知道阿力已经有了新相好时，感到万分绝望。不久，他杀死了阿力，自己也上吊自杀。作者在这部作品中通过描写娼妓的苦恼和绝望的内心世界，揭示了生活在花街附近的下层民众的悲苦。日本文学研究者西乡信纲高度评价了这部作品，认为其“具有独特的社会意义，成为搭在现实主义小说《浮云》和自然主义之间的唯一的一座小桥”。[①]另一方面，这部小说的语言具有古典和现代两种风格，小说的名字出自平安时代的和歌集《伊势集》，一些典故也引自古典文学，而小说的语言则基本上是明治时代的现代文。因此，樋口一叶凭借这部贴近平民生活、雅俗共赏的小说赢得了众多的大众读者。

明治三十一年（1898 年），近代著名作家德富芦花借助其名作《不如归》中那位身染沉疴的红颜薄命的女主角浪子之口，声嘶力竭地为女性喊出痛苦的呼声：“啊！真苦呀！再也不生为女人！”而三年前，樋口一叶发表了一篇充满抒情色彩的作品《十三夜》。该作品发表于 1895 年 12 月出版的《文艺俱乐部》“闺秀小说号”上，批判了男权社会对妇女的压迫，描写了妇女的悲惨命运。主人公阿关嫁入豪门之后，深受丈夫的歧视和虐待。旧历九月十三日，阿关回到娘家，向父母哭诉自己的悲惨遭遇，并决定与丈夫离婚。但父母却要阿

① 西乡信纲等著，佩珊译：《日本文学史》，第 255 页。

关为了家人，忍耐下去。最后，阿关痛苦地同意回到丈夫家。在路上，阿关遇到了青梅竹马的恋人"录之助"，二人只是寒暄了一下就各奔东西了。这部作品虽然和樋口一叶的前期作品一样，也是以爱情悲剧为主题，但作品的构思更加严密、艺术性更高，因而受到评论界的关注。据盐田良平的考证，1896 年，森鸥外（1831—1907 年）、幸田露伴（1867—1947 年）、斋藤绿雨（1867—1904 年）在《目不醉草》杂志上合作撰文评论小说新作，其中对《十三夜》给予了很高的评价①。日本近代文学评论界也大多将《十三夜》与《浊流》和《青梅竹马》视为樋口一叶的三部代表作。

可以说，樋口一叶通过前期和后期的创作实践，思想更臻于成熟，艺术手法渐趋圆熟，逐步地形成了自己独特的写实主义基础上的浪漫主义创作风格。这一创作风格的形成与其文学素养、成长经历、生活环境以及社会氛围等有很大的关系。

首先，在少年时期形成的古典文学修养是樋口一叶浪漫主义风格形成的基础。樋口一叶从小就喜欢阅读文学作品，其在日记中曾写道："七岁开始读草双纸。"②父亲为提高其在文学方面的素养，将樋口一叶送到歌塾"萩之舍"内学习。在歌塾学习期间，她还阅读了大量的日本古典文学作品。和歌的研习拓宽了她的艺术想象空间，古典文学的浸染则使其熟谙浪漫主义创作技巧。特别是《源氏物语》和《枕草子》等平安时代的女流文学作品不仅影响到樋口一叶的叙事手法，而且也促进了其创作思想的形成。日本学者近石泰秋通过研究发现，樋口一叶在其早期作品中常常将主人公设定为薄命美

① 塩田良平:『樋口一葉』，吉川弘文館 1963 年版，第 237 頁。

② 同上，第 21 頁。

人,明显是受到《源氏物语》中夕颜、空蝉、末摘花等人物形象的影响。①

其次,对19世纪90年代兴起的日本前期浪漫主义文学的认同是樋口一叶浪漫主义风格形成的思想根源。1893年1月创刊的《文学界》是日本浪漫主义文学流派的思想阵地。樋口一叶从1893年3月21日起同《文学界》的创办者——北村透谷、平田秃木等人开始交往,并开始投稿。平田秃木在《文学界前后》一文中曾回忆道:"《文学界》同人的发现和引导对(樋口一叶)女士的发展起了些许帮助,这也是我们引以为骄傲的地方。女士虽然没有成为同人的中心,但她却能排解我们的烦恼、对我们的悲喜产生共鸣。女士虽然没有摆脱源氏、西鹤等人文学的影响,但却能与深受西欧诗歌文艺影响的我等相互理解、共同前进,真是太了不起了。"②可见,樋口一叶在与《文学界》同人的交往中接触到了他们的思想,并将其吸收到自己的文学创作思想之中。以《文学界》同人为主体的浪漫主义流派认为人受到肉体和世俗的束缚与禁锢,因此必须从禁锢中解放出来,通过对艺术的追求,实现自我。樋口一叶正是吸收了这一思想之后,才在作品中表现出追求精神、超越官能的恋爱观。

第三,樋口一叶的现实主义创作风格的形成与甲午战争之后文学新思潮的出现有一定联系。甲午战争之后,日本的贫富差距拉大,社会矛盾不断激化。在这样一种状况之下,知识分子中也开始出现以提倡自我的觉醒、正视社会黑暗为内容的个人主义思潮。社会评论家田冈岭云等人呼吁,文学家应该揭露社会的罪恶,关心下层民众

---

① 近石泰秋:『一葉と先行文学』,『国文学解釈と鑑賞』,1986年第3期,第139頁。

② 塩田良平:『樋口一葉』,吉川弘文館1963年版,第220頁。

的疾苦。与之相应,文学界开始出现新的文学思潮,广津柳浪、小栗风叶等人开始创作“悲剧小说”,而泉镜花、川上眉山等人则开始创作“观念小说”。樋口一叶与川上眉山、泉镜花以及田冈岭云等都有交往,自然也会受到文学新思潮的影响。

第四,樋口一叶现实主义创作风格的形成也与其生活经历有着极大的关系。樋口一叶出生于有名无实的士族家庭,父亲出生于甲州山梨郡中萩原村的中农家庭,后利用积攒下来的钱买来了武士的身份,明治维新之后成为警视厅的下级官吏,并兼营金融业,生活比较富裕,但晚年因经营失败而破产。樋口一叶 17 岁时,父亲和哥哥相继病逝,并留下大笔债务。从此,抚养母亲和妹妹的重担落到了自己肩上。1893 年 7 月,樋口一叶搬到东京的贫民窟——下谷龙泉寺,开设了杂货店,但由于经营不善而破产。家境的破落,使她懂得了世态炎凉,也看到了贫富之差的可怕。通过在贫民窟的生活,她切身体验到了下层民众的苦难生活,加深了对社会的理解。樋口一叶创作《青梅竹马》的素材似乎就与其在龙泉寺的生活有很大关系。在龙泉寺经营杂货店期间,樋口一叶接触到了许多生活在花街附近的孩子,感受到了他们的天真无邪和与黑暗现实进行抗争的顽强精神。更为重要的是,在这种贫困的状态下,樋口一叶感到创作古典和歌、陶醉于“花鸟风月”之中是生活富裕的贵妇人和千金小姐的消遣方式,不能表达心中的苦闷,自己曾就学的“萩之舍”也只是有闲阶层的子女社交的场所,于是开始进行现实主义风格的小说创作,其文风也变得简洁质朴,剔除了过多的华丽辞藻。

樋口一叶具有深厚的古典文学素养,又接受了浪漫主义文学流派的文艺思想,所以其作品文字优美、描写细腻,具有很高的文学艺术性和浪漫主义创作风格。同时,坎坷的人生经历和现实主义文学思潮的影响,又使得她关注社会现实,其作品又具有现实主义风格。可以说,极高的艺术性和思想性就是樋口一叶作品的价值所在。

第三节　与谢野晶子的创作

与谢野晶子(1878—1942 年),原名凤晶子,著名的浪漫主义诗人,生于大阪府堺市一个点心铺世家。堺市与大阪市近在咫尺,自镰仓时代伊始,商业与汉学并举发达,曾是著名的国际化港口,与谢野晶子曾这样描述过自己的家乡:

悠悠堺城土,古来西风沐。
世人无不识,玛利亚圣母①。

明治维新加速了堺市的近代化进程,但是却没有荡涤尽封建家族思想及男尊女卑的陈腐观念。希求男丁的父母未果,将还在襁褓之中的晶子送到姨妈家寄养。直至弟弟出生,晶子才回到家中,但是古板矜持的母亲,却对女儿们严加管束,乃至苛刻得使晶子"心中常流泪"。晶子在堺市女子学校毕业后协助父亲经营家业。在此期间熟读家中《源氏物语》等古典藏书以及正在走俏的岛崎藤村(1872—1943 年)、樋口一叶、森鸥外等人的著作,并开始习作和歌。十五六岁时,晶子就开始投稿《善恶草》。1895 年,晶子的和歌在《文艺俱乐部》上刊载。而巧合的是,该期杂志上也同时发表了樋口一叶的小

---

① 张晓宁:《日本近代文学的女鬼才——与谢野晶子论》,中国科学文化出版社 2003 年版,第 18 页。

说《浊流》，这激起了对文学创作热情极高的晶子欲与当红女作家一试高下的强烈的创作激情。昂奋的晶子有一种要“大口呼气似的、大声呐喊似的、欲把琴弦拨响似的心情”，她“开始要用某种语言”①表达自己的心声了，于是她很快就参加了堺市“浪花青年文学会”，在这种积极探求新文学的激昂氛围中，晶子才思如泉涌。晶子写道：“我从20岁开始心中已积蓄了必须要歌唱得出来的各种情感，是一种兴趣冲动促使我用粗浅的语言写诗作歌。”②

晶子最有名的几首和歌即是此时的结晶。其中描写作者与初恋男友铁南恋情的歌作可谓千古流芳。

你看嫩肌玉体，
血沸心跳，
讲大道理，岂不寂寥？③

1900年，著名歌人与谢野铁干在东京创办了新诗社，并创办短歌杂志《明星》，一时成为歌坛的圣雄。对其才华仰慕已久的与谢野晶子与河井醉茗等年轻人立刻加入了《明星》的行列，自此，晶子开创了她光辉的人生之路。

与谢野晶子一生贡献有四：一是以《明星》杂志为中心的诗歌创作张扬了浪漫主义的呼声，代表作《乱发》和《弟弟你不能去死》，其叛逆精神引起社会的强烈震撼；二是染指日本古典名著《源氏物语》、《荣华物语》等的现代语翻译；三是反对明治时代性别歧视，为

① 转引自张晓宁：《日本近代文学的女鬼才——与谢野晶子论》，第14页。
② 转同上，第15页。
③ 吕元明：《日本文学史》，第212页。

实现男女平等而撰写的大量女性解放运动的篇章；四是与谢野晶子作为教育家还创办了文化学院，并在此执教20年，培养了众多弟子。与谢野晶子执笔40余年，留下了27部和歌集、15部评论杂感集、1部诗歌全集、2部小说、4部童话、3部歌论、2部国学评论。丰硕的成果，使其当之无愧地成为日本近代文坛上的泰斗。

《明星》时代的创作是晶子一生的顶峰，"明星派"利用民众喜闻乐见的传统短歌形式，尽抒新时代之情。他们在"新诗社清规"中鲜明地阐述道："我们的诗歌不论长短，也可将其称作新体诗。"就此可以断言，"明星派"浪漫主义的形成应该被视为明治二十年和歌改良运动的延伸和发展。① "明星派"浪漫主义的短歌几乎都是在与谢野铁干和与谢野晶子的感化、影响下创作的。它们的共同特点是追求热情、憧憬、空想和美。②

在《明星》第2期上刊载了晶子投寄来的一首短歌：

> 拆开衣袖折，少女更婀娜。
> 写信诉于他，心中满羞涩。③

这首歌作形象地表达出一个情窦初开、心中柔情似水、娇羞可爱、欲言又止的少女心理。芳龄年华，身体上渐趋发育成熟，紧小的少女时装，已经盛不下青春的靓姿，只能拆开衣袖上的折子，让青春胴体自由舒展。明治开化30年，生活深闺中的少女还不可

---

① 肖霞：《日本近代浪漫主义文学与基督教》，山东大学出版社2007年版，第245页。

② 同上，第247页。

③ 转引自张晓宁：《日本近代文学的女鬼才——与谢野晶子论》，第19页。

能进化到在异性面前大胆地直白自己的感情，现实的世界和风俗传统，只能让她们以隐晦的方式表述自己青春的萌动和对爱情的渴望。

同年，与谢野晶子和与谢野铁干相遇，两颗年轻诗人的心，由于共同的爱好，瞬间燃烧起来。“随着人们近代意识的增长，引进西方恋爱思想已具有十分重大的意义。它不单纯是对旧的传统制度的改革，它象征着近代‘个人’的意识的觉醒，包括树立近代‘自我’意识。”①明治维新所带来的西风沐浴，对日本传统的婚姻制度还没有产生摧枯拉朽式的根本性变革，横亘在年轻人面前的还是封建家长制的羁绊。女性挣脱封建礼教的桎梏，首先就要争夺婚姻的自主权，女性的解放首先就是要冲出令人窒息的家族制度。

1901 年，与谢野铁干的妻子被迫同意离婚，晶子立刻不顾家人的反对，毅然赴京与铁干结成伉俪。这在当时是一种惊世骇俗的行为，一个年轻的未婚少女，为了一份炙热的爱情，不拘以第三者插足之嫌疑，要以年轻的生命和火热的激情，向痴迷的恋情和未知的创作事业投以巨赌。为此，执东京大学教鞭的哥哥甚而宣布与她终生断绝关系。但是这些都没有阻挡住晶子的步伐。就像下面这首歌中所唱道的：

不要只顾讲道，
不要忧虑后路。
不要畏惧人言，

① 肖宁:《日本女作家与谢野晶子与近代中国女性运动》,《日本研究》2002 年第 1 期,第 52 页。

只有相爱的你和我。[1]
尽情自由的燃烧吧！
青春
就应当这样度过。[2]

晶子“以超现实的幻想、极富浪漫主义的个性，表现出了男权社会一统天下的日本社会中被禁锢的知识女性向往自由、渴望自我的叛逆性”，诗歌以连续三个否定句式的排列，层层递进，将追求“只有相爱的你和我”的反封建压抑，主张资产阶级自我的恋爱观推向极致。可谓是“一部向儒教道德观发起挑战的青春赞歌”。[3]“尽管该诗遭到多人的诋毁，甚至被污为‘猥行丑态’，于心有害，与教化有毒”，但该诗中的“热烈的反叛精神”[4]，却深深地触动了长期居于“家”之囹圄的妇女以及受封建思想桎梏的青年们隐藏在心灵深处的感情。

是年8月，在与谢野铁干的协助下，饱含着晶子炙热的生命激情的歌集《乱发》出版，旋即两人步入婚姻的殿堂。

与谢野晶子的诗，自由明朗，华丽奔放，耽于幻想，浪漫主义色彩浓厚。这种创作风格在其短歌处女集《乱发》中表现得尤为突出。

---

① 姚继中:《乱发——日本浪漫主义诗歌的顶峰》,《四川外语学院学报》2003年第3期,第26页。

② 中村新太郎著,卞立强等译:《日本近代文学史话》,北京大学出版社1986年版,第50页。

③ 姚继中:《乱发——日本浪漫主义诗歌的顶峰》,《四川外语学院学报》2003年第3期,第24页。

④ 毕新伟:《东洋与西洋的碰撞——与谢野晶子与易卜生女性主义思想在中国的调适》,《海南师范大学学报》2009年第6期,第131页。

其“纯真、热辣的情感表现”以及“女性对自由解放的渴望，对新式恋爱、婚姻以及性爱的追求”，[①]深刻地展现了现代人对自我精神世界之张扬。

《乱发》共收和歌399首，分为6个章节。这399首和歌中的绝大部分写于明治三十三年四月至明治三十四年（1900—1901年）八月间，诗歌展示了与谢野晶子同与谢野铁干自相遇至结婚的全过程。青年学者姚继中先生评价说：“《乱发》以文学史上前所未有的浪漫歌风讴歌了女性优越、自我陶醉以及人性主义，纵情倾诉了恋爱过程中的恋爱至上、苦闷、哀愁、欢喜等悲喜交加的亲身感受。”说明作为反封建主义斗士的与谢野晶子“并不是偶然，而是有意识地努力通过作品去宣扬自我，实践自我，从而达到最高层次的自我实现”。“在儒教意识根深蒂固的明治社会背景下，大胆直率、纵情奔放地公开对异性的强烈渴求，这无疑是大逆不道的行为，更何况与谢野晶子作为女性，且正值20岁的青春年华，如此放肆地向大众公开自己对异性的强烈渴望，其叛逆精神是何等坚毅。”[②]

> 肌肤白皙、乌发长垂的我，
> 生来是惩罚，
> 万恶的男人们[③]。

---

① 牛水莲：《20世纪日本女性文学：女性的觉醒与解放》，《职大学报》2010年第1期，第49页。

② 姚继中：《乱发——日本浪漫主义诗歌的顶峰》，《四川外语学院学报》2003年第3期，第26页。

③ 西乡信纲等著，佩珊译：《日本文学史》，第263页。

这是对青春之美的大胆颂扬，也是基于人性的立场和人的自然属性对人的本能的肯定和尊重。她以豪放的抒情赞美青春，歌颂爱情，张扬人性的需求。作者生活的时代，传统的家制度大行其道，个人的独立意识噤若寒蝉。特别是妇女更受掣肘，女性“要冲破男权传统的藩篱，正视女性生命欲望，就得把性爱主动权从男性手中夺取过来”①。与谢野晶子的《乱发》所表现出来的这种官能色彩，应该说是集中地代表了被束缚在封建时代的陈规与旧道德中的所有女性的告白，是一个叛逆者向封建道德观发起挑战的宣言书。

虽然《乱发》从表面上看是将对人的尊重和肯定聚焦在人的本能主义上，但实际上这种对本能的聚焦却是与近代意识主体的自我相联系的。透过这种官能，我们能够真切地感受到与谢野晶子反对封建道德束缚、追求自我的强烈要求。与谢野晶子不仅在《乱发》中表现出浪漫主义的诗风，也显现出具有革新性的创作技法。她虽然未能完全从束缚诗歌精神的旧歌模式中摆脱出来，但已经“吸收了新体诗朴素的表现手法，在此基础上又融合了西方诗歌对爱情直言不讳的宣泄，形成了自己独特的歌风”。尽管某些遣词过于抽象和晦涩，未能圆满地塑造出整体的艺术形象，“但她随意的表现手法，丰沛的真实情感，不仅赢得了读者的欢迎，还成为诗坛文人竞相模仿的创作风格。”②

明朗、华丽、充满幻想的晶子的诗风，是这一时代浪漫精神的代表。而这部歌集开辟了近代短歌的最初的道路，为“明星派”的黄金

---

① 毕新伟：《东洋与西洋的碰撞——与谢野晶子与易卜生女性主义思想在中国的调适》，《海南师范大学学报》2009 年第 6 期，第 121 页。

② 姚继中：《乱发——日本浪漫主义诗歌的顶峰》，《四川外语学院学报》2003 年第 3 期，第 27 页。

时代的到来创造了条件。不仅如此,它还是明治三十年代的浪漫主义文学的最大的收获,有力地推动了《明星》浪漫主义的发展。日本学者市古贞次先生曾指出:(《乱发》)“代表了明星派的浪漫主义,在近代短歌成立史上熠熠生辉,”“给同时代的影响之大是难以估计的。”[①]就此,对浪漫主义颇有研究的肖霞先生概括了其主要创作特征:一是从官能的“密室”解放情绪和想象,恢复浪漫的情感;二是依据人性的自觉,挑战封建道德;三是在抒情歌中,有意识地强调感情,代表着《明星》诗歌的一种倾向;四是受岛崎藤村的《落梅集》的影响,与《文学界》的浪漫主义具有某些相通之处。《乱发》歌风的另一面是以艳丽或是清婉的绘画情趣美表现的叙景歌,展示了唯美主义特征。这种唯美主义特征倾向不仅限于状景叙情,而且倡导自我,欲与绚烂多姿的想象、幻想的结合。[②]

其后相当长的时间内,晶子没有创作出能与《乱发》比肩的诗作。直到日俄战争时,女诗人才又横空出世,引起世人的极度关注。

1904 年日俄战争爆发之后,军国主义穷兵黩武的扩张主义政策以及由此带来的严峻的社会矛盾,使晶子的诗风陡然转变到现实主义上,创作了使她声名大振的反战诗歌《弟弟你不能去死》,该诗引发了日本朝野和日本文坛的震动。“尽管甲午战争、日俄战争后出现了大量鼓吹侵略战争的军国主义文艺作品,而且当时的明星派诗人大多反应冷淡,唯独与谢野晶子从女性的立场,对战争表示强烈的

---

① 市古贞次著,倪玉、缪伟群、刘春英译:《日本文学史概说》,东北师范大学出版社 1987 年版,第 234 页。

② 肖霞:《日本近代浪漫主义文学与基督教》,山东大学出版社 2007 年版,第 249 页。

批判，可以说是日本最早的反战诗歌。”[1]这篇发表在《明星》诗刊上的反战佳作，在日本产生了强烈的地震。“诗歌虽然指向日俄战争，但对于表现热爱和平、反对战争的主题，仍有着深刻的意义，至今仍能强烈地震撼读者们的心灵。”[2]该诗为七五调的文言诗，八句一联，共五联。每联的中心意题都是哭泣着告诫弟弟，你千万不能死去，生养你24载的父母望眼欲穿等你回来，姐姐、年青的弟媳度日如年地盼你回来，家业需要你回来继承，至于战争的胜负和旅顺城能否占领和我们普通士兵没什么关系。对俄、日两个帝国主义国家进行的这场肮脏战争，作者愤恨地疾呼道：“父母何曾叫你手持利刃、肆意去杀人？”甚而将批判的矛头指向天皇本人，作者打破了天皇的威严，诘问道：（弟弟）“你不能死去，天皇不会亲自参加战役。皇恩浩荡，岂能有这样的旨意—让人们流血而死，让人们死如禽兽，还说什么，这就是荣誉。”女诗人将反战的矛头直指向天皇的“圣战”，[3]天皇在宫中过着养尊处优的生活，而普通百姓却像禽兽一样死去。其嫉恶如仇的勇气和胆量，强烈的叛逆之精神，让人甚是敬佩。这场日俄战争虽然最终以日本取胜结束，但却是以牺牲20万条日本士兵的生命换来的。而与谢野晶子从一开始便认识到战争的残酷与野蛮，她的反战诗作全篇贯穿着普通人民的真实感情，尖锐地揭示了战争的反人民性质，抨击了侵略战争带给普通民众巨大的损失，表现出强烈的人道主义思想。

作者从新婚未几的弟媳的角度，祈祷参战的弟弟珍惜与亲人的

---

① 高慧勤编选：《清贫赋》，辽宁人民出版社1981年版，第38页。

② 王玲：《与谢野晶子和她的反战诗》，《西南民族大学学报》2005年第10期，第175页。

③ 同上。

感情活着回来,描写年轻的弟媳如何担心从军的弟弟,如何面对悲惨的现实。全诗以贯穿始终的“弟弟你不能死”为主线,分别从家业及每个亲人的角度依次展开叙述,结构紧凑。通过这样一种布局使每联各有一个主题,但又共同围绕着一个中线。作者采用现实主义的笔法,真实地再现了家中亲人面对弟弟参战,生死难知的悲伤心情。姐姐的“泪涟涟”、母亲的“悲痛至极”与弟媳的“声声泣”,使读者怦然心动,“这呼唤可谓声声泪、句句情,深深打动着读者,引起强烈的心灵震颤,更激起人们对战争的憎恨,产生出强烈的艺术效果。”①

在这部诗歌中,作者“没有将针砭的矛头仅仅局限于日俄战争对自己家人造成的伤害之中,而是站在主张和平、反对战争的高度上”,揭示出生活在穷兵黩武、发动日俄战争的帝国主义政权的统治下,普通民众的悲惨命运及其产生这一悲剧的原因。无数日本青年成为战争的牺牲品,无数家庭妻离子散,这是超越了个人和家庭不幸之上的社会的巨大不幸,归根结底,天皇和军国主义者发动战争是罪魁祸首。这首诗抛却了狭隘的民族主义,对此,研究与谢野晶子的张晓宁先生评价说:(该诗)“从本质上否定了日俄战争,还深刻地揭露和谴责了天皇和军国主义者发动这场战争的罪行,从而唤醒人民反思过去,引发人们重新对生命、人生及社会底蕴的思考和探求”。“从这个意义上来说,这首诗诞生的意义远远超出了诗的本身,这也正是与作者以往浪漫主义歌风迥然不同的、现实主义的优秀作品在日本近代文学史上放射出一簇光芒的原因所在。”②

由于这首诗歌强烈的批判精神,触及了日本军国主义和国粹主

---

① 张晓宁:《与谢野晶子及其反战诗》,《辽宁师范大学学报》1995 年第 2 期,第 17 页。

② 同上。

义分子的软肋，诗人被御用文人大町桂月诬骂为“乱臣贼子”。对此，刚直不阿的晶子据理力争，旋即引发一场社会大辩论，使诗人的名望不胫而走。在法西斯军部的授意下，晶子的作品被禁锢数十年之久。直到二战结束，战败后的日本民众才深深地体味到该诗作的真正价值和社会意义。

与谢野晶子自幼喜爱平安朝时期女流文学，尤为青睐《源氏物语》的作者紫式部的文采。在创作诗歌的同时，晶子凭借着多年积淀起来的深厚的古典文学素养，染指古典文学的现代语译工作。她从1909年开始着手这项事业，虽然东京大地震毁损了她呕心沥血雕琢出来的手稿，但毫不气馁的晶子，终于在花甲之年向社会呈献了《梗概源氏物语》和《新译源氏物语》全六卷（译于1938—1939年）。除此之外，与谢野晶子还翻译出版了《新译荣华物语》（1915年）、《和泉式部歌集》（1916年）、《新译徒然草》（1916年）、《平安女流日记——蜻蛉·和泉式部·紫式部日记》（1938年）等书。

与谢野晶子不仅在文学方面成就斐然，而且还积极参与妇女解放运动，“呼吁社会要尊重妇女，保护妇女的权利，主张妇女要冲破家庭的牢狱”。[①] 1912年开始，她撰写了多篇有关女性问题的评论。

大正年间（1912—1926年），日本掀起生命主义和民主主义思潮，以白桦派思想为主流，夹杂着各种西方现代思想，乘着市民文化泛起而兴隆发达的出版业在社会上催生起强烈的个人主义思潮。一时间，《青鞜》（1911年）、《妇人公论》（1916年）、《主妇之友》（1917年）、《女性同盟》（1920年）、《妇人俱乐部》（1920年）、《女性改造》（1922年）等诸多女性杂志如雨后春笋般问世，激发了社会上对男女

---

① 高慧勤编选：《清贫赋》，第38页。

平等和妇女参政问题的激烈争论。这些杂志寓知识和趣味性为一体，将"原本只在一小部分的知识妇女中流传的妇女解放、男女平等、恋爱自由的思想也随之传播到广大的女性中间。在这场运动中，倡导妇女解放的先驱们往往率先冲锋在与社会世俗、封建思想相对抗的前沿"。[①] 被誉为时代先驱的《太阳》、《青鞜》等杂志率先就此展开讨论。其中首当其冲的就是被封建主义卫道士所津津乐道的"贞操问题"的讨论，可以说，这也是一个衡量妇女解放尺度的敏感性社会话题。

明治维新是一场不彻底的资产阶级革命，它使日本文学的中心一直踟蹰在自我的新发现上，可是这个自我是男性的自我，揭示女性自我的呼声从未占据过男性文学批评家的视野。

1923 年 6 月，《太阳》杂志登载的《近代妇女的贞操感》一文，引发了与谢野晶子的强烈不满与抨击。此前与谢野晶子"写了不少鼓吹恋爱自由、宣扬新女性观的文章"。她在《贞操贵于道德》一文中，以犀利的语言，严正地诘问了旧道德所言贞操观的实质，晶子认为"没有爱情的婚姻根本没有贞操可言，她主张灵肉一致的贞操观念"，她说："贞操不应单是女子必备的道德，也不能视为是精神上要操守的道德，那样的话，对恋人、配偶以外的异性春心荡漾便是意淫。"反之，以肉体之操守原则，与配偶保持虚伪无味、灵魂出窍的性关系，也算是丧失了精神上的贞操。再则，再婚或婚前有过性生活史等失贞之人，那贞操是否是一种灵肉都要操守的道德呢？若两者能达到和谐一致的办法，只有冲进恋爱与结婚的围城罢了。但世事无

① 童晓薇：《近代日本社会与创造社知识群体爱情婚姻观的形成》，《深圳大学学报》2004 年第 5 期，第 98 页。

常，人心叵测，“恋爱结婚也并非终生能作为贞操道德的保护伞”。所以晶子总结说，贞操只不过“是趣味、是信仰、是洁癖”，不过这种趣味和信仰要比道德美丽得多，须要自己格外尊重。从而证明以前被视为美德的贞操其实并非贞操①。群婚时代及母系社会遗存的“访妻婚”等开放的性风俗，使远古的日本乏于贞操观念。作为一种外来观念的舶来品，贞操观念始于汉唐以来儒家思想的输入，至江户时代才构成日本人认可的一种道德观念。1918 年，周作人曾将晶子的《贞操论》翻译刊载在《新青年》第四卷第 5 号上，以其唤起对封建主义思想压抑下的国人的节烈妇贞操观念的发聩深思。胡适更是著文，声称读了（该文）“很有感触”，认为“如今家庭制度最厉害的日本居然也有这样大胆的议论！这是东方文明史上一件极可贺的事”。②

其后，与谢野晶子又发表了《对聪明的男人们说》（1924 年）和《何谓女人样儿》（1925 年）等多篇评论，前者以犀利的笔锋，抨击了男尊女卑陋习引发的社会问题，揭示了“家族制度”扼杀“人性”的弊端。后者则倡导女性要冲破社会强加给她们的“紧箍咒”，树立新的女性人格。

晶子这种强烈的平等要求来源于使其自身深受其害的社会，晶子的大部分评论都是鼓励妇女勇敢地冲破封建道德的羁绊和封建习俗的束缚，实现自我。与谢野晶子是日本近代文学中反对封建主义思想，提倡资产阶级妇女解放运动的斗士和先驱，作为一位从中世纪向现代过渡时期的启蒙人物，她的作品奠定了日本近代文学的开放

---

① 转引自张晓宁:《日本近代文学的女鬼才——与谢野晶子论》，第 19 页。

② 转引自童晓薇:《近代日本社会与创造社知识群体爱情婚姻观的形成》，《深圳大学学报》2004 年第 5 期，第 99 页。

精神。《乱发》、《弟弟你不能死》这些被视为“日本近代文学顶峰”之杰作足以使其名垂千古。

第五章　现代日本左翼女作家的创作

"文学是一种社会现象，也是一种思维方式，一种思想结果。女性文学也不例外。"①它是融于文学的一种社会现象，是女性心灵世界、社会及人生的镜子，是女作家的思维方式的外在显现。明治中后期，随着欧美近代思想的传入，长期受到压迫的日本知识女性的自我意识开始觉醒，一批女作家通过艺术创作的形式表达自己的心声，但是她们的声音仍然很微弱。

到了20世纪20年代，一些左翼女作家开始从更深的高度和广度，描写时代、现实及其新的精神生活，其创作的作品中不乏震撼人心的社会交响乐，在历史的长河中久久地萦回，让人们从中汲取教训和力量，体察真善美和光明。可以说，左翼女作家的作品，是日本现代文化工程的重要组成部分，是20世纪日本文学的一翼，左翼女作家群将日本女性文学推向了一个新的发展阶段。

第一节　日本左翼文艺运动述略

20世纪20年代，日本左翼女性文学创作蔚为壮观，产生了一大

① 阎纯德：《二十世纪中国女作家研究》，北京语言文化大学出版社2000年版，第9页。

批杰出的女作家和优秀作品。宫本百合子创作了《伸子》等作品，刻画了追求个人解放与社会变革的女性形象，唱出了一曲女性的自由、解放、新道德的颂歌。野上弥生子创作了《真知子》等小说，她站在时代的高度，超越资产阶级人道主义和民主主义的范畴，向日本历史上残存的封建主义意识和军国主义思想发起挑战。林芙美子则创作了《流浪记》等描写贫民生活的作品，引起了广大读者的共鸣。佐多稻子的小说《来自牛奶工厂》是这个时期无产阶级文学里程碑式的作品，备受文坛青睐，后来她又以小林多喜二为榜样，以工人罢工为题材，创作了《女工干部的眼泪》、《祈祷》、《小干部》、《做什么》等小说，成为颇有影响的女作家。平林泰子创作了《冷笑》(1926 年)、《抛弃吧》(1926 年)、《在诊疗室》(1927 年)等。其代表作《在诊疗室》是她根据自己的切身体验写成的，表现了革命者所受到的残酷迫害和殖民地人民地狱般的生活，作品通篇充溢着反抗的精神和动人的艺术感染力。住井末(1902—1997 年)于 1921 年发表剖析农村现状、反映农民生活的长篇小说《相克》，1930 年参加无产者妇女艺术联盟，并在其机关刊物《妇女战线》上发表小说和随笔。1958 年参加部落解放同盟，创作出许多优秀的文学作品，代表作《没有桥的河》(1961—1973 年)揭示了深受歧视的部落民为争取自己的平等权限而进行的斗争。诗歌领域，以松田解子(1905—2004 年)为代表的女诗人登上文坛。松田解子 1928 年参加了日本无产阶级作家同盟，在《战旗》杂志上发表诗歌《矿井里的姑娘》，1935 年出版诗集《致有耐心的人》，塑造了女社会活动家的形象，此外还创作了长篇小说《地底下的人们》(1951—1952 年)。戏剧方面，随着东京筑地小剧场的成立，杉村春子(1909—)等女演员登上舞台，演出了许多反映女性解放的欧洲剧目。1929 年 4 月，土方与志带领丸山定夫和高桥丰子、细田和歌子等离开筑地小剧场，成立了新筑地剧团，先后上演了根据高尔基同名小说改编的剧作《母亲》。这些日本左翼女作家和艺术家以女性的视点来审视女性的自我，探索女性的自我原理和社会角色，同时站在女性的立场上，多角度地综合观察和把握女性的"生"的意义，以及女性自身的精神活动，在"人"的意义上发现女性自我存在的价值，揭示女性作为"人"的自我觉醒的过程。

日本左翼女性文学在20世纪20年代的蓬勃发展与当时的社会环境与文学思潮的发展有关。

首先，左翼女性文学的发展与社会主义运动有着密切的联系。1868年的明治维新，为日本资本主义的发展开辟了道路。其后经甲午战争、日俄战争，日本紧步欧美帝国主义之后尘，用武力向海外掠夺殖民地，开辟商品市场。在跻身于帝国主义列强的同时，使得国内工商业急剧地发展起来。由于天皇制政府和资产阶级的残酷压迫与剥削，势必引发社会矛盾的激化和工人运动的勃兴，乃至无产阶级队伍的不断壮大。在著名的工人运动领袖片山潜(1859—1933年)、高野房太郎等人的领导下，1879年全国性的工会组织"劳动组合期成会"(工会促进会)等各种组织相继成立，开始展开频繁的经济斗争和政治斗争。1898年，片山潜、幸德秋水(1871—1911年)等人组织了"社会主义研究会"，专门从事社会主义宣传活动。1901年，在此基础上，日本第一个劳动人民的政党——社会民主党成立了，在党的行动纲领中，提出"废除贵族院"、"实施普遍选举"、"缩减军费"等口号，可惜未几，就被天皇制政府强行解散了。但在这个被史学家称之为"社会主义流行时代"的时期，片山潜等人出版的大量宣传社会主义的专著，却对后来的工人运动产生很大的影响。1903年，幸德秋水等组成"平民社"，发刊《平民新闻》，发表大量的反战文章。不久，他们被天皇制政府逮捕入狱。1904 年日本以牺牲 20 万劳动人民的性命为代价，获得了日俄战争的胜利，开始迈向了军事帝国主义的危险道路。狂热地发动战争的同时，天皇制政府带给劳动人民的是失业人口的迅速膨胀，生活更加贫困化，最终导致工人运动的大爆发。1910 年，天皇制政府又捏造"企图暗杀天皇"的罪名，判处幸德秋水等 12 名无政府主义者死刑。这就是在日本近代史上产生重大影响的"大逆事件"，其后，社会主义运动被迫进入"严冬时期"。第一次世界大战带给日本资本主义一个发展的好机会。但是更加尖锐化的社会矛盾，却使工人的罢工运动此起彼伏，以至到 1918 年，全国甚至发生了规模巨大的"抢米风潮"。运动持续了两个多月，全国有四分之一的人参加，给反动政府以沉重的打击。俄国十月革命的胜利，也把马克思主义传到日本。1920 年，"社会主义同盟会"成立。1922 年 7 月 15 日，日本共产党成立后，积极领导工人、农民斗争。1923 年 9 月关东大地震，天皇制政府利用震灾进一步镇压革命运动，无政府主义者大杉荣、工会领导人平泽计七等被杀害。严酷的镇压，迫使刚刚建立一年的日本共产党宣布解散。进入 20 世纪 30 年代，世界性的经济危机，也严重地威胁着日本。生产停滞，工厂倒闭，失业人口骤增，农民生活更加窘迫，工人、农民运动、妇女运动、学生运动高涨，朝鲜、中国台湾等殖民地人民的民族民主运动，也正在发动起来。革命高潮似乎指日可待。但是，1930 年 5 月，天皇政府突然又开始更大规模地大肆逮捕左翼人士。革命队伍开始分化，有临危不惧者，也有动摇彷徨者，使革命的力量受到削弱，进入低潮期。在这种政治背景下，左翼女性文学在崎岖的道路上艰难地发展着。

其次，日本左翼女性文学是无产阶级文艺运动的组成部分，是在无产阶级文学思潮的推动下发展起来的。第一次世界大战和俄国十月革命以后日本工人运动高涨，无产阶级文学开始兴起。1916 年宫岛资夫（1986—1951 年）的《矿工》、1921 年前田河广一郎（1888—1957 年）的《三等船客》等工人文学相继问世。1921 年《播种人》的创刊，标志着无产阶级有了明确的战线，以此为阵地，具有明确的阶级意识的文学活动开展起来。“工人文学”的倡导，工人出身作家的出现，都为无产阶级文艺运动的正式发端创造了条件。由于《播种人》的活动，促使以前自发的“工人文学”、“第四阶级的文学”发展成为自觉地作为无产阶级革命一翼的无产阶级文艺运动。“《播种人》在这一发展过程中，具有决定性的意义。”[①]作为无产阶级文艺拓荒之功臣的《播种人》杂志，在日本大地上播下了崭新的种子，该刊在发表了大量无产阶级革命作品的同时，也产生了像平林初之辅（1892—1931 年）、青野季吉（1902—1961 年）这样的理论家，可以说，《播种人》“给日本近代文学带来了新的风貌，一种和传统的文学不同的，具有新的目标，新的方法，新的理论的文学出现了”。[②] 为了代替大震灾中被迫停刊的《播种人》，夺回失去的阵地，1924 年 6 月创刊及 1925 年 6 月重新复刊的《文艺战线》发表了很多坚实的作品，吸引了众多的作家，将无产阶级文艺运动推向前进，为以《文艺战线》为中心成立革命团体创造了条件。在创作上，一批有影响的新人开始走上文坛，其中就包括多位女性作家。1925 年 12 月 6 日，日本无产阶级文艺联盟宣告成立，有盟员百余人，旨在以“团结互助的威力”，“建立黎明时期的无产阶级斗争文化”，“在广阔的文化战线上，同统治阶级及其支持者进行斗争。”[③]

---

① 刘柏青：《日本无产阶级文艺运动简史》，时代文艺出版社 1985 年版，第 28 页。

② 伊藤整：『日本現代文学史』2，講談社 1980 年版，第 165 頁。

③ 刘柏青：《日本无产阶级文艺运动简史》，第 45 页。

1927年3月,无产阶级文艺联盟分裂,以原属于《文艺战线》派的青野季吉、藏原惟人(1890—1961年)等为核心的一批人于同年6月19日另组成劳农艺术家联盟,并声明"决心彻底同法西斯化的资产阶级艺术进行斗争","支持劳动农民党和真正的无产阶级的一切战斗团体",还主张"日本无产阶级运动,在当前确定的目标,当然是无产阶级艺术运动的斗争目标"。1927年11月,无产阶级文艺联盟又分裂,藤森成吉等40余人宣布退出该联盟,成立新的团体——前卫艺术家联盟。在无产阶级文艺运动分裂的时代,无产阶级文学运动继续显示了它强烈的生命力,震撼着整个社会,使资产阶级文坛发生动摇,许多资产阶级作家转向了无产阶级阵营。

经过一个时期的筹备,1928年3月13日,"日本左翼艺术家总联合"宣告成立。可是在"总联合"成立的第3天,即3月15日,天皇政府在全国范围内对日本共产党实行了大规模的镇压和迫害,大批党员和左翼积极分子遭到逮捕。虽然"日本左翼艺术家总联合"仅仅存世3天,但它的意义非凡,这是日本无产阶级文艺运动史上一次可贵的尝试。大逮捕后,无产阶级文艺联盟与前卫艺术家联盟两个组织很快联合起来,组成新的组织"全日本无产者艺术联盟",简称"纳普"。"纳普"的作家,其志向是战斗的无产阶级作家,必须要"用前卫的眼睛"来观察和反映现实,他们的创作方法是和资产阶级、小资产阶级的现实主义不同的无产阶级现实主义,他们遵循日本共产党的方针路线,开展服从于政治斗争的艺术运动。1928年12月,全日本无产者艺术联盟召开大会,通过了改组"纳普"、分别成立各个部门联盟的决议。日本无产阶级作家联盟于1929年2月10日成立,有盟员80余人。其纲领主张"我们决心建立为无产阶级解放事业服务的阶级文学","我们决心废除加在我们运动头上的一切政治压迫而斗争”[1]。

1931年9月，天皇政府发动了侵略我国东北的战争，并多次对日本国内革命力量进行血腥镇压，大批活跃分子被逮捕。1931年11月，日本无产阶级文化联盟成立，简称“克普”。与此同时，“纳普”宣告解散。1933年上半年，无产阶级文化运动又开始呈现全面活跃的时期。此时，著名的人道主义作家宫本百合子等人被选为“克普”的最高领导机关的代表。20世纪30年代初，在以“纳普”和“克普”为中心的日本无产阶级文艺运动中，日本无产阶级作家同盟是最有战斗力的，因而也是最有成绩的。在严酷的斗争中，他们满怀热情，创作了大量优秀的作品。他们的努力令无产阶级文学成为当时文坛上最大的文学流派。

日本左翼女性文学在经历了20世纪20年代的辉煌之后，走向了衰落。1933年以后，随着法西斯政权的残酷镇压，无产阶级文学运动呈现出了逐步式微的衰退局面。在转向的暗流中，平林泰子、佐多稻子先后顺应了法西斯政权的国策，唯一能够提及的是，在黑暗的侵华战争期间，宫本百合子以《越冬的蓓蕾》含蓄地表示了左翼战士对美好明天的期盼。

战后，在一片废墟中，以战前左翼文化人士为主体的日本民主主义文学重新登上文坛，用他们坚韧不拔的战斗精神，疏泄了万恶的侵略战争带给人们心灵上的深重创伤，以及现实社会下小人物的悲哀。伴随着战后新民主主义文学的隆盛，宫本百合子、佐多稻子、林芙美子、平林泰子、山代巴（1912—2004年）、住井末和自大正年间就一直与左翼文学为伍的野上弥生子等女作家重新焕发了创作的青春。这

---

① 『近代文学評論大系・第六巻』，角川書店1982年版，第104頁。

些日本左翼女作家们在反对战争、反对原子弹爆炸以及反对阶级和性别压迫的运动中发出响亮的声音。不少女作家在作品中揭示了在专制政权横征暴敛期间，生活贫穷的劳动阶层中的男男女女的普遍困境，设想着解救他们的途径。虽然事实上，她们大多数都不是来自劳动阶层，但这并不妨碍她们中间一些人参加社会革命，严肃地探讨文学和艺术的社会作用问题。她们参加左翼运动的亲身经历及其社会实践，使她们在揭示社会矛盾时，自然站在了比较高的层次上看问题。

可以说，日本左翼文学在日本历史上第一次提出了革命的人权主张，而其中日本左翼女性作家则对日本妇女的被压迫的现状提出了自己的革命要求，许多日本女性作家都是在左翼文学的影响下开始文学创作的。她们通过大量作品，观察和揭示女性“生”的意义，以及在此基础上发现女性自我生存的价值，从而颠覆近代文学中占据主流的“男性的自我”。

第二节　宫本百合子与野上弥生子的创作

宫本百合子(1899—1951 年)是日本近现代文坛上杰出的女性作家，也是无产阶级文学运动的代表人物。原姓中条，生于东京小石川区原町，出身名门。父亲是著名的建筑师，祖先历代都是米泽藩主上杉家的首席家臣，母亲则是著名思想家西村茂树[①]之女。1916 年，宫本百合子 17 岁时进入日本女子大学英文科预科攻读英文专业。

---

① 西村茂树(1828—1902 年)，思想家、教育家，佐仓蕃士。明治六年与森有礼等结成明六社，开展启蒙活动。历任文部省编修局长、宫中顾问官、华族女子学校校长。代表作有《日本道德论》(1888 年)。

同年，经父亲的朋友坪内逍遥（1859—1935 年）的推荐，在《中央公论》上发表了中篇小说《贫穷的人们》（1916 年），引起文坛的轰动，被誉为天才少女。1918 年，从日本女子大学退学后，跟随作为建筑师的父亲赴纽约，入美国哥伦比亚大学学习，在那里与研究古代拉丁语的荒木茂相识并结婚，1924 年离异。根据这段经历，她从 1924 年 9 月开始在《改造》上连载长篇自传体小说《伸子》，两年后连载完毕。1927 年底，宫本百合子游历苏联和欧洲。三年后回国，加入无产阶级作家联盟，并认识了比自己小九岁的无产阶级作家宫本显治（1908—2007 年），两年后结婚。1931 年，她参加了日本共产党，此后五次被捕，但始终没有放弃自己的信仰。宫本显治 1933 年被捕入狱，被关押了 12 年之久。夫妻二人在这 12 年中被剥夺了相见的自由，不得团聚。1945 年 8 月日本投降后，重新开始文学创作。同年 12 月，宫本百合子与战前无产阶级运动成员藏原惟人、德永直（1899—1958 年）、中野重治（1902—1979 年）等人一起建立新日本文学会，创刊《新日本文学杂志》，成为民主主义文学运动的旗手。1951 年 1 月因败血症逝世。宫本百合子在其一生中先后发表自传体小说 80 余部、文学和社会评论 700 余篇。宫本百合子逝世 50 年之后的 2001 年，新日本出版社发行了《宫本百合子全集》33 卷。

宫本百合子与同时代的作家相比，有着许多不同之处。首先，她的思想具有理想主义和人道主义色彩，对生活抱有积极向上的态度。其次，与其他无产阶级文学作品相比，宫本百合子的作品不仅具有极高的思想性，也有很强的艺术性，因而受到社会的广泛关注。战后创作的小说《播州平原》、《风知草》曾在 1947 年获每日出版文化奖。再则，宫本百合子的战后小说虽然主要取材于个人经历，但却和许多“私小说”有很大不同，她所写的个人经历，是同日本无产阶级革命运动紧紧地联系在一起的。特别是作家在国外和革命旋涡中的经历,更使她的小说富有革命时代的典型性。

宫本百合子的人生经历和文学创作活动可以分成三个时期,即1916年发表处女作至1927年访苏之前,1930年访苏归来至1945年日本战败,1945年日本战败至1951年病逝。

从初登文坛的1916年到1927年游历苏联和欧洲的11年,是宫本百合子创作生涯的前期阶段,也是其创作思想和艺术风格形成的重要时期。宫本百合子早在御茶之水女学校(相当于现在的中学)学习期间就喜欢阅读宣扬人道主义和自我解放的白桦派文学作品,此后又热衷于俄国文学,深深地受到托尔斯泰人道主义精神的感染。她在自编的年谱中曾写道:“托尔斯泰最终捕捉了自己。”[①]在人道主义思想的影响下,她将描写贫困农民的生活作为重要的创作主题。其第一部中篇小说《贫穷的人们》是根据自己在农村的观察和体验创作的文学作品,该小说描写了日本农民在封建主义和资本主义势力压迫下的悲惨生活,表达了对被凌辱的人们的同情与爱,把托尔斯泰式的人道主义的同情,无私地倾注在贫苦农民的现实生活上。主人公是一个大地主的孙女,同情穷苦人。她抱着填平富人和穷人之间鸿沟的理想而来到福岛县农村,目睹了村民的不幸,本想对他们进行帮助。但是村里人不理睬她,有些人甚至羞辱她。她的慈善心受到嘲讽和伤害,拯救穷人的理想也破灭了,同时对自己的慈善行为产生怀疑,感到这种行为中包含着某种虚荣心。村里一个多病的孝子阿新的自杀和白痴“善呆子”的溺死更是深深地刺激了她。她开始

① 宫本百合子:『作家の自伝46——宮本百合子』,日本図書センター1997年版,第44頁。

感到，拯救穷人只不过是有钱人发发善心，自我满足而已。她思考着怎样接近村民，怎样使他们幸福的问题，并相信一定会得到贫困农民的理解。

此后发表的《一根嫩芽》(1918年)、《三郎爷爷》(1918年)等仍从人道主义的视角，描写了善良的农民成为追逐利润的资本主义和拜金主义的牺牲品，最终选择自杀的悲惨命运。

1918年到1924年，宫本百合子经历了一段恋爱、结婚、离婚的人生历程，其间与自己的家庭产生了矛盾。她在自己的年谱中写道："这一年开始大约四年左右，是我的泥潭时代。打算脱离小市民的排他的双亲家庭，可是环顾了四周之后，自己和对方陷入的仍是狭隘的、缺乏热情的家庭中。自己像栅栏中的野兽般苦恼，让对方也感到苦恼。"[①]也正是在经历了这一人生变故之后，宫本百合子开始将女性解放问题作为其创作的中心。正如日本女性文学研究专家水田宗子所言：(早期的宫本百合子)"对女性潜能的认识和她本人结婚和离婚的经历，促使她成为一个女性主义者和共产主义者"[②]。

根据自己的婚姻变故，宫本百合子创作了长篇小说《伸子》，描写了出身中产阶级家庭的女性佐佐木伸子从恋爱、结婚到离婚的生活，表现了妇女从男权统治、婚姻和家庭的束缚下解放出来，追求独立的女性主义思想。胸怀远大抱负的少女伸子随同父亲来美国留学，并在此与比自己年长15岁的佃一郎坠入了情网。父亲回国后不久，伸子不顾父母和朋友的反对，执意要与佃一郎结婚。二人结婚后居住在父母家。伸子的父母不相信佃一郎会使自己的女儿幸福，反

---

① 宮本百合子:『作家の自伝46——宮本百合子』,日本図書センター1997年版,第44頁。

② 水田宗子主编，周祥苍等译:《日本现代女性文学集》,第66页。

而认为这样会毁了她的前程，为此常常和女儿发生口角。一气之下，伸子搬出了家。佃一郎在学校执教，他开始满足于小市民的平庸生活，而无意在事业上继续发展，其追求的是小市民的安定自足的世俗境界，这与追求自由的伸子产生了本质的不相容的矛盾。她"希望在相互间爱情顺利发展的基础上，两人的生活更加丰富，前途更加广阔，步伐更加豪迈"，但是与佃一郎的婚姻生活却使她的自我常常得不到燃烧，陷入了不满状态，成了荒漠的地狱。于是，伸子对丈夫渐渐失望，她开始对以男性为中心的婚姻制度提出了批判，并试图摆脱家庭的束缚。最终，在做编辑工作的素子的帮助下，伸子与丈夫离婚，重新开始寻找自我。

可以说，《伸子》的主题就是揭示日本封建家族制度对现代女性的道德束缚等问题，反映了当时妇女在精神上、经济上独立成长的要求和过程，同时展现了在事业与家庭的冲突中，小市民的安逸与对人生追求的冲突中，一个女性的精神苦恼和成长经历[①]。从另一方面说，宫本百合子在《伸子》中是以人性成长为基轴，推导出女性的事业，是从人道主义的角度对女性进行关怀。

日本著名女性文学评论家渡边澄子对宫本百合子和《伸子》有着高度的评价。她说："伸子就像她的名字一样，象征着无拘束发展的女性，而且是绝不妥协、顽强拒绝惰性的女性，我认为伸子的伟大就在于此。我已经论述过，宫本百合子是理想主义的作家，并为理想的实现不断努力、成长的作家。她的作品，每一部都是引人注目的，百合子是极少见的很放得开的作家。不管怎样说，我都认为百合子生涯中最高水平的作品，还是《伸子》。《伸子》尽管有很多不足之

① 刘柏青：《日本无产阶级文艺运动简史》，第77页。

处，但她不但是百合子文学的精髓，充满了青春活力，而且还是鼓舞读者，特别是希望有意义活着的女读者的人生指南。是让软弱、低下、丑陋的人们反省的作品。从这种意义上可以说，宫本百合子确实是伦理作家。”①小田切秀雄也认为：“《伸子》是日本近代文学中的古典”，“它与夏目漱石的《路边草》、岛崎藤村的《黎明前》、志贺直哉的《暗夜行路》、田山花袋的《乡村教师》、德田秋声的《缩影》一起，应该是屈指可数的代表日本近代文学最辉煌的古典之一。”②

1927 年至 1930 年赴苏联和欧洲游历之后，宫本百合子进入了其创作的第二个历史阶段。她从一个追求个性解放、冲破资产阶级家庭束缚的知识女性成长为无产阶级革命作家，其文学创作之路也从人道主义、现实主义文学转向无产阶级文学。因此，日本文学评论家本多秋五称她为“一支箭”，把她的人生轨迹诠释为从“冲破家庭的束缚”到“冲破国家束缚”的过程③。

20 世纪 20 年代中后期，细井和喜藏的《女工哀史》、藤森成吉的《茂左卫门受磔刑》、叶山嘉树④的《生活在海上的人们》等无产阶级文学的先驱之作陆续发表。当时作为写实主义作家的宫本百合子，虽然没有失去关心社会问题的热情，但是对充满矛盾的现实社会，却仅依靠直感进行观察，所以对于无产阶级文学运动的本质和意义还不十分理解。同样，无产阶级作家和评论家对她的作品也不认同。

---

① 郑宝香：《论日本女作家宫本百合子的长篇小说〈伸子〉》。《大连大学学报》2005 年第 1 期。

② 小田切秀雄：『明治・大正の作家たち2』，第三文明社 1978 年版，第 347 頁。

③ 本多秋五：『宮本百合子研究』，新潮社 1957 年版，第 33 頁。

④ 叶山嘉树（1894—1945 年），早期的工人文学代表作家，代表作品有《生活在海洋上的人们》（1926 年）和《装在水泥桶里的一个封信》（1927 年）。1943 年随同家乡长野县的开拓团到了中国东北，战败回国的途中，死于归国的列车上.

但是，宫本百合子赞同共产主义的部分理论，对第一个社会主义国家——苏联充满着好奇。1927年底，宫本百合子与她的朋友、俄国文学研究家汤浅芳子结伴游历苏联和欧洲。在苏联的三年间，正值苏联政府消灭地主富农，全力推进农业集体化，进行工业化建设的时期。宫本百合子在苏联政府的安排下参观工厂和集体农庄，看到的是一派欣欣向荣的景象，她为苏联经济建设的成就和被拜访者、解说者、导游所提供的解说和数据所震撼。宫本百合子原本就是带着先入为主的理论和理想去观察苏联并寻求证据以证明苏联道路的正确，而且其所参观的地方都是东道主精心安排和选择的能够展示苏联美好一面的景点，所以她"一下子投入了苏联的怀抱"。[①]

通过1927年至1930年的访苏之旅，宫本百合子在思想上超越了以前的人道主义立场，决心要做一个站在工人阶级一边的革命的知识分子。于是，正像她在晚年创作的长篇小说《路标》中所说的那样："日本有着百万失业者，有着为反抗政治权力而顽强斗争的人们的集团。伸子决心要做一个崭新的战士，回到这样的日本去。"她正是怀着这样的决心于1930年11月回到了日本，积极参加左翼运动。这时，作家同盟根据藏原惟人制定的《纳普文艺家的新任务》指示，召开了第二次大会，确定了进一步推进共产主义文学运动的方针，无产阶级文学运动进入最高潮时期。1931年初，宫本百合子开始担任"纳普"的中央委员、妇女委员会负责人及《劳动妇女》编辑负责人等职务，投身于繁忙的工作，并参加了日本共产党。同年9月，日本帝国主义发动了侵略中国东北的"九·一八事变"，同时对国内的左翼

① 宫本百合子:『作家の自伝46——宮本百合子』，日本図書センター1997年版，第50頁。

文化运动的镇压也日渐残酷。翌年2月,与日本共产党领导人宫本显治结婚不久的宫本百合子被警察署数度拘捕,度过了难挨的拘留所生活。不久,转入地下的宫本显治也被抓入牢中直到日本战败,两人分离了十二个春秋。这期间,她坚贞不屈,坚持自己的信仰,同时利用当局对她的监视稍稍放松的机会,进行文学创作。她先后创作了小说《1932年的春天》(1932－1933年)、《时时刻刻》(1932年)、《小祝的一家》(1934年)、《乳房》(1935年)、《杉垣》(1939年)、《三月的第四个星期》(1934年)、随笔《为了前进》(1933年)、《越冬的蓓蕾》(1934年)等作品,用笔反抗军国主义,同共产主义运动中的失败主义倾向进行斗争。

宫本百合子在《1932年的春天》和《时时刻刻》这两部作品中通过描写主人公今野大力被拷打的场面和作者自己所蒙受的残暴审讯状况,对法西斯政权进行了强烈的控诉。她在《时时刻刻》中写道:"拘留所里总是那样阴森、寂静,我半裸着身体躺在铁栏杆里的地板上。满身污垢的皮肤上留着严刑拷打后的痕迹,在飞机的轰鸣中对虱子发动围剿战。帝国主义文明的野蛮、伪善和压迫竟构成如此生动的画面,深深地教育了我。……人民没有丝毫权利,只能让飞机这样无休止地在他们头顶上盘旋。"可以说,这些作品中,无不跃动着她不屈服于镇压的顽强精神。

一批作家"转向"之后产生了严重挫折感,受到了良心的呵责,遂以私小说的形式自白出来,于是三十年代的日本文坛便出现了"转向文学"。针对这一现象,宫本百合子在《越冬的蓓蕾》中,从日本文化的角度分析当时出现这种"转向现象"的社会和历史原因,并进行理性的批判,她指出:"日本知识分子背负着特殊的历史重荷,这是无可争辩的事实。日本作为落后的资本主义国家,迅速从半封建直接发展到帝国主义的历史中，赋予日本知识分子敏捷的适应性的同时，劳动大众的日常生活停留在低水平的封建的压力之下，又给知识分子的精神带来保持沉默的影响。……因此，他们不堪忍受现实所背负的这种革命的阶级以前的、自己的软弱性，以及自己不加区别的妥协性，他们失败了，这也包括不服输的意味。"①

宫本百合子在战争时期，虽然被迫参加了"文学报国会"，但是她没有写鼓吹侵略战争的文章，在无产阶级革命运动失败和大批作家"转向"、放弃自己的信仰的时期，宫本百合子写了《乳房》(1935年)。这篇作品描写了在长年遭到警察干扰的无产者托儿所里，人民保卫自己的生活和工作，同政治权力斗争的故事。② 主人公广子决心让哭着要奶吃的婴儿含自己从未喂过奶的乳房，其场面感人至深。应该说这篇作品极力捍卫了小林多喜二死后的无产阶级文学的革命传统。

此外，在极其困难的情况下，病中保外就医的宫本百合子还与狱中的宫本显治写下了往来书简《十二年书信》，两位坚强的革命战士互相鼓励，展示了为保卫和平与文学而斗争的坚定信念。

1945 年 8 月日本战败投降后，关押在狱中的无产阶级革命者被释放出来，各种法西斯法令被废除，文坛恢复了往日的生气。宫本百合子又开始重新投入文学运动中。1945 年 12 月，她参与了新日本文学会的创办和《新日本文学》的创刊工作。

在新日本文学会的机关刊物《新日本文学》创刊号上，刊载了宫本百合子的《歌声呦，唱起来吧!》。在这篇社论中她满怀激情地谈

---

① 宫本百合子:『作家の自伝46——宮本百合子』,日本図書センター1997年版,第57頁。

② 『宮本百合子選集』,河出書房1956年版,第200頁。

到了在战争废墟上建立民主主义文学的必要性,强调“民主的文学,它的含义是我们每一个人要为社会和自己的历史更能符合事理地发展而献身,尊重世界历史发展的必然趋势,将之换成我们活生生的歌声”。它的意义就在于此。但同时也指出:“民主这个词在战败后的日本到处飞舞”,但“奇妙的是……提高日本文化的真正力量还很年轻,宛若充满喜悦的潮鸣声,涌到我们的实际感受上来了”。[①] 此后,她在开始战后文学生涯的同时,大力扶持青年作家,推动民主主义文学运动的发展。《播州平野》和《知风草》是这一时期的代表作。

中篇小说《播州平野》(1946 年)中,作者以自己的经历为素材,描写了日本投降后社会的巨大变革。1945 年 8 月 15 日广播播发了天皇的诏书,居住在东北农村的石田广子同家人一起听广播,知道日本已无条件投降。她难以抑制内心强烈的震颤,这震颤是对旷日持久的侵略战争的深恶痛绝,也是对和平到来之时的欢欣,她可以与被定为政治犯监禁十二年之久的丈夫石田重吉相见了。两个月前丈夫被流放到北海道的网走,广子想尽快到网走去,但就在这时她接到山口县婆婆打来的电报,说重吉的弟弟宜次应征入伍后派去广岛,在原子弹落在广岛当天突然失踪,至今生死不明,广子决定先去山口县。一路上,她看到到处都是伤兵和复员军人。抵达目的地后,她发现那里已经变成了凄凉的寡妇村。10 月里,政府废除了《治安维持法》,丈夫重吉 10 月 10 日获释,广子得到消息,迫不及待地往东京赶。一路上交通事故不断,她有时甚至是一步步地向东京走去。当时社会一片混乱,军队溃败,街上游荡着原子弹爆炸后无家可归的人们,以

① 转引自丁瑞媛:《日本无产阶级思潮的理论建构与历史演进》,《马克思主义美学研究》2008 年第 2 期,第 242 页。

及因洪水冲毁道路而滞留在回家的路上的“少年兵”。广子搭乘一辆农家的大马车,奔驰在美丽的平原上。秋高气爽,原野的土香沁人心脾。广子随着马车摇荡,她在想今后不会再有如此的心旷神怡,她在想整个日本都在这样愉快地前进。而现实中的此时,美军已开进日本国土,民主气候已经来临。小说洋溢着民主的乐观精神,发表后受到广泛好评。

1946 年发表的《知风草》为《播州平野》的续篇。重吉经十二年牢狱之苦,战后回到妻子身边。他浑身都是在监狱留下的伤病,妻子也遭受了长期的迫害,但法西斯的折磨,没能削弱他们夫妻的意志,他们积极投入到战后民主主义运动中。

这两部作品的主题和题材一脉相承,作者用鲜明的笔调描绘了如下的过程:在 12 年的长久岁月中,丈夫作为触犯了治安维持法的思想犯而被关在狱中,为此女主人公独自生活在无法形容的苦恼里。战败的那一天,坚韧不拔的女主人公感动得浑身发颤。尔后,她和终于从监狱中解放出来的丈夫一起,在以日本共产党重建为象征的历史新起点上迈开了大步。同时,也表现了作为思想犯的妻子所承受的苦恼和忍耐。宫本百合子在书中写道:“没尝过因某种原因而过了许多不眠之夜的女人,在日本是不存在的。”①

综上所述,宫本百合子自 20 世纪 20 年代走上无产阶级文艺道路之后,便不眠不休地投入创作与革命活动。其间经历了多次被捕、受审和政治迫害,然而,这些压力都没有使她改变初衷。百合子在丈夫被判无期徒刑之后至日本投降前的 12 年间,一直怀着坚贞的情

---

①　宫本百合子:『作家の自伝 46——宮本百合子』,日本図書センター 1997 版,第 43 頁。

感，坚持定期去监狱探望。在日本无产阶级作家同盟解散、日本发动太平洋战争期间，她像“越冬的蓓蕾”一样，坚强不屈，保持了纯洁的作家的品质。日本投降后，她焕发青春，投入广泛的社会活动和创作活动之中。

可以说，宫本百合子的小说表现了日本女革命者的觉醒经历，也反映了20世纪前半叶日本历史的巨大变动。

野上弥生子(1885—1985年)，本名小手川八重子，九州大分县人。1885年出生在一个酱油制造商家庭，15岁时经木下尚江的介绍考入东京的明治女子学校。21岁时，与夏目漱石的弟子野上丰一郎①结婚，受夏目漱石鼓励而走上文学创作的道路。22岁时，经夏目漱石的介绍，在杂志《杜鹃》上发表了写生文②《缘》，正式登上文坛。在80多年的创作生涯中，野上弥生子先后创作了《父亲和三个女儿》(1912年)等表现亲情的小说，《海神丸》(1922年)等反思人性善恶的小说，《悲哀的少年》(1935年)等批判军国主义穷兵黩武的短篇小说，六卷本长篇小说《迷路》(1936—1959年)等描写“左翼转向者”痛苦生活的作品，以及《秀吉与利休》(写于1962—1963年)等历史小说。其中，描写左翼人士被捕入狱之后，因为受到政府迫害而被迫转向的作品数量最多。野上弥生子也因为其倾向于无产阶级革命运动，而被称为“同路人作家”。因为其杰出的文学成就，野上弥

---

① 野上丰一郎：日本著名的英国文学研究家，能和谣曲的研究权威，曾任日本法政大学校长。

② 日本明治时代的诗人正冈子规提出了写生说，即主张将绘画理论运用于文学创作中，不加修饰地描写实景和实物，此后一大批作家按照正冈子规写生说进行文学创作。特别是夏目漱石对其加以补充，将其定义为不加修饰地将自己的思想、心境写出来，即于余裕、自然的环境中对社会现象冷眼旁观，发掘出社会与人性的真实。夏目漱石的《我是猫》、伊藤左千夫的《野菊之墓》、铃木三重吉的《千鸟》都可以称为写生文小说。

生子 1947 年当选日本艺术院会员，1965 年末被评为文化功勋者，1971 年获得文化勋章。她的长篇小说《迷路》曾获"读卖文学奖"，《秀吉与利休》曾获"第 3 回女流作家文学奖"。野上弥生子还是一位致力于中日友好的人士，1957 年 6 月曾应中国对外文化协会和中国作家协会的邀请访华。

野上弥生子与同时代的其他女作家相比，生活平静而富足，但这种平静的生活并没有阻碍其反思人性、直面社会现实的文学创作脚步。正如日本学者渡边澄子所言："野上弥生子虽然很难说是具有极大魅力的文学者……，但却是一个不可思议的作家和伟大的女性，其创作活跃期之长是绝无仅有的，她还是同路人作家和人道主义者，其毕生都坚持反战。她不为世事和他人的意见所左右，只坚信自己的主张。"①濑沼茂树也指出："（野上弥生子）不断地提高自己的创作水平，一步一步地、扎实地营造自己的艺术世界，从自己的内心要求出发，坚持自己的原则，取得了丰硕的成果。"②

野上弥生子的创作生涯可以分成三个阶段，即 1907 年至 1922 年的写生文时代，1922 年至 1928 年的现实主义文学创作时代，以及 1928 年之后的思想小说和历史小说创作时代。

在写生文时代，野上弥生子借鉴日本古典文学的物语风格和西欧古典文学的创作模式，依照夏目漱石的写生文理论，以写实的手法，描写女性解放、家庭生活。她早在 10 岁时就跟随国学者久保会藏学习中国儒学经典——四书以及《古今和歌集》、《万叶集》、《源氏物语》、《枕草子》等日本古典名著，结婚后又从谣曲和能乐中领悟到

---

① 渡辺澄子：『野上弥生子研究』，八木書店 1969 年版，第 305 頁。

② 瀬沼茂樹：『現代文学大系 24——野上弥生子・長興善郎集』人と文学，筑摩書房 1969 年版，第 521 頁。

象征主义表现形式的本质。另一方面,她 14 岁时进入基督教学校——明治女子学校,受到西欧文化的熏陶,21 岁时在夏目漱石的指导下,阅读了奥斯汀、勃朗特、艾略特三位英国女作家的作品,提高了西方古典文学的素养。可以说,日本文化和西方文化在她的头脑中碰撞融合,为文学创作奠定了坚实的艺术基础。正如瀬沼茂树所言:"(野上弥生子)通过接触培养出众多女性作家的英国文学,领悟到近代市民社会的个人主义,努力进行'综合思索',并为此而重视通过切身的体会来探求事物的本质内容的方法,从而使日本古典文学的物语样式具有了知性气息。"①此外,野上弥生子通过写生文的创作训练,具备了敏锐的观察力和高超的写作能力,既具有了女性作家的细腻,又避免了女性作家过度的感伤,进一步构筑了坚实的艺术世界。

1907 年,野上弥生子以写生文的创作手法,创作了处女作《缘》,描写了主人公寿美子向祖母及女仆阿元探听父母结合的故事。她认为这是一根神秘的红线把父母连在一起的,而且,这条红线又将她自己和另外一个人连在一起,她感到一种朦胧的不安,遐想着自己的未来。这部作品问世后,夏目漱石高度评价野上弥生子,认为其"拥有明治才女所未能描绘出的高雅情趣"②。此后,野上弥生子开始思考个人主义和女性解放的问题。

1910 年,长子出生之后,野上弥生子开始探究父母与子女的心理,翌年参加"青鞜社",为《青鞜》杂志撰写了《母亲大人》、《紫苑》、《父亲与三个女儿》、《新生命》、《母亲的通信》等有关妇女解放的作

① 瀬沼茂樹:『現代文学大系 24——野上弥生子・長興善郎集』人と文学,第 523 頁。

② 同上。

品。其中,《母亲大人》(1910 年)描写了主人公在丈夫的劝说下,将孩子委托给女佣照顾,然后去东京九段的能乐堂看能乐表演的故事。《母亲的通信》(1919 年)则指出应该让孩子在自由的天地中成长,多接触外面的世界。

与此同时,野上弥生子还通过描写各种类型女性的不同遭遇来思索人生。《两头小马》(1915 年更名为《小拇指》)和《旋涡》(1916 年)从女主人的视角描写了处于青春期的女佣的内心世界。《多津子》(1915 年)描写了女主人公从小接受了传统的家庭教育,美丽端庄,但却错过了结婚的最佳年龄,内心苦闷。《命运》(1916 年)则描写了女主人公将患有精神病的丈夫送入医院之后,哀叹自己的不幸的故事。

野上弥生子的现实主义文学创作时代开始于 1922 年发表中篇小说《海神丸》之后。如果说写生文时代是野上弥生子的创作准备期,现实主义文学创作时代则是其创作的成熟期。

1922 年创作的中篇小说《海神丸》使野上弥生子终于为文坛所认可。她曾回忆说:“这部中篇小说可能是我创作的第一部真正意义上的小说。”①据野上弥生子的回忆,一天收到了家乡的弟弟寄来的信,知道了“高吉丸”船长渡边登久藏的经历,“一个冬天,一艘从东九州家乡附近的渔村出发、驶向日向的 65 吨级帆船在航行途中遇到暴风雨,被吹到太平洋上,经历了 50 多天的漂流之后,食物断绝,两名船员杀死了船长的年轻外甥,并试图吃其肉。但是他们最终因为恐惧没有吃人肉,而是被美国的轮船救起,平安返回。”②野上弥生

① 野上弥生子:「わが小説『海神丸』」,「朝日新聞」1962 年 3 月 27 日。

② 同上。

子根据这一真实事件创作了现实主义小说《海神丸》，描写了海神丸在海上漂流的过程中，船员八藏由于不堪忍受饥饿的折磨而怂恿五郎杀死了船长的侄子——三吉，并试图吃其尸体充饥，但他们最终被死人恐怖的面容吓呆，最终向船长谢罪，船长宽恕了他们。这部小说将结局设定为人性战胜了兽性，是一部讴歌人道主义的现实主义作品。这部小说也与大冈升平的《野火》、武田泰淳的《光藓》并称为描写极端状态下的人性善恶的三部代表性小说。

《海神丸》的发表标志着野上弥生子突破了家庭小说题材的束缚，拓展了创作半径。此后她又发表了反思人性的作品《大石良雄》，描写了播磨赤穗藩的家老为了替藩主浅野长矩报仇，与志同道合的武士袭击仇家的故事。

1928 年创作《真知子》之后，野上弥生子转向创作反映出身上流社会的革命青年思想变化以及“左翼转向者”苦闷与彷徨的思想小说。野上弥生子之所以选择这样一个题材，是与其生活环境有关的。渡边澄子指出：“野上弥生子通过升入旧制高中读书的长子，以及担任法政大学教授的丈夫野上丰一郎，耳闻目睹了昭和初年左翼思潮的狂飙，也看到了这些具有左翼思想的青年们面对政府的镇压产生的迷茫和困惑，这些不能不成为其思考的问题。”①另一方面，她通过与宫本百合子的交往使自己的思想贴近时代，并最终在昭和初期无产阶级运动兴起之时，开始倾向于革命，成为无产阶级运动的同路人。

《真知子》是野上弥生子创作的第一部思想小说，该作品连载于 1928 年 8 月至 1930 年 12 月的《改造》和《中央公论》上，故事围绕真

---

①　渡辺澄子：『野上弥生子研究』，第 4 頁。

知子与贫农出身的革命家关三郎以及上流社会出身的考古学家河井之间的情感纠葛展开叙述。《真知子》的主人公曾野真知子出生于高级官僚家庭,在东京大学当旁听生。她既美丽又有主见,反对母亲干涉自己的婚姻问题,感到自己所属的资产阶级"无聊、滑稽和丑陋",曾试图通过参加革命运动寻找新的生活。一次游园会上,她偶遇毕业于英国剑桥大学考古系的知名考古学者河井辉彦,对其上流社会的出身产生抵触,因此拒绝了河井辉彦的求婚。此后通过女友大庭米子结识了左翼活动家关三郎。关三郎是一个信仰马克思主义的左翼青年。真知子为其坚定不移的信念和进步思想所打动,遂向其倾吐了心中的爱慕之情。然而,当听米子说她早已与关三郎同居,并已怀孕时,大受打击。无奈中,又重新与河井辉彦修好,当知道河井在工人罢工时把公司交职工共同经营的义举时,便决意与河井结婚。

《年轻的儿子》是野上弥生子于 1932 年创作的第二部思想小说。如果说《真知子》还存在结构不清晰、中心人物形象的描写存在欠缺等问题的话,《年轻的儿子》则在艺术创作上已经趋向成熟。《年轻的儿子》可以称之为《真知子》的男性版,真知子被替换成了同是中产阶级家庭出身的旧制高中三年级学生工藤圭次。工藤圭次由于抱着解放受压迫者的天真想法而参加了学校的左翼学生组织——社会主义研究会。在一次支持工人罢工的活动中,工藤圭次被捕。和他同时被捕的社会主义研究会成员都受到了严刑拷打,而圭次却没有被拷打,仅仅被关了七天拘留就提前释放,释放的理由是其患"肺门淋巴腺肿大"。不仅如此,学校开除了被捕的学生,但对圭次则仅仅给予了警告处分。圭次没有因为自己受到从轻处罚而感到庆幸,而是勇敢地站出来,向学校提出抗议,要求学校撤销开除学生的命令。

六卷本的长篇小说《迷路》是野上弥生子最具代表性的思想小说。该作品从1936年一直写到1956年,其间经历了长期的停笔期。野上弥生子在《迷路》的后记中回忆道:"(《迷路》的创作之所以长期停笔)并不是因为我的懈怠,而是因为日本的政治形势不允许自由创作,换言之,他们不允许我真实地描写。如果我当时和军部代表的势力相妥协,支持日本的国家政策,那这部作品早就应该完成了。但是,我不能那么做。"[①]野上弥生子在《迷路》后记中还明确提到了作品的主题是描写转向者内心的彷徨,"我相信,公元1933年,即昭和八年,日本出现的大学生左翼运动从某种意义上说是一场精神运动。作品的主人公正是投身这一旋涡之中,结果作为失败者受到镇压的人。我将和他一起迎接痛苦和艰难险阻"[②]。主人公菅野省三出生于大分县一个酿酒商家庭,大学时代由于参加左翼运动而被捕,由于忍受不了严刑拷打而被迫转向,出狱后被大学清退。在菅野家的世交——政治家垂水太郎的引荐下,菅野省三在旧藩主阿藤子爵家谋得了编辑史料的工作。省三和垂水太郎的长女垂水多津枝青梅竹马,但多津枝却和财阀儿子稻生国彦结了婚,这使其备受打击。1936年"二二六"事件发生之时,省三返回老家,潜心研究藩史。在出入子爵阿藤家时,被阿藤夫人三保子诱惑而发生关系。事后,悔恨不迭的省三辞去了工作,到图书馆工作。卢沟桥事变爆发后,多津枝作为文化使节去了意大利,在她的帮助下,省三与实业家的千金万里子结婚。多津枝在偕丈夫飞上海途中因事故双双遇难。此后,省三

① 野上弥生子:『迷路』(下)後書き,岩波書店1984年版,第341頁。

② 同上。

收到入伍通知书,随军开拔到中国剿杀游击队。1957 年 6 月,野上弥生子应中国对外文化协会和中国作家协会的邀请,参观了延安。回国后,她将省三的结局设定为在朋友木津反战宣传的影响下,脱离部队,逃往延安。《迷路》的主人公从表面上看是省三一人,但实际上却是三人,小说是从三个人物、三个侧面把握历史的。首先是菅野省三,他在 20 世纪 30 年代初的左翼运动中转向之后,一直背负着耻辱,内心彷徨不安,他代表着具有左翼思想的年轻人。其次是以与菅野省三青梅竹马的垂水多津枝,这是一个上层社会中具有个性的女性,作者通过这一人物形象描写了战时日本统治阶级的生活和思想变化。第三则是贵族院议员江岛秀通之兄江岛宗通。江岛宗通是一个将全部生命都投入到能乐研究之中的老人,他藐视权贵,批判战争,是一个有良知的老人,他代表着老一代人。

除了思想小说,野上弥生子还创作了历史小说。其中最具代表性的是 1963 年发表的《秀吉与利休》。丰臣秀吉和利休都可称得上是伟人,前者从一名没有姓氏的普通步兵一跃而成为掌控天下的独裁者,后者则从堺市经营鱼类的富商成为天下第一的茶道开创者。利休在丰臣秀吉的庇护下,创立了茶道艺术,丰臣秀吉让天下第一茶人服侍自己,体验到最精妙的茶道,颇感得意,但二者之间并不是互相信赖的关系。堺的富商文化人和农村出身的武将之间的交往从一开始就存在着问题,这种矛盾如同地下水一般慢慢地起着侵蚀作用。利休对丰臣秀吉的庇护既感激又反感,对丰臣秀吉本人既尊敬又蔑视,蔑视的是丰臣秀吉的粗野和对茶道真正含义的误解,他常常以一代茶道宗师自居,将丰臣秀吉视为自己的弟子,并插手政治领域,反对丰臣秀吉进攻中国和朝鲜的计划,破坏了主从关系,这成为了利休和丰臣秀吉关系破裂的最根本原因。此外,丰臣秀吉的近臣、京都奉行石田三成和前田玄以对利休备受宠爱、并凌驾于自己之上非常不满，他们认为奉行必须是奉行、茶头必须是茶头，但利休插手茶道之外之事，是不能允许的，遂寻找各种机会试图除掉利休。最终，他们借口大德寺山门是敕使以及关白等权贵才能通过的地方，而大德寺的住持古溪和尚在山门前放置利休这个无官之人的木像是目无主公，建议丰臣秀吉杀掉利休。最终，丰臣秀吉下令利休剖腹自杀。可以说，这部作品不仅仅是一部历史小说，更是一部融入了作者对战争的思考的小说。作者表面上是在描写利休这一人物的悲惨命运，实际上是在赞扬富有良知的知识分子面对日本军国主义者对外发动侵略战争、对内压迫国民的罪行奋起讨伐的勇敢行为。

1964 年 10 月，野上弥生子发表了《笛子》，1966 年 1 月发表了《铃兰》，开始关注平民生活。前者描写了长大的子女离开母亲，按照自己的人生设计成长的故事；后者描写了中年的独身女人在贫困中煎熬的故事。

此外，野上弥生子还创作了随笔。随笔集《政治开眼》（1946—1953 年）包括《义理和人情》、《学生的政治运动》等文章，论述了战后初期的社会问题。

野上弥生子一生笔耕不辍，1972 年，她在 88 岁高龄时还创作了怀旧色彩浓重的半自传体小说《森林》，描写了一位明治时期的东京少女的成长故事。

可以说，野上弥生子是一个富有正义感的女作家，她的作品真实再现了 20 世纪日本的风云变幻，以及生活在这一背景下的日本民众的真实感受。

第三节 林芙美子与佐多稻子的创作

林芙美子(1903—1951年)生于山口县。在众多的日本近代作家中,林芙美子可谓是一棵压在石头下的小草,顽强地生长起来的庶民作家。与出身中产阶级家庭、衣食无忧的宫本百合子和野上弥生子不同,她出身坎坷,幼年时随继父四处流浪,成年后又曾长期在东京漂泊,生活贫困。而且其个人生活也颇为不顺,先后和多名男性同居或结婚,但最终都分手了。直到和画家手冢绿敏结婚之后,生活才安定下来。1928年长篇小说《流浪记》发表之后,她才真正登上文坛,并摆脱了贫困。

林芙美子的创作风格与其他女作家相比也有许多不同。首先,她坚持从女性的视角出发,表现女性特有的感觉,细腻地描绘女性的内心世界。其次,林芙美子的作品大多取材于自己的流浪生活,因此日本文学评论界将她称之为流浪小说的代表作家[①]。日本文学评论家山本健吉也指出:"林芙美子继承了樋口一叶的情感世界,但在其平民性的、放浪的情感中可以感受到与众不同的激情。"[②]此外,林芙美子虽然没有参加无产阶级文学运动,但由于她常常将作品的主人公设定为下层贫苦民众,展示的是底层社会的生活状态,所以,也被视为"同路人作家"。而且,由于她青年时代与冈本润、高桥新吉等无政府主义诗人长期接触,受到了无政府主义的影响,其小说还带有

---

① 『日本現代文学全集45——岡本かの子・林芙美子・宇野千代集』,筑摩書房1954年版,第418頁。

② 『筑摩現代文学大系39——佐多稲子,林芙美子集』,筑摩書房1978年版,第533頁。

无政府主义色彩。在艺术性方面，林芙美子还继承了日本古代的日记文学和歌物语的传统，其作品大多采用日记体文学形式，杂以诗歌，抒情色彩浓厚。日本女性文学研究家水田宗子高度评价了林芙美子采用的日记体和自传体文学创作形式，认为："（林芙美子）以自传的方式写出了女性的流浪记，开拓了散文的创作之路。同时，在散文的基础上，又发展出追求自立的现代女性的诗歌，从而开辟了一条由女性发起的自由诗的道路。"①

林芙美子的文学创作可以分为三个时期。第一个时期是1928年《放浪记》发表到1937年中日战争爆发。这个时期可以看作是林芙美子的成长期。第二个时期为1937年中日战争全面爆发到战争结束，这一时期，她发表了一些支持战争的作品。第三个时期从战争结束到昭和二十六年（1951年）突然逝世。这一时期的作品风格仍然以黯淡、沉重为主题，是作家的成熟期。下面对这三个时期的文学创作特点加以分析。

在林芙美子文学创作的成长期，最为著名的作品是长篇小说《放浪记》。林芙美子的创作风格在这部小说中展露无遗。这部作品分成三部分，第一部分最初连载于1928年8月至1929年10月间的《女人艺术》杂志上；1930年改造社出版了第一、二部分的单行本；第三部分连载于1947年4月至1948年10月的《日本小说》杂志上。该作品是一部自传体小说，以日记体的形式描述了作者25岁为止的人生经历。林芙美子在谈到创作《放浪记》的动机时曾说："（自己）读了汉姆生的小说《饥饿》之后，便产生了动手写这部《放浪记》的念头。当时根本没有想到当什么作家，只是在描述倾吐不尽的内心独

① 水田宗子主编，周祥苍等译：《日本现代女性文学集》，第34页。

白时,禁不住要一直不停地写下去。写作时,我感到非常充实。它使我忘掉了被男人抛弃,忘掉了身无分文、饥肠辘辘。”①

《放浪记》的主人公“我”出生于商人之家,自幼随父母辗转各地。八岁时,父母离异。母亲又与冈山县的一个流动商贩结婚。“我”也只好跟随继父四处飘零,走街串巷,接触了下层社会的各色人物。18岁女校毕业以后,“我”来到东京,和恋人开始同居。至此,开始了10年左右的“放浪”生活。“我”和恋人同居后不久便被抛弃,处境艰难。面对落魄的生活,虽然有时也曾自暴自弃,陷入绝望之中,但最终却没有失掉对未来的憧憬。主人公一边做女工、女侍、售货员等工作,一边坚持从事文学创作。这部小说细腻地描写了作者在底层社会生活中获得的新鲜体验,记述了当时大城市真实的社会面貌,塑造了面对困难勇往直前的人物形象,引起了同样生活在大都市中、与贫困抗争的读者们的共鸣。这也正是小说的魅力所在。正如中村光夫所言:“无论时代怎样变迁,只要大城市的生活及其文化依然吸引着青年男女,只要世上还存在着贫穷、屈辱和青春,喜爱《放浪记》的读者就不会消失。”②小说文笔流畅,语言诙谐幽默,里面嵌入了许多经典的诗歌。更为重要的是,这部日记体作品是作者在充分借鉴了日本古典文学中的日记文学的基础上写就的,是一部以古典文学的写作模式记述现代生活的经典之作,具有很强的艺术性。中村光夫也指出:“《放浪记》看上去并不难,似乎任何人都可以提笔来写,但实际上它是一种难度最大的文学形式。至今还没有人能够对它进行模仿,就说明了这点。”③可以说极高的艺术性也是小说备

① 转引自中村光夫:《林芙美子论》,《日本文学》1986年第1期,第94页。

② 中村光夫:《林芙美子论》,《日本文学》1986年第1期,第93页。

③ 同上,第95页。

受关注的一个原因。

《放浪记》单行本出版之后，引起很大反响，在短短的几年之内，销量竟然高达60万部，成为1930年最畅销书之一。至此，林芙美子也摆脱了捉襟见肘的窘迫生活，走上了专职作家的道路。1931年1月，她又在《朝日新闻》晚报上连载《浅春谱》，同年4月和11月又相继在《改造》上发表了《手风琴和渔镇》和《清贫之书》。《手风琴和渔镇》沿袭了《放浪记》的创作风格，作者根据自己童年的经历，以清新明快的笔触描写了一个三口之家来到广岛南部的港口城市——尾道谋生的情形，勾勒出一幅普通人家悲欢离合的画面。《清贫之书》则描写了作者与丈夫之间纯情的生活，小说最后以丈夫寄给她的九封信结束，充分表现了处于生活困境中的夫妇共患难的纯真而美好的感情。

1931年11月，林芙美子利用《放浪记》赚来的稿费经西伯利亚，到法国巴黎和伦敦旅游。在旅居国外期间，她加深了对日本诗歌的理解。据其在自传中回忆："用日本语言吟咏的日本诗歌听起来异常优美。有的人说什么日本的语言不正统，因此不适于作诗。然而这都属于胡诌之辞。日本的语言、日本的诗歌，其美妙之极是我身居欧洲才体会到的。"①对日本诗歌理解的加深促使林芙美子不断地从古典文学中吸收养分。

1933年，她因为向日本共产党机关刊物《赤旗》捐款而被拘留了九天。出狱后，她坚持根据自己的人生经历，创作自传体小说。《戴耳环的马》（1932年）、《回忆记》（1933年）、《莺》（1934年）、《好哭的学徒》（1935年）等自传体小说都展现了平民的悲欢离合。与此同

---

① 林芙美子：《文学自传》，《日本文学》1986年第1期，第88页。

时，她也开始创作一些写实小说，《牡蛎》(1935 年)就是最早的一篇。该小说描写了生活在东京的手艺人守田周吉与女仆出身的阿珠结婚后，一起回到了四国农村的家乡。但乡下的姐姐们不欢迎他们的到来，于是他们又返回东京。此后，妻子由于忍受不了生活的贫困，离他而去。

中日战争全面爆发之后，林芙美子创作了一些支持战争的作品，成为了"笔部队"的成员。1937 年，她作为《每日新闻》的特派记者赴南京进行采访，翌年又作为随军记者前往上海。1942 年再次作为随军报道班成员来到东南亚战场。和同时代的大部分作家一样，她写了许多赞扬日本侵略军"勇敢"及战场"和谐"景象的报道，代表作品为《战线》、《彼岸部队》。我们已经很难判断这些文章是其内心真实的独白，还是在军部的强迫之下写的应景之作。但是有一点是非常清楚的，她在战争期间的文学创作陷入了低潮。

日本战败后，林芙美子开始反思战争。她曾经说过："为了使新出生的人们认识到战争的罪恶，在战争时期我一直都在忍耐着。我害怕有的人会把这场战争忘记，而使我们又卷入第二、第三场战争中。"①"我认为战争的悲剧是无法令人忘记的。这场战争花费了太长的时间，和我有着同样经历的女人，都想把战争的黑暗写出来。"②从 1946 年 1 月起，她连续发表了《暴风雪》、《雨》、《旋流》、《晚菊》、《浮云》等多部以战争为背景，描写平民悲惨生活的文章。

1948 年 11 月发表于《文艺春秋别册》上的《晚菊》是其战后的代表作之一。这部小说以细腻的笔触刻画了一个老妓女在孤独中顽

① 转引自谭珊珊:《日本女作家林芙美子的战争观》,《安徽文学》2007 年第 11 期，第 233 页。

② 同上，第 322 页。

强生存的心境，获女流文学奖。作者将这部小说的时代背景设定在战后。主人公阿琴虽然已经 56 岁，但看上去仍然风韵犹存。年轻时，她就堕入花街柳巷，靠卖笑为生。一天，昔日的相好田部打来电话，要与其见面。阿琴惊喜万分，她精心打扮，以迎接田部的到来。但田部并非是来找阿琴重温旧梦的，而是因为穷困潦倒，专门来借钱的。阿琴为此黯然伤心，她甚至有点瞧不起田部的寒酸相。她战胜了自己"随着年龄的增长，特别是饱经残酷战争的忧患之后，如今总觉得没有男人的生活是那么空虚和没有依靠"的孱弱的情感，没有借钱给田部，而只准其留宿一夜。

除了《晚菊》，《浮云》也是林芙美子后期重要的代表作。这部长篇小说于 1949 年 11 月起在《风雪》上连载，后因《风雪》停刊，又在《文学界》上继续连载，直至 1951 年 4 月结束。作品描写了女主人公雪子为了求学和谋求自立，而从乡下来到东京上打字学校，却不幸被其姐夫伊庭强奸，毕业后，雪子为了摆脱伊庭，寻求经济上的独立，赴越南工作，期间与有妻室的富冈相恋。战争结束后，富冈先行回国，雪子也追随富冈回到东京。但回到日本现实生活中的富冈已没有了昔日的热情。战后的日本经济极为萧条，无业的雪子，生活贫困至极。对生活已经绝望的雪子约富冈一起殉情自杀。可富冈却又和酒吧老板娘勾搭在一起。一气之下，雪子又一次回到伊庭家，向伊庭要来钱，打掉了富冈的孩子。以后，她作了伊庭的小妾。但后来，当富冈求雪子弄一笔钱来安葬自己的妻子时，二人又重归于好。雪子从伊庭那里偷了一大笔钱，再次与远赴日本南方屋久岛的富冈一道离京。在屋久岛，雪子的肺病加重。一个大雨滂沱的夜晚，富冈独自进山后，无人照料的雪子吐血不止，悲惨地死去。

《浮云》与林芙美子的其他小说相比，有许多不同之处。其中一个明显的特点,就是利用大量篇幅描写了战后破败的惨相,展现了当时的社会风貌。如第二章里,雪子在火车里向四周张望,发现任何一张脸都毫无精神,毫无血色。这些毫无抵抗的面孔互相重叠起来,使雪子感觉到自己乘坐的是一辆装载奴隶的列车。第三章写道:“离开日本五年才返回来的富冈,跟他的妻子邦子之间有一个很大的距离。无论对邦子还是对富冈来说,战争这个巨大的负担一直重重地压在他们的头上。”但是,林芙美子并没有停留在对破败景象的哀叹上,而是试图在战后的废墟中寻找生活的希望。她在解释《浮云》的创作意图时,曾经说:“这部作品也是我某一时期的再现。……我想描写被人们的目光所忽视、漂浮在空间的人的命运。描写条理不清的世界;无法解释的、小说圈外的小说;未受任何人影响,我自己想出来的一种道德观念,等等。我的写作意图就在于此,尽管这一‘意图’并没有完全得以实现,但由此可以清楚地看到。”林芙美子所说的“道德观念”其实就是人生目标,是与命运抗争的动力。林芙美子在解释《浮云》这一题目时也曾说:“走到一切幻灭的尽头之后,从那里重新萌发的东西,便是这部作品的题目。《浮云》这一书名由此而生。”①可见,林芙美子试图在“幻灭”中寻找希望。

综上所述,林芙美子的作品是以描述女性的情感生活为主要内容,展示的是女性的抗争和奋斗。她的题材总是与大众亲身的感觉有某种交流。更重要的是,她能以自己身居困难、受尽挫折而从不气馁的精神去感染读者,这是她最大的成功。

佐多稻子(1904—1998 年)是日本著名的无产阶级女性作家,原名佐田稻,1904 年生于长崎市菜场镇。出生时,其父 18 岁,母亲年

① 转引自中村光夫:《林芙美子论》,《日本文学》1986 年第 1 期,第 100 页。

仅15岁，为佐贺县立女子中学学生。可以说，佐多稻子是其父母早婚的产物。佐多稻子出生后就被送往母亲的舅父家作为养女抚养。佐多稻子的祖父曾是三池煤矿医院的院长，其家庭在当时日本社会属中上流富裕阶层。但由于佐多稻子父亲的放荡和挥霍使得家境陷入窘困的地步。佐多稻子7岁时母亲去世。1915年，其父辞去三菱造船厂的工作，举家迁往东京。由于父亲一直没有找到工作，佐多稻子只好辍学到牛奶工厂、饭馆、针织厂干活，备受煎熬。18岁到丸善株式会社当店员，结识了作家生田春月，20岁时，二人结婚，旋即因性格不合，于翌年离婚。此后，她结识了芥川龙之介、菊池宽、久米正雄、江口焕等著名作家。1926年，22岁的稻子在东京“红绿餐馆”工作的时候，又与中野重治、堀辰雄、西泽隆二、洼川鹤次郎等作家相识，在日益密切的交往中深受其文艺思想的熏染。同年，《驴马》杂志创刊，佐多稻子同编者之一的洼川鹤次郎结婚，并以田岛稻子的笔名在《驴马》上发表抒情诗，开始了自己的文学生涯。1927年后，除了堀辰雄，《驴马》杂志社的同人都参加了无产阶级文学运动。佐多稻子也深受影响，开始无产阶级文学创作。1928年2月，佐多稻子在《无产阶级艺术》杂志上发表了根据亲身经历创作的处女作小说——《来自牛奶糖工厂》，登上了文坛，并于翌年加入了日本无产阶级作家同盟（简称“纳普”），1931年与宫本百合子一起担任该同盟妇女委员会委员和日本无产阶级文化联盟妇女协议会委员。“纳普”时期，她以自己曾经从事过的女佣生活为素材创作了《洛阳餐馆》（1928年），以东京毛纱工厂的争议为素材创作了小说《强制归乡》、《女工干部的眼泪》、《小干部》、《祈祷》，这五部作品生动地描写了女工阶级意识的觉醒和成长经历，以及她们所表现出来的独立意识和活力，被统称为女工五部曲。1932年，洼川鹤次郎被捕后，佐多稻子独立支撑整个家庭，并加入日本共产党，在开展政治工作的同时坚持文学创作。1935 年，佐多稻子也遭到了逮捕，在“转向”之后被释放出狱。此后，丈夫洼川鹤次郎先是与其好友田村俊子发生婚外恋，而后又与咖啡厅女招待发生关系，并生下了私生子，夫妇关系破裂。佐多稻子以此为素材创作了长篇小说《红》。太平洋战争爆发后，佐多稻子参与了支持战争的宣传活动，1941 年参加战地慰问团到中国东北活动，1942 年参加军事当局组织的慰问团，到中国和新加坡活动。这个时期发表了《树树新绿》和《赤足之女》等小说。战后，佐多稻子重新加入日本共产党，并开始新的文学创作。因其曾支持侵略战争，所以受到批判，被新日本文学会所排斥，并一度被开除党籍。其战后初期发表的《我的东京地图》(1946 年)、《虚伪》(1948 年)等小说，表达了作者的忏悔心情。由于党内的复杂矛盾，佐多稻子几经磨难，1951 年被除名，1955 年又回归党内，而 1964 年再度被除名。50 年代起，她相继发表了《绿色的林荫路》(1951 年)、《机械之中的青春》(1954 年)、《夜的记忆》(1955 年)、《齿轮》(1959 年)、《灰色的下午》(1960 年)、《溪流》(1963 年)、《女人的归宿》(1963 年)、《塑像》(1966 年)、《树影》(1972 年)、《电话》(1974 年)、《土佐斗犬》(1974 年)及《时间的流逝》(1975 年)等小说，另有随笔集《月宴》(1985 年)问世。其中，《女人的归宿》获日本女流文学奖，《树影》获野间文艺奖。

佐多稻子与同时代的其他左翼女作家相比，有自己的特点。首先，她的洞察能力和批判能力很强，思维敏锐。正如日本现代著名作家奥野健男所言：“稻子堪称日本现代短篇的名家，她一贯用犀利的目光凝视人间、凝视人生、凝视社会，并对其进行冷静地观察。这种近乎苛刻的观察力是她在顽强的求生中获得的。同时稻子并不是单纯的观察者，而是完全置身于创作素材的生活中，与之同呼吸共命运的作家。每当她全身心投入创作之时，她都在不由自主的流淌着鲜血。”①其次，她虽然站在劳动者或贫弱者的立场进行无产阶级文学创作，但她作品的政治倾向并不鲜明，政治主张也不明显。她的作品女性气息很浓，却无妖娆之感，擅长用简约、精炼的语言描写残酷的现实，心理描写细腻、生动。她创作时几乎都采用传记、“私小说”的手法。②

佐多稻子的文学创作可以分成三个时期，即从登上文坛到“转向”，“转向”之后到战争结束。战后，佐多稻子初期创作的大多是描写底层民众困苦生活的作品，其代表作之一无疑是短篇小说《来自牛奶糖工厂》。主人公弘子是一个懂事的小姑娘，为了养家糊口，被迫在 13 岁时辍学进了奶糖厂当童工。她灰黑色的小脸浮肿，身上瘦的像根枯草，车间的寒冷使她手脚发麻，包糖总也撵不上别人。在厂里工作一天，只能领到微薄的工钱。每月的工钱，扣去上下班的车费，已寥寥无几。为了省钱，弘子有时只好走着上下班。一天上班时，她远眺到河对岸屋顶上一幅为肥皂做宣传的广告板，阳光经广告板的反射显得非常灿烂，但照在工厂车间里则只是阴影。弘子感叹道：“（反射在广告板上的）阳光看起来生气勃勃，但我们连买新年礼物的钱都付不起。”在这所工厂中，工人不仅工资低，而且也没有尊严。女工下班时都要在大门口排好队，接受检查。每一位女工和服的袖袋、胸袋以及饭盒都要被逐个检查，看有没有夹带糖果。最终，弘子无法忍受工厂的工作而辞职，到一家面馆去帮工。一天，乡下学校老师给她寄来一封信，劝她还是张罗学费把小学读完，她跑到厕所

① 张晓宁：《佐多稻子及其处女作〈奶糖工厂〉》，《日本研究》1988 年第 4 期，第 92 页。

② 叶琳等著：《现代日本文学批评史》，上海外语教育出版社 2008 年版，第 289 页。

偷偷看信,哭了起来。这篇小说写的是作者自己的经历,作品以朴素的笔致和逼真的描写,揭示了女工所受到的残酷剥削以及她们的悲惨生活,反映了资产阶级盘剥下的工人群众的痛苦生活。劳动和资本的对立被以朴实的手法赤裸裸地揭示出来。此后在《战旗》杂志上发表的《烟草女工》,标志着佐多稻子开始摆脱《来自牛奶糖工厂》对处于不觉悟状态的工人形象的描写套路,转向描写站在革命立场上进行斗争的工人形象。

《红》(1936—1938年)是佐多稻子中期的中篇代表作,表现了无产阶级文学运动遭受挫折后的心境。无产阶级女作家明子和文艺批评家广介结婚多年。他们已经有了两个天真可爱的孩子。以前,夫妇二人有着共同的信念和奋斗目标,在事业上互相帮助,生活上互相体贴,日子过得很幸福。可是反动当局对左翼文学运动和进步思想进行镇压之后,家庭生活出现了裂痕。丈夫广介在事业上遭受挫折之后一蹶不振,思想也发生了变化。他反对明子埋头写作,而要她做一个贤妻良母。明子是一个胸怀大志的女人。她热爱自己的事业,而不愿做一个陷在小家庭生活圈子中的平庸女人。为此,夫妻经常发生口角。一次,二人反目,丈夫赌气离开了家直到第二天深夜才回来。当他告诉明子自己在外边有外遇之后,性格刚烈的明子终于忍受不了这种屈辱哭了起来。广介想和自己遇到的女人建立新的生活,但她早有了情夫。这件事虽然结束了,但在明子心中却留下了难以愈合的创伤,二人的夫妻关系已经难以持续下去了。

佐多稻子在战后发表的作品大多是对战争的反思或是对党内生活的描写。其中,1946年发表的长篇小说《我的东京地图》由"版画"、"池之端今昔"、"道路"等12章节组成。据作者说,对因空袭而被烧成废墟的东京的惋惜之念,使她记起东京往日的面影,从而产生了将其描绘下来的冲动。在这部作品中作者以她特有的敏锐感受和细腻笔触,描写了女主人公自幼年时代至战争期间的种种境遇。这部小说是从带有几分感伤气氛的回忆中起笔的,作者谈到自己在战争期间曾为军事当局效力,前往中国和东南亚进行劳军慰问,感到内疚,表示自责。

《溪流》是自传体的长篇小说,叙述了从1950年日本共产党分裂为感想派和国际派起,到1955年召开第6次全国协议会止,作者自己私人生活和革命团体社会生活两方面的情景。在私人生活方面,和前夫、长女的心理纠葛,儿子因违反占领政策而受军事审判等诸多烦恼包围着作者;在社会生活方面,妇女团体、文学团体和党内问题更加错综复杂,令人几乎喘不过气来。除此之外,作为其背景,作者还描写了生活在社会底层的民众和日本资本主义的畸形。尽管经过第6次全国协议会而无条件地恢复了作者的党籍,可是她还觉得内心很不安定,小说便在这种气氛下结束了。

《树影》以长崎为舞台。美国飞机在这个城市所投下的原子弹,使小说的主人公长期笼罩在不安的阴影之中。男主人公是一个有妻子的日本画家;女主人公是一个中国女性,以开茶馆为业,维持一家人的生计。两人情投意合,互相爱慕。长崎历来是一个富有国际色彩的城市。在这种独特的气氛中,作者怀着激动的心情描绘了未能充分施展才能但却因原子弹爆炸后遗症而死于肝癌的画家和忠实可靠的中国女性的交往。这使我们想起,作者曾在许多短篇中刻画过这类平凡的、善良的人们,即所谓小人物,而《树影》则采用长篇形式,对这类人物进行了更加细腻入微的描绘。

综上所述,佐多稻子是无产阶级女作家的领军人物之一,她的作品具有很高的思想性和艺术性,语言平实而意蕴无穷。

第四节　壶井荣的创作

壶井荣(1900—1967 年)出生于香川县小豆郡坂手村,父亲是制桶工匠,高小毕业后,在村里的邮政局和村公所工作过。在此期间,她在当小学教师的哥哥的影响下,开始喜爱文学,此后同小说家黑岛传治和诗人壶井繁治结为朋友,1925 年到东京,与壶井繁治结婚。1929 年,壶井繁治与中野重治等成立全日本无产者艺术联盟,创办了《战旗》杂志。壶井荣也开始接触日本无产阶级文学运动。作为家庭主妇,壶井荣一边操持家务,一边支持丈夫参加无产阶级文学运动。壶井繁治在从事革命活动的过程中曾于 1930 年和 1932 年两次被捕入狱。在营救壶井繁治的过程中,壶井荣结识了佐多稻子和宫本百合子,并在她们的建议下开始了文学创作。1935 年,已经 35 岁的壶井荣在杂志《妇女文艺》上发表了她的第一部作品《发薪的日子》,翌年又发表了《萝卜叶》,从而登上了文坛。1940 年又在《新潮》上发表了中篇小说《日历》,在《中央公论》上发表了小说《红色的手杖》。其中,《日历》于 1941 年获新潮社文艺奖。此后又在 1942 年发表小说《十五夜的月亮》,开始了儿童文学的创作。1944 年出版了童话集《葫芦花的话》。1945 年日本战败,新日本文学会成立,壶井荣当选为会员,其文学创作也进入了高潮期。1946 年出版了小说《再次》、《海风》,1947 年出版了小说《雾中街》、《朝夕之歌》,1949 年出版了小说集《有柿子树的家》,1952 年发表了《坡路》和《没母亲的孩子和没孩子的母亲》以及《二十四只眼睛》,1954 年出版了小说《风》,并在《群像》上连载长篇小说《新娘的礼服》。其中,《有柿子树的家》获第 1 届儿童文学奖,《坡路》和《没母亲的孩子和没孩子的母亲》获艺术选奖文部大臣奖,《二十四只眼睛》于 1954 年被搬上银幕,获得空前好评,《风》则获得了第 7 届女流文学奖。1961 年壶井荣患上急性支气管哮喘,1967 年病逝。

壶井荣与其他左翼女作家一样受到无产阶级文学的影响,但不同的是,其作品主题是人道主义和母爱,乡土气息和平民特点也很明显。她把小豆岛的生活经历,和从无产阶级文学运动周边所汲取到的反战思想以及与生俱来的平民式的人道主义统一起来,形成了自己独特的创作风格。壶井繁治曾对此评论道:"(壶井荣)创作风格被认为是平实和庶民性。贯穿于这种创作风格背后的是'生活化的抒情诗歌'。她非常讨厌观念性、理论性的东西,不轻易相信自己的手触摸不到的东西。这既是她文学创作方面的可取之处,同时也是一种缺陷。"①另外一点不同是,壶井荣的文学作品不是简单地批判封建制度的腐朽和资本主义社会的丑恶,而是主要描写普通民众在困苦生活中乐观向上的精神,或者亲友、邻里、师生之间的亲情。

壶井荣不仅是一位左翼文学作家,也是儿童文学作家,创作了大量优秀的儿童文学作品。日本讲谈社出版的《壶井荣儿童文学全集》全 4 卷收录了其 102 篇儿童文学作品。这些儿童文学作品同样具有平实质朴的特点。日本文学评论家小田切秀雄曾感叹道:"除了小川未明和丰岛与志雄等少数作家,没有哪个作家能够像壶井荣那样创作大量优秀的'儿童文学'作品……这些'儿童文学'作品中,作者以写实的、生活化的方法,直接地或在加入若干虚构的情节的基础上,描写作者自身的生活体验和所见所闻,构建了一个民众的

① 壶井繁治:「妻・壺井栄のこと」,『群像』1967 年 8 月号,第 22 頁。

世界。”①

除了以小豆岛的生活经历为素材的“私小说”式的作品和儿童文学作品外，壶井荣还创作了很多描写细腻、沁人心脾的散文，这些散文同样是采取写实化的创作手法。下面对这三类作品中的代表作进行分析，以把握其创作风格。

壶井荣创作了许多以小豆岛的生活经历为素材的作品，这方面的代表作主要有《日历》、《新娘的礼服》、《阁楼的记录》等作品。1940 年发表的《日历》以小豆岛为舞台，描写生活在家乡的久荷子和实枝以及他们的姐妹之间的故事。久荷子和实枝的兄弟姐妹 10 人，已经死去 5 人，还剩下 5 人，大家最后一次会面还是 3 年前在父亲的葬礼上，此后一直未曾谋面。于是，久荷子和实枝邀请远离故乡的姐姐们回来聚会，并在祖母去世 17 周年、同时也是父亲去世 3 周年的这一年做佛事。做佛事的那天终于到来，大家相聚一堂。三位携家带口的姐姐尽情倾诉着各自的辛劳。久荷子听到姐姐们婚后的窘状后感叹道：“看看自己的这些哥哥和姐姐，有谁结婚之后是幸福的呢？隼太因为操劳过度而死，美智子像患上精神病似的整天哭闹，房枝和八重像一股烟一样消失，没有孩子的佳野子则被丈夫冷落，其地位就像小妾一样，阿古里也悲哀地死去了，看起来幸福美满的高子则嫁给了当共产党的丈夫，整天要跑到当铺当东西。”当了 10 年小学教员的久荷子已是快 30 岁的老处女，原本欲与当农会技师的男朋友谈婚论嫁，但听到姐姐们的诉苦后，开始不想结婚了。这时，妹妹实枝则半开玩笑似地以佛祖的口吻鼓励姐姐久荷子：“30 有 30 时的缘

① 小田切秀雄：「壺井栄全集第 10 巻」解説，筑摩書房 1969 年版，第 305 頁。

分,40 有 40 时的缘分,想结婚时最好就结婚……可以生很多很多孩子。”[①]久荷子听到实枝扮作佛祖鼓励自己的话后,一扫胸中的郁闷,决心勇敢开辟自己的人生之路,阴郁的气氛也被一扫而空。除了对久荷子和美枝的描写外,作者还利用一些篇幅描写了高子。“姐妹中最辛劳的就算高子了。丈夫正昭因为受到牵连而被捕入狱,高子只能一个人支撑家庭”,但是高子仍然对生活充满了希望,她对关心自己的姐妹说,“正昭马上就会回来了,马上就回来了,我们又可以重新度蜜月了”。高子的原型就是壶井荣本人,正昭则是其丈夫壶井繁治。壶井荣在丈夫繁治两次坐牢期间,坚信丈夫会平安归来,二人定期通信互相鼓励。壶井繁治曾在 1934 年 9 月 16 日的书信中写道:“我们没有度过蜜月,所以我决定这次出狱之后和你去新婚旅行。”[②]这封信给壶井荣以很大鼓舞,也成为她创作《日历》的素材之一。作品发表后,好评如潮,翌年即获第 4 届新潮文艺奖。在当时军国主义荼毒甚嚣尘上、文学顺应国策的情况下,《日历》就像一个隐居于世外桃源中的一股清泉,沁人心脾。

战后创作的长篇小说《新娘的礼服》也是以小豆岛为舞台,描写了长达 5 代的女性百年家族史。庆应三年(1867 年),小豆岛坂手乡的福本屋八郎右卫门的妻子阿铃已经 33 岁,但还没有生育,于是准备将哥哥的二儿子力松过继过来收为养子。一天夜里,她发现丈夫和自己的妹妹睡在一起。后来,妹妹生下了一个孩子。阿铃痛苦万分中想起了自己出嫁时母亲的忠告:“有时要比别人乖巧伶俐,有时要比别人愚钝,这才是生存之道”,于是为了延续家族血脉,把妹妹

① 壶井栄:「暦」,『壺井栄全集第 7 巻』所収,筑摩書房 1968 年版,第 203 頁。

② 阿毛久芳:「暦」,『国文学解釈と鑑賞』1997 年 10 月号,至文堂,第 41 頁。

生的孩子抱回来,对外人说这个女孩是自己所生,并取名阿辰。阿辰长大后,家里为她招了上门女婿力松。虽然阿辰并不喜欢力松,但为了传宗接代也只得接受了这门婚事。婚后,阿辰与佃户辰次郎通奸,生下一个女儿,取名小梅。她也依照前例,将小梅当作力松的女儿抚养。小梅成人后同船员结婚,生下了女儿琴路。琴路后来到东京求学,因参加了政治运动而被当局逮捕,获释后与菊次郎结婚,生下了女儿阿清。阿清在日本战败之后进入了东京女子大学学习。她在回家探亲时,从仓库中取出这个家庭的四代女性结婚时都穿过的新娘礼服,一边说:"这件衣服将我们家的女人都束缚在家族制度中,是家族制度的象征",一边试穿这件礼服。由于礼服已经风化,所以很快就破碎了。阿清一边道歉道:"是风化了。没有办法。是自然现象。真是对不起,是我的错",一边"等待着老人,特别是曾祖母阿辰说话,等待着送给新娘礼服最后诀别的话"。[①] 小说以这样一个结尾暗示着一个旧的时代随着代表家族的地位和荣誉的礼服的破碎而结束。

1950 年发表的小说《阁楼的记录》则是对母性的描写。主人公幸子是一个私生女,母亲在小豆岛上开了家饭店,雇佣一些妇女给客人提供色情服务,由于生意很好,阁楼也被用于做买卖。进入青春期的幸子爱上了一个男人,并和其生下了私生子,但最终被男人抛弃。幸子带着孩子嫁到了偏僻的山村,过上了正常的生活。孩子长大之后应征入伍,死于战场,自己的房子也在战争中被烧毁。满头白发的幸子带着各种悲伤回到了故乡,看到母亲经营的饭店已经变成了西餐厅,一切都已经荡然无存,感到孤独和落寞。

---

① 壶井栄:「裲襠」,『壺井栄全集第 7 巻』所収,筑摩書房 1968 年版,第 309 頁。

壶井荣儿童文学的代表作有《萝卜叶》、《二十四只眼睛》、《有柿子树的家》、《没母亲的孩子和没孩子的母亲》等。《萝卜叶》是壶井荣的处女作。壶井荣通过小男孩儿阿健的眼睛，描写了母爱与男尊女卑的社会习俗之间的较量，同时运用故乡小豆岛的方言，以细腻的笔法描写了孩子的天真烂漫。阿健的父亲到东京打工，而母亲则一边在家织毛衣卖钱，一边经营毛线商店。阿健的小妹妹克子出生之后，眼睛就看不到东西，也不哭不闹，村里人认为她很老实，而母亲则忧心忡忡。利用新年休息的时间，母亲带着克子四处求医。一个神户来的医生告诉母亲，克子的眼睛虽然由于患上白内障而失明，但却能感知光线，所以可以进行手术。奶奶和大伯作为家族制度羁绊的代表，反对动手术，母亲爱子心切，软中有刚，执意不让，终于战胜了这种束缚，乘船去神户医院求治。5岁的阿健不能理解母亲的心情，他对母亲将自己一个人寄放在邻村的姨妈家表示不满。在邻村的姨妈家，阿健和表兄妹太郎、秀子一起玩耍，并时常遭到欺负。过了一段时间，母亲带着没能治愈克子眼疾的悲伤来到邻村，接回了阿健。但是，整个小说并不是充满着悲伤，故事的结尾让人看到了希望。"不知不觉中已经离开村子很远了，四周一片寂静，只能在黑暗中听到母亲木屐发出的'哒哒'的声音。嫩叶散发出的气味到处飘散，白色的萝卜花在黑暗笼罩着的田地中被风轻轻吹动着。母亲对阿健说道：'阿健，克子看到妈妈碗里掉出了饭粒，就用手拾了起来，真有意思。'阿健嗯了一声。母亲接着说：'妈妈把克子抱到阳光刺眼的地方，克子就马上害怕地闭上眼睛。'阿健又嗯了一声。母亲又说道：'下回再去，克子就什么都能看到了。'黑暗笼罩着的大海上，渔火在慢慢地左右摇动。天上繁星闪闪，如同秋天一样。母亲停了下来，将背上的阿健高高举起，说道：‘阿健，看，星星真漂亮。’”[①]可以说，《萝卜叶》开创了壶井荣以小豆岛为故事舞台、以母爱为主题的创作风格。

长篇小说《二十四只眼睛》是使壶井荣获得空前声誉的作品。整部小说由“小石老师”、“魔法之桥”、“米五合豆一升”、“分别”、“画着花的画”、“月夜之蟹”、“抖动羽毛”、“七层八层”、“鼻涕虫老师”、“一个晴朗的日子”10 章组成。1928 年 4 月 4 日，大石老师来到濑户内海边上的小渔村，担任小学分校教员，她像慈母般呵护着 12 名学生，与他们之间产生了孜孜深情，同时也获得了村民们的敬意。不久，大石老师转到本校，4 年后，12 名学生也来到本校上课。当这 12 名学生毕业后，大石老师也辞职了。战争期间，男学生们陆续应征入伍，大石老师在欢送仪式上悄悄告诉他们，一定要活着回来。18 年后的 1946 年 4 月 4 日，大石老师再次来到这个小渔村任教。为了重叙师生之情，大石老师曾经教过的这些学生重新聚在一起召开了同窗会。在经历了战争的劫难之后，12 名学生中已有 3 名男生战死，1 名男生在战场上受伤失明，女学生中也有一人死亡，一人失踪。残酷的侵略战争也给大石教师带来一场浩劫，做海员的丈夫在战争中葬身大海。作者通过描写这些人物劫后余生的痛苦经历，对日本军国主义发动的侵略战争给予了无情的批判，表达了人们希望和平、爱好和平生活的愿望。但是需要注意的是，整部作品没有进行简单的反战政治宣传，而是如同抒情诗一般，让读者自然而然地感到战争的残酷。正如日本文学评论家小松伸六所指出的那样：“从壶井的文学中可以发现毫不矫揉造作的微笑，也可以说是一种

---

① 壶井栄：「大根の葉」，『壺井栄全集第 7 巻』所収，第 31 頁。

明朗的乐天性”，也可以看到“流淌在其中的是温暖的人道主义”，《二十四只眼睛》的潜在主题虽然是批判战争，但却不是“激烈的反战文学，而是从庶民的角度对战争残酷性的揭露”[①]。小说在批判战争的罪恶的同时，也展示了善良的大石老师与学生之间纯真美好的师生之情，以及以母爱来滋润饱受创伤的心灵的主题。《二十四只眼睛》在发表之后迅速成为了拥有众多读者的国民文学，并被选为日本中学国语教材的课文，以至于出现了只知《二十四只眼睛》，而不知其作者是壶井荣的情况。《二十四只眼睛》后来还被搬上银幕，先后拍成的电影和电视剧，感动了数代人。对于该作品及改编后的电影在我国曾经引起的强烈反响，著名作家冰心先生曾著文评论。

《有柿子树的家》描写了亲属之间的亲情。富美枝、洋一姐弟家院子里种着一棵柿子树，每到秋天，叔叔三太郎就来取一些柿子。富美枝、洋一的母亲生下了双胞胎弟弟，叔叔三太郎因为没有孩子，所以想将双胞胎弟弟中的一个收为养子，但却遭到富美枝、洋一姐弟的强烈反对。叔叔说：“两个孩子长着同样的脸，剩下一个也可以吗？”而姐弟俩则反对说：“不行，不行，夏天的桔子和柿子就是不一样。”[②]叔叔于是说道：“明白了，我服了，以后不说要抱走一个孩子了。”叔叔看到双胞胎喝的奶不够，于是就牵来了一头山羊，最终亲情感动了富美枝、洋一姐弟。

《没母亲的孩子和没孩子的母亲》描写了一郎和四郎兄弟在房子被美军飞机炸毁后，跟着生病的母亲来到了小豆岛。不久，母亲也因心力交瘁和过度劳累去世。村中的阿姨在战争中失去了独生子，

---

① 小松伸六：「壶井栄　人と文学」，新潮社 1970 年版，第 120 頁。

② 壶井栄：「大根の葉」，『壶井栄全集第 10 巻』所収，筑摩書房 1968 年版，第 143 頁。

丈夫则在空袭中去世。阿姨于是收养了一郎和四郎兄弟，用母爱抚平了兄弟二人的创伤。

可以说，壶井荣在儿童文学作品中，大多将主要人物设定为家庭贫困的孩子，描写他们在父母或老师的关爱下，面对困难不屈不挠、乐观向上的生活态度。

《报春花》和《蒲公英》是壶井荣散文作品的代表作。这两篇散文蕴含了作者炙热的情怀和对父母的万般敬仰之情，读来一股热血瞬间奔涌。两篇文章均取托花寄情方式，起始因物生情，随即循感情的发展而托物寄意，成功地抒发了性灵。《报春花》、《蒲公英》都充分体现了壶井荣对劳动人民的一腔深情。无论是对母亲、对劳动妇女的赞美，或是对生活于底层的被践踏、被蹂躏者顽强斗争的讴歌，或是对残酷战争的憎恨、鞭挞，莫不自作者心泉流出，因而浸透的感情火热、真挚又深沉，这恰是两则散文富于魅力，能震颤读者心灵的缘由。特别是《蒲公英》一文集中体现了壶井荣的创作风格，该文曾被选入中国高中语文教材。

《蒲公英》中，作者通过对蒲公英顽强生命力的赞赏，抨击了摧残美好事物的恶势力，从而引发了作家对残酷的侵略战争发出的怒吼："须知你们是从被践踏、被蹂躏里，勇敢地生活下来的，今后再遭践踏，再遭蹂躏，还得勇敢地生活下去，千万不要再尝那已经尝过的苦难吧！"①这句肺腑之言既是对坚强忍耐，在战争中遭受无穷灾难的生命力的由衷赞美，又有对未来的冷静估计和热情希冀。

可以说，壶井荣的文学作品是积极向上，充满乐观主义精神的，是面向广大民众的。她的作品平实易懂，描写细腻，能够使读者沉浸

---

① 『定本壶井栄児童文学全集第1巻』，講談社1979年版，第190頁。

在其构建的世界之中，感受到人道主义和母爱的伟大。这正是壶井荣作品的魅力所在。

第六章　日本侵华时期来华的日本女作家

中日战争期间，一些富有正义感的日本女性作家依靠敏锐的观察力和表现力，在反对封建主义和军国主义的斗争中，站在时代的前列，喊出自己的呼声和愿望。比如绿川英子、池田幸子在抗日战争时期为反对日本军国主义对中国的侵略，不远万里来到中国，和中国人民一道并肩作战，投身于反对日本法西斯的残酷斗争，乃至献出自己宝贵的生命。

另一方面，自 1872 年始，日本移民开始陆续进入中国东北的大连地区，其间经由甲午战争、日俄战争，及至日本发动全面侵华战争期间，伴随着日本殖民政权“满洲国”的建立及日本军队对中国领土的步步蚕食，大批日本移民开始涌向中国地区，据不完全统计，至 1945 年战争结束时止，仅东北地区就已经有日本移民 150 万之多①，全中国的日本移民更是不计其数。当时内中活跃的日籍作家有数百人之多。尤其是在日本国内深受迫害的左翼转向作家以及被当作日本法西斯政权御用工具的“笔杆子部队”，亦因各种缘由来到中国，其中一些女性作家在殖民主义政权猖獗之时，在文坛上留下了众多的殖民主义色彩的“标识”。这些浸润着侵略硝烟的诗歌、小说、戏

① 平献民：《日本作家笔下的东北亚》，《日本研究》1994 年第 4 期，第 74 页。

剧、随笔等文学作品，或比较隐晦地揭露了日本帝国主义的侵略本性及其残暴的行径，或比较温和地表达了对深受殖民主义政权压迫的中国劳动人民的些微同情，或在殖民政权的高压下，成为殖民主义政权的帮凶。她们的作品构成了一段日本殖民地的昭和史。作为特定历史时期的日本人的生活反映，她们的作品理应在日本近代文学史和日本殖民主义文学史中占据一席应有的位置，但是实际的情形却是，这些资料大部分至今还沉睡一隅，并正随着时间的流逝，渐渐淡出人们的视野。

第一节　国际主义战士绿川英子

在中日战争时期，曾经有一些日本反战人士来到中国，支援中国抗战。其中国际主义战士绿川英子是最负盛名的日本反战女性。中共领导人周恩来曾经赞扬绿川英子是“日本人民的忠实的好儿女，真正的爱国者”①。绿川英子作为抗战期间的日本籍日语播音员，其通过电台进行的反战宣传引起了日本军国主义的极大惊恐，其创作的众多反战文学作品也深深地鼓舞了抗日民众。在华期间，绿川英子撰写了大量的诗歌、散文、政论文，出版了文集《暴风雨中的细语》和长篇自传体报告文学《在战斗的中国》，并用世界语翻译出版了石川达三的《活着的士兵》等多部小说。绿川英子具有深厚的日本古典文学素养，善于抓住生活中事无巨细的小事，进行细腻的描写，其笔锋犀利，感情充沛，格调清新，精辟入理，作品具有很高的文学性。

① 转引自龚佩康编译：《绿色的五月——纪念绿川英子》，生活·读书·新知三联书店1981年版，第485页。

同时，她又将反映民众疾苦、反对日本侵华、主张人民革命作为作品的主题，其作品又具有一定政治性。可以说，绿川英子是日本反战文学史中的重要作家之一。绿川英子的一生虽然短暂，但却波澜壮阔。她生在日本，死在中国。她的文学创作开始于日本，但其文学创作的高峰却是在中国，其生活道路的最壮丽的一页是和中国密切联系在一起的。本节试将绿川英子的文学创作分成在日时期、上海和武汉时期、重庆时期加以论述。

一、反战的世界语学生

绿川英子原名长谷川照子，1912 年 3 月 7 日出生于日本山梨县大月市猿桥町一个土木工程师家庭。幼时，由于父亲工作调动的缘故，曾先后移居东京和埼玉县等地。1929 年，东京府立第三高等女子学校毕业后，报考了东京女子大学和奈良女子高等师范学校。当绿川英子同时被两所学校录取时，她选择了后者。这或许是因为古都奈良曾是日本古代文化的摇篮和中日文化交流的中心。也正是在这一时期，她对文学创作产生了浓厚的兴趣，开始参加学校短歌小组，并在学校校友会刊《校友》上发表文章，同时对世界语产生了兴趣。

世界语是波兰眼科医生柴门霍夫于 1887 年创造的，以拉丁语词汇为基础的语言。1906 年，日本世界语协会成立。1931 年，一批世界语的学习者推选著名进步作家秋田雨雀[①]为主席，建立了日本无产阶级世界语工作者同盟（简称 JPEU）。日本特高警察的《内部通报》里，把这个组织列为日本共产党的“基层组织”。1932 年 6 月，绿

---

① 秋田雨雀（1883—1962 年）：日本著名剧作家和儿童文学家，为岛村抱月的弟子，日本无产阶级艺术运动的重要领导者。

川英子同 JPEU 京都支部取得联系，开始世界语的学习，并进而参加左翼文化运动。在此期间，长谷川照子改名为绿川英子。在世界语中，该名字语意为“绿色的五月”，其意一为绿色之意，而绿色又象征着和平、安静；二是对马克思主义者来说，五月又蕴含着革命之意。[①]该名字的深刻寓意，也形象地反映了绿川英子的性格特征。1932 年 9 月，由于参加革命运动，绿川英子被奈良地方警察以“具有危险思想、违法治安维持法”的罪名逮捕，并监禁了一个多星期。出狱之后，又被校方开除了学籍。这时她 20 岁，离大学毕业只差几个月。

当时，由于日本政府的镇压，许多日本左翼人士和共产党员都被迫放弃了自己的信仰，开始“转向”，但这次人生的波折却使绿川英子感受到法西斯专政下失掉民主和自由的痛苦。她在 1932 年 12 月回到东京，参加了克拉拉会[②]、日本世界语文学研究会的活动，成为了极少数能够用世界语进行翻译和文艺创作的作家。翻译方面，绿川英子先后用世界语节译了小林多喜二的名著《蟹工船》和日本古典名著《堤中纳言物语》等多部作品。文学创作方面，绿川英子创作发表了《一对男女青年世界语者的独白》、《六个月》、《春之狂》等多部小说。其中，《一对男女青年世界语者的独白》采取男女主人公内心独白的形式，描写了日本革命青年在白色恐怖下的苦闷与彷徨、坚强与抗争。此外，绿川英子还用世界语发表了许多文学评论和社会评论。如 1935 年 4 月发表在世界语学会主办的《东方杂志》上的《日本文学小史》一文，同年 9 月发表在《五月》杂志上的《日本无产阶级文学处于何种状态》。同时，她还与中国上海世界语协会建立

---

① 高梁：《绿川英子：帮中国抗日的日本女性》，载《炎黄春秋》2003 年第 12 期，第 52 页。

② 克拉拉会：以蔡特金的名字命名的左翼世界语妇女组织。

联系，并在上海的《世界》杂志发表了《日本妇女状况》一文。

1936 年春天，在世界语的学习中，“绿川英子结识了正在日本东京高等师范学校就学的中国东北籍官费留学生刘仁，共同的志趣和爱好使他们相互倾慕。同年秋，绿川英子不顾家人的反对和社会上对中国人的偏见，毅然与刘仁举行了婚礼。”①也正是在刘仁的指引下，绿川英子找到了挣脱法西斯政府的囚笼，实现自我价值的途径，那就是参加中国人民的解放事业。1937 年 1 月，刘仁先期离开日本回国参加民族解放运动。因当时日本《民法》规定，女子年满 25 岁以前，随夫出国必须取得家长同意。绿川英子为了不给父母和家庭带来麻烦，所以她当时没有随刘仁一起到中国。据绿川英子的姐姐西村幸子回忆，此时的绿川英子虽然身在日本，但她已经下定决心，烧毁了身边的作品底稿、信件、照片，整理好身边的东西，做好了去中国的一切准备②。

可以说，绿川英子在日时期主要是用世界语来翻译和创作文学作品，批判黑暗的现实社会。

二、在上海和武汉的抗战活动

1937 年 4 月 15 日，绿川英子在刘仁弟弟刘维（时为东京农大留学生）和邓克强等朋友们的帮助下，于横滨港搭乘英国“皇后”号轮船，只身来到了中国的上海，与先期回到中国的刘仁相会，正式投身于中国人民的解放事业。到达上海后，绿川英子马上参加了上海世界语协会的活动，并承担起中国无产阶级世界语者联盟对外宣传刊物《中国怒吼》杂志的编辑工作。绿川英子夫妇一直坚持战斗到

---

① 刘立群：《和平使者绿川英子》，《红岩春秋》2008 年第 4 期，第 60 页。

② 西村幸子：《忆妹妹》，见龚佩康编译：《绿色的五月——纪念绿川英子》，第 362 页。

1937年11月中旬上海沦陷。在上海期间，绿川英子撰写了政论文《爱与憎》、《中国的胜利是全亚洲明天的关键——致日本世界语者的信》，翻译了《花儿怎样开?》(苏醒原著)、《关于国共合作》(宋庆龄原著)、《中国共产党声明》等。

"八·一三"事变后，绿川英子亲眼目睹了日本军队在上海犯下的种种罪行，她怀着无比愤恨的心情，写下了《爱与憎》[①]一文。绿川英子爱憎分明，她热爱日本和中国，痛恨侵略中国的日本帝国主义者，并时刻准备着为中国人民的解放事业而献身。她写道:"我爱日本，因为它是我的祖国，在那儿生活着我的父母，兄弟姐妹和亲戚朋友——对他们我有无限亲切的怀念。我爱中国，因为它是我新的家乡，这儿在我的周围，有着许多善良和勤劳的同志。我憎恨，我竭尽全力地憎恨在两国人民之间进行的那种屠杀。他们之中谁成了牺牲品，我都会陷入悲痛而不能自拔。"她还表示"作为一个世界语者，一个世界文化的爱好者，我愿意保卫中华文明，使它不受强盗魔爪的糟蹋。作为一个妇女，一个人，我本能地渴望和平。但是现在，现在如果可能的话，我愿意加入中国军队，因为它为民族解放而战斗，不是反对日本人民，而是为反对日本帝国主义者而战斗"。同时，她还向充当侵略炮灰的日本士兵发出了呼吁，"别错洒了热血，你们的敌人不在隔海的这里!"[②]可以说，这篇文章是绿川英子投身反战斗争的宣言，它标志着绿川英子由一名世界语者真正变成了反抗日本帝国主义侵略的国际主义战士。

此外，绿川英子在上海还发表了《中国的胜利是全亚洲明天的

① 《爱与憎》创作于1937年8月，发表于1938年6月8日出版的《新华日报》上。

② 《爱与憎》，见龚佩康编译:《绿色的五月——纪念绿川英子》，第141页。

关键——致日本世界语者的信》[1]一文，她写道："尽管政府以死相胁，反战运动在日本或已燃烧，或已暗中点燃了。甚至在上海的日本军队里，竟无视战时严格的纪律，也出现了反战的标语。""在这次战争里，中国的胜利不仅意味着中华民族的解放，而且也意味着包括日本人民在内的远东所有被压迫人民的解放，它的确是全亚洲和全人类明天的关键。"文章的最后，她号召日本世界语者，起来反对日本侵华战争，"同志们，你们为何如今还在动摇不定呢？要记住，此时即使无所作为也意味着不可饶恕的罪过。关于这点我再也无话可说了，因为我完全相信你们毫不动摇的同志之情"。[2]

11 月 27 日，绿川英子夫妇在左翼人士叶籁士等人的帮助下乘法国船南下广州。在广州，她进入民间对外宣传机构——广州国际协会世界语科工作，但一次意外却打断了她的工作。绿川英子在一天上班的途中遇到空袭警报。维持治安的国民党宪兵发现了她的日本人身份，并最终以有"日本间谍嫌疑"为由，将其从广州强行遣送到香港[3]。从 1938 年 2 月到 6 月，绿川英子及随行的刘仁在香港棚户区里困居了 4 个月之久。虽然自己的国际主义行动受到中国政府的误解，但她却没有返回日本的想法。左翼人士叶籁士后来回忆道：绿川英子之所以经受住了严峻的考验，因为其深信中国的抗战是正义事业，同时也感到自己肩负不可推卸的责任。[4]

---

① 《中国的胜利是全亚洲明天的关键——致日本世界语者的信》，《中国怒吼》1937 年 11 月，第 3 卷第 4 期。

② 《中国的胜利是全亚洲明天的关键——致日本世界语者的信》，见龚佩康编译：《绿色的五月——纪念绿川英子》，第 225—227 页。

③ 《在战斗的中国》，见龚佩康编译：《绿色的五月——纪念绿川英子》，第 120 页。

④ 叶籁士：《绿川英子其人其事》，见龚佩康编译：《绿色的五月——纪念绿川英子》，第 11 页。

1938 年 6 月底,在"时任国民政府政治部第三厅主任郭沫若等人的积极帮助下,中国政府终于发给了绿川英子入境通行证,护送其到武汉。也正是在郭沫若的推荐下,她进入了国民党中央宣传部国际宣传处对日宣传科,担任中央广播电台播音室里日语播音员,"[①]执行瓦解日军士兵的广播任务。绿川英子曾经报考过日本广播电台(NHK)的播音员职位,虽然凭借其标准而清晰的发音通过了初试,但由于其参加过左翼活动的经历而未被录取。现在在中国,绿川英子终于可以如愿以偿地用流畅的日语,向自己的同胞揭露日军的罪恶,介绍中国人民的抗战事迹。绿川英子的声音通过无线电波传到了中国各地和日本,影响到侵华日军的士气,引起了日本政府的惊恐。左翼人士叶籁士后来回忆道,绿川英子"柔和的嗓音制造出电闪雷鸣","流畅的日语像一把把钢刀刺向敌人的胸膛,使敌人惊恐万状,手足无措。"[②]原华中日本派遣军通信兵堀锐之助收听了绿川英子的播音后,写下短歌:"重庆广播,偷偷倾听,那流畅的日语,让我的心情久久不能平静。"[③]1938 年 10 月 26 日,日军占领武汉。此前 10 数日,绿川英子才离开武汉的战斗岗位。这时,日本东京警视厅才查明了绿川英子的真实身份。11 月 1 日,日本东京报纸《都新闻》(《东京新闻》的前身)在头版显著位置上登出了她的照片,并配以醒目标题:"娇声卖国贼的原形・流畅的日语・向祖国大放毒词・赤色分子长谷川照子,"[④]对其进行诋毁。日本军国主义分子还

① 刘立群:《和平使者绿川英子》,《红岩春秋》2008 年第 4 期,第 61 页。

② 叶籁士:《绿川英子其人其事》,见龚佩康编译:《绿色的五月——纪念绿川英子》,第 13 页。

③ 大島義夫、宮本正男:「反体制エスペラント語運動史」,三省堂 1974 年版,第 279 頁。

④ 《都新闻》,1938 年 11 月 1 日刊。

给她的父亲写恐吓信，要他们全家“引咎自裁”，并在她家门口挂上“卖国贼”的牌子。但她毫不畏惧地回敬道：“愿意的话，就请呼我为叛逆者吧！”日本著名女作家泽地久枝对此评价道：“这是日本女性史上绝无仅有的宣言！”①

在武汉期间，绿川英子还利用工作的余暇，坚持用世界语和中文发表作品。其中最值得一提的是发表在《抗战文艺》②1938 年 8 月 13 日第 2 卷第 4 期上的《赵老太太会见记》③一文。

1937 年 9 月，赵老太太④南下武汉，宣传抗战，争取后方各界给予军火支援。同为女性的绿川英子对其进行了采访。绿川英子见到的赵老太太是一个“典型的老农妇，短小结实，穿着朴实的黑色衣服”，她“充满皱纹的脸上显出善意的微笑”，让人感到十分亲近，觉得好像见到“阔别已久的乡间的姑母”。但随着谈话的深入，绿川英子感到赵老太太的“每一个字都直刺进我的骨髓。她简直不是在说话，而是在射击。……这位文盲的农妇，乃是从现实斗争中间生长出来的最好的宣传者、鼓吹者、组织者。……她是这个伟大时代的伟大母亲”。赵老太太主导了与绿川英子之间的谈话。她首先谈道：“如果你们以为我们恨日本人，那你错了。侵略中国的只是一部分日本人，我们反对日本，不是我们高兴这样做，而是我们不能不抵抗。”可见，赵老太太是个深明大义，能够将普通日本人与日本侵略者区分开

---

① 泽地久枝：《意志坚强的半生》，见龚佩康编译：《绿色的五月——纪念绿川英子》，第 472 页。

② 《抗战文艺》为当时最著名的抗敌文艺杂志，由茅盾、老舍等主持。

③ 原名《心直的人》，原文为世界语，署名绿川英子，译者叶籁士。

④ 赵老太太：本名洪文国（1881—1950 年），辽宁省岫岩县哨子河乡红旗沟人，抗日英雄赵侗之母，“九·一八”事变后积极组织抗日武装，被誉为“游击队之母”、“民族之母”，解放战争后期，率部分国民党军队和民众与解放军对抗，1950 年被枪毙。

的抗日志士。然后，赵老太太反复强调了她的“直心哲学”，说道：“人的心是不应该偏的”，“中国跟日本是邻居。邻居必须有礼仪，讲道理。你想想看，日本人到中国来欺侮我们，还说我们不对。人在活不下去的时候，能够不抵抗么？只要日本退出中国，我们决不反对它。”接着，她又鼓励绿川英子说：“你的娘家是日本，你的婆家是中国。”“我们两个国家现在正需要像你这样的人。我很赞成你到我们中国来帮助我们，谢谢。”“正直的人是伟大的，一定会成功。绿川女士，你应该为咱们两个国家努力工作。”①可以说，绿川英子通过这篇文章想要强调的是，反抗日本帝国主义的侵略是正义的事业，也是中日两国有正义感的民众都应该参加的斗争。

几个月后的1938年8月28日，绿川英子在《新华日报》上又发表了著名的《日本朋友慰劳信》，进一步表达了对中国抗日军人的赞扬，和坚决支持中国人民反侵略斗争的决心。其中写道：“敬爱的士兵们：首先我向你们拿自己的血肉来保卫中华民族的英雄们，致诚实的敬礼！我老想到前方去，同你们在一块儿拼命的斗争，好打倒侵略者……假如我有百个身体，要到前方的日本军队去，同他们好好谈一谈，不让他们再杀中国兄弟、中国老百姓；假如我有千只手，要到所有战线去，给中国士兵绷一绷受伤的地方，替你们洗一洗衣服，但可惜得很，我只有一个身体，只有两只手，只有留在汉口，帮你们做点后方的事情。但，我努力做下去，因为这也是必要的……日本军队不过是持较优良的武器，可是，这种武器赶不上你们的勇敢，更赶不上你们的团结，因为他们没有正当的理由打仗……你们无情的、顽强的打下

① 《赵老太太会见记》：见龚佩康编译：《绿色的五月——纪念绿川英子》，第219—224页。

去吧！我也在后方用一切办法,求支持抗战。”①

除了上述两篇文章外,绿川英子还在1938年8月29日《救中国》杂志第2期上发表了《我为什么帮助中国》,《战地新闻》第3号上发表了《致中国英勇的将士》等。

上海和武汉时期虽然短暂,但却成为绿川英子步入创作高潮的准备期。

三、重庆时代的反战活动和文学创作

武汉三镇陷落之后,绿川英子和刘仁经由长沙、桂林,于1938年12月辗转抵达重庆,在此重新承担起对日广播工作。同时,二人还参加了中共的外围组织——“东北民众抗日救亡总会”,在周恩来、郭沫若等人的领导下,积极参与中共领导的各种抗日民主活动。在重庆期间,绿川英子还继续用笔来进行文学创作,撰写了大量的政论文、诗歌和散文。② 这些文章大多发表在中共的《新华日报》、《中国报导》等报纸上。可以说绿川英子在重庆迎来了其创作的高峰,其创作的政论文,主题鲜明、慷慨激昂,具有很强的号召力。1938年12月14日,她发表了一篇矛头犀利的文章《致全世界世界语工作

---

① 《日本朋友慰劳信》,见龚佩康编译:《绿色的五月——纪念绿川英子》,第225—227页。

② 1938年底发表了《两种根本不同的出钱》;1938年发表了《致全世界世界语者》、《在五月的首都》、《代用品时代》、《失掉的两个苹果》、《战时的日本女工》、《冬天来了,春天就不远了》;1940年发表了《中日两国妇女携起手来》、《她们在战斗中前进》;1941年发表了《一个暴风雨时代的诗人》;1942年发表了《全世界反法西斯统一战线的弟兄们,打倒我们共同的敌人》、《目前日本妇女的生活》、《黎明的合唱》、《为国际青年节题词》、《忆萧红》、《世界语与民主》;1943年发表了《志愿囚徒》、《解放是要靠争取的》、《三八节偶感》、《树》、《没有花的庄稼人》;1944年发表了《在重庆世界语函授学社四周年纪念会上的讲话》、《小猫的死》;1945年发表了《民主世界的不幸》、《李家的人们》、《在战斗的中国》、《在歧路上的日本》。

者》。在这篇文章里，绿川英子首先控诉了日本法西斯对中国人民的屠杀、奸淫，列举了日军对上海的破坏、对广州的疯狂轰炸、奸淫妇女、从中国儿童身上抽取血液注射给重伤士兵，以及胁迫朝鲜少女充当慰安妇的罪行。然后向世界各国的世界语工作者呼吁："分散力量对我们是极为不利的，它只有利于人类的毁灭者及和平的破坏者。不要忘记世界语是对人类文化与和平的野蛮破坏者作斗争的国际武器；不要忘记没有巩固的国际团结，我们是得不到实际效果的。"同时号召世界语工作者"建立和巩固世界语者的反法西斯国际统一战线；对法西斯世界语者进行坚决的斗争；积极运用世界语作反侵略国际宣传；把我们的统一战线扩大到外界去"①。最后请求人道主义者支援中国的抗战，禁止向日本出口军需品。1939 年 5 月 3 日和 5 月 4 日，日军在汪伪特工的帮助下连续对重庆进行了大空袭，造成 6 千余名平民死亡，激起亿万群众的愤慨。绿川英子于是创作了《在五月的首都》，她以"五月的鲜花开遍了原野，鲜花掩盖着志士的鲜血"这一中国著名的歌曲为其基本思想，强烈抗议日本对重庆的大轰炸，同时回顾了半殖民地中国自 1915 年以来每逢五月所遭受的屠戮，最后感叹道：现今"我是站在战斗的中国的中心"，"我自有生以来第一次懂得，并看到，红五月是多么美丽，多么亲切——而我是 V · M（绿色的五月）啊"②。可以说，这是一篇具有浓郁抒情色彩的檄文。中日战争进行相持阶段之后，失败情绪抬头，汪精卫等国民政府的首脑投降日本，建立傀儡政权。在这种情况下，绿川英子于同年 12 月发

---

① 《致全世界世界语工作者》，见龚佩康编译：《绿色的五月——纪念绿川英子》，第 153—157 页。

② 《在五月的首都》，见龚佩康编译：《绿色的五月——纪念绿川英子》，第 170—175 页。

表了《冬天来了,春天就不远了》一文,她鼓励中国人民:“这个山城首都的十二月是阴沉沉的,为浓雾所笼罩。已经一个多星期阳光没有照到我的病床上来了。但我并不感到丝毫的悲观和失望。相反,新的战斗意志的高涨震撼着我低烧的身躯。——我满怀喜悦和自傲的心情断言,中国人民决不会在暴力面前屈服,而中国的世界语者也不会背叛他们胸前闪闪发光的绿星的。”[①]此外,她还发表了《全世界反法西斯统一战线的弟兄们,打倒我们共同的敌人》、《解放是要靠争取的》、《在歧路上的日本》等多篇政论文,极大地鼓舞了中国人民的斗志。

诗歌也是绿川英子主要的创作形式,其诗歌感人至深。1939年,绿川英子创作了长诗《失掉的两个苹果》。长诗从她对母亲的思念写起:

> 母亲啊!
> 唯您一人是我的至爱。
> 但我不能够仅仅是您的所有。
> 别再叫我在这残酷的战争里,
> 在泪水、呻吟和该诅咒的暴风雨中,
> 偷偷享受一下只属于我的小小的幸福。
> “无耻的卖国女贼”——
> 那法西斯代理人的毒舌,
> 那周围存心不良和愚昧无知的凶恶目光,

① 《冬天来了,春天就不远了》,见龚佩康编译:《绿色的五月——纪念绿川英子》,第185页。

更加摧残着您那早已如此衰弱的心。

然后,绿川英子写道:

可是,妈妈呀,
请睁开眼睛,
仔细端详您的阿英!
给予软弱的、受苦受难的人们的热爱,
对于一切虐待他们的东西的憎恨,
这无价之宝的"自豪",
就是您给我的赏赐——
难道我失掉它一丁点了么?

作者在这里强调了自己投身于中国人民的解放事业的意义。最后,长诗笔锋一转,写道,由于几年的颠沛流离,"我那脸颊上的苹果消失了。"但作者没有停留在个人红颜见衰的描述上,而是突出了深刻的政治主题:

然而我确实知道,
是谁把它们夺走。
而这只可憎的手同样就是那只手,
它从千百万男女青年那儿,
也残忍地夺去了他们双颊上的红润,
不论在这儿中国,

还是在我的祖国日本。[1]

"日本帝国主义发动的侵华战争不仅给中国广大人民带来灾难,同时也给日本广大人民带来深重的不幸。为了使千千万万劳动群众从灾难中解救出来,只有毫不妥协地战斗下去。绿川英子对母亲表示,为了中国、日本乃至全世界人民的幸福,她决心牺牲自己,去夺取胜利。"[2]此外,绿川英子还发表了《黎明的合唱》、《颂国际青年节》等多篇诗歌。在《黎明的合唱》中,绿川英子写道:"为了希望的未来我们不惜流血成海,5 年的抗战奠定了中国解放的基石,筑成了人类和平堡垒,今天我们挺着胸脯,这响亮的歌唱在明年第 7 个'七七',一定会变成侵略者的黄昏葬送曲。"[3]

除了政论文和诗歌外,绿川英子还写了很多散文。其散文的主题可以分成两种,一种是批判日本法西斯对本国人民的压迫,另一种则是描写自己在中国的生活。前者激昂澎湃,而后者则优雅恬静。

1939 年 8 月,她发表了著名的《代用品时代——战时日本风俗画》一文。这篇散文分成"战争使之倒退"、"新的道德"、"邮籍的悲剧"、"代用人"几部分。第一部分描写了战时统制破坏了国民经济,影响了各种产业的发展。第二部分则进一步讲述了战争影响到人民的实际生活,使得"一切东西都涨价了,捐税加重了"。第三部分则描写了战争对民众的伤害,"妻子们哭着,孩子们哭着,母亲们哭着,

---

① 《失掉的两个苹果》,见龚佩康编译:《绿色的五月——纪念绿川英子》,第 163—169 页。

② 吕元明:《勇敢的国际主义战士——长谷川照子》,《吉林师范大学学报》1978 年第 3 期,第 60 页。

③ 《黎明的合唱》,见龚佩康编译:《绿色的五月——纪念绿川英子》,第 254 页。

那新出现的女邮差们也为她们永不回来的丈夫而哭着，甚至邮箱也哭着”。日本法西斯为了进行侵略战争，甚至将铁制邮箱拿来制造武器。“在日本有十万多只邮箱，其中两万只是铁做的。一个月之前人们把这铁做的拿走而代之以别种材料的”。“在日本，只有两万只邮箱在哭泣，而在中国，那两万只旧的都已经化作子弹而使无辜的邻人哭泣了……”。第四部分则写战争使日本民众麻木了，“全国总动员不仅使人民，而且使那些饶舌的议员们也变成了哑巴”①。可见，绿川英子虽然远离祖国，日本国内情况仍是她最关心的问题。每每想起，痛心疾首。除了这篇散文外，1943 年撰写的《志愿囚徒》也进一步揭露了日本法西斯对本国人民的压迫，“日本西北部的农村是以卖女儿著名的……勤快的庄稼人为债务所折磨，致使他们要把自己的女儿卖给东京或其他城市的妓院”。然后又揭露了更为悲惨的现象，“在这些庄稼人的家庭里，人们在平时就已经等着失掉工作能力的老人早些死，那末更不要说现在了。为了减轻家庭的负担，他们就选择唯一可能的出路——吃官饭，而日本的记者就称他们为‘志愿囚徒’”。最后，作者悲愤地呐喊道：“当他们‘志愿地’坐在黑暗的牢狱里的时候，他们的孙儿‘为了国家志愿地’在大陆或太平洋的战地上流血，而他们的孙女‘志愿地’为了家庭毁灭自己的青春。志愿吗？”②可以说，愤怒形于讽刺是绿川英子讽刺散文的特点。在绿川英子的创作中，火一般的热情和理智的分析，强烈的抒情色彩和政治的热情，是有机地结合在一起的。

绿川英子还撰写了大量以自己在中国的生活经历为内容的散

① 《代用品时代——战时日本风俗画》，见龚佩康编译：《绿色的五月——纪念绿川英子》，第 176—181 页。

② 《志愿囚徒》，见龚佩康编译：《绿色的五月——纪念绿川英子》，第 262、263 页。

文。1939年5月重庆遭受大轰炸之后，绿川英子一家随政治部第三厅迁至成渝公路金刚坡下的赖家桥，住在三塘院子附近的金刚村。离开城市、移居农村使绿川英子可以直接体会到普通民众的艰辛、悲苦和欢乐，也拓宽了其散文创作的视野。她在1943年连续发表的两篇《金刚村闲记》，可以称得上是其散文创作中的白眉。《金刚村闲记》的第一篇——《树》，描写她在金刚村居住时对树木的喜爱。作者深情地赞颂了屋后能为人造出绿荫的大树，"希望这绿的树，能到处生长起来，把清凉的休息和安慰，给与那在地上忙碌的疲乏了的大众们，"[①]嘲讽了枝杈横生、滋生着寄生虫的矮树以及随人摆布的弯曲的树，同时，对试图砍树的地主进行了抵制。可以说，为人带来绿荫的大树暗喻民主进步势力，矮树和弯曲的树以及砍树的地主寓意为反动势力。正如日本文学评论家吕元明先生所言，作家在这篇散文中巧妙地把树和群众的生活、光明的理想同大自然的恩赐联系起来。她写树，实际上就是在借树喻人，歌颂昂扬的生活；她抗议砍树，实际上就是在保卫人民的生活。[②]《金刚村闲记》的第二篇——《没有花的庄稼人》是写她的爱花经历。在这篇散文中，绿川英子顺手拈来生活的常景，以花论花，转向对自我和劳动人民之间感情差别的剖析，我们从中看出她对中国贫苦农民的深切同情和热爱，对有闲阶级的讽喻和批判。绿川英子喜爱花草，但自己现在居住的金刚村却没有花。她感到很诧异，于是问近邻，但人们却没有正面回答。有一天，她突然发现了一片盛开的花圃，可是农妇的回答却让她惊诧万分。"花？这是百合呀！长大了要拿到市场上去卖钱的喔！"于是跟

---

① 《树》，见龚佩康编译：《绿色的五月——纪念绿川英子》，第270页。

② 吕元明：《在华日本反战文学论》，见《中日战争与文学》，东北师范大学出版社1992年版，第64页。

她讲一斗米多少钱,一两百合值多少钱。她想要几棵花,一听价钱,就哑口无言了。“对于已经习惯了无花生活的作者,和盼雨水滋润田地的农妇;对于熟颂杜鹃泣血的作者,和恐惧荒年鸟嘶鸣的农妇,其审美的主体意识是多么不同呀?”①

绿川英子善于捕捉生活中司空见惯的小事,顺手拈来,进而将其绘上一层抒情的柔色。这或许与她耽于日本古代抒情散文之传统不无关系,但在主题及思想性的开掘上、她又立于时代的高度上,将反对日本侵华和主张人民革命联系在一起,使国际主义精神始终贯穿其中。

抗日战争时期,有不少被八路军俘虏的日本兵士,后来目睹日军的残暴罪行而思想转变,参加了中国的反战同盟,并且做出了力所能及的贡献。绿川英子的散文《小猫之死》,就是一篇用温馨抒情的笔墨,寓意深刻地展示这些反战同盟战士艰苦的战斗生活的佳作。

7 名反战同盟的战士为了执行新的任务,到遥远的贵州山区去了。不久,少言寡欲,喜欢修理喷水池和玩弄打鸟夹子,常常将小猫放在膝上爱抚的在战争中患了心脏病的 M 死去。早春三月,身体强壮,年轻活泼,同样喜欢捉弄小猫的 S,仅仅患肺病两个月就离世了。日本发动全面侵华战争时,这个年仅 18 岁就志愿充当了侵华战争炮灰的日本航空通信员,刚刚被俘的时候,顽固不化,乃至抵达重庆时,还长时期戴着手铐。但是后来却转变为一名坚强勇敢的反战同盟的斗士,他常常拿着喊话筒跑到日军阵地最前沿做反战宣传。临终前他遗憾地说道:“我不愿意死在床上,愿意死在战争中啊!”②

---

① 《没有花的庄稼人》,见龚佩康编译:《绿色的五月——纪念绿川英子》,第 274 页。

② 转引自吕元明:《被遗忘的在华反战文学》,吉林教育出版社 1992 年版,第 81 页,以下关于《小猫之死》的内容皆引自此书。

7名战士远行时,遗留下来的小猫崽儿刚刚出生两个月,绿川英子想尽办法喂养它。小猫体态渐趋丰腴,慢慢地会扑鼠了,同时也不时觊觎邻居家的食物,作者便不得不对其惩罚,未承想却遭到不满周岁、正咿呀学语的孩子哭闹般的抗议,天真无邪的孩子甚而和小猫分食一块饼干。

菜花泛黄时,S去世,妊娠的小猫倦懒无力地在冷冷的被角里出出进进,备受神经衰弱之苦的绿川英子无意中一脚将它踢下床。第二天晚上,发现流产了的小猫奄奄一息地躺在邻家的草房后,绿川英子眼含热泪将其抱回家中。小猫努力想从床上爬起来,可是四肢乏力。民间风传"猫不死在家里",它想走啊,不愿意人们看到它的尸体。面对兴高采烈地欢迎它归来的孩子,小猫只是无力地摆摆尾巴。

翌日早晨,小猫挣扎着离开房屋,死在房檐下,那不瞑目的眼睛,"玻璃似的,更似向我请求些什么,我再也不忍注视了,几年来尽管是决心不想对死作无用的哭泣,可是为这小猫却破例了,流下了痛苦的眼泪。"

在绿川英子眼里,与其说小猫是动物,"不如说像是个朋友的遗儿",绿川英子饱含深情地以细腻的笔触和炙热的情感,相形对照地描绘了作为反战同盟战士宠物的小猫的深刻社会寓意。她对小猫感情真挚深厚,"其实是对日本反战战士、日本人民的感情的流露。在战争期间,反战的日本人的活动和精神,是无比可贵的。他们为了正义的事业,吃苦,牺牲。作家着墨不多的M和S,给人留下多么生动的印象!在战争年代,像M、S那样的日本人真是不少,他们称得上是日本民族的精华。"

8年的抗战生活,艰辛困苦而又紧张充实,使绿川英子忍不住要将自己耳濡目染的激情和感怀公之于世,因为那不仅仅是作者自我的表白，更重要的是，那是中日两国人民共同抗击日本侵华暴行的真实记录。很早以前，绿川英子就计划在中国创作一部长篇报告文学《在战斗的中国》。原计划写成三部曲，但遗憾的是，最终只付梓了第一部的《流浪卷》，该卷 1945 年 5 月曾由“世界语函授学社”以世界语出版，该书对研究绿川英子的生平具有重大的参考价值。此前，大后方的桂林《半月文萃》以及《反攻》杂志已将其部分内容翻译发表。

1945 年 8 月 15 日，日本宣布无条件投降，中国人民终于以巨大的牺牲换来了最终胜利。9 月，遵照周恩来的指示，绿川英子夫妇离开重庆，经由武汉、南京、上海北上沈阳，参加反内战的工作。中国东北曾经是日本帝国主义经营多年的侵略基地，有先进的城市和完备的交通系统，工业产值占当时全中国的 85%，是当时亚洲最发达的地区之一，占领东北成为国共两党控制全国的关键。1945 年 8 月末，中共中央从陕甘宁根据地、山东根据地和苏北根据地派遣了 10 万大军和数万名干部进入东北。国民党方面也利用美国军舰运送 24 万余人进入了东北。1946 年 3 月 10 日，驻沈阳等地的苏联军队开始撤离，国民党东北保安总司令杜聿明指挥的军队凭借优势兵力占领东北各大中城市。1946 年 5 月，中共军队主力在四平保卫战中遭受重创，被迫撤退到松花江以北。1946 年冬，绿川英子夫妇也从沈阳辗转来到哈尔滨。1947 年 1 月，经东北行政委员会第十三次会议决定，任命绿川英子为东北社会调查研究所研究员。此时，国民党军队不断试图越过松花江，威胁哈尔滨，又加上绿川英子刚生下女儿刘晓兰[1]不久，为了安全，组织上安排他们一家撤退到当时合江省首

---

① 现名长谷川晓子，已取得日本国籍。

府佳木斯市，她还被聘到东北大学①讲课。“就在此时，绿川英子发现自己又怀孕了，为了不影响工作，已经育有一双儿女的她决定做人工流产手术。手术过程中，由于器具消毒不干净受到感染，病情急剧恶化。1947 年 1 月 10 日，绿川英子永远离开了她为之战斗了整整 10 年的中国，享年 35 岁。”②身后，东北行政区领导为她举行了隆重的追悼会。

绿川英子对中国人民的真挚情谊和坚持正义与真理的崇高精神，深深感动了成千上万的人，中日两国人民并没有忘记这位伟大的女性。上世纪 80 年代初，由日本著名演员栗原小卷领衔主演，中国领导人邓小平亲自题写剧名，中日合拍的第一部彩色电视连续剧《望乡之星》，曾经对她的光辉事迹做了历史的诠释。1998 年 2 月 7 日，日本朝日电视台播放了有关绿川英子反战事迹的节目，使很多日本观众深受感动。2005 年 9 月，中国中央电视台曾经派人到安葬绿川英子的佳木斯烈士陵园进行拍摄，制作了有关绿川英子事迹的特别节目。2008 年，日本广岛市中国电视台也制作了讲述其事迹的纪录片《消逝的两只苹果》，该纪录片于当年在朝日电视台等 31 家民营放送教育协会（民教协）加盟电视台播出。这部纪录片获得了 2008 年度民教协最优秀奖。纪录片描写了长谷川的遗孤——长谷川晓子走访上海、重庆、武汉、哈尔滨等城市，探寻母亲足迹的历程。

第二节　反战同盟战士池田幸子

池田幸子（1913—1973 年）也是一名来华的反战女性。其父亲

① 东北师范大学前身。

② 刘立群：《和平使者绿川英子》，《红岩春秋》2008 年第 4 期，第 64 页。

曾在20世纪20年代来中国谋生,池田幸子亦在幼年时随父亲来到中国,并曾长期居住在山东青岛,后一度回国。女子中学毕业后,因为生活困窘,不得不在舞场打杂,1934年再次来到中国。她在华期间积极参加和组织各种反战活动,声援中国人民的抗战,为抗日战争的胜利作出了自己的贡献。在反对日本帝国主义的侵略战争中,池田幸子与中国的朋友们结下了深厚的友谊。著名的日本文学翻译家黄源[①]曾回忆道:“池田幸子和鹿地亘同居着,她的中国话说得比鹿地好,于翻译和生活上给他很大的帮助,这一对在清苦生活中努力于介绍中国新文学到日本去的朋友,他们的工作使日本一般读者对中国有个新的认识,除了语言、外貌及一些习惯不同外,我们早把他们视为我们自己的兄弟姐妹了。”[②]池田幸子创作的文学作品并不多,也没有出版过自己的文集,其发表的作品散见于《七月》等抗战时期的文艺期刊上,难以收集。因此,本节在对池田幸子的部分作品进行分析的同时,通过与之有联系的其他作家的作品,来把握其在华的活动。

一、上海时代——人生的大转折

对于池田幸子而言,在上海遇到的鲁迅、鹿地亘以及萧红、萧军等人无疑改变了她的人生,使她成为了坚强的反战人士。

池田幸子早在中学时代就已经接触到左翼革命思想,20世纪30年代来华之后,又认识了大量中国左翼人士。而其中,鲁迅无疑是她的革命领路人。1936年,池田幸子经内山书店老板内山完造[③]先生

---

① 黄源(1905—2003年),浙江海宁人,文艺活动家、编辑家、翻译家,1927年进入上海劳动大学编译馆工作,1931年担任《文学》杂志社编辑,1938年参加新四军,翌年加入中国共产党。译著有《日本现代短篇小说译丛》等。

② 转引自吕元明:《被遗忘的在华日本反战文学》,第51页。

③ 内山完造(1885—1959年),书店经营者、随笔家。1917年来华创办内山书店,与鲁迅、郭沫若、田汉等作家建立联系。二战之后回国。一直致力于中日文化、贸易事业。1959年病逝于北京。著有《活中国的姿态》(1935)、《上海漫语》(1938)等多部随笔集。

的介绍，认识了鲁迅。这对陷入人生窘境中的幸子来说，无疑为雪中送炭。鲁迅帮助池田幸子排解了思想方面的困惑，让她清楚地意识到了自己的使命，并指导了其文学创作，同时给她找到了翻译的工作，以解决其生活问题。她在《最后日子的鲁迅》（原载于 1936 年 11 月 15 日《作家》第二卷第二期）一文中回忆了 10 月 17 日的午后，即鲁迅在逝世前一天到她家拜访的情况。当时，鲁迅的肺结核已经非常严重了，但他仍然关心着池田幸子。鲁迅和其聊了中日两国鬼文化的异同、木刻的发展以及语言学习的问题，并鼓励池田幸子努力工作。鲁迅离开时，池田幸子望着他的身影，感叹道："为了成都事件、水兵射杀事件等等，上海增加了日本陆战队的步哨，走出我家的弄堂，最先看到的就是巨大的陆战队本部。左右有执枪穿铁马甲的卫兵森严地守着。野蛮的杀伐的气味会激动鲁迅的生病的心胸吧。鲁迅的心会痛吧！但这种悲痛，总是成为不屈不挠的斗志，对于任何东西都不畏惧地奋斗过来，这是先生的生涯。狂风要把他的深紫色的长衫的衣裾吹去；而他却毅然头也不回地大步而去。沉静的步调没有纷乱。我自己安慰不曾送先生去，先生是倔强的，身体也不久就会复原罢。在《为了忘却的记念》里不是这样说吗：一个被杀害了的青年作家柔石和先生一同走路时，他总担心先生或许被汽车轧死，先生也为他担心，看到他疲劳，先生自己也就疲劳！"①可以说，鲁迅面对敌人，面对病魔，顽强不屈的战斗意志深深感染和激励着池田幸子。

也正是通过鲁迅，池田幸子认识了鹿地亘这个让自己喜忧参半之人。鹿地亘（1903—1982 年），本名濑口贡，生于日本九州大分县。

---

① 池田幸了：《最后日子的鲁迅》，收录于武德运编：《外国友人忆鲁迅》，北京图书馆出版社 1998 年版，第 132—137 页。

在东京大学文学部学习时，参加新人会和无产阶级文艺运动。此后又参加了日本无产阶级艺术联盟等组织。1932 年参加日本共产党，领导革命运动。1934 年被捕入狱，半年后“转向”出狱。出狱之后，失业在家，妻子河野樱也离他而去。他只能在流浪剧团当一名杂工，四处跑码头，最终在 1936 年 1 月漂泊到上海。到上海后，剧团有时停演，鹿地亘就常到内山书店来看书，并与内山完造结识。内山完造是一个热心人，他把鹿地亘介绍给了鲁迅。鲁迅对其关怀备至，让其在上海从事翻译工作。此后，经过鲁迅的介绍，池田幸子认识了鹿地亘。相近的经历和志趣，使池田幸子和鹿地亘两个天涯沦落人自然地走到了一起。日本全面侵华后，幸子和鹿地亘曾一度决定回日本，但还未得成行，日本特务就盯上了他们。他们意识到此时回国无异于自投罗网，遂在“八·一三”事变后，从位于北四川路的日本人居住区逃进法国租界。

他们逃往法国租界，目的是向同为鲁迅学生的萧红、萧军寻求帮助。萧红和萧军先将其安置在自己租住的俄国公寓中，无微不至地照顾他们。当时，池田幸子和鹿地亘周围全是乜斜的目光，为了避免被加上通敌的罪名，没有一个中国朋友再敢和他们谋面。只有萧红和萧军冒着风险，接纳了他们。二萧之所以帮助他们，是因为他们之间有着深厚的友谊。池田幸子通过鲁迅早就与二萧认识。在鲁迅逝世后，池田幸子与鹿地亘为了翻译《大鲁迅全集》日文本，曾搬到编辑部附近居住。由于编辑部靠近许广平的住处，所以池田幸子常常来陪许广平，萧红也常常来许广平处过夜。这样，池田幸子和萧红彼此非常稔熟，几成挚友。萧红在《记鹿地夫妇》中记述了“八·一三”事变时，池田幸子和鹿地亘借住在自己家中时的情形，并提到了他们具有坚定的反战思想。池田幸子当时就已经准备参加中国的解放事业，她说："应该工作了，要快工作，快工作，日本军阀快完啊……"，表示"现在要写文章，以后翻译成别国文字，有机会他们要到各国去宣传"。这使得萧红感觉到"他们好像变成了中国人一样"①。此外，萧红的《牙粉医病法》一文更进一步展示了池田幸子对日本帝国主义本质的极为深刻的认识。《牙粉医病法》记录了萧红和池田幸子之间的一次谈话。萧红讲起自己的弟弟感染鼠疫时，信仰天主教的英国医生往弟弟肚子里灌水，并用管往里吹，导致其被活活折磨死的事情。池田幸子一针见血地指出："你觉得外国人可靠的，那不对，中国真是殖民地，他们跑到中国来试验来啦，你想肚子灌冷水，那怎么可以？帝国主义除了枪刀之外，他们还做老百姓所看不见的……他们把中国人就看成他们试验室内的动物一样。"萧红写道，听了池田幸子的话，自己半信半疑，"因为她（指池田幸子）不懂得医学，所以我相信得并不十分确切"。为了打消萧红的疑虑，池田幸子依据自己的亲身经历，发自肺腑地对萧红坦言道："我告诉你，我的父亲是军医，他到满洲去的时候，关于他在中国治病，写了很多日记，上边有德文，我在学德文时，我就拿他的日记看，上边写着关于黑死病，到满洲去试试看，用各种的药，用各种的方法试试看。你想，这不是真的吗？还有啊！我父亲的朋友，每天到我们家来打麻将，他说：到中国去治病很不费事，因为中国人有很多还没有吃过药，所以吃一点药无论什么病都治，给他们一点牙粉吃，头痛也好啦，肚子痛也好啦……"接着，池田幸子从牙粉引申到中日战争，谈到日本兵残杀中国人、吃人肉的事，"日本兵吃女人的肉是可能，他们把中国女人破坏

① 萧红：《记鹿地夫妇》，收录于《萧红散文》，内蒙古文化出版社2006年版，第263页。

之后，用刺刀杀死，一看女人的肉很白，很漂亮，用刺刀切下一块来，一定是几个人开玩笑，用火烤着吃一吃，因为他们今天活着，明天活不活着他们不知道，将来什么时候回家也不知道，是一种变态心理。”萧红不得不对这些离奇的事情以及幸子的中肯分析啧啧称道。她说：池田是生在帝国主义的家庭里，所以她懂得他们比我们懂得的更多。[①] 可以肯定，池田幸子所说的牙粉治病、日本兵吃女人肉显然让人难以置信，似乎很夸张。但从中，我们却可以体会到池田幸子对日本法西斯恨之入骨，这种感情是真挚的。也正因为如此，池田幸子才能够勇敢地参加中国人民的抗日斗争。而且，日本军人也的的确确在中国各地进行过人体试验。吃人肉的事情也确实发生过。日本侵华战争期间，日军曾经将俘虏和平民杀害之后，吃其内脏。1945年，日军曾将俘虏的美国飞行员送到九州帝国大学，进行了活体解剖，并将其肝脏取出生食。据说，生食人的内脏是武士锻炼胆量的一种方法，这种传统一直延续到二战期间。

池田幸子和鹿地亘在二萧处躲避数日后，又获得了鲁迅夫人许广平的帮助，藏到了鲁迅的书房中，美国共产党员马克斯、格莱斯·格拉尼奇夫妇也掩护了二人。最后在格拉尼奇夫妇和中国左翼人士的帮助下，二人乘坐法国船南下香港，同船的有何香凝、郭沫若、邹韬奋、绿川英子夫妇。绿川英子曾经在《在战斗的中国》一书中描写了同船的池田幸子与鹿地亘：“在那儿，在这同一甲板上，站着一对日本夫妇，只有几米之遥！无疑是日本人，尽管那男的装成欧洲人，而女的装成中国摩登夫人。……后来，据说，他们一开始是准备回家的，但没有搞到船票，为了躲避日本法西斯的迫害也逃往香港。”[②]

---

① 萧红：《牙粉医病法》，收录于《萧红散文》，第284、285页。

② 《在战斗的中国》，见龚佩康编译：《绿色的五月——纪念绿川英子》，第84、85页。

1937年11月25日，池田幸子和鹿地亘抵达香港，经由广州来到武汉，后转至重庆大后方。鹿地亘在1948年7月出版的《避难》(改造社版)一书中详细地描写了池田幸子与其在上海的生活。

二、武汉时代——反战文学的创作期

池田幸子与鹿地亘来到香港避难之后，获得了郭沫若、夏衍等左翼人士的帮助。此后，在郭沫若等中国文化界人士的推荐下，国民政府军事委员会政治部部长陈诚邀请鹿地夫妇二人到中国武汉，并委任他们为国民政府军事委员会政治部设计委员。此后，二人开始义无反顾地参加到中国抗日战争的营垒中，从事反战文学的创作。池田幸子虽不是一个丰产的作家，但其为数不多的作品都鲜明地表现出对中国人民的抗战事业的支持，对日本帝国主义者的仇恨。

《西崽的故事》[①]是其最具代表性的短篇小说之一，作品刊于1938年3月16日出版的第11期《七月》杂志上。20世纪30年代十里洋场的上海，既闪动着帝国主义列强贪婪攫取的目光，同时也孕育了中国人民的反抗斗志。《西崽的故事》就是一篇以此为背景的短篇小说。其素材来源于她和鹿地亘在上海的生活经历，侧重于表现中国民众的抗日爱国热情。

小说的主人公张忠明，出身农家，贫寒的家境使他无力求学，为逃避世代受煎熬的贫困生活，撇下乡间的老母和妹妹，只身进城谋生，过起缺乏自尊的洋人奴仆的生活，还时时受到同居此楼的白俄的欺侮。用小张的话说："没有法子，中国人是不行的……自从东三省失了以后，就简直完了。在东北开糕饼店的我的父亲，向我说过，自

① 池田幸子:《西崽的故事》，载《七月》1938年第11期。转引自吕元明:《被遗忘的在华日本反战文学》，第54页。以下关于《西崽的故事》的引文均转引自此书。

从日本鬼子夺去了东三省以后,连白俄都做了中国人的主人……”现实的残酷只能使他哀叹道:“中国人太弱了,太老实……国人无论什么时候,都敌不过人家的……”他唯一能做的就是用它那微薄的可怜工资去买国债,寄望国家的强大。

当日本军队攻进上海时,小张看到衣衫褴褛的逃难人群时,纯朴的爱国主义激情使他毫不犹豫地将自己的衣物捐献出去。当他听说中国军队的高射炮打下 3 架日本侵略者的飞机时,小张欢呼雀跃。当上海市被占领,中国军队被迫后撤,受伤逃难的民众慌不择路时,小张并没有随之逃之夭夭,而是“气死了”般地躲在楼洞里哭泣道:“简直不忍看着。小孩子们……满身是伤的也多得很。……他们逃到什么地方去呢? 以后又怎么办呢? ……可怜,可怜……中国,我们,怎么得了呀……”

小张的经历是当时亿万个深受压迫的农民的缩影,小张离乡背井,来到大城市谋生,在环境的刺激下,开始渐趋觉醒。即便如此,身负国恨家仇的小张,其觉醒程度,还没有达到奔赴前线杀敌的程度。“其羸弱的性格,反映了中国小资产阶级的软弱性,对民族的力量估计过低,对敌人的力量估计过高”,既不愿屈从于帝国主义强权政治下屈辱生活,又时时因战况的骤紧而激愤不已。

当小张为国破家亡而恸哭时,作者也不觉泪流满面。鹿地亘“眼中也闪着泪光,用手拍着他的肩头”,激动地哽咽着说:“这还不过是刚刚开始呀。小张,我们要的是最后的……”日本在上海战场的野蛮侵略行径,也强烈地刺激了文章中的两位日本人,这或许也就是他们冒着生命危险,投身于中国的抗日斗争的动力。可以说,池田幸子在中国抗日战争期间发表的这篇小说,其基调是源于同中国人民并肩抗敌的日本人民的一种诚挚情感,小说不仅非常出色地塑造了一个即将觉醒的中国人形象，也同时鲜明地揭示了中日两国普通民众在反抗日本帝国主义侵华的过程中，走向同一战线的心理基础及其必然的历史规律。在战火纷飞的岁月里，一个弱小的日本女性，割断了与日本的亲情，将全部精力投入反对日本帝国主义发动的不义战争中，其国际主义精神值得中国人民尊敬。

除了为数不多的短篇小说外，池田幸子还发表了一些充满革命激情的散文。其中，1938 年 5 月发表的散文《覆曹白》是此中的佳品。曹白①是木刻家和作家，幸子与他相识于上海。该散文采取回信的形式，抒发了作者对战友的思念和对日本帝国主义的愤恨之情。作者首先鼓励身陷沦陷区的曹白努力战斗下去，她满怀悲情地说："黑暗的上海，——记起在沦陷后的上海你寄到《七月》的通信里面的掩藏不住的苦恼，就感到一阵黯然，笑不下去了。活下去，活下去，挣扎下去呀！想起你底因为营养不足而衰瘦的身体，只好对于作为战士底灵魂底坚强寄托希望了。在沦陷地上不做奴才地生活下去，那较之正面地对着枪口的战斗，怎样充满了更大的痛苦和悲愤，这，我们是知道的！谨慎一点，不要取轻率的行动罢。"然后话题一转，谈到了武汉军民的抗战热情："武汉现在充满了活气。切身地感觉着一切都在一天一天地好转。在街边，伤兵拄着拐杖，和老百姓底小孩子们玩着。每天早晨，我们被不知道从什么地方送来的勇敢的《救国歌》的合唱唤醒。我唯一担心的是一天天高了起来的长江底水。每年如此，也许地方的人们不大觉得罢。然而，在今天，如果有

① 曹白（1914—2007 年），江苏江阴人，原名刘萍若，1933—1935 年因为从事左翼运动入狱服刑，抗战爆发后参加新四军和中国共产党，任苏州县委书记，解放后曾任华东军政委员会办公室主任等职。木刻作品有《鲁迅像》、《卢那蔡尔斯基像》等，报告文学作品有《呼吸》。

阻碍我们底战斗的东西，那不是敌人，也不是其他一切人为的什么，而只有这水罢。”最后，她对日本法西斯和日本文化的缺陷进行了无情的批判：“他们是人类底堕落，是人类之敌。他们甚至拿几千年前的文化底传统，夸耀人种底优越，把那当作侵略底盾牌……在过去，日本承受了大陆底恩惠。可是，在那文化底一面里所有的奴隶的屈从底精神，现在甚至反而成了法西斯底道德的精神底援助者。”①可以说，《覆曹白》是池田幸子宣告自己参加反日侵略斗争的声明书。

《武汉行》是池田幸子回忆武汉生活的一篇散文。该篇散文以日记的纪实手法，描写了池田幸子和鹿地亘逃出香港，到达广州，参加中国抗日战争的过程。作者饱含感激之情，描述了中国政府决定派人到香港迎接鹿地亘与幸子及一路派官员护送两人安全抵达广州的情况。

三、桂林和重庆时代——反战宣传运动的组织者

1938 年 10 月 27 日武汉三镇陷入敌手。在此之前，池田幸子和鹿地亘在左翼人士的帮助下撤退到长沙、衡阳等地。当时，中国军队在战场上俘虏了一些日本士兵和朝鲜军夫以及随军慰安妇，为了收容和教育他们，在常德等地设立了军政部俘虏收容所。为了进行反战宣传，郭沫若为首的民主人士和政府官员向国民政府军事委员会委员长蒋介石提交了建立在华日本人反战同盟的计划，并最终在 1938 年 12 月获得批准。鹿地亘被从衡阳调到桂林担任反战同盟组织者，池田幸子也作为助手参与其中。1939 年 12 月，在华日本人民反战同盟西南支部在桂林正式成立，并开始活动。与此同时，中国政

① 池田幸子：《覆曹白》，收录于曹白：《呼吸》，上海文艺出版社 1983 年版，第 59—62 页。

府在桂林还成立了日语训练班[1]，聘任鹿地亘和池田幸子担任专任讲师，进行日语教育。

据参与反战同盟活动的中共情报部门负责人李克农回忆，1939年4月中旬的一天下午，池田幸子亲自参加了日军战俘教育大会。在李克农眼中，池田幸子年纪很轻，看上去二十三四岁，个头不高，身体微胖。她身穿白底红花旗袍，脚上是红色半高跟鞋，她的梳妆打扮跟中国人一样，若不是自我介绍，谁也看不出她是来自东京的日本女人。池田幸子首先用日语说："我今天同你们见面，请你们就当我是你们的小妹妹一样。我首先向大家问好，并且告诉你们不要怕，中国人不会把你们杀掉，请你们放心。"然后开始号召俘虏们团结起来，一起打倒军国主义。[2]

1940年7月20日，鹿地亘在重庆成立了"在华日本人民反战同盟"，并将在华日本人民反战同盟西南支部并入其中。其活动宗旨为反对日本帝国主义的侵略，支持中国人民的民族解放战争。其主要活动包括，出版和播发对敌宣传品，开展敌情研究，做好被俘日军士兵的转化和继续教育工作，组织前线工作队，从事战地反战宣传。"在华日本人民反战同盟"一直坚持战斗到1941年8月22日被国民党政治部解散为止。池田幸子作为"反战同盟"负责人与其丈夫鹿地亘积极地开展了反战工作。实际上，鹿地亘的许多活动是靠幸子的大力支持的。幸子的工作能力比之鹿地亘要弱一些。但她长期滞

---

① 日语培训班是由国民政府军事委员会政治部基于南岳会议精神举办的，政治部副部长周恩来在兴办过程中起到了重要作用。在南岳军事会议上，周恩来提出了政治重于军事，游击战重于正规战，破坏重于军事的战略方针。主办日语训练班，目的就是为各部队培训阵前喊话的骨干。通过阵前喊话，瓦解敌军斗志，对日军俘虏进行反战教育。

② 殷云：《红色情报王李克农》，中共中央党校出版社2000年版，第163页。

华的语言优势与对工作的坚韧性，都使她对鹿地亘的翻译工作帮助甚大。她经常和鹿地亘等人到设在南泉的日本战俘营去，对被中国军队俘虏的日本战俘进行反战宣传工作。同时，她还与青山和夫、鹿地亘等人应邀受聘到国民政府举办的“留日学生训练班”用日语讲课，深受学生们欢迎。在重庆期间，池田幸子几乎没有进行文学创作，其将主要精力投入了帮助鹿地亘进行文学创作和反战宣传活动上。

1945 年 8 月 15 日，日本宣布无条件投降。池田幸子终于在中国迎来了胜利的一天。1945 年 8 月 28 日，中共领袖毛泽东来到重庆，与蒋介石进行和平谈判。9 月 14 日，毛泽东由周恩来陪同，单独接见了池田幸子和鹿地亘。毛泽东高度评价了他们的反战活动，并鼓励他们：“人民的力量，是在不断战斗中成长、壮大的。在这个过程中，必然会有曲折，甚至倒退。因为人民事业是正义的，并且进行着越来越符合实际情况的斗争。它一定会成长壮大。”①池田幸子和鹿地亘深受鼓舞，表示一定要牢记毛泽东的教导，今后更加努力地战斗和工作。

1946 年，池田幸子和鹿地亘回到了日本。但很遗憾的是，二人之间出现了裂痕，并最终分手。池田幸子搬到大阪，一个人继续坚持民主斗争直到去世。

第三节　近代女性文学的拓荒者——田村俊子

田村俊子是日本近代文学史上的白眉，她是继英年早逝的樋口一叶之后，日本近代文坛上第二个靠写作为生的专职女性作家。与

---

① 转引自程远行：《一位老外交家的足迹——我所知道的王炳南》第一部，人民出版社 1998 年版，第 210 页。

樋口一叶等明治和大正时代的女性作家相比，其创作风格和创作主题更具有近代性，更加强调自我解放。正如德田秋声所言："（田村俊子）深受个人主义影响。我们可以看到，作为近代女性特点的'主我式'的态度渗透到其对事物的认识方式、思考方式以及全部生活之中……特别是随着其婚姻的愈发不幸，她变得在心理层面上更加敏锐，并发现了此前的女流作家所未曾注意到的视角。"[1]田村俊子一生的活动可以分成两个时期，即作为妇女解放运动倡导者的阶段，以及从战争国策顺应者变为消极抵抗者的阶段。前期主要活动于日本和加拿大，追求妇女的自我觉醒和独立，后期则来到中国上海，创办了《女声》杂志。本节试对这两个阶段进行分析，以把握田村俊子的创作轨迹及思想变化。

一、作为妇女解放运动倡导者的田村俊子

田村俊子，原名佐藤俊子，1884 年 4 月 25 日生于日本东京浅草区藏前町的一个米商家庭。自幼家境殷实，受过良好教育，积淀了较丰厚的文学素养。13 岁时，俊子由浅草马道小学，考至东京府立第一高等女学校，1901 年进入日本女子大学国文科，不久因病辍学，翌年开始师事明治时代的大文豪幸田露伴。幸田露伴对其颇为赏识，寄望日后她能与樋口一叶比肩，并赠其号"露英"。1903 年，田村俊子初登文坛，发表作品《露水衣》，描写受病魔与不幸折磨的下层人民的生活。但此后，田村俊子一度陷入苦闷惆怅中，感到难以突破樋口一叶写作风格的影响，更难开创自己的文风，遂脱离文坛，转入演艺界。1906 年作为冈本绮堂的每日派[2]"文士剧"的演员，登上舞

---

① 『德田秋声全集 24　入門書』，八木書店 2001 年版，第 445 頁。

② 即由《每日新闻》报社的成员组成的剧团。

台。1907年就职羽衣座，继之转会东京座，艺名花房露子，显示出精湛的演艺天赋。但时运不济，由于票房不佳，剧团解散，田村俊子也告别了舞台。1909年，不顾老师的反对，与同门师兄田村松鱼结婚。

1910年，由于生活的拮据，田村俊子在丈夫松鱼强制下开始重新进行文学创作，所作短篇小说《断念》，获大阪朝日新闻小说奖第2名（第1名空缺），这标志着她开始进行专职文学创作。1910年到1917年是田村俊子创作的黄金期，在这一时期，她以每年1部畅销书的速度创作了数量众多的作品，其代表性小说有《断念》（1910年）、《生血》（1911年）、《紫唇》（1912年）、《妓女》（1913年）、《木乃伊的口红》（1913年）、《炮烙之刑》（1914年）等，这些小说有很多发表在著名的女性杂志《青鞜》上。

明治时代，日本政府在构建以天皇制为中心的近代国家和向国民灌输家族国家观的过程中，提出了"良妻贤母主义"，规定理想女性应该通晓传统的妇道伦理、具备一定的知识修养、能够胜任相夫教子之职。1899年7月，时任文部大臣的桦山资纪在阐述发展高等女子学校的目的时就曾指出："高等女子学校的教育宗旨是为了能让学生在将来嫁入中上阶层人家时具有良妻贤母的素养，故而令其涵养优美高尚及温良贤淑的气质，同时也须习得中上人家生活所需之学术技艺……"①可以说，当时女性的活动是被限定在家庭之中的，难以取得经济和生活上的独立。

在这样一种时代背景下，田村俊子将创作主题确定为妇女解放和男女平等，塑造出试图冲破道德藩篱的新女性形象。如《断念》中的女学生富枝及三轮，她们对"良妻贤母主义"产生抵牾，并试图摆

---

① 「教育時論」，1895年6月5日。

脱旧的道德观念的束缚。富枝一心想当个女作家，而其同窗好友三轮则向往电影明星的生活。这样的人物造型反映出当时的女性受了新式教育的启蒙后迸发出来的参与社会的强烈愿望。但她们在踏出校园的同时，却受到现实的打击而备受挫折。女主角富枝决定离开东京回到故乡岐阜，对渴望成为职业作家的梦想“断念”，三轮则为了成为女演员而离开日本，远赴欧美。

此外，田村俊子还刻画了一些试图摆脱男性控制的女性形象。1911 年 9 月发表于《青鞜》创刊号上的小说《生血》分为两部分，上半部分描述了萍水相逢的男女主人公安艺治和裕子彼此产生好感，并共度良宵。虽然裕子是自愿与安艺治发生关系，但仍然感到自己的身体变得肮脏，并进而产生了罪恶感和反抗心理。在这种心理的驱使下，裕子从鱼缸中抓出金鱼，并用大头针刺瞎了金鱼的眼睛。下半部分则描写翌日失去贞操的裕子惶惶不安地随着安艺治漫无目的地沿街徜徉。田村俊子在这部小说中所要强调的是，男女两性之间是一种相克的关系，女性同男性结合，只会导致自己受到男性的控制。明治维新的国策，将西方的先进文化和技术引进日本，笔挺的燕尾服和鲸鱼骨架的百褶裙装点了豪华的鹿鸣馆，同时也令沐浴着西风长大的少女们，对自由生活产生了极度向往，而现实中的男性似乎还在原地踏步，所以一夜情只能带给她们更多的惆怅。可以说，作者的这种审美体验，也如实地反映了新旧社会变革中的男女主人公鲜明的个性形象。《木乃伊的口红》则取材于田村俊子和丈夫田村松鱼的平凡生活。作品描写了与东京某坟场毗邻而居的一对贫困夫妻，灰暗的墓场笼罩在他们阴霾的生活中。丈夫义男虽有当作家的志向，但贫乏的天分支撑不起他觊觎艺术家的空想。妻子阿实曾经耕耘于文坛，也曾做过光亮的演员，但拮据的生活几欲淹没她的创作天赋，两人龃龉不断。丈夫逼着妻子阿实写文求生。阿实硬着头皮撰写的小说，却意外获得一等奖奖金千元，遂重新跃入文坛，并试图走出家庭，开创新生活。丈夫发现了妻子内心萌动的欲望后，出于嫉妒，横加阻拦，甚而虐待妻子以挽回自己失去的男性尊严，夫妻之间矛盾陡然加深。夜晚，妻子梦中看见一男一女两个木乃伊重叠相拥，女木乃伊嘴上鲜艳的口红熠熠生辉。可以说，田村俊子是在以涂有口红的木乃伊象征虽然拥有生命的激情、但却受到压制的女性。《炮烙之刑》记录了女主人公龙子在两天时间中遭受的心灵折磨和心境变化。小说素材应该来自作者名重文坛后的生活。女主人公龙子挚爱着自己的丈夫庆次，同时又对另一个年轻男性宏三激情迸发。此事深深伤害了庆次，他要求龙子谢罪，但龙子坚持认为自己脚踏两只船没有错。庆次伤心地离家远游，龙子紧随丈夫，一道登上北上的列车。她的赫然出现让庆次感动万分，但龙子暧昧固执的态度又让他绝望。最终龙子自己回到家中，并向宏三提出分手，两人相见的场面恰被返家的庆次看到。庆次粗暴地拽着她往家走，龙子虽觉得有些恐惧，却也觉得头顶上的蓝色天空泛着幸福之光。[①] 这些作品问世之后马上引起了人们的关注。

田村俊子虽然倾心于妇女解放，但却找不到妇女解放的途径，也没能辨析新的女性性别角色，从而陷入了创作困境之中。正如其所言："我努力并一味地创作男性所达不到的境地，他们所不知道的世界。一味地描写着自然颓废的女性官能，女人的感觉，女人的恋爱。于是，我的创作艺术遭遇了瓶颈。"[②]为了摆脱这种窘境，田村俊子选

---

① 童晓薇：《田村俊子与她的女性小说》《外国问题研究》2009 年第 2 期，第 72 页。

② 佐藤俊子：「一つの夢—或る若きプロレタリア婦人作家におくる—」，『文芸春秋』1936 年 6 月号。

择了逃离日本。1916年，田村俊子离开丈夫，翌年与比其小很多的有妇之夫、朝日新闻记者铃木悦相爱并同居。1918年，又追寻铃木悦远赴加拿大，三年后与铃木悦成婚。铃木在班克巴先后担任《大陆日报》编辑、加拿大日本人工会顾问，并从事社会主义运动等。而田村俊子疏于创作，主要随铃木悦从事社会活动及工人运动。她看到，即使在人权平等呼声高涨的西方，“良妻贤母主义”依然束缚着日侨社会中的日本女性，遂更加积极地参与女性解放运动。在加拿大期间，她主持日文《大陆日报》中的妇女栏目，讨论国际妇女运动，思考种族歧视问题。

可以说，田村俊子的前期生涯，一方面执著于对男性中心主义的抵抗，渴望女性的独立和解放，另一方面也反映了她的妇女观的局限性，正如其所言：“不找个男人，怎么能够生活下去”，她最终也在追求铃木悦的过程中以败北告终。1935年，田村俊子的第二任丈夫铃木悦只身回国，不久因盲肠炎死去。铃木悦故去后，田村俊子感情失意，虽与蔬菜商中山相恋，但未成正果。1936年3月回国后，田村俊子受到好友窪川稻子（即佐多稻子）和其丈夫、左翼诗人窪川鹤次郎的帮助。不久，她竟然与比自己小二十岁的窪川鹤次郎发生关系，陷入如妻如母的狂恋之中，而受到好友的指责。

二、从战争国策的顺应者变为消极的抵抗者

如果说田村俊子在前期一直是一个妇女解放的倡导者，那么她在后期则经历了一次思想转变，即从一名战争国策的顺应者变为消极的抵抗者。这种变化发生在其滞留在中国的7年间。

1937年，中日战争全面爆发，日本进入战时体制。1938年12月，田村俊子为了躲避好友和社会的指责，以中央公论社特派员身份来到中国，先抵上海，后去南京，并在南京度过新年。翌年1月，访扬州、苏州、镇江、杭州和上海等。月末赴北京，途中踏访青岛、天津等地。原本计划访问两个月，但是在派遣结束后她再次选择了流浪海外的生活，直至 1945 年 4 月 16 日因脑溢血病故于上海。

在最初的几年间，田村俊子对日本的侵华战争是采取支持态度的。她认为"日本为新日本建设而战，为新东亚建设而战"[①]。我们从田村俊子发表的文章中可以了解其顺应战争国策的立场。1938 年至 1939 年间，田村俊子发表的文章有《上海的中国劳动妇女》、《对知识妇女的期望——日中妇女真正的亲和》、《国民再组织与妇女一日一题》、《妇女进入大陆及其进步性》、《雪的京包线》、《妇女的脚步，民族协和的道路》、《新的母性教育是什么?》、《嗤笑日本妇女的中国妇女》、《谈汪精卫和洪秀全》、《南京的感情》、《致汪精卫氏的礼物》等。《雪的京包线》记录田村俊子乘坐火车从北京至包头时的旅行见闻，其中特别描述了作家对山西大同煤矿的访问，对占领这一煤矿的日本侵略者极尽称赞之词，反映出作家对中国劳动人民的贫苦情况和采矿业务的无知。《南京的感情》则对日本侵略者治理南京的"功绩"进行了赞扬。"事变(即 1937 年)已一年后，形同死骸的南京，渐渐复恢呼吸，有了血色"，而现在，已是"都市的风貌"。通文称"南京的容貌变了，青天白日满地红的旗帜在街上飘荡着。大日本太阳旗，悬挂在总司令部和各部队的门前。日本国旗和青天白日旗交叉在一起悬挂于日本人的商店"。[②] 可以说，田村俊子的很多文章都起到了政治宣传的作用，但也有一些文章仍然是评论妇女解放问题。从这一点上看，她并不是一个狂热的军国主义文人。正

---

① 《现代日本小说集》，上海商务印书馆 1923 年版，第 10 页。

② 『田村俊子作品集』(第一卷)，オリジン出版センター 1987 年版，第 480 頁。

如日本文学评论家吕元明先生所指出的那样，田村俊子在来华的最初几年是支持日本侵华战争的，也天真地期望中日“亲和”。不过，文章和那种气焰嚣张的侵华报道与文章相比，俊子的文字有时很幼稚。虽说落脚点和军国主义都是基于日本侵华战争的大前提，但是她提出了改善妇女地位、改进劳动者生活的问题，也提出了所谓“日中亲和”等问题。[①]

1940年之后，田村俊子亲身目睹了侵略战争对中国的破坏，遂逐渐对战争国策产生了反感。她不再迎合日本军部，也不再发表赞美战争的文章。周作人曾经记述了田村俊子的思想变化：“民国二十八九年顷她到中国来，最初是在南京、上海，中间曾来北京住过些时，我看见她就在那时候。她似乎没有什么事做觉得无聊，曾想写西太后的故事，又想教书，却都没有成功，这大抵是民国三十年的事吧。”[②]周作人所说的“她似乎没有什么事做觉得无聊”，正表明田村俊子已经不再为日本军部撰写御用文章了。

田村俊子开始消极地抵制战争则是从其创刊《女声》杂志开始的。也正是在《女声》创刊之后，田村俊子由作家变为杂志主编。1942年2月，田村俊子南下至南京，见到当时在南京汪伪政府任顾问的日本汉学家草野心平，二人商谈创办《女声》[③]杂志的事情。经草野心平斡旋，田村俊子与上海太平出版印刷公司取得联系。该公司是日本人出面创办，经理名取洋之助。此后，她又以日本大使馆嘱

① 吕元明：《被遗忘的在华日本反战文学》，第79页。

② 同上，第80页。

③ 《女声》杂志原本是1932年10月，由原沪江大学校长刘湛恩的夫人王立明出资创办的一份反映妇女问题的半月刊。当时社会名流薛暮桥、章乃器、何香凝、李平心等都为《女声》撰稿，从而使《女声》杂志一度名声大振。1935年该杂志由于经费紧张而被迫停刊。1942年创办的《女声》杂志只是取其名，二者无联系。

托名义,得到日本大使馆的支持,并得到上海日本海军军部的资助。《女声》杂志于1942年5月15日创刊。田村俊子在《女声》杂志上署名为左俊芝。该杂志从1942年5月创刊到1945年7月停刊,一共出版了88期。《女声》是田村俊子在华的最主要的事业,也是她一生最重要的活动之一。因此,对晚年田村俊子的评价,主要看她创办的《女声》杂志,要分析她是用什么态度和方法来主持这本妇女刊物。而且,不仅要看社长、总编辑的领导工作,还需要研究编辑成员的作用及杂志的内容等问题。

首先,作为一社之长,田村俊子强调创办杂志的目的是为中国妇女服务,而非政治宣传。杂志的发刊词以"我们的第一声"为标题,直言:"'女声'两字做我们刊物的一个名字,在这第一声发出时,不能不有所说明,请大家认真地了解而随时加以合作和指导,帮助我们完成创办这个杂志的初衷。我们的'女声',就是中国妇女界的声——亲切点说起来就是你们的声。"发刊词特别解释说:"'女声'含有三大意义:(一)乃妇女呼声,(二)为妇女而声,(三)由妇女发声。为要达到这三个意义的目的,所以我们尽量介绍有益妇女的文字,更兼努力搜求妇女所写的作品。但为增加妇女阅读的兴趣,除一两篇比较严重的问题,用庄严端谨的笔调外,一概取轻松、风趣、浅显、悠闲为作法的标准,使我们女同胞读了《女声》常常听到的时常发出的都是笑声。"①田村俊子在"余声"(即编后记)中也曾强调:"中国的妇女痛苦得很。因为她们的知识太浅。我们应该多多帮助她们。"②这也显示出田村俊子创办《女声》的目的就是探讨妇女解放

① 《女声》第1卷第1期。

② "余声",载于《女声》第4卷第1期。

问题。

其次，田村俊子规定《女声》杂志主要刊载与女性日常生活密切相关的内容。如《女声》创刊号共设有 11 个栏目，即评论（限于妇女社会性评论）、世界知识、妇女与职业、修养、所见所闻、卫生、娱乐、文艺、家政、漫画、戏剧与电影。三期开始增加家政、散文、中外女杰、儿童、美容、新装等新栏目。即使表面上看起来与女性问题无关的栏目——“余声”，也是在讨论妇女问题。田村俊子在“余声”里以日本女性特有的温存与作者谈心、与读者谈心，回答咨询、剖析妇女窘境。可以说《女声》的主旨是提倡妇女解放、女性独立、爱情自主、家庭健康等，它显示出的是现代知识女性的女性观。《女声》杂志由于获得了日本大使馆的赞助，所以还被要求刊登一些有关中日文化交流方面的文章。这方面的文章包括两方面，即日本著名作家的作品和表现当时交流动态的文章。前者如武者小路实笃的小说《爱与死》、小泉八云的女性评论《女性中心的蚂蚁》、小官长孝的文章《稻和螟虫》；后者有久米正雄的《参观刘海粟画展》、《听久保田谈戏剧》等等。此外，《女声》的创办因有日本军方插手，故而不乏刊载些宣传“大东亚共荣圈”，鼓吹投降路线，呼应日本军国主义政策的言论。1943 年后，甚而增加“国际新闻”栏目，依据日本大本营情报部的宣传口径，报道日本侵华与太平洋战争的战况。但从数量上来说，杂志每期只为其留存两页版面，文末亦无署名。与当时沦陷区某些鼓吹日本侵华的刊物相比，不似那般张目。半年后，“国际新闻”又改为“新闻网”。1945 年 1 月始，“新闻网”又由头版移到杂志的 17 页后，其地位式衰。

第三，《女声》的言论主体具有进步性。首先，杂志的编辑是打入日伪内部的地下共产党员关露[①]。田村俊子在杂志创办之初，曾经招募过3个编辑，但两个编辑因为各种原因都先后离去，最终只剩下关露1人。田村俊子晚年一直和关露在一起，关系至为密切。两人有着很多共同点，都是孑然一身，都有左翼的经历，又都是作家出身，还有很多相同的兴趣。而且，田村俊子不懂汉语，因此在实际的生活和工作中也必须依靠关露。关露也抓住田村俊子对中国妇女苦难遭遇的同情心，努力和其建立友谊，不断地影响她。最终，田村俊子不仅变得越来越反感战争、同情中国人民，《女声》杂志也成为了游离政治之外的妇女杂志。1945年，田村俊子病逝之后，关露主宰《女声》杂志，将《女声》杂志变成了发表进步言论的刊物。其次，上海地下党员丁景唐[②]曾组织了一批进步青年向《女声》投稿，从而占据了《女声》的主要投稿阵地。丁景唐几十年后感慨道："在虎狼当道、狐鬼横行的黑暗年代，在诗坛荒芜的荆棘丛中，关露同志辟出一片园地，扶植一些清新健康的诗粒，使之发芽成长，令我衷心感激无已。"[③]

第四，《女声》杂志上刊登了很多进步文章。其中，丁景唐在《女

---

① 关露（1908—1982年），本名胡芳君，河北宣化人，1928年南京中央大学毕业，后赴上海谋生。先后参加妇女抗日反帝大同盟、中国左翼作家联盟。1932年春加入中国共产党。1939年奉中共地下党组织之命打入日伪机构搜集情报，1942年进入《女声》杂志当文艺编辑。日本战败投降后，来到解放区。1946年之后，不断地被审查、受冲击、遭迫害，前后长达36年，其间曾两次被投入监狱。1982年，得到平反。但由于不堪忍受脑血栓的折磨，而于同年服安眠药自杀。代表作有诗集《太平洋上的歌声》、自传体小说《新旧时代》、《黎明》等。

② 丁景唐：又名丁言昭、丁英，诗人、鲁迅研究专家，1920年出生，日本占领上海后作为中国共产党地下党员活跃于上海，《女声》杂志的重要撰稿人，先后以笔名歌青春、戈庆春、秦月、辛夕照、乐未央、乐无恙、宗叔、包不平等发表了许多文章。代表诗集《星底梦》。解放后曾任上海市出版局副局长，上海文艺出版社社长兼总编辑。

③ 丁言昭：《"孤岛"秘密战中的作家关露》，《新闻午报》2005年7月5日。

声》发表诗歌、散文、评论等，数量甚多。他在诗歌《敏子，你还正年青》中写道："冬天的风雪孕育着/未来温暖的春色/灰堆里埋没的火种将会燃红那天宇/死去的太阳明天会升/停滞的水流也有泛滥浪花的一天"[①]，表达了自己对抗战胜利的憧憬。诗歌《向日葵》热情歌颂了向日葵倔犟的性格："在荒郊中，它撑住了黑暗/在风雨中，它喜爱逞斗/掩不灭的是一棵热切地/面向太阳的葵"[②]。据后来作者女儿解释，该诗歌是表达作者看望一位地下党员的激昂心情。在《弃婴》中写道："你，小小的生命/僵卧在露天中间/乌霉的泥砾是你的摇篮/苍蝇和你结了友伴/而蚂蚁它这可恶的小东西，却把你当做精美的食品。[③]"可以说，作者是在暗中批判日本侵略者对中国人民的杀戮。对话诗《风筝和小草》的末句："野火烧不尽/春风吹又生/暗地里我们萌芽/风雨中我们长大/我们平凡地活着/靠自己的力量。"[④]这显然是借"儿童诗"之名，表达作者抗日战斗的愿望。

除了上述抵抗文学外，《女声》杂志还刊登了许多反映妇女问题的小说。作为编辑的关露曾经以芳君、芳、兰、林荫、梦茵、关露等笔名发表了许多评论、小说。"关露是著名左翼女作家，战前的作品颇有些刚性之气，而沦陷后的作品则显得婉约柔美，这与当时的言论环境大有关系。沦陷后的环境不容许出现尖锐的批判之声，特殊的使命也不容许她表现出鲜明的政治色彩，但其作品仍然具有敏锐的视角。"[⑤]《托尔斯泰宗教艺术与妇女》、《从关于女性的文艺谈到妇

---

① 《敏子，你还正年青》，载于《女声》第2卷第2期。
② 《向日葵》，载于《女声》第2卷第6期。
③ 《弃婴》，载干《女声》第2卷第3期。
④ 《风筝和小草》，载于《女声》第2卷第1期。
⑤ 李相银：《上海沦陷时期文学期刊研究》《华东师范大学博士论文》2006年。

女》、《职业妇女与无职业妇女》、《再论女性的文艺跟妇女》、《剧运与艺人的生活》、《贞操和一杯水的恋爱》等评论涉及了女性的恋爱、工作、贞操等众多话题，深入探讨了女性解放的问题。除了发表评论外，她还创作了《黎明》、《仲夏夜之梦》、《一个牛郎的故事》、《海的梦》、《没有节拍的歌》等多部小说。共产党员杨志诚用陆洋、陆以真等笔名也先后发表了多篇报告文学和小说。如报告文学《舟山群岛的渔盐农妇们》(《女声》1 卷 9 期)以富有生活气息的笔触，记述了舟山群岛的劳动妇女的沉重负担、衣食不足的贫困生活，并刻画了遭受封建势力迫害、给奄奄一息的病人充当“冲喜”牺牲品的寡妇。鲍士发表在《女声》杂志上的小说《一个新女性的归宿》描写了一个学生时代曾经有过雄心壮志的女青年，因为需要承担家庭生活的重担，被迫嫁给比她大 19 岁的暴发户，像画眉一样被关进了金丝笼，过着空虚无聊的生活。陈新华的小说《活埋》写 16 岁的桂贞被继母嫁给家里开钱庄的疯子，一个活生生的少女被活埋在深渊。杜淑贞的小说《娄江畔》写江南古旧村庄里一个童养媳桂宝的悲惨遭遇。桂宝结婚半年后，丈夫到上海上学，另外娶了妻子，将桂宝嫁给农村的王小福。王小福发现桂宝结过婚而休了她，桂宝又被卖到上海做姨太太。此外，李祖良的小说《母亲的再嫁》、陈嬗的小说《沙漠日记断片》等也都揭示了中国妇女的悲惨生活，批判了反动势力。

通过上述分析，可以看到田村俊子经营《女声》杂志实际上是一种对战争的消极抵制行为。她创刊的宗旨是为了帮助中国妇女，大部分的栏目也都围绕着女性问题，更重要的是吸收中国左翼作家关露为合作者，并允许众多左翼青年在杂志上发表具有进步倾向的文章。换言之，田村俊子是以编辑纯粹的女性杂志的形式来暗中抵制日本军国主义政治宣传。日本女作家濑户内晴美在《田村俊子》一书中曾评论道:“在得到南京政府资助的同时,《女声》作为南京政府的宣传机构自然也负有责任与义务,但是,俊子主持的《女声》几乎没有宣传的味道,却充满了‘纯粹的、文化的’编辑意图。可以想见,这也许是俊子对当时的政府、军部和强权进行有意识的抵抗而买得的好价。俊子并没有那一类的政治意识,只是想在自己力量的范围内,发挥应尽的热情,创办好至少自己‘喜爱’的杂志罢了。”①但是,田村俊子如果不对战争抱有厌恶和抵触情绪,那她就不会去创办一个纯粹的女性杂志,更不会允许众多具有左翼思想的中国青年发表进步文章。

田村俊子作为明治、大正时代的老作家,是善良的,其思想的一面具有社会公正性,故而才有《女声》的出现,她对中国人民的贫困和不幸是同情的,她希望通过她晚年的活动贡献于中国。正如关露在《我和佐藤俊子女士》一文中写的那样:佐藤俊子“懂得爱,她爱花,爱艺术,她爱儿童,爱朋友,爱自然,爱她的祖国,爱世界和人类”,“清早上,看见报上战事的消息,她皱着眉,忧愁地跟我说;‘文化摧毁了!朋友失业了,怎么好?怎么好?’”“她是一个富于人性的人,是一个有理想的人,一个真正的艺人”②。她创办的《女声》杂志及其所做的工作,可以说是在一种特殊情况下形成的特殊关系和特殊贡献③。

① 瀬戸内晴美:『田村俊子』,文芸春秋社 1983 年版,第 66 頁。

② 转引自萧阳、广群:《一个女作家的遭遇——记关露的一生》,北方文艺出版社 1988 年版,第 167、168 页。

③ 吕元明:《被遗忘的在华日本反战文学》,第 79 页。

第四节 牛岛春子与“满洲”

“九·一八”事变后，东北沦陷十四年，在这样一个异族统治的特殊环境里，文学中的外来文化输入明显地受制于殖民主义政权的文化统治。当时的东北，中国左翼作家被迫害，大批进步的书籍被查封，大量来华的日籍作家迎合占领当局的高压统治政策，充当了殖民主义政策的传声筒，文学逐渐成为日本殖民主义政权强化统治、进行殖民主义文化侵略的工具。由“满洲”日籍作家为主体建立的“满洲文话会”①、“满洲文艺家协会”②等文学团体及其所属的《艺文》、《满洲艺文通信》、《满洲公论》等数十种日语文学杂志，大部分都在美化日本殖民主义对中国东北的侵占，鼓吹“大东亚战争”，宣扬所谓的“民族协和”，为日本殖民主义政权的“长治久安”大造政治舆论。在这种环境下，“满洲文学”诞生了。可以说，所谓“满洲文学”是在日本殖民主义统治中国东北十四年的基础上，在日本军国主义悍然宣布“满洲国”建立之后，所出现的历史短暂的一种特殊的殖民文学现象。

从事“满洲文学”创作的日籍御用作家一方面在积极协助日本殖民主义政权进行政治宣传，另一方面也凭借作家特有的敏锐的洞

---

① “满洲文话会”：1937年6月8日，居于大连的井上鳞二等13名发起人“为图亲睦”，呼吁结成“满洲文话会”，得到104人的赞同。文化会以文艺为中心，涉猎各艺术种类。刊行《文化会通信》、《满洲文艺年鉴》。后在大连地方政权和伪国务院弘报处的两方夹击下被迫停刊。

② “满洲文艺家协会”：为了更有力地贯彻殖民主义政权的文艺方针，1942年7月29日，在伪满“国务院”弘报处处长武藤富男的精心策划下，召集全东北的中日78位文艺家，于长春建立该会，下设各个分会，发行机关刊物《艺文通信》和《艺文》。

察力意识到“满洲国”的前景令人堪忧。其中比较有代表性的是左翼“转向”作家山田清三郎[①]及长谷川浚[②]、北村谦次郎[③]、藤山一雄[④]等人，他们不论艺术创作还是政治活动，都堪称是那个时代的典型代表。除此之外，当时还有几位女作家比较活跃，她们是左翼“转向”女作家牛岛春子(1913—2002年)、望月百合子[⑤]、横田文子[⑥]及女诗人三宅丰子[⑦]。其中，牛岛春子便可称得上是一个典型的代表。她

---

① 山田清三郎(1896—)，工人出身的左翼运动领导人，小说家。1937年赴中国东北，参加“开拓团”，后转至“满洲日日新闻社”任主笔，1941年执掌“满洲文艺家协会”，曾于1942年、1943年、1944年三次率团参加日本帝国主义召开的“大东亚文学者代表大会”，日本战败被苏联俘虏，修了五年的西伯利亚铁路。

② 长谷川浚(1907—)，生于北海道，1929年入大阪外国语学校俄语科学习。1932年来中国东北，被派往绥芬河做政府官员。1938年返回新京开始执笔创作，主要作品为《乌尔顺河》。

③ 北村谦次郎(1904—)，生于米泽市，在大连度过了中小学时代，后返日本入国学院大学。1934年担任大连《满洲日报》记者，后来长春在满映工作。主要作品为长篇小说《春联》(1942年)、《月牙》(1943年)、《归心》(1943年)等。

④ 藤山一雄(1899—)，生于山口县，1926年来到中国的大连。1931年“满洲事变”爆发，受关东军之托，参与起草“满洲国”《独立宣言》。1939年起任“国立”中央博物馆副馆长。主要作品有：《新满洲风土记》(1937年)、《满洲的森林和文化》(1937年)、《农民的世界》(1938年)等。

⑤ 望月百合子(1900—)，生于山梨县，成女高等女子学校毕业后入读卖新闻社做记者。1928年始曾先后参加《女人艺术》、《黑色战线》、《妇人战线》等杂志的创刊工作。1938年左翼“转向”后来到中国东北，在满洲日日新闻社工作，1941年出版随笔集《在满洲》，战败后，1948年归国。

⑥ 横田文子(1910—)，日本浪漫派同人，1938年受北村谦次郎之邀来到中国东北，旋即任《大新京日报》记者，并参加“满洲浪漫派”的创作活动，战败后离开中国，代表作《美丽的挽歌》(1938年)。

⑦ 三宅丰子(1904—1982年)，生于东京。洋家政女学校普通科毕业后，入第一制药会社工作。1925年赴大连就职于“满铁卫生研究所”，做药剂师。1934年作为《作文》派的同人开始创作。1938年进入奉天日本交通会社“满洲”支社编辑部，至战争结束时止，一直担当月刊《观光东亚》的编辑工作。1946年回国。“满洲时代”主要作品有：歌集《七草》(1937年)、小说集《坰之歌》(1941年)、小品集《忘雪》(1943年)等。

出身左翼，后以一个“满洲国”官僚太太的身份目睹了“满洲”殖民政权的衰微，又以女性作家特有的纤细笔触诠释了统治民族眼中的异地异风异人，透过有色眼镜观察了所谓“民族协和”景象，在宣扬日本殖民政权的文化政策的同时，也勾勒出日本殖民地民众复杂的心态。第二次世界大战结束之后的很长一段时间里，牛岛春子似乎被世人淡忘了，仅有《昭和时期战争文学集1》(1964年)收录过其小说《姓祝的男人》，直到其耄耋之年才作为“满洲文学”作家群中的健在者重新受到关注，其“满洲时代”创作的主要作品伴随着20世纪末掀起的“旧殖民地文学研究”的风潮，又陆续地被收进《“外地”日本语文学选2》(1996年)及《日本殖民地文学精选集·牛岛春子作品集》(2001年)等文集中再版，引起相关学者对其作品的评论和考证，坂本正博编辑了牛岛春子年谱，“弦书房”也于2009年出版了多田茂治著的《满洲:沉重的枷锁——牛岛春子的昭和史》一书。

以下将通过对牛岛春子文学创作历程的考察和对其代表作的分析，把握“满洲文学”的本质以及移居中国东北的日籍作家复杂的心态。

一、左翼运动和“转向”

1913年，牛岛春子出生于福冈县一个杂货店商人家庭，少年时便显示出文学的天赋，在时为小学教师的哥哥启发下，开始向报纸杂志投稿。在上小学的时候，她对法国作家罗曼·罗兰的长篇小说《约翰·克里斯朵夫》推崇备至，在挫折中奋起的音乐家的坚忍不拔的精神及其不逢迎时好、不猎取功名，主张向社会上消极势力展开不懈斗争的性格，让她深深地折服。在久留米高等女子学校学习期间，牛岛春子又倾心于犀利地针砭世态风情的日本近代短篇小说之神——芥川龙之介的作品。可以说，罗曼·罗兰和芥川龙之介的文艺思想和创作风格对其后来的文学创作产生了深远的影响。

1929 年，从久留米高等女子学校毕业之后，牛岛春子开始在《薄之明》、《街路树》等同人杂志上发表诗歌，进行文学创作。1931 年，牛岛春子成为袜厂的缝纫工。在袜厂工作期间，她阅读了苏联作家革拉特科夫[①]的小说《水泥》，为工人阶级释放出来的劳动热情和创造精神所感动，对工人阶级的未来充满希望，还接触到布哈林以及马克思、恩格斯的学说，开始认真地思考劳动者摆脱剥削和压迫的道路。最终，牛岛春子投身到反抗帝国主义和资本主义的压迫与剥削的工人运动之中，并开始了左翼文学创作。此后，她因为参加工人运动而被厂方解雇，但这更加激起她对工会运动的热情。

1932 年 2 月，日本军国主义政权开始强化专制统治，不断地在全国各地抓捕左翼进步人士。牛岛春子也未能幸免，她被警察逮捕，监禁了两个多月。出狱后，牛岛春子虽然身患肋膜炎，但还是继续为九州地区日本共产党委员会筹备会做些力所能及的宣传工作。是年底，她加入了日本共产党，同时成为无产阶级作家同盟的成员。

1933 年 3 月 10 日，牛岛春子再度被逮捕，同年 6 月 9 日，在法西斯政权的高压下，被捕的日本共产党领导人佐野学、锅山贞亲在狱中发表了“转向”声明书，此举对日本共产党的形象造成了极其恶劣的影响。监狱当局以此为突破口，胁迫包括牛岛春子在内的大批左翼人士在“转向”理由书上签字。同年 11 月 16 日，牛岛春子被保释，1935 年，长崎检察院判处牛岛春子两年徒刑，缓期五年执行。

---

① 革拉特科夫(1883—1958 年)，苏俄作家。自幼生活坎坷，因参加革命工作遭被捕流放。从 1932 年起，担任高尔基文学院院长等职。因其在文学创作上的杰出贡献，两度获授列宁勋章。

牛岛春子在战后发表的《物语西田信春》一文中，曾谈及这段非人的经历。她心情沉痛地回忆说，当时被警察逮捕囚禁后，警察凶残地用竹刀击打她的身体，用脚踩踏她，起初她坚贞不屈，但当警察向她出示搜查到的九州地区共产党组织图时，她无奈地说出了秘密。身陷囹圄的生活使她只能吟诵："拘留所内形影单只/高墙窗一扇/仰头望晴空。"可以说，半年多的屈辱生活，给牛岛带来了痛苦的记忆。牛岛曾在诗中写到被囚禁时的感受：蜷屈在铁丝网围起来的狭小的斗室里，给一个正值青春发育的少女心灵中留下终生的阴影。①

保释出狱之后的牛岛春子，茫然若失，心情灰暗已极。此前憧憬的人生追求，此刻已被国家机器践踏荡平，头脑中已一片空疏，郁闷的心中积满了对未来的恐惧。为了生存，只能另觅它途。

二、"满洲时期"的创作

20 世纪 30 年代的"满洲"作为日本帝国主义占领的一片"沃土"，云集了 150 万左右的日本人，在有的大城市，日本人的人数甚至已占总人口的 40% 之多。这片土地对追逐利润的资本家和新闻媒体产生了强烈的吸引力，川端康成、菊池宽、中村武罗夫、武者小路实笃、岛木健作等一大批学者文人争先恐后奔向那里，意欲获取最新的殖民地新闻，播撒殖民主义的大和文化"精粹"。而对于刚刚走出监狱牢门，生活举步维艰，政治上备受歧视的很多左翼保释人员来说，"满洲"不啻为一条遮风挡雨、重新生活的幻想之地。这也正是当时大批走出牢笼的没有出路的左翼人士逃往"满洲"之主要原因。日本无产阶级作家同盟委员长山田清三郎、农民出身的文学家叶山

---

① 转引自田中益三：「牛島春子の戦前・戦後」，『朱夏』第 10 期，せらび書房 1997 年版，第 97、98 頁。

嘉树奔向了中国东北的“满洲开拓团”；著名印象派诗人野川隆与佐藤大四郎则效力于“满洲农事合作社”；作家望月百合子、剧作家岩田茂雄①则栖身“满洲”媒体。在这种背景之下，“满洲”成为了牛岛春子重新生活的首选之地。她后来回忆来“满洲”的原因时说：“那个时候感到‘满洲’生气勃勃。在日本没有安身之所，所以非常想从日本逃出来，”因此“在对满洲的情况没有多加考虑的情况下，就糊里糊涂地来了”②。

1936 年，牛岛春子与牛岛晴男结婚，二人早在 1932 年筑后川的集会上就已经相识，并一直保持恋爱关系。牛岛晴男 1934 年九州大学法律系毕业后来到中国东北，1935 年 5 月进入“满洲国”大同学院学习，并于同年 10 月毕业。大同学院是伪满洲国培养高官的最高学府，以所谓的“建国精神”（顺天安民、王道主义、民族协和、门户开放）为办学宗旨，一般学员在这里经过短暂培训后，便会被殖民主义政权派往中国东北各地，担任副县长级以上的官吏。牛岛晴男从大同学院毕业后不久，就回到日本，与牛岛春子完婚。婚后，牛岛晴男带着牛岛春子回到“满洲”。1936 年秋，牛岛晴男被任命为奉天省属官，开始了仕途生涯。

此时的牛岛春子，其心态是非常复杂的。她作为缓期执行的左翼思想犯，在踏上“满洲”的土地之后，为自己能够躲开日本政府当局的魔爪而庆幸，由衷地“感到新黎明的到来，感到欢快重又爬

① 岩田茂雄：“转向”后来到中国东北，先在延边生活一段时间，后经山山田清三郎的介绍，为《艺文》和《满洲公论》等杂志撰写戏剧和评论文章。

② 川村湊：『「戦後」という制度——戦後社会の「起源」を求めて』，インパクト出版会 2002 年版，第 114 頁。

上心头"[1];同时,她又作为统治民族的一员,抛弃了自己曾经为之奋斗的政治信仰,逐渐走上了一条与无产阶级国际主义精神背道而驰的殖民主义色彩浓厚的民族主义文学道路。此后,她以官太太的视角,在"满洲"的新鲜生活中,很快就捕捉到了与国家、民族及其个人的"新人生"追求相一致的文学命题。牛岛春子在"满洲"的文学创作可以分成奉天时期、拜泉时期、新京时期三个阶段。其中,拜泉时期最为重要。

1936 年底,牛岛春子随同就任属官的丈夫来到奉天。牛岛晴男是为了所谓"建国理想"而"奋斗"的年轻官吏,牛岛春子陪伴着拥有这样"鸿鹄大志"的夫君,耳濡目染,自然乐于关注锐意改革的"满洲国"官员,其小说中的主人公大多是像其夫君那样有热情、有"行动力"的"满洲"新男人。1937 年春天创作的短篇小说《王属官》就集中塑造了一个供职于乡间,敢于为受欺压的农民鸣不平的王姓属官,同时揭露了基层官吏的"不作为"和随意征税的行为。该篇小说是牛岛春子来"满洲"后发表的第一部作品,小说最初的名字是《猪》,曾被评为"满洲建国纪念文艺奖"第二等第一名(第一等空缺)。1940 年,"新京"大同剧团将其改编成话剧上演。同年,"满洲映画协会"又将其搬上银幕。

牛岛春子在此后撰写的文章《描写农村》中回忆这篇小说的创作过程时谈到,自己对作为异地的"满洲"风光甚感兴趣,一天她无意间瞥见窗外车水马龙的大街上,三只小猪仔混杂在人群中跑动,于是感叹道:"啊,这就是满洲!"创作的欲望也不由得迸发出来,后来

---

① 田中益三:「牛島春子の戦前・戦後」,『朱夏』第 10 期,せらび書房 1997 年版,第 98 頁。

又阅读了“大同学院”的学员编写的农村调查报告，并从丈夫的同事那里听到，在近郊的农村，官厅下属官员们伪造税票，对养猪农户横征暴敛，中饱私囊，甚感愤恨，于是创作了《王属官》。通过牛岛春子的回忆可以确定，她首先是从自己的夫君的世界采集作品素材，然后再以自己所擅长的写实主义手法来刻画人物，描写“满洲”的生活，宣扬日本殖民主义者建设所谓“王道乐土”的必要性和意义，因而其作品具有浓厚的“满洲国”官方意识形态的色彩。日本殖民地文化研究大家铃木贞美先生也指出，“牛岛春子之所以宣扬农民是‘满洲国’的根本，扩大‘王道乐土’思想中的肯定性因素，明显是受到头脑中残存的左翼思想和农本主义思想影响”①。农本主义表面上是宣扬以农业为立国之本的思想，实际上则是宣扬对外扩张的殖民主义思想。可见，牛岛春子头脑中的殖民主义思想较浓。《王属官》创作的成功标志着牛岛春子“满洲文学”时代的到来，此后的许多作品的主人公都被设定为敢于揭露腐败问题、努力推进“王道政治”建设的中国官吏。描写为了实现“建国理想”而奋斗的中国人是与“满洲国”的政治命题相一致，以此为主题的小说也自然会得到伪满当局的青睐。小说发表后，被改编成戏剧在长春的满铁俱乐部和日本的大阪、横滨、名古屋等地剧场上演。

1937 年，伪满当局为了巩固殖民统治，提出“经济开发、农业振兴、地方自治”三大口号，动员大批青年官吏去基层工作。同年 10 月，牛岛晴男调至龙江省（现黑龙江省）拜泉县任第四任副县长，牛岛春子随之移居拜泉县拜泉公馆，在此生活了一年之久。

---

① 铃木貞美：「満洲浪曼別巻——『満洲浪曼』研究」，ゆまに書房 2003 年版，第 104 頁。

拜泉县地处黑龙江省北部，从铁路沿线的克山出发，乘车三个小时，就到了坐落在一片旷野中的小县城——东北大粮仓拜泉县。当时在广袤的中国东北大地上，除了日本人经营的南满铁道沿线城市以外，任何地方都可被称为偏僻之地。拜泉县自然也被日本人视之为偏僻之地，这里本是太平盛世的静谧地区，但是自日本人侵占中国东北，置中国人民为“属民”以来，在当地横行霸道的日本人就成了抗日联军的袭击目标，佩带护身用的小型勃朗宁手枪就成了这些统治者的日常生活的一部分。但是，作为县长夫人的牛岛春子却对拜泉的生活没有感到恐惧，她怀着对“满洲”的“强烈好奇心”以及对未知大地的憧憬，关注着这里的一切。她只身乘马车上街购物，逛影院，观看街头玩耍的日本孩子，过着悠闲自得的生活。丈夫出差的夜晚，她从前来护卫的县公署官吏们的言谈中听到日本兵讨伐抗联的故事以及抗日联军攻击县城的故事，这些见闻和经历成了她日后在“满洲时期”创作的主要素材，成为了她众多文学作品构思的出发点，决定了她前半生文学的创作的方向。在拜泉时期，以副参事官的故事为基干，牛岛春子发表了以日本军队“讨伐”抗日联军为题材的短篇小说《雪空》。这篇作品后来被收入 1939 年版的《满洲文艺年鉴》和川端康成编选的《满洲国各民族创作选集 1》(1941 年)中。

1938 年秋，牛岛晴男由于在拜泉县的良好工作业绩而受到伪满政府的赏识，升任“满洲国兴农部”参事官，1940 年又担任“满洲国”国务院总务厅企划处参事官，1942 年又改任“满洲国协和会”参事官直至 1944 年 3 月征召入伍开赴冲绳。牛岛春子随同丈夫在“新京”居住了五年之久。

“新京”原名长春，1932 年伪满洲国建立之后成为首都，并被更名为“新京”。据统计，当时整个东北已有日本普通定居者 566471

人，占当时东北总人口1.959%，而其中79.0799%的日本人集中在吉林省及“新京”市内[①]，至1939年5月止，“新京”日本移民的数量已占全市人口的20.934%[②]。日本移民的不断增加和文化人的大量移入，使得这个城市的殖民文化得到了迅速发展，大量的日语杂志创刊。在“新京”居住期间，牛岛春子的创作状态也进入亢奋时期。

牛岛春子在“新京”时期创作的许多作品都是以在拜泉县的见闻为素材的。如短篇小说《牝鸡》（1940年）描写了以牛岛晴男为原型的副县长调解了小地主朱德新与虚荣的妻子之间的夫妻矛盾，两人和好后，给副县长送来两只鸡和一筐鸡蛋的幽默故事。《姓祝的男人》的主人公则是以拜泉县公署的翻译祝廉天为原型，刻画了一个忠于职守的伪满官吏形象。《二太太的命运》（1941年）取材于拜泉县县长老孙家的二夫人、三夫人之间的龃龉，揭示了封建家庭中一夫多妻制下妇女的命运，该作品后来被收录到随笔集《大陆的相貌》中。《张凤山》（1941年）讲的是被地方上的日籍副县长公馆雇来的当差——张凤山逐渐与副县长夫人芳枝建立互信关系时，却被后任的森副县长辞退的民族纠葛。短篇小说《福寿草》（1942年）描写了驻守拜泉县城的“日满”警备队为了迎击抗日联军的进攻，被迫携家带口“死守”县城的故事。“（抗日联军）在山峦密林中按照苏联的建筑方法构筑半永久阵地，利用天险自由地开展游击战”。“少年突击队打头阵，不到20岁的他们勇敢地发出稚嫩的声音，一边唱歌一边射击”。这些描写从一个侧面反映了中国人民英勇不屈的反抗精

① “国务院统计处”：《第一满洲国年报》，满洲文化协会1933年版，第100页。

② 刘春英：《“满洲”“新京”时期日语文学杂志钩沉》，《日本学论坛》2007年第4期。

神。作者在文后附言中写道:“值此满洲建国十周年之际,欲将此拙著献给建国以来捐躯于治安的日系警察官。”①看到此,使人不禁想起九年前,牛岛春子在走出监狱的牢门后,听到自己的战友,日本共产党九州地区筹备委员会委员长西田信春在福冈警察署被残酷迫害致死时,彻夜难眠,“躺在床上,泪水喷涌而出”的情景。而时至今日,牛岛春子已经完全站在民族主义的立场上,为日本军国主义侵略别国的牺牲品寄上自己的哀思。1943 年 8 月,《福寿草》被收进《日本小说代表作全集 10》中。

除了以拜泉县的生活为素材的小说外,牛岛春子还创作了一些反映日本国策的作品。1940 年,日本政府发布命令,动员全国妇女多生子女,为陷入泥潭的战争服务。《女人》(1942 年)是牛岛春子在这种时局背景下创作的一篇浸满了战争之毒的小说。该作品描写了主人公为了生下第二个孩子而回到了日本久留米的老家,但孩子不幸夭折,自己感到非常悲伤。此时,大东亚战争已经甚嚣尘上,收音机里播放着侵略者的“战报”,主人公听到日本军队在前线“浴血奋战”的新闻之后,心境陡然升华,感到虽然自己的婴儿出生之后就夭折了,但是“这种个人的悲伤”与“日本现在正在经历的严峻的时代所产生的激情”融合在一起,自豪感在胸中油然而生。主人公倏然间感到自己被男人背负的使命的伟大所震撼,自己作为女人的使命就是生孩子。主人公大声的喊叫起来,男人在战场上战斗,与女人生孩子,都是为了大和民族而实施的互为表里的行动,脱离开个人的悲苦,考虑到祖国在这个战时的特殊需要,这不是无上的幸福是什

① 『日本植民地文学精選 21——牛島春子作品集』,ゆまに書房 2001 年版,第 321 頁。

么。该篇作品在《艺文》第1卷第5号上发表后，因为符合日本殖民主义者的战争需要，所以受到吹捧，并于1944年3月被《满洲国各民族创作选集2》收录。

1942年2月初，牛岛春子回到日本，到下关、东京、神户等地拜会了曾一起从事左翼地下活动的伙伴，并以此为素材写下了《女人的灯光》，于1944年3月发表在《满洲公论》3卷3号上。“满洲”的日本文学家大内隆雄秉承殖民当局的命令，积极宣扬《女人的灯光》一文的政治意义，他在《满日系文学的成长》中写道：“最近的好多在满日系的作品，我想，最大的收获是牛岛春子氏的《女人的灯光》。牛岛春子是位踏实且文学功力深厚的作家。再者，她有正确的新的世界观。《女人的灯光》是《满洲公论》三月号上发表的。这里，她写的是一个女人的生活与她的命运。这个女人是作者的至好的朋友之一。女人总是要结婚的。结了婚之后女人的生活，大多数的场合都是发生很多的变化。作者以冷静的眼睛观察着此女友的生活。一方面观察着此女友，作者自己也在反省着自己生活。战时的女性应该怎样的生活下去呢？女人的灯光在那（哪）里辉煌呢？小说的含义是很深的。”①

翻开日本侵略史可以看到，日本女性在其中扮演了极其重要的角色。据《满蒙年鉴》（1932年版）记载，1931年6月“满洲”移民中女性有110726人，约占当地日本人口的一半。“她们把那里当做生养子女和生活的土壤”，还“曾承担起支持侵略战争大后方的重任”。1931年组成的“大连、奉天妇女团体联合会”，即呼吁：在“祖国正面

---

① 大内隆雄：《在满日系文学的成长》，《青年文化》康德十一年第5期5号，第23页。

临空前困难”之时，妇女团体要借此机会，“与祖国各地妇女团体携手共图时局之善处，担负起伟大的社会使命。”[①]及至1935年后，伴随着日本殖民主义者的侵华进程的加剧，作为实施开拓政策的一部分，开拓团开始招募新娘，此举一是要“确保民族资源（开拓移民）的数量”，“保持大和民族的血统纯正”，二是要“向大陆移植日本妇道以建立满洲新文化”，三是“为达成民族协和，更多地须要女性的同心协力”。[②] 由此可知牛岛春子《女人的灯光》的“社会意义”了。日本殖民主义文学研究大家西田胜先生指出：“在这篇小说中，主人公对‘大东亚战争’有一种从心底里产生的感动，而且，觉悟到女性有着和男性不同的使命，那就是为了大东亚战争的胜利而生育子孙……可以说，《女人的灯光》是《女人》的续篇，两篇小说异曲同工。但是，作者在《女人的灯光》中让主人公在仰望富士山之后，心里出现一点忧郁和徘徊，此外还让主人公不断去琢磨朋友所说的‘转向’就是‘没落’这一观点。这些描写可以让读者窥视到主人公思想的变化过程，也可以将主人公新思想的产生解释成‘没落’的表现。无疑，这是一篇有问题的作品。”[③]

可以说，牛岛春子在“满洲时代”创作的作品，既有描写日本人的，也有描写中国人的，还有不少作品是描写生活在东北土地上的妇女们的生活，这些都反映出作者作为异乡人的内心世界。

三、“民族协和”与《姓祝的男人》

1938年秋，在基层任职的丈夫牛岛晴男被调至“新京”伪国务院

---

① 秋山洋子、加纳实纪代编：《战争与性别——日本视角》，社会科学文献出版社2007年版，第116页。

② 同上，第125页。

③ 西田勝：「植民地文化研究」，2004年第3号，第149頁。

总务厅计划处任参事官，牛岛春子也随之来到了“新京”。创作于该时期的《姓祝的男人》是牛岛春子最主要的代表作，作者在小说中触及了“民族协和”的问题，在一定程度上迎合了日本殖民主义者的文化侵略政策，因而受到吹捧，但另一方面，我们也可以看到作者对“民族协和”能否实现抱有很大的怀疑。

20世纪30年代，日本殖民主义者为了巩固自己的统治、麻痹民众，大肆宣扬“日满一德一心”、“王道乐土”、“五族协和”，“满洲”的日本作家的创作日益被诱向顺应国策之路。1940年，“满洲新闻社”组织了一次集会，会议上由时任“满洲新闻社”学艺部部长，后为“满洲文艺家协会”主席的山田清三郎做了关于宣传“建国精神”的动员说明，号召日籍作家创作反映国策的作品。在这一背景下，牛岛春子开始了《姓祝的男人》的创作。该小说从1940年9月27日开始至同年10月8日在《满洲新闻》上连载，同年12月又被收入由山田清三郎编选的《日满俄在满作家短篇选集》中，引起日本本土文坛的注目，1941年《文艺春秋》3月号再次连载，并再次被收入了同年12月，由川端康成等编辑的《日本小说代表作全集·昭和十六年前半期》第七卷中。山田清三郎将该篇小说推荐给了芥川奖评选委员会，该小说作为第十二回昭和十五年下半期的芥川奖候补作品被提名。战后，这部小说又被收进了《昭和战争文学全集》第1卷中。

《姓祝的男人》在日本文学界受到了长期的关注。长于描写台湾殖民地生活的新思潮派作家佐藤春夫评价这部作品时指出：“（该作品）充分把握了这个有个性且有作为的人物的风貌和性格，把非常复杂的人与事用简洁而精炼且有深度的笔法充分描写出来，展示了新兴国满洲官吏社会的风貌，清新、紧张。”尾崎秀树在《“满洲国”文学面面观》一文中则指出：“这是一部以县长办事处翻译为主人公的短篇小说，大概没有其他任何一部作品能像这部作品一样如实地描写出与外民族协和是多么的困难。翻译祝廉天的行动傲慢不逊，他对上司的极尽谄媚。在与王道建设的理想背道而驰的社会，丑恶在政治力量无法到达的农村，凭借着传统和习惯，像毒草一样蔓延着。这是他所不能熟视无睹的。但他采取的行动是中日两方所不喜欢的。作者借祝的上司——真吉之口说道：作为执掌三十万人性命的一县之长，'日本人如果以日本人式的感觉来简单对待中国人，那是多么的危险。这种善意的马虎会招致中国人多大的误解并使之产生乖戾的心理。想到这个，不禁感到毛骨悚然'。这种怀疑和担忧是来自于底层生活的真实体验，大概是官居权利顶峰的、端坐在云上、陶醉于建国神话的高官僚们所无法理解的世界。而为日本县长忠实效劳的日本翻译老祝，他毫不客气地揭发中国警察的违法行为，批评日本官吏的渎职行为。他因为积怨颇多，所以为了防备打击报复，手枪从不离身。祝对自己的上司真吉戏谑地说：'满洲国垮台了，我姓祝的会最先被干掉。'"[①]川村凑也认为："祝是一个遭到满洲人和日本人排斥的人物，是一个比日本人更日本人化的满洲人。其作为下层官僚所具有的固执的性格是'殖民地人'的一个典型性格。"[②]

小说取材于牛岛春子在拜泉时的生活，作品中出现的风间真吉副县长就是以牛岛晴男为原型塑造的人物形象，祝廉天则是牛岛晴男手下的一位中国翻译官。主人公风间真吉作为副县长来到"满洲国"县署走马上任之后，遇到了翻译祝廉天。祝是县长办公处的翻

① 尾崎秀樹：『近代文学の傷痕——旧植民地文学論』，岩波書店1991年版，第259頁。

② 川村湊：『異郷の昭和文学』，岩波新書1990年版，第7頁。

译，其性格在县公署的中国雇员中特立独行，所以被众人疏远。风间真吉起初对祝也抱有戒心，但随着交往的深入，逐渐感觉到其是一个忠心耿耿的雇员。正当风间这个日本人和祝这个中国人分别作为上司和部下在县政方面施展才干，曙光渐现的时候，副县长又要转职他乡，内向坚韧的祝只得将无奈隐于心头。

在牛岛春子笔下，祝廉天被塑造为一个具有“建国精神”、嫉恶如仇的人物，一个生活在农民占人口大多数的国度中，旨在打破前近代陋习的，符合“满洲”发展要求的人，一个在落后的中国东北地区出现的“新型中国人”，是作者努力塑造的一个“民族协和”的典型。在祝的面前是“与王道建设的理想背道而驰的丑恶现实，以及政治权力遥不可及的农村”。在这样的农村中，传统与习俗根深蒂固。这样一种现实驱使极端务实的祝毫不犹豫地对各种丑恶行为进行揭发检举。可以说，依附于旧制度而存在的贪官污吏是驱使他采取正义行动的原动力。祝的另一个特点就是做事果断，雷厉风行。作者对祝感到惊讶，认为“祝具有中国人不曾有的严厉和果敢”，“这似乎完全类似于雷厉风行的日本人”，但在某些方面已经超越了日本人，就连日本人都对他乜斜而视，认为其“太官僚了，中国人里面再没有像他那么傲慢的家伙了”。可以说，对祝的这样的评价实际上是对他过于趋炎于日本人的不满，“是日本人对为之效力的走狗的蔑视”。明治维新后，努力吸收西方思想的日本人，本身就带着一种高人一等的傲气和霸气，容不得比其更洋化的走狗翻译。所以祝必然要受到日本人的排斥。同时，祝又是一个实用主义者，他认为，“现在在满洲国对日本人尽忠就是顺流撑船，是最明智的生存方式和处世哲学”。此外，牛岛春子从一开始就注意手枪从不离身的祝的内心里面“有一种悲剧意识”，小说中，祝一直对自己和“满洲国”的未来的担忧，曾多次说“满洲国倒台，自己会最先被干掉”①。

与主人公祝廉天和风间真吉等人物息息相关的是“民族协和”的问题。在《姓祝的男人》中，牛岛春子通过描写风间真吉和祝廉天之间的交流，触及了所谓“民族协和”的问题。作为主人的风间和作为走狗的祝，虽然在“北满”的县城，在全力以赴地打破陋习的共同目标下，进行感情的交流，但这种交流却是短暂的。在日本殖民地，分属统治民族和被统治民族的二人之间是一种扭曲的关系，随着对姓祝的男人的描写不断深入，祝作为扭曲的存在显得愈发明确。可以说，作品从一开始就已经暗示异民族之间不可能进行交流。两人唯一能够短暂交流的切入点，就是忠实履行工作职责那一刹那。祝廉天也感到中国人与日本人不可能友好相处，“他凭借着同一民族的敏感觉察到，表面上忠诚服务、从无异议、外表恭顺的人，一旦发生什么大变故，就有可能突然竖起反满抗日的大旗，掉转枪口”，“民族协和的难处”，绝不在于“民族的传统和习惯的羁绊”，而是“民族命运使然”。可以说，这部作品，虽然试图宣扬“民族协和”，但是却用大量篇幅描写了统治民族对被统治民族的冷淡态度，以及自诩为“满洲”指导民族的日本人的狭隘的利己主义，从中可以看到牛岛春子对“民族协和”前景的悲观态度。

牛岛春子的这种悲观态度的产生是与现实社会有着密切的关系。在日本殖民政权统治下的现实世界中是没有真正的“民族协和”可谈的。左翼“转向”诗人野川隆②来“满洲”后在“新京物质配

---

① 『日本植民地文学精選21——牛島春子作品集』，ゆまに書房2001年版，第111頁。

② 野川隆（1901—1944年）是活跃在长春的日本诗人，1944年在“北满合作社”工作时，因在其作品《九篇诗集》中，对中国农民表示了些微的同情而被逮捕，并被判处8年徒刑，因病出狱住院两个月后死亡。

给合作社”工作，因其诗作同情中国农民，被关东军宪兵逮捕并致死。同样遭到厄运的还有佐藤大四郎等人。日本帝国主义为了维护殖民主义统治，虚情假意地宣传“民族协和”、“王道乐土”，蛊惑人心，而真正有良知的日本人对中国人有些微同情之心便要被大加鞭挞，连为殖民主义政权卖命的山田清三郎都禁不住“对满洲原住农民表示深深同情”，并感叹道：“在民族协和和王道乐土的国家中，那是绝对行不通的。”①

而祝廉天这样一个具有“建国精神”、追求“民族协和”的真实人物也最终走向了毁灭。1944 年随着战局的吃紧，日本殖民主义政权欲动员一切可能的人力和物力，支援前线。地处偏远之地的拜泉县公署也新设立了动员课，祝廉天做股长。动员课把征兵不合格者组织起来，成立勤劳奉公队，从事土木建设、灌溉等极端繁忙、强度大的工作，很多当地百姓因此受尽苦难，乃至葬送掉自己的生命，祝廉天也成为千夫所指的罪人。日本投降后，真实的祝廉天被埋在拜泉县西门大街的十字路口，只露出脑袋，旁边立着牌子，写着“可以随便处置”②，深恶其卖国罪行的中国老百姓一拥而上将其处决，作者牛岛春子担心的结局真是应验了，不仅如此，从逃出来的日本难民的口中得知，当时在省内各县从事此项动员业务的日本人，由于民愤极大，无一生还。动员课的所作所为是受命于关东军。原本富裕的太平之乡拜泉县由于日本发动的这场战争，到战争结束的时候，已经成了惨不忍睹的修罗场。1994 年，拜泉县重新对外国人开放，当年生活在拜泉县的日本人组成“拜泉会”旧地重游，当地政府对他们礼貌

---

① 山田清三郎：『満洲浪曼』第 8 卷，ゆまに書房 2002 年版，第 331 頁。

② 另一种说法是，日本投降后，祝廉天被枪决在拜泉县西门外。

有加，但是“六十岁以上的中国老年人却对他们冷眼相待”，[①]怒目而视，足见民族仇恨之深。

可以说，牛岛春子作为殖民统治民族的一员和县长夫人，能够充分理解生活在中国人民的反抗包围中，时刻携枪生活的日本官吏的心理，她同时也通过对祝将来命运的担忧，反衬出了对日本军国主义发动的这场侵略战争的不自信，乃至忧心忡忡。所以桥本文三在评价这部作品时说，该作品是“描写了刻不容缓的满洲民族问题的异色作品”[②]。小说完成三年之后，日本侵略军被奋起反抗的中国民众赶出了国门。

四、战后的“满洲”情结

1945 年 8 月 11 日，由于得知苏联对日宣战，牛岛春子欲带三个年幼的孩子乘车经由朝鲜归国，途中在沈阳换车，在营口听到了日本战败的消息，牛岛春子听到战败投降的消息，先是放声大哭，而后又笑了起来。牛岛说大多数日本人在听到战败消息之后，都会感慨道：“啊，终于自由了。”几经周折，牛岛春子于 1946 年秋季回到福冈的丈夫老家，一直待至 1947 年晴男复员回国。

1948 年，牛岛春子参加了左翼团体——新日本文学会久留米支部，继续文学创作，先后发表了《物语西田信春》、《战后的回忆——离世的西田信春》等怀念西田信春的随笔以及多部短篇小说。虽然她长期对“满洲时代”的事情采取了回避的态度，但是这些往事一直在其脑海中萦绕。她谈道：“即使现在，我仍然像拖着锁链一样背负着满洲的记忆，感到如果不将这种感觉写到作品中，就不能获得解

---

① 牛島春子：「祝のいた『满洲・拜泉』」，「『外地』の日本语文学選」，新宿書房 1996 年版，第 3 頁。

② 橋本文三：「昭和戦争文学全集」第一卷解説，集英社 1964 年版，第 485 頁。

放。长年以来，我都一直抱这种想法，但现在仍未得到实现。”

1980年8月，作为“日中文化交流使节团”的一员，牛岛春子旧地重游，访问中国东北地区。在长春，访问了伪满洲国时期的作家疑迟[①]，在沈阳，受到了辽宁大学日本研究所的热情接待。此后，她开始回顾自己的“满洲时代”。同年9月发表随笔《感伤的满洲》，10月，发表随笔集《一个微笑》。在这篇作品中，牛岛春子反省说：“对于自己来说，满洲到底是什么。准确地说，对这个问题的思考是从被遣返回日本之后开始的。‘满洲国’的的确确是日本为了侵略大陆而制造的虚构国家。而我们也无疑是糊里糊涂就上了贼船的庶民。”但另一方面，牛岛春子又认为：“一些青年人用近乎革命般的热情宣扬着‘王道乐土’精神，并最终死在那里。这是不能忘记的事实。而我相信他们是热爱这片土地和人民的。死在那里的青年的精神是高尚无瑕的，我的情感也是和‘侵略主义’无缘的。我不断地在心底念叨着。”[②]可见，牛岛春子对日本殖民主义者的罪恶并没彻底反省。

1993年，牛岛春子发表了随笔《我的故地“拜泉”》和《遥远的拜泉》，九年后离世。“拜泉”已经离她越来越遥远了，但蕴涵其中的“满洲”余韵，却激起我们无穷的思考，这场带给中国人民的深重灾难的战争，将永远横亘在中日两国的历史和文学史上，让人思索。

---

① 疑迟(1913—)，原名刘玉璋，辽宁铁岭人，1932年毕业于哈尔滨中东铁路车务处专科传习班。伪满洲国时期曾主编过《麒麟》和《电影画报》，并在伪弘报处支持的《艺文志》杂志上发表了大量具有乡土气息的作品。解放后长期在长春电影制片厂从事译制片的工作。主要作品集有《花月集》(1938年)、《风雪集》(1941年)、《同心结》(1943年)等。

② 牛島春子:『ある微笑』,转引自田中益三:「牛島春子の戦前・戦後」,『朱夏』第10期、せらび書房,1997年,第99、100頁。

第七章　战后女性作家的创作

第二次世界大战之后，美国占领当局根据把日本从军国主义国家变成和平、民主国家的原则，监督日本政府对日本进行了政治、经济、教育的强制改革。这种史无前例的社会变革，为女性文学蓬勃发展提供了广阔的天地，一大批战前就活跃在文坛的女作家重新开始了文学创作。20 世纪 50 年代中期之后，随着日本经济的高速发展，女作家大量涌现，女性文学迎来了新的繁荣期。战后先后活跃在日本文坛上的女作家几近百人之多。日本有四百多种文学奖项，据有关资料统计，仅 1970 年至 1994 年的 24 年中，摘得日本文学第一大奖芥川奖的女新人作者就达 19 名，占同期总获奖者 54 人中的 35%①，日本当代文坛巾帼不让须眉之势由此可见一斑。

第一节　战后日本女性文学繁荣的时代土壤

战后日本女性文学之所以呈现出前所未有的繁荣状态，有着复杂的政治、经济、社会文化原因。

首先，各种法律的修改提高了妇女的社会地位，促进了妇女自我意识的觉醒，开阔了女作家的创作视野。

---

① 『現代女性作家研究事典』，鼎書房 2001 年版，第 88 頁。

1946年，日本制定了新的和平宪法，妇女获得了选举权与参政权。1946年4月10日在日本历史上是妇女首次行使投票权的日子，据统计，66.97%有选举权的妇女参与了投票，有39名妇女成为日本历史上第一批女参议员。这次选举促进了日本妇女的政治觉醒，使妇女的参政、议政意识大为提高[①]。但是，由于受长期习惯势力的影响，日本男尊女卑的意识仍然很严重，妇女在政治舞台上难以崭露头角。这种情况在20世纪80年代之后逐渐被打破，1986年维宪专家土井多贺子[②]当选为社会党党魁，1993年年届七旬的土井多贺子被推选为第一位日本众议院女议长，这在战前简直是天方夜谭。此外，90年代后涌现出了众多政坛女性风云人物。几乎每次内阁改组，其中都会出现女性议员的芳名。

1947年制定的新民法也使日本妇女的法律地位发生了革命性的变化，妇女获得了独立的人格。新民法之750条规定姓氏由夫妻双方协议议定，家庭经济由夫妻共同管理，法律面前人人平等，母亲可以成为亲权人[③]，即肯定了男女平权及在家庭中夫妻的平等关系，给予女子与男子平等的受教育机会。其后，新民法又增加了一些保护妇女权益的内容，如规定企业不能以现金形式支付工资，须将已婚男性员工的工资汇入夫妻共同管理的银行账户；夫妻离婚时，妻子可以获得70%的财产。新民法还规定婚姻自由，日本女性逐渐从包办

---

① 张键、王金林：《日本两次跨世纪的变革》，天津社会科学院出版社2000年版，第467页。

② 土井多贺子(1928—　)：生于神户，同志社大学毕业。1986年就任社民党的前身社会党的委员长，1993年成为日本宪政史上首位女性众议院议长。1996年结束议长任期后重新就任社民党党首，2003年因该党在众院选举中惨败而引咎辞职。她领导的日本社民党是中日邦交正常化后第一个与中国共产党建立正式党际关系的日本政党。

③ 张键、王金林：《日本两次跨世纪的变革》，第468页。

的婚姻中解放出来，走向自由恋爱，婚姻自主的现代生活方式。特别是1959年年轻的皇太子明仁和日清面粉厂主之女美智子举行了盛大的婚礼，日本版的“灰姑娘童话”为日本社会消除婚姻传统陋习做出了重大贡献，得到广大日本国民的赞许。

这些改变对女性文学来说也是一支强力营养剂，为女作家登上文坛开辟了道路。此前，日本的女性文学一直在男性的羽翼下匍匐而行，男人们以他们强悍的夫权，在他们把持的文学世界里描绘着、塑造着他们青睐的女人形象，反过来又以这种模式教育和诱使女人们按照他们的理想将女性就范在男性的淫威中。女性自身的意识、感受、愿望全然与其无关。就连博采西方文学创作手法之大成的新感觉派作家、荣获诺贝尔文学奖的川端康成的笔下的也挤满了旧式的“淑女”形象，其被誉为“日本现代第一佳作”的《雪国》中的两位风月场中靓丽的女性叶子和驹子，都以她们完美无瑕的“动人之举”，甘愿服侍纨绔子弟，而这部作品最后成型于1947年，于今还追随者甚众。但是战后发生了翻天覆地的变化，大批女作家纷纷登上文坛，她们犹如压在石头下的小草，努力伸展着捆缚在沉重的和服中的纤弱的腰肢，喊出压抑已久的声音。

其次，女性教育程度的提高也推动了女性读者群和作家群的发展。

法律上的平等并不等于现实生活中的平等，日本妇女社会地位的改善以及生活质量的提高，是通过自身教育水平的提高以及整个社会环境的变化得以实现的。战后，日本经济发展战略是“先育人、后求富”。日本政府认为，教育日本国民，提高国民素质，就等于提高生产力和产品质量。因此女性可以和男性一样接受普通中学教育，而且随着高等教育的普及，越来越多的妇女得以受到高等教育，甚至出国留学。“1955年,男性的四年制大学升学率达到13.6%时,女性仅为2.5%。1997年,女性的大学升学率达到26%,低于男性的大学升学率43.4%。但是由于女性的短期大学升学率很高,如果加上短期大学的升学率,女性已经达到48.9%,高于男性的45.8%”[①]。可以说,高等教育的发展是战后女子教育的特色。教育的普及推动了文学市场的扩大和读者群的倍增,又反过来催生了女性作家的快速成长和数量的增多,刺激了女性文学的繁荣和发展。80年代末开始,很多书店都开辟了女作家专柜。日本评论家原善说:“书店里的女作家专柜,与其说是性别的歧视,毋宁说证明了女作家的读者层的大量存在,甚至可以说女作家被特权化了。”[②]

第三,随着第三产业的发展和高学历化,日本大批妇女走向社会,就业率逐渐提高,从而促进了自我意识的提高,推动了女性文学创作主题的变化。

战后初期,日本产业进行了转型,即从战前高度发达的云集了大量女工的纺织行业向战后靠男性支撑的钢铁、造船业等重工业的转变,社会都呼吁女性返回家庭相夫教子,这种“诞生于日本产业化初期的‘性别角色的分工’,在迎来经济起飞之际被大力提倡并得到广泛普及。以都市核心家庭为基本模式的战后婚姻关系——‘前后方性别角色分工得以完成’”。[③]“男人作为一家之主挣钱养家,女性把生命的再生产和丈夫劳动力的再生产作为自己的首要任务”[④],其性

---

① 李国庆编著:《日本社会》,高等教育出版社2001年版,第48页。

② 转引自牛水莲:《20世纪日本女性文学:女性的觉醒与解放》,《职大学报》2010年第1期,第50页。

③ 田晓红:《战后日本婚姻关系的整合和冲突》,《日本研究》2001年第1期,第59页。

④ 水野宗子著,叶渭渠主编:《女性的自我表现》,前言第1页。

别角色逐步定型并形成了制度。但从 20 世纪 60 年代后期开始，随着科学技术的飞跃进步和物质生活的丰盈，家庭生活的劳动强度已经大大降低，劳动时间也大大缩减，迅速扩大的第三产业对劳动力的需求日益旺盛。在这种背景下，很多女性走出家门，抛却全职太太的美称，重新走回职场。从传统的女性职业到参政，乃至担当各种社会公职的女性数量逐年增加。1986 年日本国会通过了男女雇佣机会均等法，使女性就业人数骤升。据日本总务厅统计局调查，1986 年日本女性雇佣劳动者达 1584 万人，占劳动者总数的 36.2%，平均每 3 名妇女中就有 1 人就业。而 1955 年只有 531 万人，30 年间增长了两倍。据 1989 年统计，女性 15—20 岁的就业比例是从大约 20% 提高到 80%，在 30 岁左右下降到 57%，此后又慢慢上升到 45 岁左右的 80%[①]。年届四旬的家庭主妇，将孩子送至中学后，开始利用余暇时间为自己充电，参与社会活动，或第二次谋职，成为家庭经济的共同承担者。80 年代中期，妇女自认为人生的意义已从以往的"家庭"、"子女"转向"工作"、"兴趣爱好"了。从以往追求家庭目标时代的"一心同体"向个人本位转移，从达到以"量"为尺度的物质满足转向寻求以"质"为指向的精神充实。[②]

另一方面，随着社会的高学历化，在学历和年龄优势兼备的情况下，大学毕业女性的就业率 1995 年已达 90%，较之 1975 年提高了 42.8%。[③] 高学历女性宁肯选择"单身贵族"的生活方式，"不想失去

① 日本総務庁統計局:『日本女性の社会地位』、日本統計協会 1990 年版，第 120 頁。

② 田晓红:《战后日本婚姻关系的整合和冲突》,《日本研究》2001 年第 1 期第 62 页。

③ 日本総務庁統計局:『日本女性の社会地位』，日本統計協会 1990 年版，第 127 頁。

自由与轻松”,让自己生命周期最光彩的一段更辉煌。但从本质上来说,这并非源于自发的、主动的“个人主义”,而是社会制度,因袭规范压抑下所引起的扭曲的、被动的个人主义,它是日本特定社会条件下,具有反主流文化特征的“个人主义”。①

妇女进入社会参加工作催生了她们理想观念的变化,也导致女性创作题材的变化。50 年代活跃的女作家,其创作多以家庭、家人为中心,沿袭着妻子、母亲的传统角色。而到了 20 世纪 60 年代以后,女作家的创作,已渐趋冲出家庭的樊篱,展翅高飞到新的社会领域。这种质的飞跃,使日本女性从“夫是天”、“生育工具”到作为一个与男人平等的人存在于社会,虽然她们步履蹒跚,经历了漫长的岁月,但终于迎来了这个时代的到来。② 以 1974 年第一次在世界上为日本捧回芭蕾舞女演员大奖的森下洋子、第一个环游宇宙成功的女宇航员向井千秋、1975 年世界上第一个登上珠穆朗玛峰的 38 岁家庭主妇田部井淳子为标志,女性的时代全面开始了。

第四,随着社会环境的变化,家庭结构和婚姻关系也发生改变,女性的主体意识开始提高。

50 年代初,朝鲜战争刺激了战败后的日本经济,始于 1955 年的高速经济增长促使产业结构发生了很大的变化。随着城市的繁荣和迅速外延,农村青壮年逐步涌向城市,城市中的青年核心家庭和农村里的老年核心家庭开始形成。家庭结构的小型化(至 1975 年这种比

---

① 田晓红:《战后日本婚姻关系的整合和冲突》,《日本研究》2001 年第 1 期,第 61 页。

② 郑宝香、俞贤淑:《日本战后女作家群的形成及原因》,《天津外国语学院学报》2004 年第 4 期,第 69 页。

率高达74%[①]),不但改变了家庭的生活方式,更使家庭关系从以往的"父子轴心"为主向以"夫妻轴心"转变,与此同时,随着文化素养的提高和参与社会意识的增强,女性社会地位的低下"被不断增强的女性自我意识觉醒所识破,她们开始对建立在性别角色分工基础上的婚姻关系进行审视,并做出一系列回避乃至叛逆的反应"[②]。女性们通过婚前的就业意识到自己完全有能力与男性比翼齐飞,只是这种机会被现行制度所剥夺了。尽管战后价值观念转变,但是以"男性为中心"的社会制度没有发生实质性的改变,丈夫角色转移的余地极其有限,与现代妻子的角色期待尚距甚远。在这种背景下,对婚姻的再认识不同程度地体现在整个妇女群体之中。

一方面,年轻少女初婚年龄不断推迟。日本女性的平均初婚年龄在1940年时为23.3岁,1950年时达到25.0岁,1990年时已经达到26.9岁。[③] "1975年25—29岁中未婚或不婚的女性比例是21%,2000年却上升到54%","35—39岁中未婚或不婚者女性的比例也有所提高,从1975年的5%增加到2000年的14%"。[④] 而从职业上看,"任何年龄段中从事事务、技术、管理工作的女性未婚、不婚者的比例都很高,其中30—40岁从事上述工作的女性超过40%未婚或不婚"。[⑤] 这在很大程度上反映了她们对婚后角色的畏惧与抵牾,婚前地位与婚后角色的落差是青年女性迟迟走进婚姻殿堂的重要原

① 森岡清美:『現代家庭変動論』,ミネルウァ書房1993年版,第148頁。

② 田晓红:《战后日本婚姻关系的整合和冲突》,《日本研究》2001年第1期,第60页。

③ 李国庆编著:《日本社会》,第38页。

④ 独立行政法人国力女性教育会馆编著,全国妇联妇女研究所译:《日本的女性与男性——男女平等统计》,当代中国出版社2006年版,第22页。

⑤ 同上,第23、24页。

因。另一方面,女孩子早恋爱,晚结婚,甚至独身,婚后生育子女数量呈逐年递减。1992 年与 50 年代初相比较,妇女的生育率已锐减 58.7%,至 2005 年,日本人口甚至呈现出了负增长,足见妇女生育率的更加低下。

"社会的服务性、福利性社会功能的强化,使原本由家庭承担的诸多职能逐渐被不断拓展的服务性行业所取代,在其外在价值层层剥离的同时,渐次显示出日本社会婚姻关系中的缺损性和扭曲性的一面"。[①] 战后婚姻观念变化的一个突出表现就是撇却门第观念,追逐高学历和个人能力,追求婚姻质量,日本社会中中老年人离婚率高的原因恰恰是和人们对婚姻质量的追求分不开的。进入 21 世纪,日本已经进入到名副其实的老龄化社会,年过六旬的老年人已经占总人口的 11.2%。2002 年全日本离婚数 29 万件,较之 1980 年增长近 1 倍。其中 70% 是由女性提出的[②]。离婚最多的是未满五年的夫妇。而最耐人寻味的是内中有很大一部分是老年人,亦即近年方兴未艾的"白发离婚潮"。据统计,婚龄在 20 年以上的中老年人群的离婚数,自 80 年代以来明显上升,1999 年的离婚率是 1980 年的 2 倍,是 1970 年的 3 倍,比 1990 年也增加了 18%。[③] 90 年代初,即已占总离婚率的 15%[④]。在日本家文化熏陶下成长起来的大批"工作虫"丈夫,将青春乃至生命全部献给日本企业后,一旦退休回家,夫妻互动时间大大增加,加之原本就存在的"暴力"、"精神虐待"、"异

---

① 田晓红:《战后日本婚姻关系的整合和冲突》,《日本研究》2001 年第 1 期,第 60 页。

② 独立行政法人国力女性教育会馆编著,全国妇联妇女研究所译:《日本的女性与男性——男女平等统计》,第 20 页。

③ 日本厚生省統計情報部:『人口动态統計』,1999 年版,第 100 頁。

④ 阎瑾、梁凤鸣:《为什么偏偏是日本》,世界知识出版社 1995 年版,第 260 页。

性关系”、“性格不合”、“不支付生活费”等原因，[①]隔阂与矛盾便凸显无疑。随着年龄的增长，夫妻调试的难度也就越发棘手，老年夫妻角色的不适应和婚姻变故，是女性对传统忍辱负重角色和家庭本位意识的反叛。所以日本电视屡屡曝光的老年女性一旦拿到丈夫退职金的一半，便从此与她们“服侍一生”的男主人拜拜这种事情也就不足为奇了。

第五，日本妇女地位虽然有了很大提高，但仍然在许多方面受到歧视，改变这种男女不平等的状况成为了女性作家进行文学创作的动力。

虽然战后经过一系列改革，日本妇女的社会地位逐步提高，不论在工作岗位上还是在家庭中，抑或是城市还是农村，都承担并发挥着重要的作用。然而，在诸如就业、晋升、保险制度、参政等方面，日本妇女仍然受到歧视。日本女性大学毕业后或生孩子之后辞职回家做家庭主妇的生活方式，仍然占主流。不少妇女在经济上还依赖男性，家庭地位仍然很低。据1982年总理府进行的“妇女的生活与意识国际比较调查”结果表明，66%的家庭由丈夫掌管家庭大事的最终决定权，而由妻子或夫妻共同决定家庭事务的加起来不足30%。[②]

战后，日本长时间处于美军的占领之下，欧风美雨猛烈抨击着人们思想深处遗存的封建性遗淀，但是国民思想意识中“男主外，女主内”的思想一直难以退潮，妇女的政治意识落后于时代，很多女性认为政治与自己无关。妇女参政常常受到家庭的反对，很多民众对此也抱有偏见。据美国人口危机委员会1988年进行的调查显示，在

---

① 独立行政法人国力女性教育会馆编著，全国妇联妇女研究所译：《日本的女性与男性——男女平等统计》，第20页。

② 张键、王金林：《日本两次跨世纪的变革》，第478页。

49 个经济大国中日本妇女的地位居第 34 位①。虽然由于妇女地位的升高,她们走向了一向以男性为中心的社会上的各种岗位,但是另据统计,截至 1995 年 1 月,在 237 个市、町、村级行政机构中,有 4 名妇女在任,其中 1 名市长、2 名町长、1 名村长;在都、道、府、县中,只有 1 名女副知事。国会中的女议员数量,1993 年女议员人数为 52 人,其中 14 名为众议员,38 名为参议员。在整个国会议员中,女议员在全体议员中所占比率从 1975 年的 3.4% 仅仅上升到了 1993 年的 6.8%。② 而至 2005 年 9 月止,内阁 22 位大臣中,仅有两位女性,地方自治领导班子中,43 位知事仅有 4 位女性,特别区长 22 人仅有 1 位女性,而国家公务员中女性管理者的比例尽管在增加,但是其高级职位中的女性比例不足 1%。③

这些数字与发达国家相比,远不尽如人意。通过联合国开发计划署的《国民开发报告书》就可看到,按"国民开发指数(HDI)",即按国民的平均寿命、教育水平和国民所得排队,日本列为第 7 位。但如按"不同性别发展指数"(GEM)排列,日本则后退为第 34 位。这其中的 GEM 的构成要素包括女性在行政、管理职位以及女性在国会议员中所占的比重等男女各个方面的对比情况。④ 其排序情况,甚至远不如马来西亚、多米尼加共和国、津巴布韦等国令人乐观。不少专家学者指出,要想尽快改变目前这种经济、政治和社会文化生活中

---

① 张键、王金林:《日本两次跨世纪的变革》,第 479 页。

② 宋成华:《日本男女差别的现状及形成原因》,《黑龙江教育学院学报》1999 年第 5 期,第 117 页。

③ 独立行政法人国力女性教育会馆编著,全国妇联妇女研究所译:《日本的女性与男性——男女平等统计》,第 185 页。

④ 宋成华:《日本男女差别的现状及形成原因》,《黑龙江教育学院学报》1999 年第 5 期,第 117 页。

的男女不平等的状况，需要日本政府和民间做大量的工作。特别是日本政府应该增加国会和地方议会女候选人名额，积极任用女性官员，制定些利于女性的法律政策。

第六，西方文化思潮的浸染也推动了女性文学的发展。

日本女性文学发展史鲜明地体现了日本文化的涉外史，即古代的膜拜唐土，近代的顶礼欧洲，战后的仿效美国，正是这三次大规模的全民族的有意识或被动地学习域外先进知识的风潮，使日本民族文化得以飞速发展。翻开昭和、平成年代女作家的履历表，不难发现她们普遍接受过良好的高等教育，其中一部分受西方影响甚浓。日本列岛长期受东方传统文化的影响，而现代"女性生活在封闭的家族制度下，接触欧美文化，体验异国生活，给女性的认知世界带来了强烈的冲击，使女性开阔了视野，改变了以往的传统观念。男女平等、男女同权的理念，带来了意识形态的变化，使其作品增添了新的亮点、发生了明显的变化"①。在日本战后女作家中，有一个突出的现象，就是近现代以来，日本很多作家，包括女性作家都出身于外语专业，或长期寓居国外，所以她们在从事创作的同时，不少人也同时进行外国文学的翻译。如有吉佐和子、由起繁子、大庭美奈子、森茉莉（1903—1987 年）、高桥多佳子（1932—　）等都有过类似的经历。她们通过借鉴外国文学，不断探索和汲取适合于表现日本民族思想感情的新的艺术表现手法，从而创造出具有新时期民族独特风格的文学。这些女作家张扬女性的自我意识，孜孜以求，为战后的文坛，织就了一幅万紫千红的美景。新人女作家辈出，各种文学奖项女作

① 郑宝香，俞淑贤：《日本战后作家群体形成及其原因》，《天津外国语学院学报》2004 年第 4 期，第 70 页。

家林立。这种现象在其后的经济高速发展中越发明显。在很多女性作品中，“西方的洋气”扑面而来，“这是社会发展的必然，文明进程的体现，是日本昭和、平成时期女作家成长的一个不可忽视的重要原因，也是我们研究日本女性文学不可忽略的一个方面。”①

第二节　战后女作家创作概观

日本战后文坛最大的变化之一就是民主主义文学的兴起，日本进步女作家重新获得了自由，她们满怀激情地投入到她们所热爱的事业中。随着新日本文学会的建立，其机关刊物《新日本文学》杂志创刊，无产阶级作家宫本百合子首先发表了长篇小说《歌声呦，唱起来！》(1945 年)等多部作品。其后同属民主主义阵营的佐多稻子、壶井荣、林芙美子、平林泰子(1905—1972 年)、山代巴(1912—2004 年)以及野上弥生子、住井末(1902—1997 年)等相继创作了一大批反对侵略战争，同情劳动人民，热情投入战后新生活的昂扬之作。这些在军国主义统治下，没有卑躬屈膝的“越冬的蓓蕾”，突然间迎春绽放。她们创作的艺术渊源有很多与左翼文学有关，这些大部分来自社会底层的女作家，欲喊出“人”的呼声。

“女性作家的性别身份使女性作家必然与其对自身的认知过程密切相关，而女性与家庭的天然联系决定了女性作家的创作，首先是以家庭为立足点，观照女性的生存际遇与命运，然后再以女性特有的眼光审视社会、过滤人生。她们在写作策略与审美态度上强调性别

① 郑宝香，俞贤淑：《日本战后作家群的形成及其原因》，《天津外国语学院学报》2004 年第 3 期，第 70 页。

立场,要求打破男性中心文化的包围”①,发出女性的声音。

战后日本社会的变化,直接导致家庭的变化、家族的变化,乃至传统的家庭模式的变化。以往,男人们只将家庭视为可随时进出的旅馆,而今这种结构已经随着女性的觉醒而摇摇欲坠,女性已经不愿意独守闺阁,做那种无尽的相夫教子之牺牲了,因此家庭、家族也就只能走向解体。而且随着社会的进步,这种解体的过程就会越发加速。1948 年,无赖派作家太宰治撇却家庭,金屋藏娇。时光荏苒,半个世纪后长大成人的其女儿津岛佑子则声称:我不需要丈夫,我自己一个人带着孩子也一样能够生活下去,我既不愿意牺牲别人,也不愿意被别人所牺牲。这父女两代人的行为是基于两个时代的不同价值观念。那么现在更年轻的女性则越发走向极端,她们中有的人完全将男性置于一种从属的地位,甚或对丈夫或情人颐指气使,仿若指使佣人一般。这方面的题材创作以 70 年代登上文坛的金井美惠子和 21 世纪日本文坛的新星柳美里的作品可谓最为醒目。

金井美惠子(1947—)生于高崎市,县立高崎女子高等学校毕业。1967 年发表处女短篇《爱的生活》,同年诗歌获现代诗手帖奖,此后发表小说《埃温达》(1968 年)、《自然的孩子》(1968 年)。早期作品多以不满自己缺陷的人为主人公,以后写有三部曲《梦的时间》(1970 年)、《奇妙的新娘》(1970 年)、《燃烧的手指》(1970 年)。她喜欢实验小说的新写作手法并在创作中广泛加以运用,其作品中人物高度抽象化,有时使用 A 或 P 作为人称指代,情节则断续不连贯,场景跳动太快或使用无场所的空间。作家井伏鳟二说,看她的作品

① 李墨:《从“家庭观”的嬗变管窥日本当代女性文学的发展》,《外国文学研究》2006 年第 2 期,第 89 页。

好像站在抽象绘画前。金井美惠子的作品还有1979年获泉镜花奖的小说《柏拉图的恋爱》,以及随笔集《开始写作的时刻》(1978年)等。金井的小说虽像光怪陆离的抽象画,却大都充满现实性与生活特点。发表于《海燕》杂志1986年11月号的《蓝色的火焰》即是有代表性的一篇。小说的主题是日本很多作家喜欢染指的家庭与夫妇关系,但是作者正是从这些司空见惯、不足为奇的家庭夫妇之间的矛盾来揭示社会矛盾的。

千百年来父系文化的统治,剥夺了女性作为社会主体的资格,将其异化为人类统治的对象,这种"世界文化"的共性,这种男尊女卑的家庭行为方式,现今仍掣肘着很大一部分女性的主体行为。战后,随着文明空气的袭来,日本社会渐趋发生嬗变。但是不得不承认,旧文化的衰退与新文化的生成的速度之差却也造成了无数女性的迷茫,在社会现存的封建观念文化的惰性没有整体消亡之前,不少求新的女性只能效仿百年前的"娜拉"那样一走了之。金井美惠子对在传统的女性人格被否定,现代人格没有构建起来的"文化真空"中生活的这些觉悟的女性寄以深切的同情①。

《蓝色的火焰》的写法比较独特。前半部分有主人公,却没有姓名。后一部分有姓名,却游离于前半部情节之外。人物的心理独白占很重要的地位,往往与主人公的对话交融在一起,从而形成叙述、对话和心理波动三者的交错和界限不清。情节演进没有严格的层次,常常在跳动过程中导向突兀意外的结尾。相对于传统的小说写法,这种写法可以称之为"反小说",日本称为"实验小说"。这种手

① 『筑摩現代文学大系93 吉村昭・金井美恵子・秦恒平』,筑摩書房1978年版,第485頁。

法除金井美惠子外，三枝和子等作家也喜欢运用。

柳美里（1968— ），剧作家，小说家。生于神奈川县。高中时代即辍学，曾当过演员。24岁时即以短篇小说《鱼之祭》获岸田国土戏剧奖，其后又以《家梦已远》（1995年）、《家庭电影》（1997年）等作品分获泉镜花文学奖、野间文学新人奖及芥川奖。

战后，伴随着女性社会地位的变化，家庭观念和家庭结构也发生了变化。传统的以男性为一家之主的家庭结构，已经受到不愿意终生相夫教子的时尚女性的质疑和诘问。家庭的缩小，社会进步步伐的加快，催生了女性融入社会的时速，因此家庭、家族走向解体也就在所难免了。柳美里一直在非常认真地创作那些探索"家庭"解体过程的小说。《家庭电影》描写了一个20年前即已分崩离析的家庭，为了拍了一部家庭纪录片而重新聚首，但是漂浮在众人心头的不和谐之音却使故事的结尾又是好梦难圆，可谓真实地展示了当今日本社会的家庭建构。《客满新居》主题与此相似，作家运用宛若电影和戏剧一般可视性的语言，来表现一对旅日韩国夫妇及他们儿女所组成的"家"中，夫妇关系以及父母关系与子女间的关系解体和走向解体时的状态。

柳美里的小说处处充满着疏离、冷漠，与对人性弊端的鞭挞，其赤裸裸的真实让人不忍卒读。她依据自己亲身经历撰写的《命》、《魂》、《生》三部曲（2000年），展示了作者未婚生子的艰难历程，向读者昭示了"生命的本质"，同时又酣畅淋漓、催人泪下地描述了一个单身母亲邂逅已为人夫的初恋男友，并与这个已进入癌症晚期的人演绎了一场温馨动人、沁人心脾的生死绝恋的经历。作品营造出了病魔攫夺生命的残酷以及新生命诞生和亲情缠绕的温馨的生活世态，被誉为20世纪日本"私小说"之精品。在这部作品中，女主人公带着一个非婚生子，最后为孩子找了一位没有任何血缘关系的男性做父亲，组成一个新的家庭，这种抛离血缘关系所建造的“虚拟家庭”式的建构设置，恐怕也昭示了日本现代青年女性婚恋选择的一种方向。

战后法律的健全，家庭婚姻关系的重新整合及其冲突，刺激着女性觉醒意识的快速发展，反映在文学上，就是六七十年代以大庭美奈子、津岛佑子、增田瑞子等“为代表的日本当代女作家向以恋爱、结婚、生养、哺育与维护家庭为主要使命的传统女性角色发起了果敢的挑战，从社会层面来看，这也是处于男性话语霸权下的女性们对传统家族制和家庭制的核心——父权和夫权——的抵抗、剖析与反思。”①

受西方文化的影响，战后日本女性终身不婚的现象伴随着女性经济上的自立而日益增多。据20世纪90年代初期朝日新闻社统计，四旬不婚的女性已逾10%以上。未婚不等于无性生活，以增田瑞子作品为代表的婚外恋、同居或通奸题材的作品可谓是现实生活的真实写照。

增田瑞子（1948—　）出生于东京，原姓榛名。1973年东京农工大学植物防疫学科毕业，后任职于日本医科大学第二生物化学教研室，1980年辞职。1985年以长篇《自由时间》获野间文艺奖，1986年以《单一细胞》获泉镜花奖。此外尚著有《麦笛》（1981年）、《独身病》、《夜的傀儡》等。

增田瑞子在创作上常以男女通奸和同居为题材，描写与他人没有深厚情感的女性的对家庭的失落与绝望。《街心花园》便是其中

① 李墨：《从“家庭观”的嬗变管窥日本当代女性文学发展》，《现代语文》2006年第1期，第89页。

的一例。小说发表于《海燕》杂志1988年新年号。主人公文枝是个年轻的女性,和一个比自己大得多的叫K的男性通奸。作品主要描绘了文枝的心理变化和她的人生态度。文枝对人生持空虚冷漠的态度,她不知道自己为什么与K相好,也不知为什么同他浑浑噩噩地过了十几年,而后又在没有精神准备的情况下决意和K分了手。一切都听其自然,什么也都没有去想,对于文枝来说,人生首要的价值是"要长远地活下去",否则一切等于零。她虽然和K相交,最终仍然觉得还是一个人"自由",当然离开K,她又觉得不论是昔日的街心花园,还是其他的什么,都索然无味。"我什么也不是",这是作家最关注的主题。文枝就是这样一个人。①

对于受过高等教育,又在公司任职的日本女性来说,文枝的生活方式及其思维是不难理解的。这种强烈的自我意识,生活来生活去最终仍还原为自我的态度和个人孤独,是现代日本女性必然面临的问题。作家既不是从妇女解放角度,也不是从妇女反抗斗争的角度去解释这种社会现象。她是从女性本身,从女性灵魂的角度看待社会的。这不仅在《街心公园》里可以看到,从她的其他作品中也可以看到。

日本社会的高度发达,女性个人意识的迅速提高,使很多独身女性开始抛弃传统的家庭观念,立志作为一个完整的人,在与男性周旋生活的世界中,力求不失自我尊严,不落于男权的羁绊中。增田瑞子的创作较好地表达了这类女性的愿望。她通过对人物,特别是对女性人物的重点刻画,反映了人的郁闷、孤寂和自己内心世界的茫然。

---

① 『女性作家シリーズ21 山田詠美・増田みず子・松浦理英子・笙野頼子』,角川書店1999年版,第463頁。

在性的开放观念上走的更远的是濑户内晴美。濑户内晴美(1922—　)在战后文坛上,是一个另类,即以"黄色小说高手"闻名一时,又以身披袈裟,手持佛珠的出家人自居。

濑户内晴美出生于四国的德岛市,1940年进入东京女子大学国语专业,大学期间结婚。1943年来到当时在北京学习的丈夫身边,翌年生下长女理子。多年后,濑户内晴美回忆这段生活时,不无感慨地说:"我人生的序幕,可以说是在北京展开的。我一生中只有一次短暂的婚姻,它的大部分时光,都在北京度过。"①

日本战败后,1946年濑户内晴美返回家乡,第二年重上东京。这次,她移情丈夫的学生,两人逃婚于京都。1950年濑户内晴美与丈夫分手,后去东京,开始小说创作。1957年发表的小说《女大学生曲爱玲》获得新潮同人杂志奖。旋即在《新潮》杂志上发表的小说《花芯》,以细腻刻画女子感情的内心世界以及赤裸裸的性场面描写轰动文坛。她因此被称为"色情作家"。此后的5年,日本所有的杂志都与她绝缘。直到1961年,她创作了近代文学拓荒者、性解放者、女作家田村俊子的传记《田村俊子》,方始重出江湖,此后连续创作了一批日本女作家的传记小说。1962年在《新潮》上发表短篇小说《夏末》,该作品取材于自己多年的感情生活经历。11年后,濑户内晴美出家为尼,落籍中尊寺,改名濑户内寂听。1996年至1998年间,她将《源氏物语》翻译成现代日语(全十卷本),博得学术界的认可。

"生育自古以来就是人类生活的重要组成部分,它关乎生死、连

① 『筑摩現代文学大系83　瀬戸内晴美・河野多恵子集』,筑摩書房1977年版,第475頁。

接过去与未来。男权制建立以来,女人作为妻子的任务被限定在生育儿女,婚恋、生育自然也就成为文学的描写对象,但当代的女性作家却试图从'性'的社会角色入手,揭示现代的不合理的社会结构。河野多惠子、大庭美奈子、富冈多惠子、仓桥由美子等女作家登上文坛的意义,就在于从女性角度打破这种'性爱'的幻想。"①曾荣获芥川奖的大庭美奈子(1930—2007年),其代表作《三只蟹》等作品,似乎都是在探索女性与母性的问题。大庭美奈子在《三只蟹》中有一句名言:"在20世纪的今天,妊娠不再是结果的象征,而是不毛与破灭的代名词",可谓是作者借用主人公之口表达了"否定母性的强烈态度和对母性的深恶痛绝",高桥多佳子(1932—)的作品字里行间也不乏对恪守传统道德女性观的揶揄,尤为引人注目的是,高桥作品中的女主人公,不仅对女性,连同对母性的生育都非常恐惧和厌恶,"女主人公不仅要自我摆脱"母性"的羁绊,也强烈排斥同性们作为母性去生存,甚而对同类的女性产生了杀机。"②

三枝和子(1929—2003年)与高桥多佳子的创作倾向相近。她曾就60年代的文学特点感慨道:"最近登上文坛的女作家们几乎都是以'杀婴戮子'这样的一种文学观去从事创作的。她们的作品中描写的是这样一些女孩:她们不愿意妊娠,即便妊了娠,也想将胎儿杀死,这种观念与行为与其说是对母性的厌恶,毋宁说是对男性的厌恶,是借杀子这一形式向男性复仇。去彻底捣毁男性们建筑的母性神话的宫殿,从而砸碎男人们塑造的女性是无限忍受永无休止地繁

① 牛水莲:《20世纪日本女性文学:女性的觉醒与解放》,《职大学报》2010年第1期,第51页。

② 孙树林:《当代日本女性文学中的反"母性"问题及其他》,《日本学刊》1994年第1期,第100页。

衍生息的‘圣母’这一偶像，使女性们在这一封闭的状态中解放出来，获得真正的女性应有的自由。”①

战后，随着经济的高速增长，“女权运动勃兴，西方女性文化理论在东西方文化撞击的宏观背景下走上文坛”，势必“对当代日本女性的创作有渗透性影响，又在现实中呈现出日本特有的特色”②。与上述作家相反的是，当代著名女作家津岛佑子却在其作品中“极力赞颂女性的生育性”。“她将女性看做生命的延续，是人类生命的传承者，”③其许多作品都是描写女性的心理活动和血缘关系问题的，主人公大多被设定为少女、妻子、母亲、祖母等不同的女性社会角色，小说的舞台也被设定为家庭。可以说，她试图通过在家庭的空间中展现性、生儿育女、抚养儿女等女性的社会活动，来肯定母性和反思女性的社会存在。

另外，通过丑化男性、贬低男性的地位来讴歌女性伟大的作品也是战后女性文学的一大特色。富冈多惠子（1935—　）的《水兽》（1972年）就是一例。男主人公虽然是个学者，但孤芳自赏，好胜逞强、耍弄小聪明，空谈高论，最终被乜斜他的妻子当作弱智赶出家门，这反映了“女性作家通过日常生活体验，在自我意识的基础上已经认识到男性丧失自我、形象矮小化的社会百态”。④

在“日本的现代化过程中，女性虽然可以参与社会活动，但是现

① 孙树林：《当代日本女性文学中的反“母性”问题及其他》，《日本学刊》1994年第1期，第105页。

② 李墨：《从“家庭观”的嬗变管窥日本当代女性文学的发展》，《外国文学研究》2006年第2期，第89页。

③ 孙树林：《当代日本女性文学中的反“母性”问题及其他》，《日本学刊》1994年第1期，第102页。

④ 水田宗子著，叶渭渠主编：《日本现代女性文学集·研究卷》，中国文联出版公司2000年版，第39页。

代化是以男性为中心来进行的，女性仍被作为他者排斥在公共空间之外。近代女性自我表现的轨迹，展示了女性探索的过程”[①]，同时也展现了她们把现代化当作自己的使命，积极参与社会文明进程之决心。战后文坛上，也有不少女作家不让须眉，以叱咤风云的豪爽之气，截取重大题材，针砭社会弊端，扬名后世。这方面，其排名曾一度与山崎丰子、有吉佐和子比肩的曾野绫子值得一提。

曾野绫子（1931—　）生于东京一知名企业主家中，原名三浦知寿子，青少年时代富庶、欢快的家庭生活，使她得以受过良好的教育。受家庭的影响，自小学至大学的17年间，曾野绫子一直就学于天主教徒创办的圣心女子学院所属的各类学校。高中时代，她接受了天主教的洗礼，矢志以清贫、贞节和顺从为自己生活的准则。1951年读大学期间，她加入了第15次创刊的《新思潮》同仁杂志，结识了作家三浦朱门，两年后两人结为连理。1954年大学毕业，她即在《三田文学》上发表处女作《远方来客》，立刻幸运地被推荐为当年芥川文学奖的候选作品。随后创作的短篇小说《海的坟墓》（1954年）、《巴比伦的处女市》（1954年）、《牛骨》（1957年）等，使她在文坛上声名鹊起。日本经济高速增长时期，人们生活逐渐富裕，伴随着大规模的海外旅游潮，曾野绫子结合自己的所见所闻，创作了长篇小说《格朗德河》（1961年）和《无名碑》（1969年）。前者以一虚构的南美独裁统治国家为舞台，描述了新旧日本移民之间的矛盾，批判了日本人固有的岛国根性。内中不乏日本人移居巴西后的隐痛。70年代之后，大众文学开始风头渐进，山崎丰子、有吉佐和子等女作家相继将目光转向社会矛盾的焦点。受此影响，曾野绫子创作的长篇小说《奇迹》

① 水田宗子著，叶渭渠主编：《日本现代女性文学集·研究卷》，第5页。

(1973年)感人肺腑地描写了在奥斯陆集中营中,一神父为成全一有妻室之人,冒名顶替献出了自己的生命。中篇小说《压伤的芦苇》(1974年)和《不在之室》等,则指向和揭露现实社会的弊端和罪恶。前者描写一见义勇为的年轻神父,为救助一怀孕后被抛弃的孤女,脱却神服,欲与之成婚的故事。后者揭露了修道院中的贫富差距问题。《幸吉的座灯》(1967年)则将矛头指向了天皇制。火车司机幸吉曾不得已两次将天皇的"御驾"往后倒,触犯了"御用专列不得后退"的法律,而被逼自缢身死。翌年发表的《高更》抨击了男性专权的社会,像"娜拉"一样出走的女主人公,结局还是恶性的轮回,因为社会没有给她们提供一个可资安身立命、舒心生活的场所。20世纪后期,女权主义开始在世界范围内泛起,特立独行的女性形象开始频繁入驻文坛。1974年曾野绫子创作的长篇小说《虚构之家》,可谓一石激起千层浪,在暴露日本当代社会家庭矛盾的激化、夫妇之间剑拔弩张的同时,也深刻剖析了战后日本家庭崩溃的种种原因,引起读者的强烈共鸣。曾野绫子长于关注人物的内心世界,在清新明快的旋律中,不时显现出浓厚的宗教色彩①。作为一位有着深厚古典和近代文学传统底蕴的天主教作家,曾野的一些作品融汇了日本传统的"幽情"和天主教的某些观念,"作品充满了探索人生意义得不到解答的苦恼、怅惘和哀愁,间或还流露出对劳苦人民的同情。"②

江户川乱步开启的日本推理小说的巨潮,至今还在日本列岛上流动。作为推理小说女王的夏树静子与原爆文学旗手的大田洋子、

① 『現代日本文学大系88　阿川弘之・曽野綾子・庄野潤三・北杜夫』,筑摩書房1970年版,第440頁。

② 文洁若编选:《日本当代小说选》上,外国文学出版社1981年版,第7页。

林京子对战后文学的发展均做出了杰出的贡献。

1969年,随着日本国民生产总值跃居世界第二,第三产业在国民经济生活中所占比重达60%以上,文化消费、人均收入逐年上升以及闲暇时间的增多,在战前被压抑、禁锢的民众社会对文化精神的需求和享受的普遍要求急剧膨胀起来,加之全球现代化浪潮的聒噪,日本自六七十年代始进入文化消费的高增长阶段。这种被西方学者所界定的即由文化制作商通过工业方式生产和传媒推销的潮流文化——大众文化,因其需要依托市场,所以占日本读者50%之多的女性读者便成了其读者目标群,这些女作家或以才女的面目出现,或以女性喜闻乐见的题材为诱饵,赚取了大批女性的青睐。继侦探小说大家松本清张、森村诚一之后,夏树静子、仁木悦子(1928—1986年)、户川昌子(1933—)、平岩弓枝(1932—)、山村美纱(1934—1996年)、山崎洋子、小泉喜美子、小池真理子(1952—)、柴田芳枝等也都以推理小说家的身份涌进了文坛。与大多数男性推理小说作家侧重于描绘战后美军占领下贫穷生活以及人们心灵上的伤痕所引发的犯罪案件不同,女性推理小说家更愿意揭示金钱万能的社会中,人们精神的颓唐,道德的沦丧,以及为了追逐金钱而演绎的种种犯罪案件。在女性作家中,夏树静子影响较大,其作品取材别致,社会穿透力强,且落笔角度又有所不同,因此备受文坛关注。

夏树静子(1938—)笔名五十岚静子,生于东京。庆应大学英文科毕业。大学学习时以《误死》(1960年)获江户川乱步奖。结婚后一度远离文坛。1969年以《天使消逝了》第二次荣获江户川乱步奖。1974年创作的《蒸发》获第26届日本推理作家协会奖。主要作品还有《遥远的约会》(1977年)、《伫立雨中的人》(1987年)等。

1981 年 6 月曾作为日本代表赴斯德哥尔摩参加第三次世界推理作家大会。她的《M 的悲剧》、《W 的悲剧》、《光之家》、《丧失》、《雾冰》等作品曾数度名列畅销书之首。

作为本格派推理小说作家，夏树静子的作品追求曲折的情节和悬念叠扣的笔法。在她的作品中，案情或是千头万绪，疑窦丛生，或是扑朔迷离，无从查证。但是，往往一个无法了解发展过程及必然归宿的事件，经过严密的逻辑推理，排云驱雾，最终会真相大白，这样的写法陡增了作品的感染力。同时，由于选择的故事惊险而不恐怖、诡谲而不怪诞、内容新奇而健康，作者注重在悬念的设置中与情节的曲折发展中，逐步展现人物的性格，使人物的形象因矛盾的冲突而臻于丰满，因此夏树静子的作品也具有很强的文学性。

夏树的作品在精心描写事件的同时，往往结合人生的种种矛盾，注意人物形象的刻画①。不少罪犯是作品中浓墨重彩的中心人物，其中有的罪犯是作者着意唾弃的对象。作者尤擅截取深居社会底层的民众生活图景，通过他们可怜又可憎的不法行为，来揭示其行为背后深刻的社会根源。与此同时，她特别注意对人物内心世界的描写，尤其以挖掘女性内心世界而见长。这种深刻细致的心理描写，加强了推理小说的艺术性，使作品具有鲜明的时代特征。在经济高速发展之下，社会的种种弊端和畸形现象以及人们精神世界所发生的重大变化，垄断资本之间的尔虞我诈和相互倾轧，家庭内讧、道德伦理的丧失以及青少年失足等重大问题，都是她针砭的对象。她在作品中塑造的各类妇女形象犹如群星，令人目不暇接。

1945 年 8 月，广岛和长崎上空的两朵黑云，加速了日本帝国主

---

① 『夏樹静子作品集』(第 10 巻)，講談社 1982 年版，第 398 頁。

义的溃灭,也使日本人们的身心受到巨大的冲击,原爆文学也应运而生,其中大田洋子和林京子甚是令世人瞩目。大田洋子(1903—1963年),本名初子,生于广岛,德实科高女毕业。1929年发表的《有圣母的黄昏》,使其成为《女人艺术》的同仁。该刊停刊后,大田洋子转而投稿于《朝日新闻》。1940年问世的小说《樱之国》获《朝日新闻》征文奖,此后耽于身边琐事及个人情感经历的纯文学的创作。大田洋子虽然起步于30年代,但是其创作却是在战后产生影响的,严格意义上说,其作品的影响是源于原子弹爆炸之题材。①

战后日本文坛呈现出百花齐放、万紫千红的局面,各类题材的作品争奇斗艳,其中,大田洋子的作品一直聚焦于原子弹爆炸及其受害者。广岛原子弹爆炸的惨重经历,使她怀着沉重的心情执著于此类题材的开掘。在她1948年出版的《尸横遍野》和1954年出版的《半人》等作品中,既描写原子弹爆炸带来的直接灾难,也淋漓尽致地揭示了原子弹爆炸后遗症及惨无人道的第二次世界大战所带来的恐怖和心灵创伤。作品中所展示的受害者灾后深受不断袭来而又无法抑制的神经不安症的困扰情形,为其他作品所鲜见。尤其是《半人》里收入的《残丑》一文,表现了在断壁残垣的临时住宅里苟且的蛐蜒的顽强生命力。主人公的"我"为赶走这些蛐蜒而喷洒敌敌畏,转瞬之间,蛐蜒尽灭。这使她想到原子弹爆炸的牺牲者,她也许不是有意识的,却成了攻击者。这一故事的哲理性,使人自然而然地与日本发动的侵略战争及其所受到的"恶报"联系在一起。遭受惨重灾难的日本人民既是受害者又是害人者,或者说社会应该为发生的悲剧承担责任。她的这一观点令人深思。此前,许多日本人只把焦点聚焦在

① 『大田洋子集』第4卷,三一書房1982年版,第370頁。

他们是受害者上，聚焦在原子弹爆炸的可怕上，而很少涉及他们本民族发动的侵略战争带给其他民族的万般灾难，或者说避讳谈及日本遭受原子弹打击之根本原因。大田1951年创作的同类题材的《人间褴褛》曾获女流文学奖。可以说，直到生命的终结前，大田仍一直为完成她的写作使命而奋斗不息。

林京子（1930—　）是战后文坛上一位创作题材比较宽泛的作家，这或许与她复杂的人生经历有关。她出生于长崎，父亲供职于著名的三井物产公司，而三井物产早在中日战争前即已打进中国市场。1931年，父亲调任三井物产上海分社工作，不满周岁的林京子随父来到上海，1945年2月回国。林京子在上海14年的生活，成为她后来进行文学创作的灵感源泉。回到日本后，林京子进入长崎高等女子学校学习。而恰恰不幸的是回国不到数月，原子弹便在她家乡的上空爆炸，原子弹爆炸的体验，以及战争的残酷深深地铭记在她的心中，后来成为了她文学创作的主要素材。1950年她移居东京，结婚生子后，于1962年开始参加《文艺首都》的文学沙龙活动。1975年，进入不惑之年的林京子开始了她人生中新的里程。首先她依据自己在长崎亲身体验到的原子弹爆炸经历，创作了短篇小说《葬礼》，从而叩开文坛的大门。小说《葬礼》以主人公自述的形式，揭示了三十年来这场空前的灾难带给普通民众的痛苦。《葬礼》先后斩获《群像》新人文学奖和芥川文学奖。尽管此前该类题材有人捷足先登，但是因为林京子本人就是一个原子弹爆炸的受害者，她得以另辟蹊径，以一个受害者身临其境、历历在目的感觉，给读者带来一种全新的感受。此后，林京子继续以短篇和长篇小说的形式，依据自己的亲身经历，围绕原子弹爆炸这一主题展开写作。80年代初，滞留美国3年始归的林京子创作了小说《如同没有》，随笔集《恋自然》，以自己经历过的原子弹爆炸的亲身体验为素材，进而结合世界上的军备扩张、核问题表达了对那场战争的深思。

而战前一直居于半殖民地中国的经历，给她童年生活带来了强烈冲击，并在日后形成了她思想的原点，这些也占据了她作品的重要位置[①]。在中国上海度过清纯少女时代的林京子，心中的中国情结挥之不去。1983 年发表的小说《上海》获得女流文学奖。该篇小说取材于自己的人生经历，将上海的现实与过去的记忆编织在一起，通过新旧上海的“游记”，铺垫开故事的主题。第二次世界大战时期，主人公“我”在上海生活了 14 年，度过了幸福难忘的少女时代。1972 年日中邦交正常化和 1978 年两国签署的和平友好条约，开启了日中关系的新篇章。时隔 36 年，“我”也得以有幸重新站在黄浦江畔，故地重游，百感交集。类似题材的作品还有《三界之家》(1983 年)，该篇小说与聚焦于战后的《上海》不同的是，它专注于战前上海的描绘，作品更多地融汇了自己少女时代的记忆。

1998 年 6 月，年近七旬的林京子在《群像》上连载她的长篇小说《预期》。该部作品同样以中国上海为舞台，以一位年近 90 高龄的耄耋老者的回忆为主轴，讲述了日本战败后，50 余年来，中日两国关系的风雨历程。这部作品是作者对中国的认识、对日本发动的侵略战争之认识的升华，是对殖民主义统治的批判。

人生阅历丰厚的林京子最终没能挽救自己的婚姻，这也从另一个方面促使林京子近年来开始在作品中对婚姻和家庭问题进行探索，她在审视自己失败的婚姻的同时，通过认真观察她父母和子女的关系以及他们夫妇之间的关系，赫然发现，他们也都生活在痛苦之

① 林京子:『上海』,講談社 2001 年版,第 44 頁。

中。此中个味，大概只有过来人才能理解。

同一时期，也有一批日本女作家在儿童文学的创作上显露了天赋。日本儿童文学的创作情况和风靡全球的日本动漫相比，不可同日而语。但作为女性作家，壶井荣、丰田正子、黑柳彻子、山田咏美、安房直子等还是在儿童文学的园地上勤于躬耕，勇于探索，取得了不凡的成就。

山田咏美(1959—　)生于东京，明治大学毕业，1985 年以短篇小说《床上的眼睛》获河出书房文艺奖，此后致力于文学创作，1986 年以《灵曲》获直木奖。出版小说集有《指戏》(1986 年)、《带安乐的椅子》(1987 年)及随笔集《我是变温动物》(1988 年)等。山田咏美是 90 年代末风靡日本的女作家，小说几乎都以女性的性态度与经历为题材。她尤其擅写从少女到成年的女学生的心理变化与交际的状貌，其中缠绕着人生的、社会的种种见解。

中篇小说《风葬的教室》发表于《文艺》杂志 1988 年春季号。从这篇小说中不难看出作家的上述创作倾向。小说描写一个小学五年级女孩子在性意识方面和心灵开放时的觉醒过程。小说采用心理分析的方法，细尽周详，显示出女作家描写女孩子心理变化的独到之处。在作家笔下，13 岁的小学女生的纤细感情被准确地表现出来了。她的笑、她的得意、她的苦恼、她的悲哀与寂寞，如风、如水、如海，是写实的，又是具有浪漫气息的。在很多细节上，在生活乃至冲突的描述上，作者运用的是写实的手法；而在布局上、感情的抒发上，却充满浪漫主义，从而构成了一种新文体。

战后，儿童题材是作家经常涉足的领域，但像山田咏美这种写法，委实算得上是一种开拓。不满 13 岁的女孩子还不到恋爱的年龄，她在生理上、智能上都达不到这种程度，但朦胧的性爱意识还是存在的。作家描写的正是这种情窦初开的前青春期现象。但是，这篇小说并不是聚焦在某些作家所津津乐道的那种赤裸裸的性关系上，而是将其主题集中在对小学少女性爱觉醒的“虐待”问题的透视上。小说女主人公本宫杏周围发生的对她的孤立、冷漠、虐待，是日本的一种社会现象。它反映了人与人的一种冷漠关系，反映了学校关系、家庭关系和社会关系。作家的同情是在少女、小学生本宫杏一边的。这也是作者写这篇小说的动机。但如果将小说这一贬斥虐待的思想认为是对社会抗议的表现，那也不切实际。小说主人公使用的反抗方法，是以牙还牙的“风葬”报复。对作家本人来说，她只是用赤裸笔法描写社会，给人们以启示。山田本人说：“我有自己的伦理观，和一般的道德是完全不同的。”①

与此同时，山田咏美还将她的笔触伸向开放的性爱，例如，山田咏美在她的成名作《床上的眼睛》里，即描述了一位在美军驻日基地俱乐部当歌手的日本女性与黑人逃兵之间的性爱。这样大胆的性描写竟出自女性之手，在当时成了轰动一时的话题。有人认为：她是在“用身体创作小说”，她自己则说是“自我肉体的翻译小说”。②

“据《写真周刊》等杂志介绍，该作品的情节与作者本人以往的经历亦有相同之处。于是，与日本传统恋爱相悖的、始于肉体的现代恋爱故事就这样被描绘了出来。”“看起来，80年代以后亮相的女作家大多在有意识地淡化女性这个主题，相对社会而言，她们的被害者

---

① 『女性作家シリーズ21 山田詠美・増田みず子・松浦理英子・笙野頼子』，角川書店1999年版，第462頁。

② 魏大海：《日本当代文学考察》，青岛出版社2006年版，第137页。

意识和问题意识都比较淡薄。不过，这些女作家却非常出色地表现出了日常生活中的思考。"[①]其作品中也时常飘逸着一股淡淡的悲哀。

安房直子(1943—1993 年)是当代日本著名儿童文学家、童话大师。本名峰岸直子，1943 年生于东京。19 岁在日本女子大学国文科学习时，即在《目白儿童文学》创刊号上发表童话文学《月的风琴》(1962 年)，此后开始登上文坛。1969 年发表的《花椒娃娃》，使其名声大振，该作品获第 3 届日本儿童文学者协会新人奖。安房直子虽然英年早逝，但是其创作的数量却很惊人，获奖无数。其中现在还被人们津津乐道的作品有《被施了魔法的舌头》、《风与树的歌》(1972 年)、《银孔雀》(1975 年)、《手绢上的花田》、《遥远的玫瑰村》、《花香小镇》、《冬吉和熊的故事》(1984 年)、《山的童话：风的旱冰鞋》、《狗尾草的原野——豆腐店主的故事》、《红玫瑰旅馆的客人》、《直到花豆煮熟——小夜的故事》等。其中《风与树的歌》获第 22 届小学馆文学奖；《遥远的玫瑰村》获第 20 届野间儿童文学奖；《直到花豆煮熟——小夜的故事》(1992 年)获第 2 届广介童话奖。安房直子的童话已经有数部被介绍到中国来。其中脍炙人口的《山的童话：风的旱冰鞋》(1984 年)写人和动物之间的神奇故事，该书"融幻想与现实为一体，遐想无边，童趣盎然"，曾获日本第 3 届新美南吉儿童文学奖。故事一开始，茶馆主人茂平在树林边熏制腊肠，一只黄鼠狼悄然而至，趁其不备，叼走一块，呼啸而去，简直如风驰电掣一般，原来使它足下生风的却是一双魔法无边的风的旱冰鞋，主人公追踪而

① 高根泽纪子：《走向开放的女性群体——日本女作家的现状》，《外国文学动态》2000 年第 4 期，第 9 页。

去，一篇趣味盎然，寓知识于教育的童话就此展开。“作家就是这样用独特的艺术语言和表现方式在探讨一个命题：人究竟是什么？”

安房直子出生后一个月即成为安房家养女，大学毕业后近10年的时间中沉溺于北欧儿童文学的研究中，可能这种人生的体验，使惯于静谧平淡生活的作者很容易沉浸于幻想耽美的世界。安房直子所营造的是一个空幻、幽密、魅力四射的知识与艺术的世界，这个世界中有孔雀、狐狸、兔子、黄鼠狼、鹦鹉以及花草鱼虫。作者以那些将现实空间和幻想空间交融得天衣无缝的甜美奇异的幻想故事来映照现实的人生，作品散发着一种淡淡的哀愁，让人在凄美、空灵、梦幻的文字中驻足，感受生命的脉动和激情的诗意。作品的主题总是不乏孤独、温情、情爱与怀恋，乃至科学探秘之启蒙。

公元9世纪，宫廷才女清少纳言以一篇《枕草子》开创了日本随笔文学的先河，但是遗憾的是，其后数百年间，女性作家并没有在这种体裁上大放异彩。直至战后，才有竹西宽子、小崛杏奴、富冈多惠子、室生朝子、幸田文等女作家在这种体裁上开始崭露头角，而幸田文是其中的佼佼者。

幸田文（1904—1990年）在战后的随笔界较有名气，这大概或多或少与其父幸田露伴有直接关系，大文豪父亲的严教，不仅对她的人生道路产生影响，同时也使她的文学素养得到提高。1947年父亲去世后，幸田文集满腔情思，开始撰写回忆父亲和描写父亲临终情景的散文，后辑成《父亲之死》（1949年）一书出版，受到文坛的注目。与此类题材相关的还有评论集《这种事情》（1950年）、《酱渣》（1949年）等。

在热衷于随笔创作的同时，幸田文在小说的园地里也长袖善舞。代表性作品是《黑色的裙裾》（1954年）和长篇小说《飘零》（1955

年)。前者是一篇近似小说的小品,描写了一个16岁的姑娘代表她母亲参加伯父的葬礼时的心情。它通过少女纯真的目光描绘了葬礼凄惨的过程。文章的题目也暗喻了对活跃于明治、大正、昭和三个时代,刚刚仙逝不足十年的父亲的绵绵追思。幸田露伴的作品笔触深沉刚毅,充溢着普通平民的喜怒哀乐,而其女儿幸田文则以聪慧而敏锐的感触,在继承了父亲果断、犀利的文风的基础上,对于同性别的普通女性生活给予了特别关注。在长篇小说《飘零》中,作者以冷峻的笔触,通过妓院中的中年女佣梨花的"眼",借助各色人物穿梭而过的花街柳巷这个资本主义生活之"场",描绘了人间的百态。恍若夏目漱石的《我是猫》的再现,将作者对50年代时期日本社会的针砭指斥尽囊其中。[①] 此外,幸田文还创作了《包容》、《弟弟》(1956年)、《猴子的坐凳》(1958年)、《苇花》(1959年)、《斗争》(1973年)等作品。

明治大正时代的诗坛,由于特定时期女性地位的低微,女性作家很难在文坛上引颈高歌。战后,随着女性地位的提高,女性诗人也绽放于星空,其中产生不少堪比男性的女诗人。

茨木则子(1926—)是女性诗人中最富"广泛社会意识的佼佼者"。她于1950年开始诗歌创作,三年后参与创刊作为第二战后派诗人据点的《棹》,吸引了众多优秀的诗人云集。作为这一诗派的旗手,她相继发表了《对话》(1955年)、《看不见的邮递员》、《镇魂歌》等诗作,诗作多摘取现实生活中的种种世相,以率直朴素的风格展现了积极向上的人生追求;以亲身的体验,通俗的语言,控诉了摧残自

---

① 『筑摩現代文学大系40 綱野菊・壷井栄・幸田文集』,筑摩書房1968年版,第475頁。

己青春年华的侵略战争，旨在呼吁同时代的女性逾越现实，共创美好的未来。这些主题使其诗作具有广泛的社会意义，因此她被诗评家小海永二誉为“战前日本绝无，战后也极其罕见的女诗人”。[①]

俵万智（1962— ）是近年日本诗坛上一颗耀眼的明星。和歌这种日本文学特有的体裁已绵延千载，松尾芭蕉、松永贞德等俳人的佳句和与谢野晶子的短歌早已脍炙人口，家喻户晓。90 年代末，日本诗坛一颗新星冉冉升起，这就是歌人俵万智。她 1962 年生于大阪，1981 年，在早稻田大学读书时开始短歌的创作。1987 年，还在中学任教时就出版了第一本歌集《沙拉纪念日》。该书一年内重印三百多次，名噪文坛。

俵万智的蜚声文坛，无疑是与社会环境相关的。她生长于日本经济高速成长时代，战争的硝烟早已散去，丰厚的物质生活使人们安居乐业。她歌唱的正是这个时代同辈人的感受，期待、忧患、快乐和悲伤。她常常歌唱爱情，歌中的男女相恋相爱，或相约于东京新宿，或漫步于地下长街，或嬉戏于海水碧波之间。这正是一代年轻人共同的生活经历。在俵万智的爱情歌吟中也并不都是甜蜜，失恋分手总免不了苦涩。但我们可以发现，她笔下的恋爱、失恋和石川啄木时代是不同的，被誉为天才诗人的石川啄木[②]，其歌作“大都表现了有为的青春迭遭挫折后的感慨以及对社会的不合理现象提出挑战的强项精神”[③]。而俵万智的作品中没有泪水，而更多的是互相尊重，好

① 罗兴典：《日本诗史》，上海外语教育出版社 2002 年版，第 248 页。

② 石川啄木（1885—1912 年），近代日本著名短歌诗人，主要代表作为歌集《一握砂》、《可悲的玩具》。

③ 彭恩华：《日本和歌史》，第 168 页。

聚好散。这不正是新一代青年的心理特征吗？俵万智正是歌唱了年轻一代共同拥有的感情，才得以一举成名，深受欢迎。

俵万智的歌之所以受到热烈欢迎，还和她关注日本城市年轻一代的生活有关。读书、教书、上班、挤车，天天疲于奔命，匆匆进出超级市场，作为女性自己动手烹饪等，看电影、电视、戏剧，和朋友约会，或去上野、新宿、旅游等，几乎生活中每一项内容都成为她歌咏的题材，对于众多年轻女性和家庭主妇来说，从俵万智的歌中得到无比欣慰是可想而知的。作为名重文坛的女歌人，俵万智的艺术技巧是值得首肯的。她不是以猎奇为胜，而是充分使用传统的5、7、5、7、7的短歌形式，然而她却带来了活泼的语言、词汇、外来语乃至英语，语言力求现实生活化，注重韵节，从而使她的歌作朗朗上口，受到青年人的追捧。

除此以外还有几位女诗人的创作各具特色。岸田衿子（1929—　）生于东京，其父为剧作家岸田国士。早期投稿于《棹》、《鳄》。其代表作《忘却的秋天》，以“清新的抒情诗风，兼带超现实主义的幻想，寓言似的、童谣似地抒发青春敏锐的感受”。[①] 此外她还创作了《狮子的故事》、《蜡笔的歌》、《小奏鸣曲的树》、《光明日的歌》等。

高良留美子（1932—　），诗人、评论家。生于东京。先后就读于东京艺术大学和庆应大学法学部，大学期间就开始发表诗作。高良留美子社会意识极强，1959年成为左翼杂志《诗组织》成员，翌年发表了以反对安保条约，纪念桦美智子为背景的诗《场所》，获H氏奖。在20世纪70年代至80年代兴起的妇女解放运动和女权运动

---

① 罗兴典：《日本诗史》，第264页。

中，写下了不少评论社会问题和妇女问题的文章。主要诗作有《学生和鸟》、《面具的声音》（获现代诗人奖）、《台风的夜》（获纪念丸山丰现代诗奖）以及评论《女人的选择——生育、劳动》、《母性的解放》等。

富冈多惠子（1935— ）生于大阪。大学时代出版了诗集《回礼》（1957 年），1959 年出版第二部诗集《神灵的橡树》。她的诗作“随心所欲”、“无头无尾”，感性色彩甚浓，“表现出她对社会和人生、尤其是女性问题的敏锐观察和冷静分析，对传统的女性观念的猛烈抨击”[①]。大冈信称其为“能够玩弄复杂技巧的少数诗人之一”。[②]其代表作还有《解说故事的日子》（获室生犀星奖）、《女友们》、《富冈多惠子诗集》等。70 年代后转向小说的创作。

白石嘉寿子（1931— ）生于加拿大，毕业于早稻田大学。少女时代即向现代派诗刊《YOU》投稿，早期诗作《蛋色的旧街》（1951 年）和《虎的游戏》，印象派色彩浓厚，专注揭示现代文明社会的压抑和愁绪。60 年代后期创作了《再不要那样晚来了》（1963 年）、《圣淫者的季节》（1970 年，获 H 氏奖）等一系列诗作。作者擅以现代派的表现手法，抒发对性爱的渴求和赞颂男性的雄风。

龙口雅子（1918— ）生于韩国，自幼双亲早逝，战后回国。1943 年开始先后在《诗与诗人》、《时间》、《诗行动》上发表诗作。1955 年发表的诗集《苍白的马》表达了作者对生活了 20 余年的韩国的一种情愫，诗歌以寓意的手法，隐喻地表达了反战的主题，祈求战后余生的灵魂在寂寞中永生。其后出版的《钢铁》（1960 年）等一系

---

① 水田宗子主编，吴小莉等译：《日本现代女性文学集》，上海译文出版社 2001 年版，第 296 页。

② 罗兴典：《日本诗史》，第 264 页。

列表现“生”、“死”、“爱”主题的诗歌，尽显浪漫主义和象征主义的色彩，真实地反映了战争留给一代人的伤感和憎恶，同时她的“抒情诗以揭露男人的本性，倾吐女人的痛苦见长”。①

高田敏子（1916—1989 年）生于东京，少女时代即发表诗和短歌，战争期间曾经移居中国东北，战败后回国，成为《现代诗研究》、《日本未来派》成员。50 年代开始崭露头角。在其诗作《雪花石膏》（1954 年）、《星期一诗集》（1963 年）中，拳拳慈母之心，令人感动。高田敏子不仅先后荣获室生犀星奖、现代诗女子奖，其创立的专门登载女性诗作的诗刊《野火》在推动女性诗歌创作方面也功不可没。

此外，活跃于战后诗坛的女诗人还有石川逸子、崛场清子、西冈寿美子、吴美代、福中都生子、岛田阳子、新川和江、吉原幸子等。②

第三节　有吉佐和子与山崎丰子的创作

有吉佐和子（1931—1984 年）是日本战后著名的小说家、剧作家。她 1931 年出生于和歌山县一个银行职员家庭，1937 年至 1941 年间，曾跟随父亲来到当时荷兰的殖民地——印尼居住。1949 年进入东京女子大学英文系学习。在校期间，一度想成为戏剧评论家，并在杂志《演剧界》上发表多篇戏剧评论，同时还成为了第 15 次复刊的《新思潮》杂志的成员。1952 年大学毕业后，加入杂志《白痴群》，并做过舞蹈家吾妻穗德的秘书。1956 年发表处女作《地歌》③，该短

---

① 水田宗子主编，吴小莉等译：《日本现代女性文学集》，第 261 页。

② 参见罗兴典：《日本诗史》，第 274 页。

③ 地歌：原本指在上方（京都）流传的三弦乐曲，该乐曲后来传播到江户各地，成为日本代表性的传统音乐。

篇小说入选“文学界”新人奖，后又被选为芥川奖入围作品。有吉佐和子正是凭借着这部小说登上文坛。此后，她相继发表了《木偶净琉璃》(1958 年)、《黑衣》和《墨》(1961 年)等描写日本传统艺术和艺人生活的作品。1959 年，发表了描写自己家族史的长篇小说《纪之川》，确立了她在文坛的地位。1959 年 11 月，有吉佐和子获得洛克菲勒基金会的奖学金，赴美国留学一年，研究种族问题。1963 年创作了长篇小说《非色》，抨击了美国的种族歧视制度。1972 年发表长篇小说《恍惚的人》，尖锐地指出了日本老人问题的普遍性和严重性。1975 年发表的长篇小说《综合污染》以公害为主题，触及经济恶性发展所带来的实际问题。有吉佐和子因发表了上述多部深刻揭示社会问题的作品，而被文坛誉为“社会派”小说家。值得一提的是，有吉佐和子与中国有着不解之缘，曾先后 16 次来华。其中，1961 年，她作为以龟井胜一郎为首的日本文学代表团的一员访华；1965 年，她来到中国调查天主教徒的生活；1978 年，她深入人民公社，体验中国农民的生活，并撰写了《孟姜女考》、《落阳》、《有吉佐和子的中国报告》等作品。在访华期间，有吉佐和子与老舍、夏衍、冰心、廖承志、唐家璇等中国作家和政治家建立了深厚的友谊，其作品也受到中国读者的喜欢。1984 年 8 月 30 日有吉佐和子因突发心脏病去世时，许多中国友人表示了哀悼。

有吉佐和子与同时代的日本女作家相比有着迥异之处。她不论是最初对古典艺术的关注，还是后来对历史题材的挖掘，以及对社会问题的揭示，都将创作重心放在对外部世界的描写上，而很少创作取材于自身生活的私小说。正如李德纯先生所指出的那样：“（有吉佐和子的）文学创作始终直面社会现实，就当时人们普遍关注的社会问题，诸如女性问题、种族歧视问题、反战问题、老人问题、公害问题等等，进行大胆的揭露和评析。”[1]日本学者关川夏央对这种创作风格进行分析时指出，有吉佐和子之所以不写私小说，是因为其没有描写自己的能力和意愿，但却擅长于从外部观察与自己具有相似性格的女性。[2] 其实正是因为她从“外部”观察与自己具有相似性格的女性，以及自己所处的世界，才揭示出了许多新问题。可以说，有吉佐和子的功绩就在于突破了私小说这一传统的创作模式，不再局限于描写个人的感情世界，而是从更宏大的视角观察问题，探寻隐藏在正史背后的亮点。

有吉佐和子在1956年登上文坛时就受到了媒体的广泛关注，被称作“才女作家”，其作品也都作为畅销书受到读者的喜爱。但是，日本主流文坛和评论界在很长一段时间内并不认可其创作风格，并视其作品为非纯文学。所以，有吉佐和子没有获得过日本文学的最高奖项——芥川奖和直木奖，其作品也较少受到评论界的评价；[3]中国日本学界也仅有李德纯等先生对其进行过研究。可以说，对有吉佐和子一直缺乏全面和深入的研究。因此，本节在前人研究的基础上，将通过进一步分析有吉佐和子作品的主题、艺术特色等，来考察其文学创作的轨迹。

有吉佐和子创作了大量揭露社会矛盾的作品，其中《非色》、《恍惚的人》、《综合污染》是这方面的代表作。

---

① 李德纯：《战后日本文学》，辽宁人民出版社1988年版，第38页。

② 関川夏央：『女流——林芙美子と有吉佐和子』，集英社2006年版，第63頁。

③ 日本学界的系统性研究著述仅有千頭剛著『有吉佐和子——「家」に生きる人々を書く作家』（汐文社，1975年1月），宮内淳子・橋本治編『有吉佐和子——新潮日本文学アルバム71』（新潮社，1995年5月），井上謙・半田美永・宮内淳子編『有吉佐和子の世界』（翰林書房，2004年10月），関川夏央著『女流——林芙美子と有吉佐和子』（集英社，2006年9月）等为数不多的几本。

《非色》发表于1964年，是她根据自己在美国的采访资料创作而成的小说。20世纪40年代后半期至50年代，日本有大约4到5万名妇女嫁给驻日美军士兵，并随自己的丈夫移居美国。① 这部小说正是以此为背景，描写了一大批同驻日美军中的黑人、意大利裔、波多黎各裔士兵结婚的日本妇女，在他们的丈夫服役期满后，怀着对新生活的憧憬来到美国后所遇到的各种问题。小说主要塑造了笑子和丽子两个性格不同的人物形象。笑子为了养活母亲和妹妹，而到驻日美军经营的酒店当服务员，并同酒店的负责人——黑人下士汤姆·杰克逊相识、恋爱。婚后，她同丈夫来到美国，发现这里并不是想象中的天堂，自己所要面对的是贫困的生活和种族的歧视，但她没有悲观失望，而是勇敢地直面艰难的生活。丽子出生于东京商人家庭，嫁给了波多黎各裔士兵之后，也和笑子同船来到美国。她很快就发现自己的丈夫虽然是波多黎各裔的白人，但其社会地位还不如黑人，而且生活贫困，只能居住在纽约西班牙语族聚居的哈莱姆区的狭小房间中。这一现实使她置身于生活旋涡和感情狂澜冲击当中，她只能依靠对富裕生活的幻觉度日。她在纽约的日本餐厅做女侍时，不惜触犯众怒贪污小费，用来购置金银首饰和狐皮大衣。而之所以这样做，仅仅是为了拍张衣着光鲜的照片，寄到家中，以维持自己的美好幻觉。当这种幻觉最终破灭时，她就选择了自杀。在小说中，种族歧视到处可见。主人公笑子通过与汤姆的交往，掌握了英语。她自认为可以凭借流利的英语找到好工作，遂参加了美国驻日占领军组织的翻译考试。虽然她的英语流利，但考官却嫌其英语有严重的

---

① 安冨成良:『アメリカに渡った戦争花嫁——日米国際結婚パイオニアの記録』、明石書店2005年版，第10頁。

黑人口音，而未聘用。可以说，表面上看是一样的英语，实际上却被打上了种族歧视的印记。种族差别不仅存在于美国人中，也存在于日本。笑子与汤姆结婚生下了混血儿梅丽，招来了日本社会的歧视，母亲也以辱没“士族”门风为由，与之断绝关系。这部作品不仅揭示了种族歧视，也抨击了其他的丑恶现象。有吉佐和子在为《非色》中文译本所作的序中曾明确写道：“我的意图却想假托美国，来刻画普遍存在于世界各国的不平等思想。目前，美国黑人运动同60年代相比，发生了很大的变化。日本的‘战争新娘’几乎全部离婚，她们大多是60前后的人了，然而，我认为，只要人们本能具有的那种优越感、自卑观，还在产生歧视意识，那么，要想彻底解决这个问题是很困难的。从这个意义上来说，这篇小说的主题，不论再过多少年也不会过时的。”①正如有吉佐和子所言，小说中除了歧视，还可以看到歧视的转嫁，如黑人汤姆嘲笑波多黎各裔士兵，拥有黑人丈夫的女人嘲笑拥有意大利籍丈夫的女人；也可以看到人的伪善，如丽子通过向笑子表示同情来显示自己优越的地位。

1972年发表的作品《恍惚的人》则对老年痴呆和老人护理以及医疗制度、设施的不健全等老龄化社会不可回避的问题进行了挖掘。女主人公昭子一家五口：她、公公、婆婆、丈夫和儿子。昭子在律师事务所工作，丈夫在一家公司工作，读高中的儿子面临高考，在紧张地复习功课。婆婆的去世打乱了平静的家庭生活。公公的老年痴呆症越来越严重，精神恍惚，生活不能自理，有时还毫无目的地在街上逛游。照顾公公的任务也自然而然地落到昭子身上。昭子既要工作，

---

① 有吉佐和子著，李德纯译：《非色》，上海译文出版社1984年版，第280页。

又要照顾老人,弄得疲惫不堪,心力交瘁,不得不弃职回家,专门侍奉公公,一个平静的小康之家被扰得不能安宁。"此外,小说还穿插描写了周围其他家庭的老人问题,从而突出了日本社会老年问题的严重性和普遍性,使作品显得更加真实可信。"①这部小说虽然描写的是 20 世纪 70 年代日本经济高速发展时期的老人问题,但在小说发表 30 年后的今天,其社会意义仍然存在。据统计,1963 年,东京都民生局认可的特别养护老人院有 21 个,而 40 年后的 2003 年则达到 341 个,增长了 16 倍;1963 年,东京都大约有老年痴呆症患者两千人,而现在则超过了 9 万人,增长了 45 倍。② 可以说,能捕捉到这样一个意义深远的主题,说明有吉佐和子的目光是极其敏锐的。

《综合污染》(1974—1975 年)与其说是虚构出来的小说,不如说是一部关于环境污染的纪实文学。作品以第一人称"我"的调查活动为线索,揭露了过度施用化肥、农药造成的土壤污染、工业废水直接排放造成的水质污染,谴责了企业等既得利益集团缺乏公德心,批判了政府对环境污染视若无睹的短视行为。有吉佐和子在小说后记中明确地谈到了自己的创作动机:"化学物质的使用加剧了植物的绝迹,甚至将导致日本文学自古以来的传统主题——'花鸟风月'的消失,为了不让这种情况出现,所以创作了这部小说。"③小说发表后引起很大反响,一时成为人们议论的中心。1975 年 10 月,岩本经丸等撰写了《小说综合污染的反证》(国际商业出版社)一书,批评有

① 蓝泰凯:《有吉佐和子和她的社会问题小说》《贵阳师范专科学校学报》2004 年第 4 期,第 31 页。

② 石田仁志:「<恍惚>の奥にあるもの——『恍惚の人』」、井上謙ほか編:『有吉佐和子の世界』所収、翰林書房 2004 年版,第 60 頁。

③ 有吉佐和子:『複合汚染』後書,新潮社 1979 年版,第 153 頁。

吉佐和子夸大化工产品的危害，但大部分读者却认同有吉佐和子的观点，称《综合污染》是日本版的《寂静的春天》。特别是随着近年来环境问题的日益严重，这部小说的现实意义变得更加明显。

有吉佐和子还创作了许多历史题材的作品，如描写近代女性成长的《纪之川》（1959 年）、《有田川》（1963 年）、《日高川》、《鬼怒川》、《助左卫门四代记》以及《华冈青洲之妻》、《出云的阿国》、《代嫁公主》（原名《和宫様御留》）等，《纪之川》和《华冈青洲之妻》是其中的代表作。1959 年发表的小说《纪之川》讲述了祖孙 3 代 3 个女人从明治时代一直到战后的故事，并对当地的风土人情、家族传统都进行了深入描写。主人公阿花出生于纪之川上游的九度山村，成年后，由祖母做主，嫁给了和歌山的大地主之子真谷敬策。婚后，阿花恪守传统的妇道，全心全意地操持家务、服侍公婆，养育了两男两女。长女文绪虽然接受了传统的道德教育，却敢于反抗封建的家族制度，拒绝依父母之命嫁给和歌山的大地主之子。中学毕业后，文绪结婚生子，随在银行工作的丈夫到上海、纽约等地生活。华子是文绪的第四个孩子，幼年时曾与父母长期生活在国外，太平洋战争爆发后回到和歌山。她与母亲性格迥异，认同传统的价值理念，深得祖母阿花的喜爱。战争结束后，华子随全家来到东京，一家人过着困窘的生活，在此期间，父亲突然病逝，外祖母阿花也患上了脑溢血。听到外祖母患病的消息，华子急忙赶到和歌山。面对从东京来探望自己的外孙女华子，阿花回顾了自己的人生，意识到战后农地改革之后，旧时代已经结束，曾经拥有大片田地、显赫一时的传统大家族已经风光不再，心情反而变得很坦然。这部小说虽然以作者的家庭为原型，但却没有遵循传统的私小说的叙事方式，而是在一个宏观的时代背景下，以一个家庭为切入点，对日本近代女性的生活史进行了历史叙述。

《华冈青洲之妻》取材于江户时代纪州藩(即现在的和歌山县)名医华冈青洲的妻子和母亲为了帮助其研制手术麻醉剂——通仙散而以身试药的故事。加惠出生于纪州的名门妹背家,从小就接受了武士家庭的妇德教育。她非常崇拜当地医生华冈家的女主人——於继,希望自己也能够成为像於继那样远近闻名的贤妻良母,并向往着嫁入华冈家,成年后终于如愿以偿地嫁给了於继的儿子——华冈青洲。婆婆於继担心加惠会抢走自己的儿子,对其百般刁难。加惠面对婆婆的刁难,虽然表面上隐忍,但暗地里却以各种方式回击。婆媳之间展开了争夺儿子和丈夫的战争。华冈青洲此时正在研制手术麻醉剂,急需在人体上进行试验。婆媳二人遂自告奋勇以身试药。结果,於继中毒死亡,加惠失明。加惠虽然失明,但却感到自己在婆媳之争中取得了最后的胜利,露出了灿烂的笑容。有吉佐和子通过描写婆媳之间的矛盾纠葛,揭示了封建家族制度下的女性不仅要为男性做出牺牲,而且彼此之间为了获得男性的认可还要相互斗争的悲惨境遇。

此外,有吉佐和子还创作了许多描写古典艺术和曲艺界的作品,如《地歌》(1956 年)、《断弦》(1957 年)、《香华》(1961 年)、《连舞》、《乱舞》、《一根丝》、《木瓜之花》、《天蓝绣球》(原名《芝樱》)等。《地歌》的主人公邦枝是日本传统艺术形式——地歌第一人大检校菊泽寿久的女儿,她违背父命,嫁给了日裔美国人垣内让治。父亲寿久痛恨美国文化的渗入,也反对女儿嫁给美国人,并最终将女儿赶出家门。邦枝试图弥合与父亲之间的感情断痕。她给父亲寄出了和解信,但双目失明的父亲却将信原封不动地寄了回来。邦枝在和解无望的情况下,与丈夫一起去了美国。

有吉佐和子头脑清晰，天赋禀异，判断敏锐，总是能在最佳时刻捕捉到人们关注的热点。她的作品尤以女性纤细敏锐见长。作品内容独特，格调高雅，艺术性很高。正如李德纯先生所言："她善于叙事，文笔淡雅清理，委婉含蓄，具有柔中有刚的风格，善于把事态的发展，紧张的气氛和人物各自不同的心理状态，描写得绘声绘色，尤其在细节的描写刻画和渲染方面颇为出色。许多作品着重写情，细致入微地表现人们心灵撞击时的情绪变化以及由此迸发出来的火花，保持并发展了以人物命运推动情节发展的艺术特色，一波三折，扣人心弦。"①

山崎丰子1924年生于从事海带销售业务的大阪商人家庭，1944年京都女子大学国文系毕业后，任《每日新闻》社大阪本社记者，后调入《每日新闻》社学艺部，得到时任学艺部副部长的井上靖的指导。在学艺部工作期间，她开始利用工作余暇创作小说。1957年4月，处女作《暖帘》问世；次年，《花暖帘》、《讣闻》、《遗留品》和《吝啬鬼》等相继问世。其中长篇小说《花暖帘》获得日本大众文学的最高奖项——第39届直木奖。1958年年底，她退出报社，踏上专业作家之路。此后，相继发表了《少爷》(1959—1960年)、《女人的勋章》(1960—1963年)、《花纹》、《女系家族》和《花宴》(1962年)等多部小说。其中，《少爷》获得大阪府艺术奖，《花纹》获得第2届《妇人公论》读者奖，《花宴》获得第6届《妇人公论》读者奖。如果说山崎丰子初期作品主要是描写大阪(主要是船场)的风土人情，那么从60年代开始，其创作主题明显地转向了剖析社会问题、揭露社会矛盾以及思考战争问题，1965年出版的长篇小说《白色巨塔》是这个转折的

① 李德纯：《战后日本文学》，第40页。

重要标志。在此之后,她又创作了《伪装集团》(1965 年)、《续白色巨塔》(1968 年)、《浮华世家》(1973 年)等作品。此后,她又发表了"战争三部曲"——《不毛地带》(1978 年)、《两个祖国》(1984 年)、《大地之子》(1991 年)。1991 年,《大地之子》获得第 52 届《文艺春秋》读者奖。20 世纪 90 年代,又以日本航空的不法经营为原型创作了《不落的太阳》,2005 年以西山事件为原型创作了《命运人》。

山崎丰子是一个完完全全的大众文学作家,其作品基本上都是先连载于各种通俗类杂志,而后才由出版社出版单行本,其中许多小说都被拍成电影和电视剧,深受读者和电视观众喜爱。由于山崎丰子以揭露社会问题为创作主题,所以一些读者称其为"日本的巴尔扎克"。李德纯先生认为:"山崎丰子一直坚持现实主义创作方法,她的作品不仅大量描写了作者的故乡——大阪船场地方的风土人情,而且以无畏的气魄和卓著的胆识,暴露了资本主义社会现实的丑恶和腐朽。"她善于挖掘人物庸俗猥琐的灵魂,展示战后初期动荡局势下的生活场景,被誉为"女石川达三"。[①] 另一方面,由于她在不进行深入修改的情况下使用各种材料,而被多次质疑剽窃他人作品。此外,由于她在小说中描写了许多真实事件,而招致相关人士的批评。[②] 可以说,山崎丰子是一个毁誉参半的作家。

由于山崎丰子是一个大众文学作家,所以其作品很少被日本文学评论界评论。[③] 而在中国,其许多作品都被翻译成汉语出版,根据

---

① 李德纯:《战后日本文学》,第 66 页。

② 关于山崎丰子的剽窃问题,请参考鵜飼清:『山崎豊子問題小説の研究』(社会評論社 2002 年版)一书。

③ 据笔者的调查,对山崎丰子作品进行评论的专门性著述仅有『山崎豊子全小説を読み解く』(洋泉社 2009 年版)。

其小说改编的电影电视作品也被引入中国，但是除了李德纯等先生外，对山崎丰子的研究尚不多见。因此，这里试对山崎丰子的创作进行梳理。

如前所述，山崎丰子初期作品主要取材于自己在大阪的生活经历。处女作《暖帘》取材于自己的家庭生活，塑造了一位经销海带的商人形象；《花暖帘》描写了一位含辛茹苦经营剧场的女老板的故事；《少爷》则描写了袜子批发店少东家的放荡生活。除此之外，《花宴》[①]也描写了大阪的封建家庭生活。《花宴》的主人公雪子出生于大阪船场的封建家庭中，受到各种封建道德的束缚。她为了寻求自由和爱情，而来到巴黎开始新生活，但在巴黎并没有找到真正的爱情，最后客死他乡。

山崎丰子在创作了上述描写大阪风土人情的小说之后，又发表了大量“社会批判小说”，其中最负盛名的是《白色巨塔》、《浮华世家》和《不落的太阳》。《白色巨塔》自 1963 年 9 月 15 日至 1965 年 6 月 13 日在《每日周刊》上连载。《白色巨塔》表面上是在描写医学院工作人员围绕教授评聘和医疗事故诉讼问题展开的争斗，实际上则是在描写地位、名誉与真理、正义之间的较量。小说前半部写的是医学院发生的贿选教授事件。国立浪速大学第一外科副教授财前五郎主攻食道与胃吻合手术，技术超群，被视为其导师、第一外科的东教授的接班人。但是，财前自高自大，招来东教授的反感。特别是财前为了进行炫耀而将自己做手术的照片刊登在周刊杂志上之后，更是

① 《花宴》的部分内容被指与小说《凯旋门》有相似之处。此外，还被指抄袭了芹泽光治良的《巴黎夫人》和中河与一的《天上的牵牛花》的部分情节。山崎丰子因此被日本文艺家协会开除（1969 年再次入会）。

招致东教授的不满。东教授担心财前当上教授后会无视自己的存在，遂让国立东都大学的船尾教授推荐教授继任者人选，最终确定从自己的母校——金泽大学调入菊川教授，接替自己。同时还想让刚刚丧偶的菊川教授与自己的女儿佐枝子结婚。财前获悉东教授准备从金泽大学调来教授之后，感到自己如果不能在接下来的教授评聘中获胜，就永远当不上国立大学教授了。于是，他依靠经营妇产医院的岳父——财前又一和医师会长岩田以及外科医院院长锅岛，展开了猛烈的选举攻势。与此同时，他又开始拉拢医学院院长鹈饲教授。鹈饲教授曾经误诊了一名患者，而内科副教授里见修二则坚持认为该患者患的是胰腺癌，手术后终于证明是胰腺癌。财前为了挽回鹈饲教授的面子，将病人的病历进行修改，让鹈饲教授成为胰腺癌的确诊者。此外，财前还以自己岳父的名义送给鹈饲教授一幅名画。不仅如此，他还通过医师会长岩田对鹈饲教授做工作，以获得其支持。在教授评聘委员会上，菊川与财前成为竞争对手。由于大河内教授和野坂教授等中间选票倾向于财前，使得财前即将胜出。东都大学的船尾教授闻讯之后来到大阪，对掌握中间选票的野坂发动攻势，以职位和研究经费进行利诱。而财前也开始行动，试图用金钱收买野坂和大河内教授，但却失败。在这一关键时刻，评聘委员会的组织者——鹈饲教授进行斡旋，财前最终以两票之差获胜。小说后半部写的是该医学院发生的医疗纠纷。财前当上教授以后，曾为大阪的纺织品批发商佐佐木庸平做了胃癌手术。手术之前，里见修二曾对患者进行了检查，发现其胸部有阴影，遂请求进行进一步的透视。但财前却不认为癌细胞已经转移到肺部，执意进行手术。术后，柳原医师指出患者肺部异常，但财前却认为只是普通的肺炎，没有进行深入检查，就飞赴德国参加国际外科学会年会。会议期间，里见修二发来电报,告知患者佐佐木庸平已经死亡。财前回国后面临死者家属的起诉和媒体的追问。他一面说服鹈饲教授要求其维护医学院的面子,一面要求柳原医师作伪证,证明自己已经知道患者的癌细胞转移到肺部,并试图进行肺部癌细胞的摘除手术,同时对说真话的里见修二进行打压。财前通过采用软硬兼施的卑劣伎俩,使得原告败诉。但是,关口、国平等富有正义感的律师挺身而出,寻找证据和证人。最终,柳原医师和护士长龟山君子出庭作证,证明财前的诊断失误导致病人死亡,使得财前败诉。此时,财前被查出患有晚期胃癌,在忏悔中结束了一生。在这部小说里,作者成功地刻画了一系列鲜明的人物形象,其中以财前五郎和里见修二这两个对立的人物形象最为突出。二人都曾在前医学院院长大河内教授的病理学教研室学习。财前为了尽快取得学位而选择了病理学,当拿到学位后就很快转入临床,获得了很高的名望。而里见修二则是一个态度严谨的医学工作者,他在拿到学位后,仍然作为内科医生潜心病理研究。前者以追逐名利为唯一的生活目标,后者则富有正义感、嫉恶如仇。小说另一个成功之处是构思巧妙,情节紧凑,专业知识通俗易懂。山崎丰子在《续白色巨塔》的后记中曾写道:"《白色巨塔》在收集材料方面花费了大量的时间和精力。作为医学的门外汉,在收集材料之前,首先要做好预习。如果不将专业书籍上记载的手术顺序、相关脏器的名称位置记到脑子里,就无法理解癌症手术……不仅是医学方面,法律方面也遇到许多意想不到的问题。昭和三十九年(即 1964 年),医疗事故诉讼案件极少,即使从事律师工作三十多年的人也没有碰到过。仅有的一些案例,其审判的细节也大多难以琢磨。所以,我去听了法律工作者举办的关于误诊事故和赔偿的讲座,学习了证人取证、鉴定人取证、当事人问询方法、法庭技术方面的知识,才写出了这样一个明明是误诊，但法庭却宣告医师胜诉、患者败诉的案件。”①

《浮华世家》自1970年3月至1972年10月在《新潮周刊》上连载。这部小说以金融界为舞台，触及日本政官财互相勾结、狼狈为奸的内幕。万俵银行总经理万俵大介表面上是个事业有成、令人尊敬的银行家，暗地里却包养情妇，过着妻妾同房的荒淫生活。他让女儿与总理大臣的亲属结婚，建立裙带关系，妄图实现吞并实力强大的大同银行的野心。在阪神钢铁公司任理事的长子铁平年轻有为，四处贷款兴建高炉，却因长相酷似祖父，令大介怀疑他是自己的妻子与父亲乱伦后所生，无法得到大介的全力支持。大介借助铁平的公司陷入经济困境之机设计了一个阴险的圈套，将铁平一步步引向深渊，铁平愤而自杀。可以说，“《浮华世家》以批判的现实主义创作方法，深刻地揭露了资本主义社会的黑暗和人与人之间的利害关系。这部小说写法质朴简练，脉络分明，布局相当宏大。在人物塑造上，是经过缜密的艺术构思的。不仅描写外形，而且描写他们的内心活动。具有很高的文学性。”②

《不落的太阳》最先连载于《周刊新潮》1995年1月5日号至1999年4月29日号上，后以单行本的形式由新潮社出版。该小说描写了由半官半民体制向私营企业转型的国民航空公司的故事。主人公恩地元是国民航空的职员，由于学生时代曾经参加过自治会组织的学生运动，所以被选举为工会委员长。他上任之后为了改善员工的福利待遇而积极努力，博得了工会成员的信任，但也由于在劳资谈判中，不屈从于资方的压力，坚决维护员工利益，而引起公司经营

---

① 山崎豊子:『続白い巨塔』後書，新潮社1978年版，第169頁。

② 李德纯:《战后日本文学》，第67页。

者的憎恨，最终被外派到伊朗的德黑兰、肯尼亚的内罗毕等地10年之久。在工会会员的努力下，恩地元回到日本。1985年8月12日，东京羽田机场至大阪的国航123号客机在群马县御巢鹰山坠毁，造成520人死亡。恩地元作为善后处理小组成员，多方奔走协调，获得了遗属的信任。关西贸易会会长国见正之调任到国航任会长后，为了推进改革，任命恩地元为会长室部长，并获得了工会的支持。但是公司中的反对派处处阻挠改革。而且，恰在此时，社长进行的"对冲"失败，给公司带来了巨大损失，反对派遂乘机发难，国见正之也被解职。当检察机关进入公司调查坠机事故时，恩地元已被发配到内罗毕。

在创作"社会批判小说"的同时，山崎丰子还创作了"战争三部曲"——《不毛地带》、《两个祖国》、《大地之子》。

《不毛地带》[①]连载于杂志《星期天每日》1973年8月12日号至1978年8月27日号上。主人公壹岐正原为大本营作战课参谋，后被苏军俘虏，在西伯利亚熬过11年的战俘营生活后，回到日本，进入近畿商事工作。为了开拓公司的新业务，他与美国知名汽车公司进行合作谈判，参与新型战斗机的订购，并计划到伊朗进行石油开发。在开拓业务的过程中，主人公目睹了政治家、官僚与财界狼狈为奸、互相利用的丑态。

《两个祖国》连载于《周刊新潮》1980年6月26日号至1983年8月11号上。主人公天羽贤治为美国的日裔二代移民，家里以经营洗衣店为生。他虽然出生于美国，但小时候就被送回父亲的故

① 《不毛地带》中关于西伯利亚战俘营生活的段落曾被指抄袭今井源二的《西伯利亚之歌——一个士兵的俘虏记》一书相关内容。参见いまいげんじ：『山崎豊子の「盗用」事件』，三一書房1979年版。

乡——鹿儿岛加治木村接收日语教育，并最终考入大东大学。大学期间，他因为自己出生于美国而多次受到宪兵的盘查和周围人的侮辱。为了摆脱窘境，他回到美国，当上了记者，不久因为在日文报纸《加州新报》上发表抨击美国移民政策的评论而被关入监狱，太平洋战争爆发后，全家又被作为敌国国民关入集中营。一个偶然的机会，他凭借着语言天赋被聘任为美军部队中的日语翻译，进入澳大利亚的麦克阿瑟司令部，负责收集日军情报。日本战败后，又作为高级翻译参与了东京审判。椰子曾经是天羽贤治的恋人，与前夫、日裔美国人田宫查理离婚后回到日本，在广岛原子弹大爆炸中死亡。这件事深深刺激了贤治，他认识到战争的残酷，也对自己的身份认同产生疑问，最终选择了自杀。山崎丰子在小说中深入描写了日裔美国人的坎坷境遇。她曾在小说后记中谈到了《两个祖国》的创作情况："收集与《两个祖国》有关的素材，在我的作家生涯中是前所未有的事情……1978 年秋，被聘任为夏威夷州立大学客座教授之后，利用课余时间学习移民史，搜集日裔美国人集中营的相关资料，倾听日裔一代和二代的回忆。日美开战之后，12 万日裔被关入沙漠深处的集中营。这段历史到现在还少有人知，但这是事实。当知道同胞蒙受的难以抹去的屈辱时，感到悲愤。"[①]另一方面，山崎丰子在《两个祖国》中也表现出错误的战争认识。她通过主人公之口对东京审判进行了批判，如认为田中隆吉和溥仪等证人不过是美军培训出来的工具，如同法庭为了宣判黑社会头目有罪，而以减刑为诱饵让其他黑社会成员做污点证人。此外，她还将东条英机等甲级战犯描写成不屈不挠的英雄。

---

① 『二つの祖国』，新潮社 1983 年版，第 70 頁。

《大地之子》连载于1987年至1990年的《文艺春秋》上。20世纪30年代开始，日本殖民主义者为了控制中国东北和对抗苏联，从国内招募了数十万民众，组成所谓“满蒙开拓团”，开展大规模的移民。主人公松本胜男也跟随家人移民到中国东北。1945年8月苏联攻入中国东北时，松本胜男年仅7岁，随家人从中苏边境的日本开拓团驻地向长春撤退。在撤退途中，遭到苏军的袭击，爷爷和母亲被打死，自己和妹妹死里逃生，分别被当地的中国人收养。松本胜男受到养父母的虐待，每天必须从事繁重的劳动。最终，他逃离了养父母家，辗转来到长春，却落入人贩子手中。小学教师陆德志从人贩子手中将松本胜男解救出来，收其为养子，改其名为陆一心。1948年5月30日至10月19日，国民党控制的长春被中国人民解放军第四野战军部队包围。陆德志冒着生命危险带着陆一心逃出长春来到解放区，摆脱了战争和饥饿的威胁。成年后的陆一心从大连工业学校毕业后被分配到北京钢铁公司。“文革”期间，他受到冲击，被送到劳改农场服刑。“文革”结束之后，他得到平反，参加了中日合资的“宝华钢铁”公司的建设项目，与自己的亲生父亲，东洋制铁公司的高级职员——松本耕次意外相遇。松本耕次询问陆一心是否打算回到日本时，陆一心回答：“我是这片土地的儿子”，并最终留在了中国。小说发表后引起强烈反响，成为畅销书，并被改编成电视连续剧，山崎丰子也因此获得了第52届《文艺春秋》读者奖。但是，该小说也受到多方质疑。筑波大学教授远藤誉认为《大地之子》中关于长春围城和主人公通过解放军哨卡等情节抄袭了自己的回忆录——《卡子》。日本战争孤儿、中国社科院哲学研究所的刘奔教授也发表文章，指出山崎丰子以自己和养父刘文富为原型塑造的人物陆一心和陆德志，存在许多歪曲之处。①

可以说，山崎丰子的作品虽然存在一些问题，但其题材广泛，具有一定社会深度，并且作品情节紧张，扣人心弦，具有很强的可读性。通过她的作品，我们可以更好地理解日本现代社会。

第四节　大庭美奈子与津岛佑子的创作

20世纪60年代末70年代初，日本的"内向一代"作家崛起。这些作家大都是在战争时期渡过青少年时代，战后受教育，并走上社会的，他们的经历和此前的战后派截然不同，当三岛由纪夫醉心于天皇主义，高桥和巳等积极关心社会问题时，"内向一代"的作家则把他们的注意力集中在人们日常生活的描写上。日本著名文学评论家小田切秀雄曾批评他们不积极关心社会问题，而"优哉优哉地埋头于自己的内在世界和日常性的不安和非现实的追求"②。他们倾向于用不同的语言，表现普通人的生活；使用非现实主义手法，描写城市生活，展现深刻的虚无主义和孤独感的主题。小说人物往往苍白无力，或失望、或颓唐、或孤独、或忏悔、或彷徨、或不安。这些作家因而获名为"内向一代"。大庭美奈子和津岛佑子即属于具有此类创作倾向的作家，她们创作了大量反思女性和母性问题、强调对女性主体意识的深刻挖掘，作品的主题已不是"男性"而是"女性"。

大庭美奈子(1930—2007年)生于东京涩谷，父亲是日本海军的一名军医。由于父亲所在部队四处换防，童年时代的大庭美奈子先

---

① 劉奔:「中国残留孤児を眞に理解しているのは誰か——『大地の子』と『卡子』を読んで」,『週刊金曜日』,1998年12月21日号,第21頁。

② 『小田切秀雄著作集』,法政大学出版局1974年版,第1頁。

后在吴市、丰桥市、广岛市生活,并在广岛迎来了日本的战败。她曾参加原子弹爆炸后的救援工作,亲眼目睹了无辜平民遭受原子弹爆炸后的惨状。她在访谈中曾谈到,当时的惨景萦绕了自己的一生,也影响到以后的文学创作活动。战争结束后,一家人迁居到母亲的老家,大庭美奈子在那里度过了初中、高中的时代,并于1949年考入了津田塾大学英语系,在学期间曾师从野间宏学习文学创作。1953年大学毕业之后一度热中于戏剧创作,并开始写诗。1955年开始学习美术,同时创作了处女作《没有构图的画》。1955年结婚,1959年因丈夫工作的缘故而迁居美国长达11年,其间曾就读于威斯康星州立大学和华盛顿州立大学。长期的海外生活拓宽了其创作视野,使其创作思想日益成熟。1968年,她发表了以异国生活和婚外恋为题材的作品《三只蟹》,引起文坛的震动,并因此获得《群像》新人奖和第59届芥川文学奖。其后,大庭美奈子又陆续发表了《幽灵们的复活节》(1969年)、《船蛆》(1969年)。1969年与丈夫移居法国巴黎,翌年回国。此后在《妇人公论》上发表了回忆自己在阿拉斯加和巴黎旅居生活的文章,并将这些文章汇集在一起出版了《鱼泪》(1971年)一书。此后还陆续发表了《铁杉之梦》、《死海的苹果》、《废品博物馆》、《浦岛子》、《寂兮寥兮》、《山姥[①]的微笑》、《海上飘摇的丝线》等多部描写人际关系阴暗面、批判文明社会的作品,先后获女流文学奖(1975年)和谷崎润一郎奖(1982年)以及川端康成文学奖(1989年)。1987年,大庭美奈子与河野多惠子成为芥川奖评审委员会的首批女性委员,1991年又成为日本艺术院会员。1996年,大庭美奈子突发脑梗塞导致半身不遂,此后一直过着疗养生活,2007年5月

① 即日本传说中的山中女妖。

24日因肾功能衰竭在日本千叶县浦安市的医院去世，享年76岁。2009年5月，日本经济新闻出版社分两次出版了《大庭美奈子全集》（共25卷）。

大庭美奈子的作品长期受到日本评论界的关注。其中，女性文学研究者水田宗子的评论具有代表性，她认为："（大庭美奈子）一直在寻找生活和现代文化的原始雏形，探究母性的本性……对母性和女性身份的寻求成了这些小说的中心主题。通过她作品中的人物，她从现实主义和象征主义的角度对这一主题进行了探索。"①大庭美奈子的文学作品曾被翻译成中文出版，中国的日本文学研究者也曾对其进行过评论。李芒先生曾评论道："（大庭美奈子等）作家的创作手法或多或少都受到各种现代主义的影响，侧重于追求情节的离奇和方法的新颖……大庭美奈子的《三只蟹》所描写的，就是资本主义社会人们精神生活的空虚，因而到处寻找新的刺激等百无聊赖的情况。这篇作品以对话俏皮而受到日本文学界的注目。这些作家的作品在日本主要受青年读者的喜爱。"②孙树林先生则另辟蹊径，对大庭美奈子的反母性主题进行了分析，他认为："（大庭美奈子）的每一部小说，似乎都在执著地探索女性与母性的问题，力图给女性以全新诠释。在这些小说中，登场的大多是中产阶级的家庭主妇。她们虽然是丈夫的妻子、孩子的母亲，可在意识方面却与周围的人们（丈夫、孩子、亲戚、朋友）格格不入，总有一种游离感。这种感觉似乎是现代社会人们的通病，但大庭美奈子笔下的女主人公们是企图在这一人际关系沙漠化了的今天去彻底否定在结婚这种社会形态中把

① 水田宗子主编，周祥苍等译：《日本现代女性文学集》，第99页。

② 李芒：《日本当代短篇小说选》序，人民文学出版社1984年版，第11页。

'生儿育女'、'良妻贤母'作为女性生存价值的唯一标准。换言之，她们无意在家庭这一社会形态中去寻觅自身存在的价值，而是要通过破坏'家庭'、'生育'、'母性'这种强加给女性的既成观念去重新设置自己的人生坐标。"[①]可以说，大庭美奈子是从女性主义视角反思现代社会，她力图抓住女性对生活的奢求和希望与贫瘠的现实之间的巨大差异加以渲染，"将女性与母性、与男性之间的斗争、对性的执著、放荡不羁、生育时暂短的休息等一切，都视为女性的性长河中的泡沫，加以颠覆"。[②] 她在《女人的表现・男人的表现》一文中曾思考女性与男性的不同："我们经常把女人比作大地、大海。但我们是否感受到生命的存在。可以说，能够导致怀孕和生产的性，正是通过女性，才孕育了生命……女人在自己的身体中孕育着无法解释清楚的生命的同时，还要面对未来。这种感性与男人的明快的感受有很大不同吧。"[③]另一方面，她也对物质生活高度发达、而精神生活空虚的现实进行反思，对以通过发生婚外恋和一夜情来寻求性的刺激的现象进行分析。此外，她长期在美国居住，对不同民族、不同信仰、不同生活水准下人们思维、价值观的差异有着较为深刻的认识，所以常常以异国生活为题材。值得一提的是，大庭美奈子还是一名致力于中日友好事业的正义人士，1986 年 11 月曾作为日本作家代表团成员访问了南京，并写下了反思战争的《南京》一文。

《三只蟹》是大庭美奈子的成名作。该作品是一部通过描写异

---

① 孙树林：《当代日本女性文学中的反"母性"问题及其他》，《日本学刊》1994 年第 1 期。

② 『筑摩現代文学大系 91——森茉莉、津村節子、大庭みな子』，筑摩書房 1978 年版，第 510 頁。

③ 大庭みな子：「女の表現・男の表現」，『早稲田文学』1985 年 11 月号，第 33 頁。

国生活和非道德性关系来反思女性个人意识的小说,在这部小说中,作者提出了人的存在意义的问题,反思了现代人所面临的生存危机。主人公由梨是一个旅居美国的日本中产阶级家庭的主妇,丈夫阿武是妇产科的医生,女儿梨惠已经10岁。他们进入了当地知识分子的社交圈子,经常邀请朋友们来家中打桥牌和谈天。其中,美国白人弗兰克·斯坦因在一所大学中讲授20世纪30年代美国文学,曾与由梨发生过婚外恋。阿武虽然知道自己的妻子与弗兰克发生过关系,但却佯装不知。日本人横田是个物理学家,有一个温柔的妻子。萨沙是一个歌舞剧演员,其丈夫是个牧师。隆丹在大学中教授美术,离婚后独自抚养两个孩子,通过与不同的男人发生关系来寻求刺激。这些人的关系似乎很融洽,无所不谈,但实际上不论是夫妇之间,还是朋友之间甚至连情人之间都不曾进行过真正的交流,每个人都非常空虚,处于孤独的精神荒漠之中。他们虽然表面上虔诚地信仰基督教,但为了寻求性的刺激,各自都与其他异性保持着暧昧的两性关系。由梨厌倦了这种无聊聚会,终于有一天,她不顾丈夫的劝阻,谎称去见从旧金山来的姐姐,一个人跑了出来,来到了附近的公园。她看到公园中的展台上摆放着阿拉斯加印第安人的民间工艺品,很多都是诅咒人用的原始面具。在这里,她遇见了一个穿粉红衬衫、管理展台的男人。为了打发时间,由梨与这个男人一起坐上了过山车,跳起摇摆舞,最后来到了一家名叫"三只蟹"的汽车旅馆。在这家旅馆中,他们之间并没有进行任何心灵沟通,却发生了关系。第二天醒来之时,旅店只剩下了自己一个人,她最终决定回家。当她登上公交车,掏出钱包买票时,却发现里面的20美元没有了。她意识到这是那个穿粉红衬衫的男人偷走的,但却没有生气,而是呆呆地望着汽车旅馆的霓虹灯。从整体上看,这部小说是以女主人公与不同人之间的关系为线索展开叙述的。由梨与丈夫阿武之间并无心灵上的沟通，二者只是徒具空壳的夫妻关系；母女关系也是如此，唯一的女儿梨惠对由梨来说也仅仅是一个他者，她并不十分关注母亲窘困的内心世界；朋友们聚在一起空论人生也只不过是一场没有意义的游戏，彼此之间难以进行真正的交流；由梨与"穿粉红衬衫的男人"之间所进行的一夜情，也毫无激情，没有能带给她任何新鲜感；由梨进行"性的冒险已经没有什么意义，与'粉红色衬衫'的性游戏当然不是向婚姻和妻子这种社会角色挑战，这种冒险已经丧失了唤起性意识本身存在的意义和力量"[①]。很多评论家认为《三只蟹》表面上描写的是"家庭的崩溃"，但实际上却是描写人在现代社会中的心灵孤独，是在探寻人生的意义。大庭美奈子在《女人的男性论》中也曾谈道："我的主题是描写男人和女人在某种状况下必须互相审视的悲哀。但读者一定会用'家庭崩溃'一词来评价我的作品。因此，我陷入了比小说中人物更加严重的孤独中……很多读者看到主人公已经结婚、但对婚姻生活并不满意时，就马上在脑海中闪现出'家庭崩溃'。这种情况的出现是因为，读者对'个人'的理解与我对'个人'的认识完全不同。例如《三只蟹》中，我认为由梨作为一个女人与作为男人的阿武结婚了，而读者则认为由梨是一个已经结婚的家庭主妇，阿武娶了由梨做老婆，两种认识截然不同。"[②]

除了描写女性自我意识的作品外，大庭美奈子还创作了一些反思战争的作品。《南京》是大庭美奈子在参观南京大屠杀遗址之后写下的文章，她在这篇文章中希望日本政府澄清历史真相，对战争的

---

① 水田宗子著，叶渭渠主编：《女性的自我表现》，中国文联出版社 2000 年版，第 53 页。

② 大庭みな子：『女の男性論』，中央公論社 1979 年版，第 49 頁。

罪恶性做出反省，同时向中国人民表示道歉，表达了反对侵略、保卫和平的心愿。文章以作者的思想感情变化为线索，从对南京大屠杀的一无所知，到听到日军犯下的侵略罪行后，觉得“无论如何也要去看看”，再到参观了大屠杀遗址后感到“毛骨悚然”，在这种感情变化的过程中，愈发坚定了反对侵略、维护和平的信念。最后，作者写道，某些日本人，他们谈起广岛、奥斯威辛会道貌岸然、喋喋不休地加以评论，但对日本侵华、南京大屠杀这同样的历史耻辱，却不敢正视，竭力回避，并感叹道：“我以为，若要评价别人，先要正视自己。”

此外，大庭美奈子还撰写了反思人生的自传体小说《海上飘摇的丝线》，这部小说于 1989 年 6 月获得了川端康成文学奖。它描写了一对老年的日本夫妇重访 29 年前曾经生活过的地方阿拉斯加，与当年的好友——一对白人夫妇相会后的所见所闻。近 30 年来的人事使主人公“我”有一种迷茫之感，仿佛看到一条“漫长的岁月的丝线，它纷纷扬扬，凌乱地摇曳在大海深处”。在作者笔下，一些貌似平淡、顺手拈来的话语和场景反映着“人生的深邃、疑惑、可笑和不可思议”。①

津岛佑子 1947 年生于东京都三鹰市，本名津岛里子，为著名小说家太宰治的次女。1 岁时父亲自杀，13 岁时哥哥死亡，此后与姐姐和母亲相依为命。1969 年从白百合女子大学英文科毕业，后来又考入了明治大学研究生院继续攻读英国文学。她在大学时就开始了文字生涯，1969 年创作了《安魂曲——为了狗和大人》，通过一位白痴少年的眼睛，观察了邪恶的世界。1970 年 11 月结婚后辞掉了财团

---

① 『筑摩現代文学大系 91　森茉莉・津村節子・大庭みな子』，筑摩書房 1978 年版，第 511 頁。

法人广播节目中心的工作，开始从事专业创作，先后创作了作品集《狂欢节》(1971 年)、《孕狐》(1972 年)、《生物云集的房子》(1973 年)、《葎之母》(1976 年)、《看到透明空间时》(1977 年)、《宠儿》(1978 年)、《光的领地》(1979 年)、《燃烧的风》(1980 年)、《翻山的女人》(1980 年)、《默市》(1983 年)等。其中《葎之母》获得第 16 届田村俊子奖，《宠儿》获得第 17 届女流文学奖，《光的领地》获得野间文艺新人奖，《默市》获得第 10 届川端康成文学奖。1972 年长女出生后，因为与丈夫不和而离婚。此后，和情人生活在一起，并于 1976 年生下了长子。1985 年，长子因呼吸系统疾病死亡。津岛佑子根据这些经历创作了《被夜光照耀》、《正午》，前者获得了第 38 届读卖文学奖，后者获得了平林泰子奖。1991 年，她应聘到巴黎大学国立东亚语言文化研究所教授日本近代文学。1998 年创作完成了长篇小说《火之山——山猿记》，获得谷崎润一郎奖和野间文艺奖，2001 年凭借《微笑的狼》获得第 28 届大佛次郎奖。此外，津岛佑子还长期担任朝日奖评审委员。其主要作品大部分被译成多国文字，受到国际好评。在中国，中国文联出版社于 2001 年出版了竺家荣翻译的《微笑的狼》一书。

津岛佑子与其他女性作家相比有着自己的特点。20 世纪 60 年代登上文坛的大庭美奈子等女性作家都在通过否定传统社会对母性的定义、否定家庭来确立女性的独立意识。而津岛佑子则截然相反，她非常关注女性的社会角色，其许多作品都是描写女性的心理活动和血缘关系问题的，主人公大多被设定为少女、妻子、母亲、祖母等不同的女性社会角色，小说的舞台也被设定为家庭。可以说，她试图通过在家庭的空间中展现性、生儿育女、抚养儿女等女性的社会活动，来肯定母性和反思女性的社会存在。正如水田宗子所指出的那样，津岛佑子及其同时代的作家都以“生殖女性的性和文化为中心主题”，在性差（即社会性别）文化中，“女性身体被分成了‘生育性子宫’和‘非生育性子宫’，也被分成了快乐的对象和生殖两种功能，都被嵌入了‘女性制度’之中，成为性差文化的组成部分。大庭美奈子等作家通过强烈的对母性的‘憎恶’打破性别差异。但津岛佑子将上天赋予女性的自然生育的本能大加讴歌”①。第二个与众不同之处在于，津岛佑子描写的多是存在某种缺失的家庭，孩子失去了父亲或母亲，或者是双胞胎中的一个孩子死亡，或者是妻子失去丈夫，或者是孩子患有先天性疾病。这或许与其幼时家庭的不稳固有关，幼年时，父亲自杀身亡，哥哥是个先天性智障，自己与母亲和姐姐相依为命，难以抹去的家庭不幸不可避免地影响到她的文学创作。此外，她还常常描写特殊感受和幻境，来反思现实社会，探讨女性意识问题。这些特点在其作品中都有所体现。

津岛佑子在自己的第一部长篇小说《收集着生物的家》里，描写了一个造访父亲的故乡、寻找自己的根的女主人公留津。这部小说由《长夜的沉淀》、《新的一天像风一样》两部分组成。主人公留津生长在大城市，两岁时父亲去世，由于和继父关系不融洽，而进入教会学校过起寄宿生活，成年后与许多男人同居过，并且因为宫外孕曾住院治疗。此后，她开始讨厌这种没有稳定感的都市生活。某一天她做了一个奇怪的梦，梦到祖先的灵魂在召唤她，遂决定乘火车前往父亲的故乡——位于信州（今长野县）山坳中的小村子。当她到达离父亲的故乡最近的车站时，却发现还需要换乘公交车才能到达目的地，而此时最后一班车已经发出。恰在此时，一辆汽车停在车站前，

---

① 水田宗子主编、周祥苍等译：《日本现代女性文学集》，第78页。

司机国男要去父亲的故乡。留津遂搭乘该车前往目的地。她并不知道,国男是父亲所属家族的长房继承人,自己要与国男结婚。留津来到目的地后住到了国男家中,国男的母亲开始准备婚礼。国男的姑奶奶也叫留津,已经去世。她曾与丈夫的哥哥通奸,产下一个男孩,怕事情败露,而将自己的孩子和嫂子的孩子调换,然后将嫂子的孩子扔到河中淹死。国男的姑奶奶的灵魂附在了留津身上,其悲剧也将在留津身上重演。

《宠儿》是津岛佑子的代表作,反思母性的创作主题在该作品中得到了集中体现。“主人公高子是一位36岁的钢琴教师,8年前与丈夫畑中离婚,目前与女儿夏野子一起生活”。自学生时代起,高子就开始同小说中的男主人公土居交往,并为其打过胎。“同时,高子还与前夫的朋友长田保持着不正当关系。为此,连自己的亲生女儿夏野子都向其投以批判的目光。面对着女儿批判的目光以及母亲和姐姐承子的责难与怜悯,高子逐渐陷入了深深的孤独之中”。夏野子以准备中学升学考试为借口,离开母亲,来到姨妈承子家居住,在承子家感受到了生活的安定。而高子则在女儿离开后不久,发现自己似乎有怀孕迹象,并认为胎儿的父亲是长田,她想到自己中学时代曾经由于担心受到社会的指责,打掉了土居的孩子,但现在却为了肯定自我的本能而打算生下孩子。“然而,去医院检查后得知,原来自己并非真的怀孕,而只是一种幻觉。高子虽然晓得这只不过是一种虚妄的产物,但却偏偏挥之不去,并对怀孕的真实感深信不疑。”①长田建议高子与自己结婚,过“理性”的生活。但高子却不希望自己的生活被他人所决定,遂拒绝了长田的请求,并离开了他。这部小说从

① 刘利国:《日本现代作家评介(10)》,《日语知识》2004年第10期,第30页。

表面上看是叙述主人公怀孕过程的怪异故事，实际上却是在通过描写单亲家庭的生活来抨击社会对女性的束缚。高子的女性独立意识和欲望非常强烈，而现实社会中的传统道德却压抑着这种欲望，使她难以摆脱社会、家庭所代表的现实世界的道德束缚，只能在幻想的世界中生活。也可以说，想象出来的怀孕实际上就是束缚自我发展的社会现实和个人意识之间矛盾的产物。在小说中，随处都可以见到传统社会道德对女性个性发展的批判和压制。首先，在单身生活问题上，高子的姐姐承子代表着社会道德，压制着高子向往自由生活的欲求，反对高子过单身生活，她曾批评高子说："你赶紧和喜欢的人结婚吧……不要影响到夏野子"，"与夏野子的将来相比，你更看重自己的感受"，"你做的都不能叫做工作，只能算是打零工，这样能养活自己和女儿吗?"夏野子也站在姨妈的立场上，批评母亲说："在姨妈家里，姨妈不会像妈妈一样让孩子做这做那。"在受到亲人的各种批判之后，高子也产生了幻境，时常听到姐姐对她说："现在终于开始明白了吧，你是一个多么荒唐的、可恶的母亲。"其次，在怀孕的问题上，姐姐承子多次要求高子去做流产手术，并跟她说"还来得及……最好到我们这里来好好休息休息，好好考虑一下"，"你为什么不能做流产手术，这样下去，你会做噩梦的"，"我认识一个可靠的医生，不用担心发生医疗事故，还能保守秘密"。可以说，关于流产的讨论，其背后是传统道德对个性的压制，是社会对单亲母亲的歧视。第三，传统道德对女性的束缚也表现在夏野子没能被私立教会学校录取这件事上。夏野子在参加学校面试前就预感到父母离婚会影响到自己升学，最终果然没有被录取。而高子在得知女儿没能升入私立学校的消息之后，"觉得大概不是成绩的问题……突然她想到了装着户籍的信封"，意识到父母离婚是女儿没被录取的原因。第四，女性旺盛的性欲也受到了批判。畑中曾将高子描绘成好色的女人，并嘲讽道："那样好色的女人真难对付。她还高傲地说要一个人抚养孩子。"①这些批判都是现实社会束缚女性的表现。而高子不想遵循社会对女性道德的规定，她只能选择逃避现实社会，沉浸到梦、记忆和身体感觉构成的幻境之中。因为想象中的妊娠还可以拯救她，可以使想象中的"她"重整旗鼓。更为重要的是，这种想象的妊娠不需要男性的介入，从而否定了社会性别歧视，确立了女性的自我意识。

还有一些作品中，女主人公被设定为面对困难勇往直前的女性。如《火之山——山猿记》女主人公有森樱子在4岁时，母亲就病死了，自己由父亲源一郎一手带大。周围的人看到樱子因为缺少母爱而显得很可怜，遂建议其父源一郎再婚。但源一郎深爱着樱子死去的母亲，没有采纳大家的建议。樱子在16岁时，不顾周围人的反对坚持要进入东京音乐学校学习。父亲源一郎支持女儿的决定，但却在一次事故中身负重伤，并最终死去。第2年，樱子和青梅竹马的伙伴松井达彦一起去东京参加音乐学校的考试。樱子顺利通过了两次考试，但最后一次考试却因为发挥失常而没能通过。虽然东京音乐学校的教师西园寺公麿鼓励樱子明年再来参加考试，但由于家庭的反对，樱子没能再赴东京考试。她只能在家操持家务，并与松井达彦订了婚约。但日本发动太平洋战争之后，未婚夫松井达彦被征调到前线，婚事被迫延期。战后，松井达彦回到家乡并与樱子结婚。婚后不久，樱子怀孕了，但不久就被查出感染了肺结核。医生建议樱子流

① 『筑摩現代文学大系97　竹西寛子・高橋たか子・富岡多恵子・津島佑子』，筑摩書房1978年版，第500—530頁。

产静养,而樱子则坚持将孩子生下来。孩子终于出生了,但为了避免感染,樱子被隔离了。看着孩子的画像,樱子露出了笑容。

此外,津岛佑子的另外一些作品是单纯描写人的幻境的。如《狂欢节》就描写了幻境。该小说由《旋转木马》、《空中秋千》、《跳舞的大块头女人》三个短篇组成。小说描写了游乐园、马戏团、杂技团组成的嘉年华中存在的寂寞、恐怖的感觉;《旋转木马》描写了和母亲走散了的少年被一个陌生男人带走,这个陌生男人可以透视人的心理和开启死亡世界,他威胁少年,让其听命于自己;《空中秋千》则描写了马戏团的少女坐在空中秋千上休息和在秋千下打盹,以及透过帐篷上的天窗仰望天空时的感受;《跳舞的大块头女人》则描写了三个孩子在看完大块头女人的杂耍之后,在其身体上玩耍的故事。

第五节 林真理子的创作

林真理子,原名东乡真理子,1954 年 4 月 1 日出生于山梨县山梨市书商家庭,日本当代著名小说家和散文家,林真理子企画事务所董事长。与同时代的女作家相比,林真理子的作家之路较为曲折。日本大学艺术系文艺学科毕业后,她选择从事广告文案的撰写工作。1979 年开始作为编辑,参与西友公司的宣传杂志的编辑工作,并于 1981 年获得 TCC(东京广告人组合)新人奖。1982 年,林真理子发表了散文集《把快乐买回家》。该散文集出版了 50 万册,成为当年畅销书之一,林真理子也由此登上文坛,专注于写作。1986 年,林真理子更是凭借《只要赶上末班飞机》和《京都行》获得日本大众文学的最高奖项——直木奖,成为了新一代女性作家的代表。此后,她凭借小说《恋恋白莲》(1995 年)和《大家的秘密》(1997 年)相继获得第8届柴田炼三郎奖和第32届吉川英治文学奖，林真理子的文学才能得到广泛认可。菅聪子曾评论道："她的作品多少有一些轻薄之感，这是不能否定的……但如果仔细地阅读其作品就不得不承认，林真理子是一个非常有才华的年轻作家，现代小说创作者的代表。"①林真理子的作品不仅在日本深受欢迎，也被世界上许多国家翻译出版。在中国，林真理子的代表作《只要赶上末班飞机》、《青果》、《anego》、《错位》、《三十岁的女人》、《明治宫女》、《美女入门》、《初夜》、《忧郁的葡萄》等已被翻译出版，深受读者好评。除了进行创作活动之外，林真理子自2000年以来，还一直担任直木奖等奖项的评委。

林真理子以细腻地描写现代女性的心理见长，其作品大多以现代都市中白领女性的情爱为主题，具体而言分为以下两方面的题材。

第一，"外遇"题材小说。《青果》、《anego》、《错位》、《寻花》等长篇小说是这方面的代表作。《青果》最初连载于《周刊文春》1995年11月23日号至1996年6月27日号上，1996年10月由文艺春秋社出版单行本，翌年被改编成电视连续剧，之后又被拍成电影，一时成为日本街头巷尾的话题。整部小说由"伪装"、"选择"、"跳跃"、"花柳"、"邂逅"、"恋爱"、"决断"、"命运"八章构成。女主人公、32岁的演员水越麻也子与丈夫水越航一结婚6年之后，逐渐对家庭生活产生厌倦。她认为作为一个女性"应该选择自己的人生"，不能光以牺牲自己来维系夫妻关系和家庭。当自己想与丈夫做爱而被拒绝时，作为报复，她开始与以前的恋人野村修频繁幽会。一天，她发现野村修有一个年轻的情人，但却没有感到愤怒，而是继续保持着二人

① 菅聡子：『女性作家シリーズ20』解題，角川書店1996年版，第123頁。

的关系。用麻也子的话说，她只是对野村有“性趣”而已，并没有真正的“爱”，她有“欲”而无“爱”，与野村的上床只是为了满足她被压抑了的性饥渴。此后，女主人公又结识了比自己年轻的音乐评论家工藤通彦，并与之发生了婚外情。随着交往的深入，水越麻也子与工藤通彦的感情越来越深，她最终与水越航一离婚，与工藤通彦结婚。但是婚后，水越麻也子又一次厌倦了婚姻生活，她重新与野村修幽会。一天，她突然想生孩子，于是与野村走进情人旅馆。不久她怀孕了，但这只是一个酸涩的果实。

《anego》中的主人公奈央子也是一个成功的白领，她始终抱着对爱情的梦想，与不同的男人进行交往，曾与刚进公司的年轻职员黑泽发生关系，后又与前程似锦的齐藤相亲，但都以失败告终。最后，她偶然与外资企业咨询公司的职员泽木邂逅，彼此之间产生感情。但泽木却是有妇之夫，奈央子陷入了婚外恋中。泽木的妻子知道丈夫有外遇之后，自杀身亡。奈央子也因此被社会视为破坏他人家庭的恶人，最后被迫辞去了工作。

《错位》则描写了四个女性围绕着一个已婚男性展开争夺的婚外恋故事。这四个女性为了获得男性而不择手段，互相争斗。道德、家庭观念被她们抛之脑外，唯一吸引她们的是性的快感和物质的满足感。《寻花》则描写了一个年轻女性以做富豪的“二奶”为职业，她凭借着年轻和美貌满足了自己对物质的欲望。

可以说，这些小说中坠入婚外恋怪圈的男女主人公都是丑陋、没有道德心的人，他们的唯一目标就是满足自己的各种欲望。作者通过刻画这些试图通过婚外恋寻求刺激的、自私自利的人物形象，深刻揭示了现代社会人的阴暗心理。对此，日本著名小说家陈舜臣曾评论道：“出场的男性没有什么魅力。在阅读的过程中会感到心情不悦，会不由自主地想，因为什么原因而必须面对这些无聊的男人。但反过来想，让读者在阅读过程中产生这样的感觉就是作家的过人之处。”日本小说家井上厦也认为：“所有的作品中，女主人公都是丑陋和邋遢的。像我这样只能写好人的作家是难于塑造出这样的人物，我也讨厌这些主人公的丑陋。但是，（林真理子）能连续地创作这些作品，的确是应该让人佩服的。”山口瞳也指出：“（林真理子）擅长描写男人和女人的卑劣和淫荡，虽然这些人物让人感到不舒服。林真理子获奖的原因在于，她以实力折服了评选委员。”①

第二，对“女强人”情感世界的描写。据日本媒体统计，居住在东京的单身白领女性人数与已婚女性人数几乎相同。林真理子所描写的正是她们的真实生活。《只要赶上末班飞机》和《京都行》是这方面的代表作。在这些作品中，林真理子将女主人公塑造成在事业上获得成功，但在爱情上却遭受挫折的“女强人”形象，将与她们交往的男人塑造成一群卑劣自私、缺乏责任感的形象。这种形象的设计不仅是在说明当今社会男女双方的地位变化，更重要的是强调现代女性常常处于既要摆脱对男性的依赖以获得独立，又要从男性身上获得爱情的矛盾之中。正如五木宽之所言：“林真理子是一个无意识的女权主义者。她既想得到男人的爱，又将男人当作敌人。”②

《只要赶上末班飞机》的女主人公美登里在一次去墨西哥旅行的时候，偶然结识了外交官的夫人，从她那里学到了人造花的制作技术，并加以改良，使之大为流行，从而受到媒体关注，她也随之一跃成

① 『オール読物』，1986 年 4 月号，第 33 頁。

② 同上，第 21 頁。

为花卉艺术家和电视嘉宾,并被邀请到各处进行现场讲解。一次,她从东京来到札幌讲课,工作余暇,邀请7年前曾经交往过的男友长原共进晚餐。她并不是想重温旧情,而是想奚落和报复对方。长原看到美登里今非昔比、高雅动人,遂使用各种伎俩想挽留美登里在札幌多住一晚,但美登里果断地加以拒绝,赶上当天的末班飞机,返回东京。可以说,《只要赶上末班飞机》深入地描写了单身女性的金钱观、恋爱问题以及在大都市所感受到的孤独寂寞。小说作者为了突出女性爱情的不幸很大程度上是男性造成的这一主题,特意描写了美登里前男友的卑劣性格。美登里有一次为了给男友买其喜欢的高级寿司而花光了所有的钱,她满以为男友会留她在家过夜,但男友却只给了她1000日元,让她回家。在这种情况下,美登里告诉她的男友,深夜打的回家需要3000日元。男友说:"给你3000日元,我明天的生活怎么办?"美登里答道:"你明天一大早可以去银行取钱嘛。"男友则说:"银行里一分钱都没有。"美登里说:"那,明天可以向公司的同事借嘛。"而男友则说:"你是最了解我的,我和公司的人关系都不好,没有一个人肯借给我钱。"最终,美登里只得打电话给在电视台做场记的朋友,到她的家中过夜。

《京都行》的女主人公久仁子是一家女性杂志的自由撰稿人,以"笔锋犀利、见解独特著称"。在经历了一系列的恋爱曲折后,她偶然结识了比自己小许多的京都男子高志,"被其真诚的品格和儒雅的气质所吸引而坠入情网。为了和恋人见面,她不辞辛苦一次次从东京赶往京都,还下定决心要迁往京都居住。但是,高志却害怕担负责任,干脆避而不见。满怀希望前往的久仁子只能黯然离开了京都。"①

---

① 邢以丹:《爱的理想、困惑与解答——论林真理子〈只要赶上末班飞机〉和〈京都行〉的文学主题》,《漳州师范学院学报》2006年第4期,第80页。

除了描述都市男女感情世界的作品外，林真理子还创作了历史题材的小说。《明治宫女》是这方面的代表作。小说的主人公下田歌子是日本近代著名的女教育家和社会活动家，1854 年 8 月生于岐阜县惠那郡岩村，是松平藩藩士平尾铢藏的长女。虽然童年时期生活贫困，但却受到了良好的家庭教育。在父亲教导下，她自幼就学习“四书五经”等汉文典籍，还酷爱俳句、和歌，被誉为神童。明治维新之后，19 岁的下田歌子被选入皇宫做宫廷女侍，因其能文善歌，受到皇后的赏识，被赐名歌子。在皇宫供职期间，她得到元田永孚、福羽美静、加藤弘之等教育家的教导，并且结识了伊藤博文、山县有朋、佐佐木高行、土方久元等政府高官。1881 年，下田歌子在辞去宫廷女侍之职后不久，开始从事女子教育事业，兴办了桃夭女塾，1885 年又参与华族女子学校的建设。此后 20 多年时间里，她除了一直担任华族女子学校的主要管理者外，还被委托担任两位皇族公主的教师，并曾赴欧美各国考察女子教育，其间得到英国维多利亚女王的接见。1899 年，她又创办了实践女子学校[①]等私立学校，以培养“良妻贤母”。因其做出的卓越贡献，明治四十年，她被授予四等宝冠勋章。林真理子并不是想称颂下田歌子的功绩，而是侧重于描写其如何从下级武士的女儿一步步进入上流社会，最终取得事业成功的过程，以此塑造一个“女强人”的形象。可以说，林真理子创作这种历史题材的作品，其目的仍然是描写女性渴望各种欲求获得满足的心理。正如大月隆宽在《别册宝岛——现在的“文学”》一书中所指出的那样，林真理子“原封不动地描写了出人头地的欲望、扬名立世的欲望、物

---

① 即实践女子大学的前身，清末民初曾大量招收中国女留学生，近代女革命家秋瑾亦曾就读于此。

欲以及性欲”。[①]

除此之外，林真理子还创作了一些描写女性奋斗的作品。《读书的女人》是林真理子以自己的母亲为原型创作的小说。主人公是一个喜爱读书的文学少女——小川万龟。小川万龟上小学时父亲突然去世，家境一落千丈，生活困苦。但在这样的困境下，她没有屈服，仍然坚持读书，从中寻找生活的动力。在亲戚的帮助下，小川万龟进入了高等女学校学习，并最终以优异的成绩考取了东京的女子专科学校。毕业后来到福岛县的相马做教师，并结婚。战争爆发后，姐姐病死，丈夫应征入伍，自己开始独立支撑家庭。虽然遇到了很多困难，但她毫不气馁，坚持以读书为乐趣。这部小说的时间横跨战前和战后，展现了一个女人奋斗的一生。

林真理子不仅创作了许多脍炙人口的文学作品，也带动了一大批女性参与到文学创作中来，从而推动了女性文学的发展。中森明夫在林真理子的自传体小说《Once a year》的解说中将林真理子从大学毕业后担任广告编辑、而后成为散文作家、电视文化人，并最终获得直木奖的成功之路称之为“林真理子的双六[②]棋局”，认为其“伟大之处不在于在双六棋局中获胜，而是创造了双六棋局本身”，“林真理子在80年代满是险阻的环境中前行，在荆棘之中踏出了一条道路。后来的女性们在林真理子踏出的道路上飞奔。一些人成为发表自己心声的专栏撰稿人，一些人从电视文化人转型为以获得直木奖为目标的作家……这些林真理子之后的女性都是其创造的双六棋局的参加者”。[③] 大月隆宽在《别册宝岛——现在的“文学”》一书中也

① 大月隆寛:『別冊宝島——いまどきの「ブンガク」』,宝島社2000年版,第33頁。

② 在中国的棋牌游戏“升官图”的基础上发展而成的日本传统棋牌游戏。

③ 中森明夫:『ワンス・ア・イヤー』解説,角川書店1997年版,第97頁。

指出，“因为她的成功，山田咏美、内田春菊、清水因、横森理香、山田美保子等作为‘作家’后备军，在泡沫经济崩溃后登上文坛”。可以说，“80年代初，林真理子开启了‘地狱之门’”①。正如其所言，后来的一些女性作家都是在林真理子的影响下开始文学创作的，1987年获得直木奖的山田咏美就是其中之一。她曾经回忆道：“（林真理子）竟然成为了作家……我对这个未曾谋面的女人产生了近乎于嫉妒的感情……我也想写小说，也想让人认可自己的才能。一直到写出处女作为止，这种感情一直存在于心中。”②

第六节　吉本芭娜娜的创作

吉本芭娜娜本名吉本真秀子，为日本著名文学评论家吉本隆明之女，1964年出生于东京，日本大学文学部毕业之后曾一边在浅草的咖啡厅当服务员，一边进行文学创作。1987年11月发表的处女作《厨房》轰动日本文坛，接连获得了第6届“海燕”新人文学奖（1987年）、第16届泉镜花文学奖（1988年）、艺术选奖文部大臣新人奖（1989年）。此后，吉本芭娜娜相继发表了《厨房》的续篇——《满月》（1988年）、《泡沫圣殿》（1988年）、《哀愁的预感》（1988年）、《TUGUMI》（1989年）、《白河夜船》（1989年）、《N・P》（1990年）、《甘露》（1994年）等作品，其中《TUGUMI》获得了第2届山本周五郎奖（1989年）、《N・P》获意大利SCA－NO文学奖（1993年）、《甘露》获第5届紫式部文学奖（1995年）。1999年8月，吉本芭娜

① 大月隆寛:『別冊宝島——いまどきの「ブンガク」』,第46頁。

② 山田詠美:『星に願いを』解説,講談社1986年版,第110頁。

娜在意大利获得了“MASCHRAD′ARGENTO 奖”，2000 年 9 月凭借《不伦与南美》获第 10 届多玛戈文学奖。2000 年 11 月至 2001 年 2 月《吉本芭娜娜自选集》共四卷由新潮社出版。20 世纪 80 年代末至 90 年代，吉本芭娜娜的这些小说不仅在日本接连名列畅销书榜首，而且其影响还波及电影、漫画、音乐、美术等各个文化领域，一大批青年人成为吉本芭娜娜的忠实读者，从而先后出现了两次“吉本芭娜娜现象”①。第一次是在 1989 年，当年的 20 本畅销书中，吉本芭娜娜的就占了 6 本，截至 1990 年 1 月，《TUGUMI》发行了 143 万册、《厨房》发行了 133 万册、《泡沫圣殿》发行了 87 万册，《哀愁的预感》发行了 80 万册②；第二次是在 1993 年，吉本芭娜娜的《厨房》等代表作在世界许多国家翻译出版，中国港澳台地区和大陆也陆续将其作品译成中文出版。需要注意的是，与其他日本文学作品不同，阅读吉本芭娜娜作品的外国读者不是日本研究者，而是年轻白领女性和家庭主妇等大众人群。这是因为吉本的作品突破了日本传统文学模式的限制，具有了国际化、大众化等非日本传统文化的特点。

吉本芭娜娜的作品受到了评论界的广泛重视。东京大学教授上野千鹤子曾在《ミッドナイト・コール》（朝日新聞社，1990 年）中对吉本芭娜娜的主题进行了分析；古桥信孝的《吉本ばななと俵万智》（東京：筑摩書房，1990 年）则对吉本芭娜娜和同时期的俵万智进行了比较；近藤裕子的《臨床文学論：川端康成から吉本ばななまで》（東京：彩流社，2003 年）则从临床文学论的角度，对从川端康成到吉本芭娜娜的作家进行了分析。中国的日本文学评论家也对吉本芭娜

---

① “吉本芭娜娜现象”：该词最初出现在《每日新闻》1989 年 10 月 29 日的晚报上，以后被媒体和评论界广泛使用。

② 『創』1990 年 3 月号，第 34 頁。

娜进行了一些研究。如周阅在《吉本芭娜娜的文学世界》(宁夏人民出版社,2005年)以及《大众文化与吉本芭娜娜的创作》等文章中对吉本芭娜娜文学通俗性和商业性的关系,以及创作主题和艺术特色进行了分析,她认为,吉本芭娜娜为实现通俗性而采取的最有力的手段就是渲染情绪,其次就是在叙述语言上贴近年轻读者,"其作品中,第一主角几乎都是20到30岁的年轻女性,同时采用第一人称的叙述角度,具有较强的叙事性,渲染出透明的感性和主人公——'我'面向读者娓娓诉说的亲近气氛。小说中大量使用渲染临场气氛的对话,加之其内容在很大程度上反映出年轻读者的心声,很容易使读者接受其中的故事和情节,并产生近似亲身体验的感觉,满足了读者希望有人与自己促膝谈心、打破自己孤寂情绪的潜在的精神需求"。① 周异夫先生则另辟蹊径地指出:"吉本芭娜娜的文学世界中充满了孤独和寂寞,但小说中没有所谓的恶人,这反映出日本年轻人希望生活在充满诚实和善良的美好世界的愿望。读者沉浸在吉本芭娜娜设定的这个世界中,虽然是暂时性的,但可以放下现实的重负,在这种孤独却是纯净的世界中让疲惫的心灵获得共鸣,得到休憩。这是吉本芭娜娜文学的'疗伤'功能,同时,也是文学欺骗性的一种表现。以'孤独'、'寂寞'、'伤感'为主题的吉本芭娜娜文学获得了众多读者,就是因为小说主人公的心境与日本年轻读者之间有很多共同之处,他们之间产生了强烈共鸣的缘故。"②可以说,吉本芭娜娜的作品起到了抚慰具有社会孤独感的青年人的作用,才使之产生了

① 周阅:《大众文化与吉本芭娜娜的创作》,《广东社会科学》2004年第2期,第142页。

② 周异夫:《吉本芭娜娜文学的孤独主题与社会意义》,《日语学习与研究》2004年第4期,第66页。

共鸣，获得了巨大的成功。从吉本芭娜娜的代表作《厨房》及其续篇《满月》中，我们可以清晰地体会到其作品的主题。

首先，对“恋爱”的否定是吉本作品的主题之一。在其许多作品中，吉本都在否定男女之间的恋爱，或将恋爱的结果设定为失恋。《厨房》中的主人公樱井美影是一个孤儿，父母在其幼年时死亡，祖父在其上初中时去世，祖母也在其上大学后去世，空荡荡的家里只剩下自己一个人。一天，一个在祖母经常光顾的花店打工的年轻人——田边雄一敲开了她家的门，并邀请樱井美影到自己家中玩。樱井美影接受邀请，在田边雄一家中住下。二人之间产生了一种介乎于普通朋友和恋人之间的暧昧关系。一个偶然的机会，樱井美影从自己以前的男友宗太郎处得知，田边雄一曾经有过女友，并且田边雄一常常把女人比作喜爱的钢笔。樱井美影听到这件事情之后，不但不生气，反而觉得“世上可能有喜欢钢笔喜欢得要死的人”，并开始同情田边雄一，认为其是因为与前女友之间产生隔阂才分手的，同时感到自己并没有与田边雄一谈恋爱，二人只是一种超出普通朋友的关系。小说中另一个怪异的存在是田边雄一的“母亲”惠理子。她实际上是田边雄一的父亲，在其母亲去世后，感到“已经无法再喜欢上别人了”，所以做了变性手术，变成了女人。对于惠理子而言，恋爱的时代已经过去，她虽然在同性恋酒吧工作但却不是同性恋。一天，惠理子告诉樱井美影，“雄一说你像他以前养的小狗，他没有把你当作人来看待，而是当作一直生病的小狗，所以才把你领到家里来”。樱井美影听到这些后，进一步感到自己和雄一之间不存在男女之爱。可以说，作者之所以在小说中设定了惠理子这样一个人物，其目的在于将樱井美影和田边雄一裹挟到远离恋爱的世界。日本文学评论家加藤典洋也认为作者在《厨房》中设定的年轻男女之间的关系可以称之为"恋爱",但作者却不想称其为"恋爱"关系。[①] 而在吉本的其他小说中,失恋往往成为故事的主题。如《泡沫圣殿》描写了女主人公喜欢上了一位青年,二人开始恋爱。突然有一天,女主人公得知了令人震惊的消息,自己与恋人竟然是兄妹关系,两颗年轻清纯的心受到了不可愈合的创伤。虽然到最后,女主人公知道恋人不过是自己生父的养子,但二人之间的情感创伤已经无法弥合。《白河夜船》叙述了一位失恋的女大学生在友人的陪伴下去江边散心时,偶然看到了百年一遇的奇特景观。在朦胧的迷雾中,她再度与恋人遥遥相会。然而,当浓雾消散,她又重新回到沉重的、忧伤的生活中。可以说,吉本芭娜娜试图通过否定恋爱来描写了现代人的忧伤和孤独的感觉,从而引起生活在节奏疯狂、人情冷漠的现代社会的年轻人的共鸣。

其次,"家庭"也是吉本作品的主题之一。如果说吉本通过否定恋爱来描写现代人的孤独心境,那么以"家庭"为主题则是摆脱孤独感的尝试。在吉本芭娜娜的作品中,"家庭"这一主题是和"食"紧密地联系在一起,她常常以"食"为叙事线索,通过描写主人公聚在厨房做饭和吃饭这一沟通感情的行为,来突出家庭式的温暖。吉本芭娜娜在与意大利评论家亚历山大·G.谢莱庇的对话中曾明确表示"自己对恋爱不感兴趣",并强调"《厨房》中出现的人物都是只能通过'食'这一行为才能生存的人","包括主人公在内,这些出场人物都是具有自杀倾向的人,他们既没有买东西的能量,也没有性交的能量,唯一能做的只是吃东西"。[②] 换言之,对于主人公樱井美影而言,

① 加藤典洋:「ラディカルの現在形」、『ホーロー質』所収,河出書房新社 1991 年版,第 23 頁。

② アレッサンドロ・G.ジェレヴィーニ、吉本バナナ:『イタリアンばなな』,日本放送協会,2002 年版,第 33 頁。

医治心灵创伤的地方是自己家的厨房,其次是田边家的厨房,在这两个厨房可以通过做饭和吃饭来重拾家庭的温暖,冲淡自杀的冲动。在《厨房》中,主人公樱井美影在住到田边家之后就开始进入厨房做饭,一直持续到其离开这个家为止。在田边家,樱井美影通过与田边的母亲惠理子一起吃饭,使两个人之间迅速建立起一种类似家庭成员的关系。美影对母亲和祖母的感觉不知不觉地转移到惠理子身上,潜意识中对母爱的渴求也在无意间投向了惠理子。在离开田边家之后,与理惠子一起用餐仍然是樱井美影记忆中最美好的画面。离开了田边家,她仍然选择了与“食”有关的工作,当上了厨师的助手。“做饭”和“吃饭”成为了樱井美影摆脱孤独的手段。因此上野千鹤子对此评论道:“吉本芭娜娜塑造了一个成为孤儿的女孩,描写了没有血缘联系的模拟家庭。维系这一模拟家庭的纽带就是一起进餐这一行为。家庭的核心不是床,而是厨房。所以主人公常常一起进餐,这一模拟家庭也可称之为‘食缘家庭’”;“如何对待‘性’是‘家庭’永远的问题,但吉本芭娜娜却似乎在回避这一问题”①。在《厨房》的续篇——《满月》中,作者仍然将“食”与“家庭”联系在一起。如樱井美影曾回忆:“多少个日日夜夜我们都是一起吃饭。有一天雄一问道:‘为什么和你一起吃饭时,感到饭菜很香?’。我笑着答道:‘大概是因为食欲和性欲可以同时满足吧’。雄一大笑着说:‘不对、不对、不对’,‘一定是因为我们是一家人’。”在这里,田边雄一将以“食”为纽带联系在一起的关系称之为“家庭”。不仅如此,小说的结尾也是以田边雄一通过吃光樱井美影送来的炸猪排饭重新回到东京的现实世界中。不仅是《厨房》和《满月》,几乎在芭娜娜的所

① 上野千鶴子:『ミッドナイト・コール』,朝日新聞社 1990 年版,第 63 頁。

有作品中,饮食场面的出现频率都相当高。可以说,“食”已经被吉本芭娜娜设定为医治心灵创伤、摆脱孤独、回归家庭的方法。

吉本芭娜娜的文学描写了当代日本年轻人的精神世界,反映了他们孤独的内心世界。她的作品里没有心理描写,从一个画面飞向另一个画面,“消灭了小说与漫画的境界,具有一种汉堡包式的普遍性,”被称做“非常日本式、也非常美国式,是非常通俗的作品”。[①]“在某种意义上,是为了读者的文学,作者希望读者通过体验这些基于日常生活、却已经虚构了的世界,卸下自己肩上的重负。”[②]

除了其创作主题接近年轻人外,吉本芭娜娜作品的文风质朴而真实,没有矫揉造作之感,也使读者耳目一新。正如日本评论家安原显所言:“我读过吉本芭娜娜的小说之后,最为感动的是,她的小说并不是像近年的新进作家那样凭着自己的小聪明创作的,在创作理念上也没有放肆之处。小说虽然是虚构的,但作者观察‘人生’的视角却具有真实感,让人感到内容都是真实的,让读者感动得潸然泪下。”[③]秋山骏也认为:“这个作家悲伤时就写悲伤的感觉,因为恋爱而感到快乐时就写快乐的感觉。最让我惊奇的是,其描写城市夕阳西下时的美丽。吉本芭娜娜没有写其他多余的,而是一气呵成写就的。让人不禁感叹‘真是太美了’。这种坦诚直率让人感动,它与少女漫画所描写的纯真之爱极其相似。”[④]

---

① 李长声:《樱下漫笔》,敦煌文艺出版社 1994 年版,第 161 页。

② 周异夫:《吉本芭娜娜文学的孤独主题与社会意义》,《日语学习与研究》2004 年第 4 期,第 67 页。

③ 安原顯:『新刊展望』,1988 年 4 月号,第 4 頁。

④ 秋山駿:『サンデー每日』,1988 年 9 月 4 号,第 10 頁。

除了以上几位代表性作家以外,战后还有众多出生于战前的女性作家活跃于文坛。譬如婚姻坎坷,梅开数度,一生驻足于情痴爱河题材开掘的宇野千代(1897—1996 年);描写封建家长制下,妇女的屈辱与不幸生活的圆地文子(1905—1986 年);张扬女性自立意识与进取精神的芝木好子(1914—1991 年);揭示现代社会夫妇关系本质及性爱问题的河野多惠子(1926—);以探讨爱的真谛,揭示隐于爱情遮阳伞下赤裸人性著称的田边圣子(1928—);撇却血腥阴暗面的推理小说的惯用伎俩,着意刻画人间健康美好情操的仁木悦子;以涉猎婚外恋之伦理道德著称的原田康子(1928—);针砭社会不公,执著于历史真相挖掘的泽地久枝(1930—);多才多艺,以喜剧迈入文坛,致力于劳动妇女题材开掘的平岩弓枝(1932—);以讽刺宗教、反对教条主义和霸权思想而声名鹊起的仓桥由美子(1935—2005 年);执著于探讨建构现代社会家庭关系及子女教育的干刈县(1943—1992 年);以及因长篇巨著《阿信》而扬名世界的桥田寿贺子(1925—)和描写泥石流走俏文坛的北海道作家三浦绫子(1922—1999 年)等人,都是中国读者熟悉并关注的日本杰出女作家。

20 世纪 70 年代,日本女性主义批评论开始繁盛,她们或沿袭欧美女性主义的观点,以"女性的视点"对男性作家的女性观重新审视,或稀释性别的标尺,专事以文本的、写作手法的性别差异为前提,在解构男性语言中心的基础上建构女性论。此举的社会积极性在于,倡导女性不仅要从男权传统的阴影下解放出来,而且应该从自身在男权阴影下养成的陋习中解放出来,重塑女性的半边天。由此,一批新型的作家应运而生,一大批战后出生的年轻作家的文学作品占据了 70 年代后的大半个日本文坛,譬如高树信子(1946—)的《亿万个夜晚》、小池真理子（1952— ）的《沉默的杀意》、筱田节子（1955— ）的《第四个神话》、松浦理英子（1958— ）的《葬礼之日》（1978年）、中泽惠（1959— ）的《感知海的时刻》（1978年）、山本文绪（1962— ）的《菠萝飘香的彼岸》、小川洋子（1962— ）的《妊娠日记》（1990年）、江国香织（1964— ）的《好想大哭一场》（2004年）、大道珠贵（1966— ）的《咸味兜风》、青山七惠的（1983— ）《一个人的好天气》（2007年）、金原瞳（1983— ）的《裂舌》等等。

这些出生于战后的作家，她们身上已经难觅战争岁月的灰暗痕迹，她们是名副其实的终结"战后"的一代作家，日本女性文学由于她们的勤耕不辍、孜孜以求的创作态度而在世界文坛上熠熠生辉。当代日本文坛还有一个现象值得人们注意，日本文坛的国际化倾向越发明显，滞日朝鲜族作家柳美里"虚构家族"的创作倾向，在日本刮起了一阵旋风，中国留日女作家杨逸以"触手可及的新鲜度"描写了"跨越国境之后才能看到的东西"以及"人类顽强的生活情景"①，甚而摘取了日本第一纯文学大奖芥川奖的桂冠。近年来，随着中国改革步伐的加快，她们的作品更加频繁地出现于中国的媒体和出版行列中，不仅促生了战后日本文坛的繁荣，而且其带着温馨的睿智也拓宽了中国读者的审美视野。

---

① 《杨逸：芥川奖华裔获奖者第一人》，见中国网 china. com. cn，2008-07-29。

附录　日本女性作家年表

年代	女性文学作品	女性作家活动事项
公元前3世纪至公元3世纪后半期	古歌谣	
4世纪至6世纪30年代	古代歌谣。神话。传说。祝词。寿词	
673年(白凤二年)	《万叶集》第1期(600—673年)	
683年(白凤十二年)		镜王女(?—683年)卒
696年(朱鸟十年)		额田王(约637—约696年)卒
701年(大宝元年)		大伯皇女(661—701年)卒
702年(大宝二年)		持统天皇(645—702年)卒
710年(和铜三年)	《万叶集》第2期(673—710年)	
712年(和铜五年)		稗田阿礼在世

721 年（养老五年）		元明天皇（约 661—721 年）卒
733 年（天平五年）	《万叶集》第 3 期（710—733 年）	笠女郎在世（732 年）
759 年（天平宝字三年）	《万叶集》第 4 期（734—759 年）	
781 年（天应元年）		大伴坂上郎女（695？—781 年？）卒
851 年（仁寿元年）	《小町集》（小野小町）	
905 年（延喜五年）	《古今和歌集》（纪贯之等）	
937 年（承平七年）	《伊势集》（伊势）	
974 年（天延二年）	《蜻蛉日记》（藤原道纲母）	
993 年（正历五年）		贺茂保宪女（？－约 993 年）卒
995 年（长德元年）		藤原道纲母（约 936－995 年）卒
1001 年（长保三年）	《枕草子》（清少纳言）	藤原道长女儿彰子成为中宫
1005 年（宽弘二年）	《拾遗和歌集》（1005—1007 年）	
1008 年（宽弘五年）	《紫式部日记》（1008—1010 年）（紫式部）。《和泉式部日记》（和泉式部）	
1010 年（宽弘七年）	《三十六人撰》（藤原公任编撰）	

1013年(长和二年)	《和汉朗咏集》(藤原公任)。《紫式部集》(紫式部)	
1014年(长和三年)	《源氏物语》(约成书于1001—1014年,或1001—1008年)(紫式部)。《大斋院御集》(选子内亲王等,约完成于1019年)	紫式部(978—约1014年)卒
1025年(万寿二年)		清少纳言(966—约1025年)卒。小式部内侍(?—1025年)卒
1028年(长元元年)	《荣华物语》(正篇)(赤染卫门)	和泉式部(?—约1028年)卒
1054年(天喜二年)	《狭衣物语》(宣旨或大贰三位)。《夜不成寐》、《滨松中纳言物语》(一说菅原孝标女所作)	
1059年(康平二年)	《更级日记》(菅原孝标女)	
1073年(延久五年)	《成寻阿阇梨母集》(成寻阿阇梨母)	成寻阿阇梨母(?—约1073年)卒
1082年(永保二年)		大贰三位(约999—约1082年)卒
1086年(应德三年)	《后拾遗和歌集》(藤原通俊编撰)	
1109年(天仁二年)	《赞岐典侍日记》(赞岐典侍)	
1122年(保安三年)	《新撰朗咏集》	
1187年(文治三年)	《千载和歌集》(藤原通俊编撰)	

1198 年(建久九年)	《无名草子》(约成书于 1198—1202 年)(俊成卿女)	
1201 年(建仁元年)	《千五百番歌合》	式子内亲王卒
1204 年(元久元年)		宫内卿(？—约 1204 年)卒
1205 年(元久二年)	《新古今和歌集》(藤原定家编撰)	建礼门院卒(1213 年)
1225 年(嘉禄元年)	《建礼门院右京大夫集》(藤原伊行女)	
1234 年(文历元年)	《新撰和歌集》	
1235 年(嘉祯元年)	《小仓百人一首》	
1243 年(仁治 4 年)		"河合社歌合"举办
1247 年(宽元 5 年)		"院御歌合"举办
1251 年(建长三年)	《续后撰和歌集》	
1252 年(建长四年)	《弁内侍日记》(弁内侍)。《越部禅尼消息》(藤原俊成女)	
1254 年(建长六年)		藤原俊成女(约 1171—约 1254 年)卒
1265 年(文永二年)	《续古今和歌集》	

1271年(文永八年)	《风叶和歌集》	
1278年(弘安元年)	《续拾遗和歌集》	
1280年(弘安三年)	《十六夜日记》(阿佛尼)	
1283年(弘安六年)		阿佛尼(1222?—1283年)卒
1295年(正应五年)	《中务内侍日记》(中务内侍)	
1307年(德治二年)	《出口成章》(后深草院二条)	
1310年(延庆三年)	《夫木和歌抄》	
1312年(正和元年)	《玉叶和歌集》	
1342年(兴国三年)		永福门院(1271—1342年)卒
1349年(贞和五年)	《风雅和歌集》	
1603年(庆长八年)		阿国在京都天满宫举行“祭”的演出
1764年(明和元年)	《千代尼句集》(加贺千代)	
1771年(明和八年)	《池藻》、《月亮的去向》(荒木田丽女)	
1775年(安永四年)		加贺千代(1703—1775年)卒

1777年(安永六年)	《丽女文集》、《丽女句集》、《水鸥》、《初午的日记》(荒木田丽女)	
1778年(安永七年)	《怪世谈》(荒木田丽女)	
1806年(文化三年)		荒木田丽女(1732—1806年)卒
1861年(文久元年)	《上京日记》(野村望东尼)	
1863年(文久三年)	《向陵集》、《梦中历历事》(野村望东尼)	
1867年(庆应三年)		野村望东尼(1806—1867年)卒
1868年(明治元年)	《莲月式部二女和歌集》(大田垣莲月)	爱媛县三津的石崎中经营女子私学馆
1869年(明治二年)	《椎能故夜堤》(橘冬照)。《姬岛日记》(野村望东尼)	
1870年(明治三年)	《海人荮藻》(大田垣莲月)	岩仓使节团赴欧考察。吉益亮子等五位少女作为第一批女留学生赴美留学。文部省决定开创女学校(1871年)
1874年(明治七年)		东京女子师范学校成立。《近世女大学》(土屋光华编)
1875年(明治八年)		迹见女学校成立。大田垣莲月(1791—1875年)卒

1877年(明治十年)	《互恨恋》(中岛歌子)	由于财政困难,东京女子师范学校解散。《万国女新闻》创刊
1878年(明治十一年)	《松契多年》(中岛歌子)	富山妇女发起“米骚动”
1879年(明治十二年)	《雨中花》、《负恋》(中岛歌子)	
1880年(明治十三年)	《冬鹤》、《若草》(中岛歌子)。《女庭训》(橘东世子)	植木枝盛呼吁妇女参政
1881年(明治十四年)	《山家新树》、《祝》(中岛歌子)	
1882年(明治十五年)	《若水》(中岛歌子)	下田歌子创办桃夭女塾。岸田俊子在大阪、冈山、九州等地发表有关“妇女之道”的演讲
1883年(明治十六年)	《函入娘・婚姻之不完全》(岸田俊子)	岸田俊子被以违反集会条例而拘留。景山英子创立私塾蒸红学舍
1884年(明治十七年)	《向往自由灯之光、而述心中之事》、《告同胞姐妹》(中岛湘烟)	《女学新志》创刊
1885年(明治十八年)		木村熊二,镫子夫妇建立明治女学校。《女学杂志》创刊。《我乐多文库》创刊
1886年(明治十九年)	《见山雀而有感》(菟道春千代)。《御歌会初》(阿部恪子)。《旧都的礼物》(若松贱子)。《雨后布谷鸟》(中岛歌子)	

1887年(明治二十年)	《都之花、雨中蛙》(中岛歌子)。《稻叶之波》(上田重女)。《善恶之歧路》(中岛湘烟)。《温柔公主物语》(若松贱子译)	《日本之女学》、《贵女之友》创刊。女权小说流行
1888年(明治二十一年)	《御垣之下草》(税所敦子编)。《对菊思昔》(中岛歌子)。《草丛中的黄莺》(三宅花圃)。《妇人教育会》(师冈信)	《东京妇人矫风会杂志》创刊
1889年(明治二十二年)	《山间的名花》、《伯爵家的小姐》(中岛湘烟)。《妇女之鉴》、《操行之比较》(木村曙)。《星》、《影像》(小金井喜美子等译)	
1890年(明治二十三年)	《八重樱》(三宅花圃)。《女文学家为何迟迟才出现》、《哭泣着告诉姐妹们》(清水紫琴)。《遗物》(若松贱子译)	东京女子高等师范学校成立。《女学生》创刊。清水紫琴就任《女学杂志》主编。木村曙(1872—1890年)卒
1891年(明治二十四年)	《寻花》(大塚楠绪子)。《坏掉的戒指》(清水紫琴)。《枯尾花》(三宅花圃)	因旁听政谈演说,五名女性被罚款。《妇女杂志》创刊
1892年(明治二十五年)	《埋没》(樋口一叶)。《绽放》(三宅花圃)。《一个青年的述怀》(清水紫琴)。《浴泉记》(小金井喜美子译)	《家庭杂志》创刊
1893年(明治二十六年)	《晓月夜》、《雪日》(樋口一叶)。《内助》(三宅花圃译)	日本基督教妇人矫风会成立。《文学界》创刊
1894年(明治二十七年)	《蓬露》(三轮贞信尼)。《乡下姑娘》、《三个寡妇》(北田薄冰)。《暗夜》、《大年夜》(樋口一叶)	

1895年(明治二十八年)	《内外咏史歌集》(税所敦子)。《青梅竹马》、《十三夜》、《浊流》、《行云》、(樋口一叶)。《萩桔梗》(三宅花圃)。《薄暮的秋天》(大塚南绪子)。《浮世之性》(小金井喜美子译)	
1896年(明治二十九年)	《醉痴集》(中岛歌子)。《岔路》、《青梅竹马》(樋口一叶)。《乳母》(北田薄冰)。《回忆》(若松贱子)。《亭子》(小金井喜美子译)	纺织女工频繁举行罢工。杂志《杜鹃》创刊。《文艺俱乐部》出版"闺秀小说特辑"。樋口一叶(1872—1896年)卒。若松贱子(1864—1896年)卒
1897年(明治三十年)	《小公子》(若松贱子翻译遗稿)	文部省发布男女分校训令。《女子之友》创刊
1898年明治三十一年)	《牵肠挂肚》、《野花》、《佛手柑》(北田薄冰)。《蛇物语》(三宅花圃)	下田歌子创立帝国妇人协会。津岛梅子出席美国召开的万国妇女教育大会
1899年(明治三十二年)	《片丝》(北田薄冰)。《移民学园》(清水紫琴)	下田歌子创办实践女学校
1900年(明治三十三年)	《睡懒觉的姿势》(与谢野晶子)。《暗夜》、《金表》、《一个星期天》(大塚楠绪子)。《信越纪行》(下田歌子)	吉冈弥生建立东京女医学校。津田梅子建立女子英学塾。《明星》创刊。《妇女新闻》创刊。税所敦子(1825—1900年)卒。北田薄冰(1876—1900年)卒

1901年(明治三十四年)	《乱发》(与谢野晶子)。《一夫一妻论》(石上露子)。《暗火》(长谷川时雨)	爱国妇人会成立。日本女子大学校建校。"矿毒地救济妇人会"结成。《女学世界》、《妇人新闻》创刊。中岛湘烟(1865—1901年)卒
1902年(明治三十五年)	《离鸳鸯》、《棉帽子》(大塚楠绪子)。《黄金》(小金井喜美子)。《矿毒地的惨状》(松本英子编)	《妇人界》、《少女界》创刊
1903年(明治三十六年)	《明治才媛歌集》(下田歌子)。《初发》(冈田八千代)。《破房之露》(小寺菊子)。《湘烟日记》(中岛湘烟)。《露水衣》(田村俊子)。《朋友们》(冈田八千代)	《家庭之友》、《家庭杂志》创刊。中岛歌子(1845—1903年)卒
1904年(明治三十七年)	《弟弟你不能去死——为包围旅顺口军中的弟弟而悲叹》(与谢野晶子)。《夕霜》(田村俊子)。《士兵》(石上露子)。《我的前半生》(福田英子)	以《明星》为中心掀起浪漫主义文学创作高潮。社会主义妇人讲演会创刊杂志《二十世纪的妇人》
1905年(明治三十八年)	《恋衣》(与谢野晶子、山川登美子、茅野雅子)。《百次参拜》(大塚楠绪子)。《蓬生》(冈田八千代)。《露》(田村俊子)。《我的回忆》(福田英子)。《产房日记》(与谢野晶子)。《海潮音》(长谷川时雨)	日本基督教女子青年会成立。《妇人画报》、《妇人世界》、《女子文坛》创刊。社会主义妇女协会成立
1906年(明治三十九年)	《舞姬》、《梦之华》(与谢野晶子)。《曙光》、《玉川集》(松村峰子)。《门草》、《乱》(冈田八千代)。《父亲》、《晴小袖》(大塚楠绪子)。《筑岛》、	《少女世界》、《文章世界》创刊

	《灰烬》(冈田八千代)	
1907年(明治四十年)	《房客》(与谢野晶子)。《新绿》、《美人茶室》、《黄橙》(冈田八千代)。《病妻》(大塚楠绪子)	福田英子等请愿,允许妇女参加结社和集会。福田英子创办《世界妇女》杂志。闺秀文学会成立
1908年(明治四十一年)	《萩之雫》(中岛歌子)。《常夏》、《白光》(与谢野晶子)。《玉琴》(松村峰子)。《露》、《空熏》、《莺》(大塚楠绪子)。《池塘边》(野上弥生子)。《土手》、《那一夜》(水野仙子)。《犬》(屠格涅夫小说,冈崎千枝子译)。《霸王丸》(长谷川时雨)	社会主义妇女讲演会成立。帝剧女演员养成所开设。《少女之友》、《妇女之友》、《世界妇人》创刊。牧羊神会建立。奈良高等女子师范学校设立
1909年(明治四十二年)	《佐保姬》(与谢野晶子)。《天柱》、《晓露集》(大塚楠绪子)。《徒劳》(水野仙子)。《老》(田村俊子)。《黄金森林》(国木田治子)	《昴》创刊。菅野须贺子、幸德秋水等主编的《自由思想》发行。山川登美子(1879—1909年)卒
1910年(明治四十三年)	《母亲大人》、《玩偶》(野上弥生子)。《文子的眼泪》(小金井喜美子)。《画笔盒》(冈田八千代)。《节操》(长谷川时雨)	大逆事件发生。菅野须贺子被判死刑。《妇女界》创刊。大塚楠绪子(1875—1910年)卒
1911年(明治四十四年)	《春泥集》、《故乡的夏天》(与谢野晶子)。《父之罪》(小寺菊子)。《父亲和三个女儿》(野上弥生子)。《断念》、《生血》、《美佐枝》(田村俊子)。《原始,女性是太阳》(平塚雷鸟)	女性文艺杂志《青鞜》创刊。松井须磨子上演《玩偶之家》
1912年(大正元年)	《姿见日记》(今井邦子)。《红》、《恶感》、《嘲弄》、《微弱的权力》(田村俊子)。《京之助打盹》(野上弥生子)	《青鞜》、《女子文坛》、《女学世界》被禁止发行

1913 年（大正二年）	《娼妓》、《木乃伊的口红》、《女作家》（田村俊子）。《神乐坂的半襟》、《冰柱》（水野仙子）。《走向光明》（与谢野晶子）。《青鞜》（福田英子）。《玉帚》、《空华》（长谷川时雨）。《新女性》（平塚雷鸟）。《妇女解放的悲剧》（伊藤野枝译）	日本社会上出现了关于"新女性"的讨论。《少女》创刊。艺术座成立。文部省取缔抨击贤妻良母杂志的发行。新真妇人会结成，创刊《新真妇人》
1914 年（大正三年）	《藤实》（四贺光子）。《出奔》（伊藤野枝）。《春之晚》、《炮烙之刑》、《山茶花》、《枸杞子的诱惑》、《春夜》（田村俊子）。《新生命》、《五岁的小孩》（野上弥生子）。《从夏到秋》、《朵朵云彩》、《八个夜晚》（与谢野晶子）。《现代与妇女的生活》（平塚雷鸟）。《妇人解放论》（西川文子）。《个人主义与家庭》（远藤清子）。《不重视妇女生活的社会》（伊藤野枝）	日本宝塚少女歌剧养成会举行第一次公演。《番红花》、《妇人文艺》创刊
1915 年（大正四年）	《杰作歌选第二辑·武山英子》（武山英子）。《父亲的死》、《谎言》、《洗礼日》（野上弥生子）。《她的生活》、《恋爱的生命》、《压迫》、《小金五郎》（田村俊子）。《关于继承青鞜的问题》、《关于贞操的感想》（伊藤野枝）。《青鞜与我》（平塚雷鸟）。《恋爱与个人主义》（远藤清子）	武山英子（1881—1915年）卒
1916 年（大正五年）	《翡翠》（松村峰子）。《白木槿》（原阿佐绪）。《舞衣》、《朱叶集》、《短歌三百讲》（与谢野晶子）。《贫穷的人们》（宫本百合子）。《霜月》、《荣华》（田村俊子）。《新生命》（野上弥生子）。《花物语》（吉屋信子）。《在爱的斗争中出现的两性问题》（平塚雷鸟）	日本友爱会成立妇女部。《友爱妇人》、《妇人公论》创刊。《青鞜》无限期停刊

1917年(大正六年)	《寒红集》(杉浦翠子)。《金沙集》(茅野雅子)。《八千代集》(冈本八千代)。《红色的梦》(吉屋信子)。《太阳在闪耀》(宫本百合子)。《她》(野上弥生子)。《致现代的男女》(平塚雷鸟)。	《主妇之友》创刊
1918年(大正七年)	《爱情的烦恼》(冈本鹿子)。《致年轻的朋友》(与谢野晶子)。《明亮的早晨》(水野仙子)。《副教授B的幸福生活》(野上弥生子)。《破坏之前》(田村俊子)。《一根嫩芽》、《三郎爷爷》、《大地丰饶》(宫本百合子)。《贞操论》(佐佐木房子)。《转机》(伊藤野枝)。《热情的女人》、《美人传》(长谷川时雨)	母性保护论争开始。东京女子大学成立
1919年(大正八年)	《幻之华》(柳原白莲)。《美丽的月夜》(宫本百合子)。《牧羊者》(田村俊子)。《母亲的通信》(野上弥生子)。《醉酒的商人》(水野仙子)。《村中的叛逆者》(神近市子)。《现代生活与妇女》、《第四阶级的妇女运动》、《从女人的立场出发》(山川菊荣)。《晶子歌话》、《女子改造的基础性考察》(与谢野晶子)。《远在天边》(吉屋信子)。《名妇传》(长谷川时雨)	《改造》创刊。水野仙子(1888—1919年)卒。松井须磨子(1886—1919年)自杀
1920年(大正九年)	《恐怖之影》(佐佐木房子)。《屋檐下的两个处女》(吉屋信子)。《山川菊荣论》(伊藤野枝)。《金铃》(九条武子)	日本新妇人协会成立。《女性同盟》创刊。《妇人俱乐部》和《女学生》创刊

1921年（大正十年）	《吾木香》（三岛霞子）。《天之钥匙》（深尾须磨子）。《凝视死亡》（原阿佐绪）。《脂粉红颜》（宇野千代）。《珍珠贝》（中原绫子）。《相克》（住井末）。《无政府的事实》（伊藤野枝）	日本第一个社会主义妇女团体——赤澜会成立
1922年（大正十一年）	《通红的叹息》（深尾须磨子）。《午市》（宫本百合子）。《海神丸》（野上弥生子）。《掘墓》（宇野千代）	《女性》、《女性改造》创刊
1923年（大正十二年）	《不知火》（水町京子）。《未亡人论》（三宅安子）	争取妇女参政同盟成立。《播种人》社举行全国第一次妇女节活动。伊藤野枝（1895—1923年）被杀害。《少女俱乐部》、《女性改造》、《女人艺术》创刊。
1924年（大正十三年）	《山栀》（野沟七生子）。《伸子》（1924—1926年）（宫本百合子）	《文艺战线》创刊。《无产诗人》、《战斗文艺》创刊
1925年（大正十四年）	《花猫》、《诅咒》、《焦躁》（深尾须磨子）。《浴身》（冈本鹿子）。《紫梅》（柳原白莲）	《无产者新闻》发刊。《驴马》创刊。妇人参政同盟会会报发行。日本无产阶级文艺联盟成立
1926年（昭和元年）	《秋草》（阿部静枝）。《奔流》（三宅安子）。《玉菊》（木村富子）。《故里》（圆地文子）。《冷笑》、《抛弃吧》（平林泰子）	
1927年（昭和二年）	《深渊》（中原绫子）。《在诊疗室》（平林泰子）。《小鱼之心》（真杉静	无产阶级文艺联盟分裂，前卫艺术家同盟成

	枝)。《高野物狂》(木村富子)。《一枝花》(宫本百合子)	立。《无产阶级艺术》、《妇选》创刊。三岛霞子(1886—1927年)卒。福田英子(1865—1927年)卒
1928年(昭和三年)	《矿井里的姑娘》(松田解子)。《看那青灰马》、《玉米地》、《放浪记》(林芙美子)。《来自牛奶糖工厂》(佐多稻子)。《真知子》(野上弥生子)。《晚春骚夜》(圆地文子)。《熏染》(九条武子)	小山伊都子等创办妇女杂志《火鸟》。《女人艺术》、《前卫》、《战旗》、《妇人战线》创刊。日本无产阶级戏剧联盟成立。九条武子(1887—1928年)卒
1929年(昭和四年)	《航标》(中原绫子)。《背叛》(竹内照代)。《龙胆》(长谷川金女)。《无产阶级意识之下》(馆山一子)	日本无产阶级作家同盟成立
1930年(昭和五年)	《泡沫千首》(小金井喜美子)。《为初学和歌者》(四贺光子)。《金钱》、《燃烧的花瓣》(三宅安子)。《跳过陷阱的女人》(矢田津世子)。《年轻时候的小山内薰》(冈本八千代)。《白孔雀》(九条武子)	日本无产阶级妇女艺术联盟成立。大日本联合妇人会创立
1931年(昭和六年)	《浅春谱》、《手风琴和渔镇》、《清贫之书》(林芙美子)	
1932年(昭和七年)	《1932年的春天》、《时时刻刻》(宫本百合子)。《假未亡人》(三宅安子)。《文艺笔记》(坂垣直子)。《做什么》(佐多稻子)。《年轻的儿子》(野上弥生子)	大阪日本国防妇人会成立。杉田久女创刊俳句杂志《花衣》(1931年)。石上露子创刊诗歌杂志《冬柏》(1932年)。三宅安子(1890—1932年)卒

1933 年(昭和八年)	《爱情的忏悔》(宇野千代)。《回忆记》(林芙美子)	杉浦翠子创办杂志《短歌至上主义》。《劳动妇女》创刊
1934 年(昭和九年)	《三岛霞子全歌集》、《绿色的地平线》(横山美智子)。《色悔》(宇野千代)。《朱美作品集》(北见志保子)。《小祝的一家》、《越冬的蓓蕾》(宫本百合子)。《半生》(大谷藤子)	新日本妇人协会成立(1933 年)。《妇人文艺》创刊。日本无产阶级作家同盟宣布解散
1935 年(昭和十年)	《致有耐心的人》(松田解子)。《乳房》(宫本百合子)。《牡蛎》(林芙美子)。《惜春》(圆地文子)。《悲哀的少年》(野上弥生子)	劳动妇女之家创立。宫本百合子、洼川稻子被指控违反《治安维持法》遭逮捕
1936 年(昭和十一年)	《暖流》(五岛美代子)。《木棉随笔》(森田玉)。《病鹤》(冈本鹿子)。《散文恋爱》(圆地文子)。《神乐坂》(矢田津世子)。《丈夫的贞操》(吉屋信子)。《迷路》(1936—1956 年)(野上弥生子)。《晚年的父亲》(小堀杏奴)。《近代美人传》(长谷川时雨)。《大日本女性人名辞书》(高群逸枝)	下田歌子(1854—1936 年)卒
1937 年(昭和十二年)	《立子句集》(星野立子)。《母子叙情》(冈本鹿子)。《白衣作业》(中本高子)。《王属官》(牛岛春子)。《日本农村妇人问题》(丸冈秀子)。《七草》(三宅丰子)	竹下静廼女创办《成层圈》杂志。大日本联合妇人会、女子青年团开始结成女子义勇队
1938 年(昭和十三年)	《明日香路》(今井邦子)。《朝月》(四贺光子)。《南部铁瓶工》(中本高子)。《红》(佐多稻子)。《奈良》(池田小菊。《西崽的故事》(池田幸了)。	中里恒子以《公共马车》获第 8 届芥川奖。牛岛春子以《王属官》获伪满洲国“第一届建

	《赵老太太会见记》(长谷川照子)。《老妓抄》、《东海道五十三次》(冈本鹿子)。《处女地》(牛岛春子)。《母系制的研究》(高群逸枝)。《中国人少女》(小泉菊枝)。《美丽的挽歌》(横田文子)	国纪念文艺奖"。"满洲移住协会",大日本联合女子青年团共同在全日本募集"大陆新娘"2400人
1939年(昭和十四年)	《雨月》(长谷川金女)。《丢失了的两个苹果》(长谷川照子)。《河面上的亮光》、《诸生轮回》、《雏妓》、《家灵》(冈本鹿子)。《妻子和战争》(大庭幸子)。《小拇指》(堤千代)。《雪空》(牛岛春子)	"满洲国防妇人会"创立。冈本鹿子(1889—1939年)卒
1940年(昭和十五年)	《静静的爱》(竹内照代)。《诸国的天女》(永濑清子)。《镰仓》(星野立子)。《面貌》(宫本百合子)。《樱花之国》(大田洋子)。《阿贤》(堤千代)。《石狩少女》(森田玉)。《女兽心理》(野沟七生子)。《在火车中》(网野菊)。《姓祝的男人》(牛岛春子)。《日历》(壶井荣)。《女性两千六百年史》(高群逸枝)。《东亚联盟与昭和之民》(小泉菊枝)	女流文学者会成立。堤千代以《情妇》获第11届直木奖
1941年(昭和十六年)	《海燕》(桥本多佳子)。《花芯》(长泽美津)。《我居住的街道》(三宅丰子)。《都会和农村的同志们》、《开花的滑翔机》(大庭幸子)。《母子草》(小线信)。《事变下的文学》(坂垣直子)。《到国境》(北见志保子)。《二太太的命运》、《张凤山》(牛岛春子)。《冬》(三宅丰子)。《女性史开显》(小	全日本女诗人协会成立。芝木好子以《菜果市场》获第14届芥川奖。长谷川时雨(1879—1941年)卒

	泉菊枝)。《满洲赞歌》(永原稻子)。《坩之歌》(三宅丰子)。《在大陆》(望月百合子)	
1942年(昭和十七年)	《白樱集》(与谢野晶子)。《福寿草》、《女人》、《遥远的讯息》(牛岛春子)。《乱菊》(三宅丰子)。《满洲少女》(小泉菊枝)	与谢野晶子(1878—1942年)卒。田村俊子与中国女作家关露在上海创办《女声》杂志
1943年(昭和十八年)	《朱天》(斋藤史)。《传统和现代的歌》(四贺光子)。《大地的伦理》(住井末)。《忘雪》(三宅丰子)	三宅花圃(1868—1943年)卒
1944年(昭和十九年)	《汀女俳句集》(中村汀女)。《小猫之死》(长谷川照子)。《鞑鞑特产》(冈田文枝)。《法华经物语》(小泉菊枝)	《文艺》创刊。木村富子(1890—1944年)卒。矢田津世子(1907—1944年)卒
1945年(昭和二十年)	《山庄记》(野上弥生子)。《新日本文学的开端》、《歌声呦,唱起来吧》(宫本百合子)	新日本妇女同盟主办妇女参政权讲演会。新日本文学会成立。宫本百合子、野上弥生子参加。青柳有美(1873—1945年)卒。田村俊子(1884—1945年)卒
1946年(昭和二十一年)	《一人行》、《这样的女人》(平林泰子)。《妈妈》(村山筹子)。《知风草》、《播州平野》(宫本百合子)。《我的东京地图》(佐多稻子)	颁布日本国宪法。日本妇女第一次行使参政权。妇人民主俱乐部成立。《主妇与生活》、《群像》创刊。杉田久女(1890—1946年)卒。茅野雅子(1880—1946年)卒。村

		山筝子（1903—1946年）卒。长谷川照子（1912—1946年）卒
1947年（昭和二十二年）	《信浓》（桥本多佳子）。《麻衣》（四贺光子）。《道标》、《两个院子》（宫本百合子）。《小阿畅腾云》（石井桃子）。《阿范》（宇野千代）。《金棺》（网野菊）。《妻子的座位》（壶井荣）。《我要活下去》（平林泰子）。《终焉》、《幸田露伴的临终》（幸田文）。	中村汀女创办《风花》杂志。
1948年（昭和二十三年）	《花影》（中村汀女）。《报春花》（由起茂子）。《尸横遍野》（大田洋子）。《款冬花梗》（山代巴）。《月影》（野沟七生子）。《花怨》、《后宫之人》（真杉静枝）。《晚菊》（林芙美子）。《泡沫的记录》（佐多稻子）。《地底之歌》、《人生试验》（平林泰子）。《迷路》第一部（野上弥生子）。《妇女和文学》（宫本百合子）	日本主妇联合会成立。今井邦子（1890—1948年）卒
1949年（昭和二十四年）	《月光抄》（桂信子）。《警视总监的笑》（由起茂子）。《女人坡》（1949—1957，圆地文子）。《夫妇》（畔柳二美）。《面影》（小线信）。《流星还在闪耀》（藤原定）。《女性思想史》（神市近子）。《浮云》（1949—1951年）（林芙美子）。《红色的大丽花》（中本高子）。《酱渣》（幸田文）	《少女》创刊。由起繁子以《书的故事》获第21届芥川奖。佐佐木房子（1897—1949年）卒
1950年（昭和二十五年）	《橙黄》（葛原妙子）。《人间褴褛》（大田洋子）。《坠落的世界》（久坂叶子）。《灰色的山丘》（藤原定）。《丑	小山丝子以《缓期执行》获第23届直木奖

	妇传》(池田道子)。《泥芜菁》(真山美保等)。《京都的彩虹》(田中澄江)	
1951年(昭和二十六年)	《傍晚的波浪》(中河干子)。《红线》(桥本多佳子)。《绀》(山田秋)。《浮云》、《饭》(林芙美子)。《有柿子树的人家》(壶井荣)。《地底的人们》(松田解子)。《安宅家的人们》、《鬼火》(吉屋信子)。《申乐新记》(杉本苑子)。《变成贝壳的孩子》(松田美代子)。《原野》(曾野绫子)。《无穷的困惑》(畔柳二美)。《绿色的林荫道》(佐多稻子)	发生阻碍纪念宫本百合子事件。宫本百合子(1899—1951年)卒。林芙美子(1903—1951年)卒。竹下静廼女(1887—1951年)卒
1952年(昭和二十七年)	《火与雪》(五岛美代子)。《冬蔷薇》(细见绫子)。《马渊美意子诗集》。《杉田久女句集》(杉田久女)。《二十四只眼睛》、《坡路》(壶井荣)。《深尾须磨子诗集》(深尾须磨子)。《吊桶之声》(大谷藤子)。《燐之谱》(杉本苑子)。《姊妹》(畔柳二美)	永濑清子创办诗歌杂志《黄蔷薇》。平林泰子出席巴黎文化自由会议。久坂叶子(1931—1952年)卒
1953年(昭和二十八年)	《沙比达的记忆》(原田康子)。《现实的孩子》(横山美智子)。《饥饿的岁月》(圆地文子)。《卖淫的女人们》(广池秋子)	《多喜二和百合子》创刊
1954年(昭和二十九年)	《住在原野上》(松村峰子)。《乳房丧失》(中城文子)。《半人》(大田洋子)。《黑色的裙裾》(幸田文)。《市川原五部一座颠末记》(真山美保)。《妇人作家评传》(坂垣直子)。《洲崎	《女性俳句》创刊。中城富美子(1922—1954年)卒

	乐园》(芝木好子)。《拂晓》(住井末)。《灯火节》(松村峰子)。《水坝工地》(小山伊登子)。《巴比伦的处女市》、《远方来客》(曾野绫子)。《风》(壶井荣)。《批评家的无知》(小山伊登子)	
1955年(昭和三十年)	《女身》(桂信子)。《雪》(长泽美津)。《花的原型》(中城富美子)。《对话》(茨木则子)。《故乡的点心》(中村汀女)。《机器里的青春》、《夜的记忆》(佐多稻子)。《岁月的背后》(畔柳二美)。《新妇礼服》(壶井荣)。《夺朱者》(圆地文子)。《兄弟》、《飘零》(幸田文)。《沙漠之花》(平林泰子)	北见志保子(1885—1955年)卒。堤千代(1917—1955年)卒
1956年(昭和三十一年)	《尚未明确的调查》(富小路祯子)。《地平线》(柳原白莲)。《冬季》(阿部静枝)。《返礼》(富冈多惠子)。《挽歌》(原田康子)。《皇后陛下》(小山伊都子)。《链霉素聋子》(大原富枝)。《板车之歌》(山代巴)。《女子大学生曲爱玲》(濑户内晴美)。《加纳大尉夫人》(佐藤爱子)。《女人的四季》(中村汀女)。《回忆父亲朔太郎》(荻原叶子)。《漱石文学的背景》、《女二代记》(山川菊荣)。《我的百合花故事》(壶井荣)。《妖》(圆地文子)。《地歌》(有吉佐和子)。《深夜小站》(畔柳二美)。《岁月流逝》(芝木好子)。《虹》(田边圣子)。《夏季风暴》(深井迪子)	小金井喜美子(1870—1956年)卒

1957年(昭和三十二年)	《新辑母亲歌集》(五岛美代子)。《海彦》(桥本多佳子)。《实生》(星野立子)。《空间格子》(山中智惠子)。《白色的风中》(笙方立江)。《撒卢比亚之城》(尾崎左永子)。《猫知道》(仁木悦子)。《父亲的帽子》(森茉莉)。《诗的诱惑》(江间章子)。《近代日本恋爱史》、《世界女性解放史》(石垣绫子)。《暖帘》(山崎丰子)。《白毛》(有吉佐和子)。《夜光中的女人》(芝木好子)。《跑道》(中本高子)	幸田文以《飘零》首获女性艺术院奖。野上弥生子来华访问。松村峰子(1878—1957年)卒
1958年(昭和三十三年)	《看不见的邮递员》(茨木则子)。《蔷薇诗集》(永濑清子)。《圆形花坛》(石川不二子)。《关于男性的88章》、《爱与憎的街市》(广池秋子)。《马渊川》(渡边喜惠子)。《野盗风中逃》(真山美保)。《废园》(原田康子)。《暴腌咸菜》(曾野绫子)。《东京的土地》、《女用面具》(圆地文子)。《木偶净琉璃》、《江口之乡》(有吉佐和子)。《采花》(田边圣子)。《镰仓杂记》(四贺光子)。《粗皮肤》、《齿轮》(佐多稻子)。《山芋饭》(町田敏子)。《脚步声》(森茉莉)。	女流新人奖设立(1958—1997年)。山崎丰子以《花暖帘》获第39届直木奖
1959年(昭和三十四年)	《石上露子集》(石上露子)。《现存》(新藤千惠)。《密闭部落》(斋藤史)。《神恩宠的橡树》(富冈多惠子)。《灰色的下午》(佐多稻子)。《树荫下的房子中的小人们》(乾富子)。《鹭》(岩崎京子)。《浮冰的街市》(南部树未子)。《现代的陷阱》(池田道子)。	皇太子与平民美智子结婚。渡边喜惠子以《马渊河》、平岩弓枝以《錾匠》分获第41届直木奖。石上露子(1882—1959年)卒

	《父亲萩原朔太郎》(萩原叶子)。《纪之川》、《江口之星》、《糯米皮》(有吉佐和子)。《漫长的道路》(畔柳二美)。《蔷薇花开》(芝木好子)。《盆地》(山崎丰子)。《爱的墓碑》(曾野绫子)	
1960年(昭和三十五年)	《钢铁之足》(泷口雅子)。《物语的明天》(富冈多惠子)。《党派》、《蛇》(仓桥由美子)。《我不能忘记》、《祈祷》(有吉佐和子)。《不死鸟》(中本高子)。《灰色的下午》(佐多稻子)。《名叫婉的女子》(大原富枝)。《沉重的第二性》(太田经子)。《后视镜》(新章文子)。《龙子太郎》(松田美代子)。《汤药》、《豆腐皮》(芝木好子)。《田村俊子》(濑户内晴美)。《病中的山丘》、《恶作剧》(原田康子)。《离情》、《受伤的翅膀》(圆地文子)。《白色的道路》(畔柳二美)。《八十岁》(大田洋子)	杉浦翠子(1885—1960年)卒
1961年(昭和三十六年)	《追忆生命》(五岛美代子)。《樱花》、《摇曳的芦苇》(网野菊)。《恋人的森林》(森茉莉)。《活神仙的故事》(圆地文子)。《青子的周围》(新章文子)。《共产党》、《不存在的地方》(仓桥由美子)。《乳色的墓标》(南部树未子)。《三个老太婆》、《墨》、《黑衣》(有吉佐和子)。《林中的家》(仁木悦子)。《格朗德河》(曾野绫子)。《隅田川》(芝木好子)。《猎取幼儿》	女性文学奖设立

	（河野多惠子）。《没有桥的河》（1961—1973年）（住井末）。《正妻》（大原富枝）。《阴郁的旅行》（仓桥由美子）	
1962年（昭和三十七年）	《场所》（高良留美子）。《女人的脸》（新章文子）。《巨大的幻影》（户川昌子）。《红蜻蜓记》、《晚年的父亲犀星》（室生朝子）。《月夜的风琴》（安房直子）。《自传的女流文坛史》（吉屋信子）。《秀吉与利休》（1962—1963年）（野上弥生子）。《夏末》、《嘉乃子灿烂的一生》（濑户内晴美）。《香华》（有吉佐和子）。《丸之内八号馆》（芝木好子）。《火山列岛》、《妙见岛夕景》（曾野绫子）。《枯叶的宿处》（森茉莉）。《河水仍在流》（大原富枝）。《美少女》（河野多惠子）。《女人的住所》（佐多稻子）。	日本妇人会议结成。妇女问题恳话会创立。新日本妇人之会结成。山口瞳以《江分利满氏的优雅生活》、杉本苑子以《孤愁的岸边》分获第48届直木奖。冈田八千代（1883—1962年）卒
1963年（昭和三十八年）	《鸟之町》（会田千衣子）。《星期一的诗集》、《续星期一的诗集》（高田敏子）。《河灯》（长谷川金女）。《五岛美代子全歌集》（五岛美代子）。《纺锤》（山中智惠子）。《辩护方的证人》（小泉喜美子）。《猎人日记》（户川昌子）。《温柔的女人》（中山爱子）。《往还记》（竹西宽子）。《助左卫门四代记》、《有田川》、《非色》（有吉佐和子）。《刺痛》（宇野千代）。《假面世界》（圆地文子）。《蝎》（仓桥由美子）。《幸福》、《溪流》（佐多稻子）。《苏格拉底之妻》（佐藤爱子）	河野多惠子以《蟹》、田边圣子以《感伤旅行》分获第49和第50届芥川奖。小山伊登子的实名小说《美智子》因宫内厅的要求而停止连载。桥本多佳子（1899—1963年）卒。大田洋子（1903—1963年）卒

1964年(昭和三十九年)	《绢之随笔》(森田玉)。《幼年连祷》、《夏之墓》(吉原幸子)。《女友们》(富冈多惠子)。《炎环》(永井路子)。《木马馆》(获原叶子)。《神学校一年级学生》、《尽管觉醒较迟》(阿部光子)。《常陆坊海尊》(秋元松代)。《能面》(白洲正子)。《望乡》(原田康子)。《夜晚的仙鹤》(芝木好子)。《弥勒》(曾野绫子)。《笛子》(野上弥生子)。《化性》(圆地文子)	安西笃子以《张少子的话》、永井路子以《火圈》分获第50届直木奖。三浦绫子的《冰点》获《朝日新闻》纪念创刊85周年征文千万元大奖
1965年(昭和四十年)	《罗马的秋天及其他》(新川和江)。《献给年轻人的诗·名诗之心》(新藤千惠)。《大和的石佛》(星野立子)。《白色巨塔》(山崎丰子)。《山猫的兄弟》(冈野薰子)。《单独者》(森万纪子)。《日本的幼儿园——幼儿教育史》(山崎朋子)。《镇魂歌》(茨木则子)。《葛饰之女》、《巴黎之门》(芝木好子)。《女人与酱汤》(平岩弓枝)。《滨海的庭院》(曾野绫子)。《美人变相》、《彩虹和阿修罗》(圆地文子)。《结婚》、《圣少女》(仓桥由美子)。《刺》(宇野千代)	津村节子以《玩具》获第53届芥川奖。第32届国际笔会在奥斯陆召开,平林泰子、圆地文子等参加。"主妇作家"一词开始流行。畔柳二美(1912—1965年)卒
1966年(昭和四十一年)	《华冈青洲之妻》(有吉佐和子)。《德川家的夫人们》(吉屋信子)。《天上之花·三好达治抄》(萩原叶子)。《自己的星星》(吉田敏)。《枯黄色的街道》(仁木悦子)。《绵羊山》(三浦绫子)。《最后的时刻》、《发誓》、《斗》(河野多惠子)。《铃兰》(野上弥生子)。《令人不快的夏天》(仓桥	

	由美子)。《一匹狼》(汤浅芳子)。《塑像》(佐多稻子)。《天上的花》(荻原叶子)	
1967年(昭和四十二年)	《藤》(高田敏子)。《一生只遇一次》(网野菊)。《追求美的心》(冈部伊都子)。《幸吉的座灯》(曾野绫子)。《地歌》(有吉佐和子)。《筑地川》(芝木好子)。《爱的生活》、《自然的孩子(金井美惠子)。《人的道路》(圆地文子)。《邂逅》(河野多惠子)。《这个粉盒》(宇野千代)。《一隅之记》(野上弥生子)。《秘密》(平林泰子)。《一个青春》(大原富枝)。《草气》(河野多惠子)。《疯玛利亚》、《甜蜜的欢乐》(森茉莉)。《源氏物语论》(竹西宽子)	永井路子作为"日中文化交流协会代表团"成员访问中国。柳原白莲(1885—1967年)卒。池田小菊(1892—1967年)卒。壶井荣(1900—1967年)卒。馆山一子(1896—1967年)卒
1968年(昭和四十三年)	《久女句集》(杉田久女)。《摇曳》(太田经子)。《战争结束·太阳落山》(佐藤爱子)。《波之音》(广津桃子)。《车的颜色是天空的颜色》(阿万纪美子)。《北方的森林》(原田康子)。《高更》、《只见河》、《积木箱》(曾野绫子)。《冬茶花》(芝木好子)。《众鬼的声音》(田边圣子)。《突如其来的声音》(河野多惠子)。《埃温达》(金井美惠子)。《没有布局的画》(大庭美奈子)。《向日葵的家》、《弗吉尼亚》(仓桥由美子)。《在沉重的潮流中》(佐多稻子)。《唐·彼得二世的旅馆》(深井富子)	大庭美奈子以《三只蟹》获第59届芥川文学奖

1969 年(昭和四十四年)	《夏带》(铃木真砂女)。《土佐一条家的崩溃》(大原富枝)。《北条政子》(永井路子)。《再会》(大谷藤子)。《原生花园》(渡边喜惠子)。《正在执行死刑》(三枝和子)。《苦海净土——我们的水俣病》(石牟礼道子)。《无名碑》、《牺牲之岛》(曾野绫子)。《旧约圣经物语》(犬养道子)。《天使消逝了》(夏树静子)。《风声》(宇野千代)。《安魂曲》(津岛佑子)。《骨肉》(河野多惠子)。《林芙美子》、《铁的叹息》(平林泰子)。《白发童女》(仓桥由美子)。《栈桥》(大庭美奈子)。《出云的阿国》(有吉佐和子)	高永濑清子创办随笔杂志《女人随笔》。佐藤爱子以《战斗后的夜晚》获第61届直木奖。高野悦子(1949—1969年)卒。长谷川金女(1887—1969年)卒。原阿佐绪(1888—1969年)卒。中原绫子(1898—1969年)卒。由起茂子(1902—1969年)卒
1970 年(昭和四十五年)	《朱灵》(葛原妙子)。《转门》(河野多惠子)。《奇妙的新娘》、《燃烧的手指》(金井美惠子)。《有鲤鱼的村子》(岩崎京子)。《女人的面孔》(平岩弓枝)。《天使消失》(夏树静子)。《花与星星》(犬养道子)。《雪椿的一生——满洲武装移民之妻》(角田房子)。《为谁而爱》(曾野绫子)。《梦幻中的浮桥》(仓桥由美子)。《幸福之犬》(吉田知子)。《杀人》(山口瞳)。《树影》(佐多稻子)	吉田知子以《无明长夜》获第63届芥川奖。松冈洋子、小田切秀雄、大江健三郎等人反对参加韩国的国际笔会和中国台湾的亚洲作家会议而脱离笔会。森田玉(1894—1970年)卒
1971 年(昭和四十六年)	《那边的水声》、《共生空间》(高桥和子)。《黄色娼妇》(森万纪子)。《20岁的起点》(高野悦子)。《尸体喜欢空调》(山村美纱)。《狐狸的窗户》(安房直子)。《暖流》(有吉佐和子)。《蓝的季节》、《胆大阿妈》(平岩弓枝)。	佐多稻子、野间宏等反对修建成田机场。曾野绫子出席爱尔兰国际笔会大会。野上弥生子获文化勋章。平塚雷鸟(1886—1971年卒)

	《贞女日记》(田边圣子)。《狂欢节》、《谢肉节》(津岛佑子)。《众神尚在的故事》(仓桥由美子)。《看得见的窗》(广津桃子)。《发花》(小林美代子)。《王朝词华集日记》(竹西宽子)。《人们面丘而立》(富冈多惠子)。《胸中的不安》(河野多惠子)。《没有岸边的海》(金井美惠子)	
1972年(昭和四十七年)	《恍惚的人》(有吉佐和子)。《妻子们的二·二六事件》、《密约——外务省泄密事件》(泽地久枝)。《秋之音》(广津桃子)。《魔法》(山本道子)。《八月的修罗》(三枝和子)。《式子内亲王·永福门院》(竹西宽子)。《山打根八号妓院》(山崎朋子)。《山中智惠子》(山中智惠子)。《与世隔绝的村庄》(白洲正子)。《树影》(佐多稻子)。《一个神话的背景》、《离去的脚步声》(曾野绫子)。《一个女人的故事》(宇野千代)。《平民区的女人》(平岩弓枝)。《熊猫和我》(黑柳彻子)。《青瓷瓶》(芝木好子)。《骨城》、《双面》(高桥和子)。《天鱼》(石牟礼道子)。《孕狐》(津岛佑子)。《森林》(野上弥生子)。《平林泰子和笑》、《双梦》(河野多惠子)。《任重道远》(素久鬼子)。《隐蓑》(中里恒子)。《忘了一半的歌》(富冈多惠子)。《拉胡琴的鸟》(大庭美奈子)	有吉佐和子、远藤周作任文部省中央教育审议会委员。山本道子以《贝蒂的院子》获第68届芥川文学奖。平林泰子(1905—1972年)卒

1973年(昭和四十八年)	《金井美惠子诗集》。《富冈多惠子诗集》、《植物节》、《结婚纪念日》(富冈多惠子)。《流水泉》(山田秋)。《旋花》、《昼颜》(吉原幸子)。《没有桥的河》(住井末)。《浮华世家》(山崎丰子)。《歌枕》、《相生》(中里恒子)。《雅典的夏天》(皆川博子)。《狐狸的道路是天路》(阿部纪美子)。《流民之都》(石牟礼道子)。《奇迹》(曾野绫子)。《残像》(三浦绫子)。《蒸发》(夏树静子)。《兔》(金井美惠子)。《疑》(河野多惠子)。《任性的幽灵》(山本道子)。《圣人们》(吉田知子)。《拥抱》(濑户内晴美)。《共存的空间》、《失去的画》(高桥和子)。《浆》(宫尾登美子)。《在火山上飞的鸟》(芝木好子)。《坛中的孩子》、《活物云集的房子》(津岛佑子)	乡静子以《安魂曲》获第69届芥川奖。濑户内晴美在中尊寺削发为尼。吉屋信子(1896—1973年)卒。小林美代子(1917—1973年)自杀
1974年(昭和四十九年)	《白夜》(泷口雅子)。《慈母》(中河干子)。《伎艺天》(细见绫子)。《中村汀女俳句集成》(中村汀女)。《鬼怒川》(有吉佐和子)。《波涛无歌》(大原富枝)。《到天边》、《没落的风景》、《盛大的日子》(高桥和子)。《花开》(岩崎京子)。《女优万里子》(佐藤爱子)。《消失在马六甲海峡》(山村美纱)。《木莲沼》(石泽富子)。《春草之梦》、《虚构之家》、《圆形水槽》、《压伤的芦苇》(曾野绫子)。《雨声》(宇野千代)。《华丽的魔兽》(平岩弓枝)。《没有岸的海》、《夜游》(金	森下洋子获第七届国际芭蕾舞大赛女演员大奖。深尾须磨子(1888—1974年)卒。水町京子(1891—1974年)卒。阿部静枝(1899—1974年)卒

	井美惠子)。《壁音》(三浦绫子)。《到那边》、《悔恨》(大谷藤子)。《犬看到的景象》、《极乐大道·极乐小巷》、《冥途之家》(富冈多惠子)。《猫》(圆地文子)。《松袭》、《花筐》(中里恒子)。《寂静短暂的下午》(岩桥邦枝)。《文学的奇迹》、《血和贝壳》(河野多惠子)。《九月》(吉田知子)。《到圈外去》(乡静子)	
1975年(昭和五十年)	《水妖词馆》(中村苑子)。《破烂博物馆》(大庭美奈子)。《亲密的关系》(田边圣子)。《小小的海和天空》(乡静子)。《银孔雀》(安房直子)。《石女》(泽田富士子)。《田端文士村》(近藤富枝)。《七人海角》(秋元松代)。《甘粕大尉》(角田房子)。《综合污染》(有吉佐和子)。《薄墨之樱》(宇野千代)。《不在之室》(曾野绫子)。《甜蜜的关系》(田边圣子)。《时间的流逝》、《伫立时》(佐多稻子)。《蓝天》(吉行理惠)。《白的女礼服》(芝木好子)。《两人的墓标》(林京子)。《动物的葬礼》(富冈多惠子)。《川波抄》(圆地文子)。《聚在一起的石头群》(梅原绫子)。《悉听尊便》(竹西宽子)。《魂之犬》(高桥和子)。《鹤》(竹西宽子)	林京子以《祭祀场》获第73届芥川奖
1976年(昭和五十一年)	《汀子句集》(稻畑汀子)。《陪睡的噩梦·午睡的梦》(金井美惠子)。《夕萤》(铃木真砂女)。《透明界》(富小路祯子)。《全红》(斋藤史)。《花狩》	芝木好子就任女作家协会会长。四贺光子(1885—1976年)卒

	(中村苑子)。《水町京子歌集》、《古寺巡礼——京都》、《管弦祭》(竹西宽子)。《琵琶传》(石泽富子)。《秋元松代全作品集 3 卷》(秋元松代)。《天北原野》、《遥远的山岗》(三浦绫子)。《百点》(向田邦子)。《私人生活》(田边圣子)。《葎之母》(津岛佑子)。《樟树的表面》(林京子)。《砂槛》(河野多惠子)。《诱惑者》、《偶人之爱》(高桥多佳子)。《冬空》(岩桥邦枝)。《荨麻人家》(荻原叶子)。《落花》(广津桃子)。《吉野川》(大原富枝)。《不问而语》(圆地文子)。《少年之声》(山本道子)。《路边》(佐多稻子)	
1977 年(昭和五十二年)	《不死鸟》(会田千衣子)。《山河无限》(山田秋)。《泷泽马琴》(杉本苑子)。《无缘佛》(池田道子)。《刻画时间的潮水》(藤本泉)。《漂泊与定居——柳田国男的社会变动论》(鹤见和子)。《时雨记》(中里恒子)。《泥流地带》(三浦绫子)。《鸟兽之寺》(山村美纱)。《水西书院的姑娘》(宇野千代)。《当世凡人传》(富冈多惠子)。《死后的关系》(增田瑞子)。《没有旁证的女人》(夏树静子)。《看到透明空间时》(津岛佑子)	坂垣直子(1896—1977 年)卒。大谷藤子(1903—1977 年)卒
1978 年(昭和五十三年)	《草木之空》(伊藤比吕美)。《夜间飞行》(吉原幸子)。《曼陀罗》(细见绫子)。《樱花传承》(马场晶子)。《山	宫尾登美子以《一弦琴》获第 80 届直木奖。网野菊(1900—1978 年)

	竹拾遗》(永井阳子)。《一艘独木舟驶向未来》(白石和子)。《宠儿》(津岛佑子)。《迟开的梅花》(津村节子)。《头发》(重兼芳子)。《葬礼之日》(松浦理英子)。《一个女人的一瞥》(冥王真佐子)。《百人一首杀人事件》、《第三个女人》(山村美纱)。《恋爱小说》(三枝和子)。《情事》(森瑶子)。《花影人》(近藤富枝)。《南方熊楠》(鹤见和子)。《烈火在我胸中燃烧》(泽地久枝)。《孟姜女考》(有吉佐和子)。《妖术记》(河野多惠子)。《单间钥匙》(增田瑞子)。《第三个女人》(夏树静子)	卒。五岛美代子(1898—1978年)卒
1979年(昭和五十四年)	《似大风一般》(生方立江)。《比睿》(濑户内晴美)。《城中城》(仓桥由美子)。《光的领地》(津岛佑子)。《青春失恋记》、《淡蓝色的相册》(太田治子)。《傍晚的晴朗天空》(乡静子)。《鬼笼院花子的一生》(宫尾登美子)。《干燥的夏天》(松浦理英子)。《黎明的河》(渡边喜惠子)。《男人的轨迹》(杉本章子)。《昭和史的女性》(泽地久枝)。《读诗之心》(茨木则子)。《生体解剖》(上坂冬子)。《阴暗的星期天》(仁木悦子)。《光琳梳》(芝木好子)。《柏拉图的恋爱》(金井美惠子)。《不愿结婚的女人》、《雾冰》、《遥远的坡道》(夏树静子)。《中国报道》(有吉佐和子)	重兼芳子以《山谷之烟雾》、森礼子以《有鹦鹉的小镇》分获第81届和第82届芥川奖。神谷美惠子(1914—1979年)卒

1980年(昭和五十五年)	《野茧》(石川不二子)。《伊藤比吕美诗集》。《折断了翅膀的天使》、《幽灵时代》(栗本薰)。《大兵的旅馆》(竹西宽子)。《那条小路》(高树信子)。《地狱花》(中山爱子)。《雪女》(森万纪子)。《鹿鸣馆贵妇人考》(近藤富枝)。《从回忆到回忆》(小堀杏奴)。《遥远的约束》(夏树静子)。《燃烧的风》(津岛佑子)。《三年级二班金八老师》(小山内美江子)。《神谷美惠子著作集1——关于人生意义》(神谷美惠子)。《千利休及其妻子们》(三浦绫子)。《铜鱼》、《三天的噩梦》(仁木悦子)。《逝去的影子》、《青山二郎的故事》(宇野千代)。《一年的收获》(河野多惠子)。《苍茫的时刻》(山口百惠)。《小儿病房》(江川晴)。《牵牛花开》(平岩弓枝)	向田邦子以《花的名字》、《水獭》、《狗窝》、《黄色的犬齿》获第83届直木奖。山川菊荣(1890—1980年)卒。中河干子(1895—1980年)卒
1981年(昭和五十六年)	《星月夜》(稻田汀子)。《木头椅子》(黑田杏子)。《红猫》(仁木悦子)。《冷月》(永井路子)。《石蕗之花》(广津桃子)。《极乐》(笙野赖子)。《爱染灯笼》(安西笃子)。《窗边的小豆豆》(黑柳彻子)。《婆婆、儿媳、四千万》(平岩弓枝)。《海岭》(三浦绫子)。《怪庭》(高桥多佳子)。《落下来的水》(金井美惠子)。《麦笛》(增田瑞子)	吉行理惠以《小贵妇人》获第85届芥川奖。神市近子(1888—1981年)卒。向田邦子(1929—1981年)卒
1982年(昭和五十七年)	《砂族》(白石和子)。《W的悲剧》(夏树静子)。《隅田川暮色》(芝木好子)。《结婚以上》(落合惠子)。《血	加藤幸子以《梦之壁》获第88届芥川奖

	的季节》(小泉喜美子)。《浅睡眠》(岩桥邦子)。《陆奥甲胄记》、《寂野》(泽田富士子)。《海之都物语》(盐野七生)。《树下的家族》(干刈县)。《另一个满洲》(泽地久枝)。《怀才不遇之人——森鸥外》(小堀杏奴)。《室生犀星文学年谱》(室生朝子)。《绿色的荆棘》(三浦绫子)。《有刺的树》(仁木悦子)。《女人的幸福》(平岩弓枝)《从中学生到名演员》(黑柳彻子)。《母亲和卡车》(深贝裕子)。《寂兮寥兮》(大庭美奈子)。《大河一滴水》(大森黎)	
1983 年(昭和五十八年)	《起伏的大地》(富冈多惠子)。《上海》(林京子)。《蓝色的便签》、《孤独的邻居》(三浦绫子)。《农夫故事》(住井末)。《两个祖国》(山崎丰子)	高树信子以《拥抱光明的朋友》获第 90 届芥川奖
1984 年昭和五十九年)	《知死期时》(伊藤比吕美)。《阿信》(桥田寿贺子)。《在地平线上》(中泽惠)。《家族肖像》(森瑶子)。《刻》(李良枝)。《天璋院笃姬》(宫尾登美子)。《不知道满洲》(吉田知子)。《青春的梧桐》(木崎里子)。《个人实况录音》(山口洋子)。《慢些跑——东京女子马拉松》、《离婚探险队》(干刈县)。《男装丽人——川岛芳子》(上坂冬子)。《爱的发生》(井坂洋子)。《忧郁的葡萄》(林真理子)。《隅田川暮色》(芝木好子)。《自由时间》(增田瑞子)	木崎里子以《青桐》获第 92 届芥川奖。星野立子(1903—1984 年)卒。有吉佐和子(1931—1984 年)卒

1985年(昭和六十年)	《源氏的情书》(尾崎左永子)。《北京海棠街》(加藤幸子)。《远方来的客人》(米谷富美子)。《花的别离》(丰田正子)。《天马行空》(冥王真佐子)。《热爱》(村田喜代子)。《人之树》(山本道子)。《上床时间》(山田咏美)。《东京新大桥雨中图》(杉木章子)。《成熟的夏天》(藤堂志津子)。《朱夏》(宫尾登美子)。《大君的货币》(佐藤亚美)。《老梅》(山口洋子)。《家庭趣味》(增田瑞子)。《猛然发现自己已经成为骑手的老婆》(吉永道子)。《责任——拉包尔的将军今村均》(角田房子)。《M的悲剧》(夏树静子)。《永远长不大的娃娃》(曾野绫子)。《月宴》(佐多稻子)。《文章教室》(金井美惠子)	圆地文子获文化勋章。米谷富美子以《逝去的节日》获第94届芥川奖。山口洋子以《演歌虫》、林真理子以《只要赶上末班机》、《到京都》分获第93届和94届直木奖。野上弥生子(1885—1985年)卒。葛原妙子(1907—1985年)卒。小泉喜美子(1934—1985年)卒
1986年(昭和六十一年)	《八月的早晨》(俵万智)。《碎麦米抄》(新川和江)。《葡萄蔓藤式花纹》(马场晶子)。《不可思议的乐器》(永井阳子)。《秽土庄严》(杉本苑子)。《盟友》(村田喜代子)。《伴侣》(岩桥邦子)。《花园的迷宫》(山崎洋子)。《单一细胞》(增田瑞子)。《悄悄地给你的金戒指》、《家庭聚会》(干刈县)。《黑社会成员的妻子们》(家田庄子)。《马戏团村的后街》(久田惠)。《美食俱乐部》(林真理子)。《致水中之友》(柳美里)。《在明亮的房间》(金井美惠子)	皆川博子以《恋红》获第95届直木奖。横山美智子(1905—1986年)卒。圆地文子(1905—1986年)卒。仁木悦子(1928—1986年)卒

1987年(昭和六十二年)	《沙拉纪念日》(俵万智)。《黑夜中的祭祀》(边见纯)。《有夫恋》(时实新子)。《如同玛丽亚》(藤堂志津子)。《失恋日历》(林真理子)。《河边的小路》(鹭泽萌)。《我的犯罪邻居》(宫部美幸)。《巨食症的没有天亮的黎明》(松本侑子)。《会津鹤城》(阿井景子)。《京都西阵织杀人事件》(山村美纱)。《奈良的乡里》(芝木好子)。《降水概率》(增田瑞子)。《厨房》(吉本芭娜娜)	村田喜代子以《锅》获第97届芥川奖。山田咏美以《汉城音乐拉巴斯潘女郎》获第98届直木奖。中里恒子(1909—1987年)卒。森茉莉(1903—1987年)卒。野沟七生子(1897—1987年)卒
1988年(昭和六十三年)	《假面之声》(高良留美子)。《蓝色的玉》(银色夏生)。《东京和服女王》(黛元)。《满月》、《泡沫圣殿》、《哀愁的预感》、《白河夜船》(吉本芭娜娜)。《由熙》(李良枝)。《响子的微笑》(三枝和子)。《黄色的头发》(干刈县)。《初吻》(林真理子)。《少年阿丽斯》(长野真由美)。《暗杀闵妃》(角田房子)。《风蝶毁坏时》(小川洋子)。《幸福的早晨》(乃南亚沙)	李良枝以《由煦》获第100届芥川奖。杉本章子以《东京新大桥雨中图》、藤堂志津子以《仲夏》分获第100届直木奖。中村汀女(1900—1988年)卒。广津桃子(1918—1988年)卒。吉田敏(1925—1988年)卒
1989年(平成元年)	《风雅篇章》(马场晶子)。《黄色的猫》(吉行理惠)。《山贼之墓》(木崎里子)。《TUGUMI》、《一种体验》(吉本芭娜娜)。《在猫爸爸居住的城市里》(泷泽美惠子)。《感觉到海的时刻》(中泽惠)。《东京新大桥雨中图》(杉本章子)。《冰冷的夜晚》(江国香织)。《起舞飞翔》(小山内美江子)。《收容所寄来的遗书》(边见纯)。《喜	大冈玲以《表层生活》、泷泽美惠子以《此地拾物不上缴》分获第102届芥川奖。高田敏子(1914—1989年)卒。小山伊都子(1901—1989年)卒

	爱菲律宾女人的男人们》(久田惠)。《女性典故》(林真理子)。《完美的病房》、《跳水泳池》(小川洋子)。《C 的悲剧》(夏树静子)。《再见了天皇制》(住井末)	
1990 年(平成二年)	《日野草城的世界》(桂信子)。《恋爱中毒》(山本文绪)。《N·P》(吉本芭娜娜)。《木乃伊猎奇谭》(河野多惠子)。《白山》(村田喜代子)。《恐怖的投递员》、《灵柩中的猫》(小池真理子)。《续明暗》(水村美苗)。《琥珀之城》(稻叶真弓)。《芳香日日》(江国香织)。《我是月夜姬》(松村荣子)。《丝绸的变化》(篠田节子)。《抱着我并亲吻我——与艾滋病人共同度过的一年的记录》(家田庄子)。《把时光染成蓝色》(高树信子)。《北国日记》(三浦绫子)。《花棺》(山村美纱)。《独身者札记》(增田瑞子)	小川洋子以《妊娠日历》获第 104 届芥川奖。幸田文(1904—1990 年)卒。三井嫩子(1918—1990 年)卒。汤浅芳子(1896—1990 年)卒
1991 年(平成三年)	《树影——桂信子句集》。《风之婚》(道浦母都子)。《倒数第二个吻》(林甘利)。《垃圾》(山田咏美)。《余白的爱》、《红茶未凉》(小川洋子)。《美好的日子》(江国香织)。《爱着》(鹭泽萌)。《生命之歌》(村山由佳)。《睡龙》(宫部美幸)。《唐泽家的四棵百合》(小池真理子)。《黄色的土》(家田庄子)。《时实新子的之字形巡礼》(时实新子)。《青春的构图》(曾野绫子)。《水上庭院》(富冈多惠子)	荻野安娜以《背水》、松村荣子以《至高圣所》分获第 105 届和第 106 届芥川奖。芝木好子(1914—1991 年)卒

1992 年（平成四年）	《宇多喜代子句集》。《三人关系》（多和田叶子）。《菠萝飘香的彼岸》（山本文绪）。《蔷薇忌》（皆川博子）。《十六页桥》（石牟礼道子）。《永不停止的华尔兹》（稻叶真弓）。《浮桥》（岩桥邦子）。《闪闪发光》（江国香织）。《奔跑的少年》（鹭泽萌）。《供品》（吉田知子）。《石声》（李良枝）。《原宿日记》（林真理子）。《母亲》（三浦绫子）。《鱼之祭》（柳美里）。《鸟鸣》（福原爱姬）	多和田叶子以《犬婿》获第 108 届芥川奖。森万纪子（1934—1992 年）卒。李良枝（1955—1992 年）卒。干刈县（1943—1992 年）卒
1993 年（平成五年）	《MARS—ANGEL》（林甘利）。《莫扎特的电话本》（永井阳子）。《花野》（村田喜代子）。《蜥蜴》（吉本芭娜娜）。《黑鸟》（安西笃子）。《混血儿》（大原真理子）。《春妃素描》（村山由佳）。《火车》（宫部美幸）。《紫色的沙漠》（松村荣子）。《一期一会·樱花》（网野菊）。《神鸟》（筱田节子）。《札幌雪祭杀人》（山村美纱）《二百年》（大庭美奈子）	土井高子当选为众议院第一任女议长。北原亚以子以《忘恋草》获第 109 届直木奖。森瑶子（1940—1993 年）卒。重兼芳子（1927—1993 年）卒。安房直子（1943—1993 年）卒
1994 年（平成六年）	《B 面的夏天》（黛元）。《拍球歌》（永井阳子）。《大拇指 P 的修炼》（松浦理英子）。《在石头里游的鱼》（柳美里）。《二百年祭》（笙野赖子）。《美好的家庭旅行》、《文学少女》（小池真理子）。《演绎战争的诸神》（大原真理子）。《绿色的混浊的茶或幸福的散步小路》（山本昌代）。《所有的女性都是女神》（水上洋子）。《雨更纱》、《夏季休假》（长野真由美）。《小	笙野赖子以《跨越时间的联合企业》获第 111 届芥川奖

	石川的家》(青木玉)。《评传——长谷川时雨》(岩桥邦子)。《那个时候想见你——幸福白皮书》(北川悦吏子)。《热爱》(高树信子)。《圣域》(筱田节子)。《枪口》(三浦绫子)。《神》(川上弘美)。《京都出云杀人事件》(山村美纱)	
1995年(平成七年)	《一木一草》(黑田杏子)。《怪邻》、《夜猫》、《妻子的女朋友》(小池真理子)。《水脉》、《亿万个夜晚》(高树信子)。《亡命者》(高桥和子)。《私小说——FROMLEFTTORIGHT》(水村美苗)。《声之娼妇》(稻叶真弓)。《热月》(山崎洋子)。《幸田文的衣柜抽屉》(青木玉)。《说你爱我》(北川悦吏子)。《爱人》(家田庄子)。《夏季的灾厄》(筱田节子)。《家庭标本》(柳美里)。《深夜的密室》(山村美纱)。《生命的耕耘》(住井末)	小池真理子以《恋爱》获第114届直木奖。永濑清子(1906—1995年)卒
1996年(平成八年)	《花影——桂信子句集》。《黑羊物语》(白石嘉寿子)。《不哭的孩子》(江国香织)。《谎言》(小池真理子)。《私语辞典》(柳美里)。《毛利元就》(内馆牧子)。《游览旅行》(长野真由美)。《沉落的黄昏》(江国香织)。《被马所吸引的女人们》(吉永道子)。《生命之树》(阿部光子)。《花涡》(高树信子)。《死神》(筱田节子)。《爱情的危险地带》(山村美纱)	乃南亚沙以《冻僵的獠牙》,坂东真砂子以《山中女妖》分获第115届和116届直木奖。川上弘美以《踏蛇》、柳美里以《家庭电影》分获得第115届与116届芥川奖。宇野千代(1897—1996年)卒。石垣绫子(1903—1996年)卒。山村美纱(1934—1996年)卒

1997年(平成九年)	《夕阳下的车站》(道浦母都子)。《OUT》(桐野夏生)。《梦的回忆》(木崎里子)。《希夏邦玛》、《斋藤家的核弹头》(篠田节子)。《白白》(鹭泽萌)。《蒲生邸事件》(宫部美幸)。《曾经想回去的家》(青木玉)。《虐待时间》(稻叶真弓)。《恋爱空间》(高树信子)。《水边的摇篮》(柳美里)	筱田节子以《女人的圣战》获第117届直木奖。住井末(1902—1997年)卒。渡边喜惠子(1914—1997年)卒
1998年(平成十年)	《马场晶子全集》。《日月谭》(园内惠子)。《天水》(高冢数子)、《柔嫩的面颊》(桐野夏生)。《预期》(林京子)。《理由》(宫部美幸)。《梦尚未结束》(边见纯)。《精灵之书》(福原爱姬)	小堀杏奴(1909—1998年)卒。佐多稻子(1904—1998年)卒。白洲正子(1910—1998年)卒
1999年(平成十一年)	《拉尼娜》(伊藤比吕美)。《夕雾岭》(尾崎左永子)。《蓝色的雨夹雪》(道浦母都子)。《挪威没有森林》(福原爱姬)	
2000年(平成十二年)	《现代俳句鉴赏》(黑田杏子)。《未央宫》(宫尾寿子)。《吹牛者安里的冒险日记》(荻野安娜)。《命》(柳美里)。《溺》(川上弘美)	太田房江当选第一任大阪府女知事。山本文绪以《片蛭》获第124届直木奖。林真理子就任直木奖评委。中山爱子(1923—2000年)卒。大原富枝(1912—2000年)卒。田中澄江(1908—2000年)卒。永井阳子(1951—2000年)卒

2001 年(平成十三年)	《象》(宇多喜代子)。《厨房的诗人们》(岩阪惠子)。《轮回》(长泽美津)。《微笑的狼》(津岛佑子)。《模仿犯》(宫部美幸)。《月神》(增田瑞子)。《月桂》(中泽惠)。《秘事》(河野多惠子)。《老师的提包》(川上弘美)	秋元松代(1911—2001年)卒
2002 年(平成十四年)	《京都之恋》(黛元)。《世纪》(马场晶子)。《兽王》(西元直子)。《火》(中村惠美)。《海雾》(原田康子)	大道珠贵以《咸味兜风》获第 128 届芥川奖。唯川惠以《情困》获第 126 届直木奖。斋藤史(1909—2002 年)卒。吉原幸子(1932—2002 年)卒。牛岛春子(1913—2002 年)卒
2003 年(平成十五年)	《浮游之母》、《都市》(白石和子)。《星星之舟》(村山由佳)。《陪着睡觉》(增田瑞子)	绵矢莉莎以《欠踹的背影》、金原瞳以《蛇环》分获第 130 届芥川奖。江国香织以《好想大哭一场》获第 130 届直木奖。三枝和子(1929—2003 年)卒
2004 年(平成十六年)	《热带植物园》(关口凉子)。《静静的早晨》(山崎佳代子)。《启封后》(多田智满子)。《朗读的日子》(夏目美知子)。《花下草上》(黑田杏子)。《十字路》(中村惠美)。《茫茫》(平泽阳子)。《微光》(小岩浩子)。《博士最爱的公式》(小川洋子)。《兔子和小号》(中泽惠)。《不要嘲笑别人的恋爱》(山崎 Nao—cola)	江国香枝以《好想大笑一场》获第 131 届直木奖。松田解子(1905—2004 年)卒。桂信子(1914—2004 年)卒。鹭泽萌(1968—2004 年)卒。山代巴(1912—2004 年)卒

2005 年（平成十七年）	《风味绝佳》（山田咏美）。《燃烧的灵魂》（桐野夏生）。《从罗马可以望到日本》（盐野七生）。《西鹤的感情》（富冈多惠子）。《窗灯》（青山七惠）	丝山秋子以《海上飘动的丝带》获第 134 届芥川奖。获原叶子（1920—2005 年）卒。江间章子（1913—2005 年）卒。仓桥由美子（1935—2005 年）卒
2006 年（平成十八年）	《河原荒草》（伊藤比吕美）。《米娜的行进》（小川洋子）。《无名的毒药》（宫部美幸）	青山七惠以《一个人的好天气》获第 136 届芥川奖。吉行理惠（1939—2006 年）卒。鹤见和子（1918—2006 年）卒
2007（平成十九年）	《拔刺——新巢鸭地藏缘起》（伊藤比吕美）。《歌说话》（马场晶子）。《破烂》（江国香织）	川上未映子以《牛奶与鸡蛋》获第 138 届芥川奖。松井今朝子以《吉原引路草》获第 137 届直木奖。大庭美奈子（1930—2007 年）卒。时实新子（1929 年—2007 年）卒
2008 年（平成二十年）	《海松》（稻叶真弓）。《银河节的二人——信太郎人情始末帖》（杉本章子）	杨逸以《浸着时光的早晨》、津村记久子以《世界航行之舟》分获第 139 届和第 140 届芥川奖。石井桃子（1907—2008 年）卒。冈部伊都子（1923—2008 年）卒。阿部光子（1912—2008 年）卒

注:本年表的编撰参阅了以下资料:

伊藤整、久松潜一等编:『新潮日本文学小辞典』,新潮社昭和四十三年版。

瀬川健一:『作品及其解説　基本日本文学史年表』,むさし書房昭和五十二年版。

日本近代文学館編:『日本近代文学大事典』,講談社昭和五十二年版。

西乡信纲等著,佩珊译:《日本文学史》,人民文学出版社 1978 年版。

伊藤整等編集:『日本現代文学史(二)附日本文学史年表』,講談社昭和五十四年版。

松原新一等著,罗传开等译:《战后日本文学史・年表》,上海译文出版社 1983 年版。

市古贞次著,倪玉、缪伟群、刘春英译:《日本文学史概说》,东北师范大学出版社 1987 年版。

吕元明主编:《日本文学词典》,上海译文出版社 1994 年版。

何乃英著:《日本当代文学研究》,北京师范大学出版社 1997 年版。

北市尚子主編:『読書案内・作品編　現代女性作家 150 人』,日外アソシエーツ株式会社 1997 年版。

北京日本学研究中心文学研究室编:《日本古典文学大辞典》,人民文学出版社 2005 年版。

胡澎著:《战时体制下的日本妇女团体(1931—1935)》,吉林大学出版社 2005 年版。

成春有、汪捷主编:《日本历史文化辞典》,南京大学出版社 2010 年版。

参考书目举要

中文参考书：

吉田精一:《现代日本文学史》,上海人民出版社,1976 年。

王爱民、崔亚南:《日本戏剧概要》,中国戏剧出版社,1982 年。

松原新一等著,罗传开等译:《战后日本文学史·年表》,上海译文出版社,1983 年。

彭恩华:《日本俳句史》,学林出版社,1983 年。

纪贯之等著,杨烈译:《古今和歌集》,复旦大学出版社,1983 年。

张萍:《日本的婚姻与家庭》,中国妇女出版社,1984 年。

刘柏青编:《日本无产阶级文艺运动简史》,时代文艺出版社,1985 年。

中村新太郎著,卞立强等译:《日本近代文学史》,北京大学出版社,1986 年。

王晓平:《近代中日文学交流史稿》,湖南文艺出版社,1987 年。

吕元明:《日本文学史》,吉林教育出版社,1987 年。

市古贞次著,倪玉、缪伟群、刘春英译:《日本文学史概说》,东北师范大学出版社,1987 年。

长谷川泉著,李丹明译:《日本战后文学史》,生活·读书·新知三联书店,1989 年。

叶渭渠:《日本文学散论》,吉林人民出版社,1990 年。

刘振瀛:《日本文学论集》,北京大学出版社,1991年。
于长敏:《日本文化史略》,吉林教育出版社,1991年。
陈德文:《日本现代文学史》,南京大学出版社,1991年。
宿久高:《日本中世文学史》,吉林大学出版社,1992年。
赵乐甡等主编:《中日比较文学论集》,时代文艺出版社,1992年。
肖瑞峰:《日本汉诗发展史》,吉林大学出版社,1992年。
吴廷璆主编:《日本史》,南开大学出版社,1994年。
何德功:《中日启蒙文学论》,东方出版社,1995年。
加藤周一著,叶渭渠、唐月梅译:《日本文学史序说》,开明出版社,1995年。
中西进著,王晓平译:《水边的婚恋——万叶集与中国文学》,四川人民出版社,1995年。
叶渭渠:《日本古代文学思潮史》,中国社会科学出版社,1996年。
谭晶华:《日本近代文学史》,上海外语教育出版社,1996年。
李卓:《家族制度与日本的近代化》,天津人民出版社,1997年。
何乃英:《日本当代文学研究》,北京师范大学出版社,1997年。
千叶宣一著,叶渭渠编选:《日本现代主义的比较文学研究》,中国社会科学出版社,1997年。
王瑞林:《日本文化的皇冠——短歌》,清华大学出版社,1998年。
埃德温·O.赖肖尔等著,孟胜德等译:《当今日本人——变化及其连续性》,上海译文出版社,1998年。
李卓、高宁主编:《日本文化研究——以中日文化比较为中心》,中国社会科学出版社,1998年。
孙连贵主编:《日本近代文学作品评述》,天津人民出版社,1999年。
汪向荣:《古代中日关系史话》,中国青年出版社,1999年。

张福贵、靳丛林:《中日近现代文学关系比较研究》,吉林大学出版社,1999年。
刘宗和:《日语与日本文化》,湖南教育出版社,1999年。
梅原猛著,卞立强等译:《诸神流窜——论日本〈古事记〉》,经济日报出版社,1999年。
叶渭渠、唐月梅:《20世纪日本文学史》,青岛出版社,1999年。
野岛芳明著,姚继中译:《〈源氏物语〉交响乐》,重庆大学出版社,1999年。
高文汉:《中日古代文学比较研究》,山东教育出版社,2000年。
水田宗子主编:《日本现代女性文学集:作品卷》,上海译文出版社,2001年。
安万侣著,周作人译:《古事记》,中国对外翻译出版公司,2001年。
金伟、吴彦译:《日本古代歌谣集》,春风文艺出版社,2001年。
刘金才:《町人伦理思想研究》,北京大学出版社,2001年。
李寅生:《论唐代文化对日本文化的影响》,巴蜀书社,2001年。
中西进著,马兴国、孙浩译:《〈源氏物语〉与白乐天》,中央编译出版社,2001年。
罗兴典:《日本史诗》,上海外语教育出版社,2002年。
魏大海:《私小说》,山东文艺出版社,2002年。
王勇:《日本文化》,高等教育出版社,2002年。
藤原道纲母、紫式部等著,林岚、郑民钦译:《王朝女性日记》,河北教育出版社,2002年。
渡边淳一:《光源氏钟爱的女人们》,四川文艺出版社,2003年。
叶渭渠:《日本文化史》,广西师范大学出版社,2003年。
肖霞:《浪漫主义:日本之桥与"五四"文学》,山东大学出版社,2003

年。
张晓宁:《日本近代文学的女鬼才——与谢野晶子》,中国科学文化出版社,2003 年。
刘德润等著:《日本古典文学赏析》,外语教学研究出版社,2003 年。
清少纳言著,于雷译:《枕草子》,河北教育出版社,2003 年。
李卓:《中日家族制度比较研究》,人民出版社,2004 年。
姚继中:《〈源氏物语〉与中国传统文化》,中央编译出版社,2004 年。
张哲俊:《中国古代文学中的日本形象研究》,北京大学出版社,2005 年。
陈岩、刘利国主编:《日本现代女诗人评介》,大连理工大学出版社,2005 年。
胡澎:《战时体制下的日本妇女团体》,吉林大学出版社,2005 年。
刘达临:《浮世与春梦》,中国友谊出版社,2005 年。
魏大海:《日本当代文学考察》,青岛出版社,2006 年。
谢志宇:《20 世纪日本文学史——以小说为中心》,浙江大学出版社,2006 年。
后藤昭雄著,高兵兵译:《日本古代汉文学与中国文学》,中华书局,2006 年。
王述坤:《日本近现代文学名家名作集萃》,中国科学技术出版社,2007 年。
肖霞:《日本近代浪漫主义文学与基督教》,山东大学出版社,2007 年。
覃雯:《日本诗话中国情结》,中国社会科学出版社,2007 年。
叶渭渠:《日本文学大花园》,湖北教育出版社,2007 年。
刘利国:《日本名文赏读》,大连理工大学出版社,2008 年。

铃木贞美著,魏大海译:《日本的文化民族主义》,武汉大学出版社,2008年。
郑民钦:《和歌美学》,宁夏人民出版社,2008年。
高文汉:《日本古代文学史》,大连理工大学出版社,2008年。
郝祥满:《日本人的色道》,湖北人民出版社,2009年。
祁晓明:《江户时期的日本诗话》,中国社会科学出版社,2009年。
武萌、李晶主编:《小仓百人一首赏析》,大连理工大学出版社,2009年。
大冈信著,尤海燕译:《日本的诗歌》,安徽出版社,2010年。
叶舒宪、李继凯:《太阳女神的沉浮》,陕西出版社,2010年。

日文参考书:

宮本百合子:『宮本百合子選集』,河出書房,昭和三十一年。
岩田良平編:『明治女流文学集(1)』,(明治文学全集81),筑波書房,1965年。
坂垣直子:『明治・大正・昭和的女流文学』,桜楓社,1971年。
坂垣弘子等:『近代女流の文学』,新典社,1972年。
久松潜一:『日本女流文学史』(古代中世纪篇),同文書院,1978年。
山崎豊子:『不毛地帯』,新潮社,1978年。
佐多稲子:『佐多稲子全集』,講談社,昭和五十三年。
『特集・近代日本の女性』,『歴史公論12』,1979年12月发行。
宮崎荘平:『平安朝女流日記文学の研究』,徳間書房,1980年。
村松定孝:『近代女作家の肖像』,東京書籍株式会社,1980年。
野上弥牛子:『野上弥生子全集』,岩波書店,1980年。
村井康厳:『平安朝贵族の世界』,德間書店,1981年。

大原富枝:『かげろふ日記』「古典を読む8」,岩波書店,1983 年。
益田勝美:『古事記』「古典を読む10」,岩波書店,1984 年。
寺田透:『枕草子』「古典を読む12」,岩波書店,1984 年。
大岡信:『万葉集』「古典を読む21」,岩波書店,1985 年。
福沢英敏发行:『近代日本女流文学全集 1』,近代文芸社,1985 年。
尾形明子:『作品の中の女たち』,ドメス出版,1985 年。
加藤富一:『古典の女人像』,近代文芸社,1985 年。
奥野健男:『歴史の斜面に立つ女たち』,毎日新聞社,1985 年。
加藤富一:『近代文学の女人像』,近代文芸社,1986 年。
五十嵐富夫:『日本紀行文学の研究』,柏書房株式会社,1986 年。
柴生田稔:『万葉の世界』,岩波書店,1986 年。
『日本プロレタリア文学集 22「婦人作家集(2)」』,新日本出版社,1987 年。
和田繁二郎:『明治前期女流作品論』,桜楓社,1989 年。
紀貫之　藤原道綱母　紫式部　菅原孝標女:『土佐日記　蜻蛉日記　紫式部日記　更級日記』「新日本古典文学大系」,岩波書店,1989 年。
田辺聖子:『「源氏物語」男の世界』,岩波書店,1991 年。
山崎豊子:『大地の子』,文芸春秋,1991 年。
清少納言:『枕草子』「新日本古典文学大系」,岩波書店,1991 年。
渡辺実:『枕草子』「古典講読シリーズ」,岩波書店,1992 年。
藤原定家:『新古今和歌集』「新日本古典文学大系」,岩波書店,1992 年。
长谷川泉編:『女性作家の新流』,『国文学解釈と鑑賞』別册,至文堂,1992 年。

山本千恵:『追い風の女たち』,大月書店,1992 年。
藤原俊成:『千載和歌集』「新日本古典文学大系」,岩波書店,1993 年。
紫式部:『源氏物語』「新日本古典文学大系」,岩波書店,1993 年。
鈴木正雄:『平安女流文学の研究』,桜楓社,1993 年。
鈴木雄一:『王朝女流日記論考』,至文堂,1994 年。
川上順子:『古事記と女性祭祀伝承』,高科書店,1995 年。
大伴家持:『万葉集』「新日本古典文学大系」,岩波書店,1995 年。
藤井貞和:『日本「小説」原始』,大修館書店,1995 年。
門玲子:『江戸時代に女流文学は存在したか』,藤原書店,1998 年。
岩田ななつ:『文学としての「青鞜」』,不二出版,1999 年。
平田由美:『女性表現の明治史』,岩波書店,1999 年。
西村汎子等:『文学にみる日本女性の歴史』,吉川弘文館,2000 年。
藤井貞和:『源氏物語論』,岩波書店,2000 年。
「源氏物語」——不幸な女たち,『松尾聡遺稿集(2)』,笠間書院,2001 年。
樋口一葉:『樋口一葉集』「新日本古典文学大系　明治編」,岩波書店,2001 年。
鈴木日出男:『万葉集入門』,岩波書店,2002 年。
『女性作家集』,岩波書店,2002 年。
岩佐美代子:『源氏物語六講』,岩波書店,2002 年。
小峯和明:『今昔物語集の世界』,岩波書店,2002 年。
鈴木淳:『樋口一葉日記を読む』,岩波書店,2003 年。
奥野勲編:『日本文学女性へのまなざし』,風間書店,2004 年。
後藤祥子等:『はじめて学ぶ日本女性文学史』,ミネルヴァ書房,2005 年。

峯村至津子:『一葉文学の研究』,岩波書店,2006年。
今西祐一郎:『蜻蛉日記覚書』,岩波書店,2007年。
大野晋:『源氏物語』,岩波書店,2008年。

后　记

光阴荏苒，日月如梭，当我迈着轻快的步伐，在日本文学的园地里徜徉之时，正逢改革开放的春风荡涤着九州大地，迎面扑来的西风，挟我东棹求学；使我得以博采众长，聆听八方高见；还使我能有机会，借助日本国际交流基金的赞助，来完成自己多年的夙愿。试想井成真，试想阿倍仲麻吕，试想鉴真，他们为了求学和传播人类的精粹，而埋骨他乡。中日两国文化发展的基因中，不正是流淌着他们炙热的鲜血和火样的激情吗？而今，中日两国正处在历史发展的一个关键时刻，谋东亚之和平，铸两国之友情，是两国人民的共同的愿望，为此，匹夫有责。

29 年前的晚秋，我有幸赴京都，参拜了《源氏物语》的作者紫式部的供养塔，植根于朴素的庙堂中的塔碑让我怀着无限的敬仰之情。是日，正好是红叶漫山，微风习习，而我的耳边却仿若锣鼓喧天，一场歌舞正在劲吹。

高高的红叶林下，四十名乐手绕成圆阵，嘹亮的笛声和着松风之声，宛若深山之中狂飙的咆哮。红叶缤纷，随风飞舞，《青海波》舞人源氏中将的辉煌姿态出现于其间，美丽之极，令人惊叹。

这是《源氏物语·红叶贺》中的一章，描写男主人公忘情地投入于唐人歌舞《青海波》的表演中，舞姿婆娑，场面壮观，乃至“其中略解情趣之人，也都感动得落泪”。（《源氏物语》语）

紫式部，这位日本历史上最伟大的女作家，创作了世界上第一部长篇小说《源氏物语》，纵横捭阖地钩织出一幅壮观的贵族生活图景，在奢华的生活表象后，在泪眼潸潸的靓女们的痴情中，我们看到了行将谢幕的贵族阶级的最后的晚餐。同时，我们也从中饱览了古代中日文化交流的胜景，举凡当时唐土的诸般文化风习，在文中的400余个人物身上或多或少有所闪现。是时，遣唐船已停泊300余年，但是"咀嚼异文化，丰腴我身躯"的"国风文化"正方兴未艾地兴起，而在这一进程中，以紫式部为代表的这些妇道人家立下了汗马功劳。就缔造日本古代文学这点来说，可谓巾帼胜须眉。

中国的改革开放，令国人接触到了更多的日本文学作品，也令国内许多文化工作者对日本文学的发展历程产生了浓厚兴趣。那时我便萌生了一个心愿，要为日本古代文化的缔造英雄——奈良、平安朝的女性文学家们造传，但悠悠三十载，如今才最终了却初愿。

女性文学是一种社会存在，它与人类文化同源，而发展却并不同步。男尊女卑的陋习，"女子无才便是德"的紧箍咒，曾长期制约中国女性意识的发展。数千年来的封建历史，淹没了女性的呼声，助长了男权文学的肆虐。

在人类历史上，16世纪崛起的文艺复兴和宗教改革的浪潮，已激起西方妇女意识的觉醒，而在中国，距今仅仅半个世纪前，"三寸金莲"还随处可见，女同胞们还在为被压在封建主义"雷峰塔"下的秦香莲、窦娥鸣冤叫屈，这与文明古国的形象极不相称。历史证明，压抑女性的社会文化结构其实也在阻碍男性的发展，恩格斯在《反杜林论》中有一句名言："在每一个社会中，妇女解放的程度，是衡量总的社会解放的天然尺度。""文学是人学，是社会之学"，女性文学的生存状态和发展，与一个民族的整体近代化程度息息相关，只有有了人的精神上的彻底的解放，才会有真正意义上的女性文学及其名副其实的妇女解放。在中国数千年的历史长河中，女性文学不啻是压在巨石下的小草，只能努力顽强地伸展着柔弱的腰肢。19 世纪末 20 世纪初，受到西方文明浸润的中国第一批思想解放的先驱者鲁迅等人，取西方之火种，给中国以启蒙，带来了 20 世纪的信息。而同为东渡归来的秋瑾，可谓是从封建的囹圄中冲杀出来的斗士，她的铿锵文采，一扫旧文学中那些悲悲凄凄的奴音，为 20 世纪中国女性文学奠定了精神基础。她以恢弘的英雄气概，“爱国意识、反叛意识、批判意识、新的女性意识”，打开封建的黑暗闸门，使得渴盼春天的妇女看到了世界的风光，对中国新女性文学产生了重大影响。历史证明，只有当妇女挣脱天、地、神和宗法的桎梏后，有了自觉和自我意识时，女性文学才会春意盎然。“女性文学觉醒于现代社会，现代社会是女性文学发展、繁荣的沃土。但对于一个曾被封建礼教困扰数千年，‘女性意识’亟待觉醒的国家来说，女性文学的健康发展是十分重要的”迫切任务。（阎纯德先生语）

改革开放三十年来，社会意识越发呈现出相对的多元化发展态势，文坛以极大的热情为主题各异的异邦文学打开了天窗。日本留学生的又一次大规模的派遣和日本国力的跃升世界第二，使同时期的日本女性文学与“日流”文化频频走俏文坛。随着以经济高速增长为背景的日本都市文学的走红，日本传统文化中的经典佳作也开始在中国的市场上走俏，这也是我旧题重拾、撰写此书的又一动因。

本书得以面世，首先感谢日本国际交流基金的慷慨赞助，同时也感谢为运作此事之成功付出万般辛劳的尚侠先生、陈秀武先生。再则要感谢日本文学界的老前辈吕元明先生，先生耄耋之年，不惮烦劳，拨冗为本书作序，仅此一点，不甚惶恐。此书在成形的过程中，还承蒙商务印书馆朱绛先生的万分理解和鼎力相助，使我感恩终生。另，对笔者在收集资料和确定框架结构之初即多次不吝赐助的江原由美子先生、神谷忠孝先生、村上顺子先生、刘荣教授、王若茜教授、孙耀珠教授、吴佩军博士和韩玲玲、宋雪梅、赵海涛等同学，笔者在此亦致谢忱。

最后还要感谢我的家人，对我寄予殷殷之情，抚育我成人的双亲早已长眠于地下，愿将这一薄薄的小书，化作无穷的哀思，敬献到天国，让二老在天之灵为之欣慰吧。身染沉疴的丈夫，与命运抗争十多载，在我开始执笔此书之时，虽然他当时已憾卧病榻，但还是坚强地自理生活，尽可能地免去我的烦忧。女儿来自京城的电话问候，都带给我无限的温馨和亲情的抚慰。有了诸位的热情帮助，方使这部拙作得以问世。在此，再一次对诸位表示由衷的谢意。

当然，最感遗憾的是，本书在成书过程中，因时间的仓促和材料的匮乏，以及本人水平所限，心长力绌，留下了很多瑕疵，这万般的无奈只能愧为无限的遗憾，敬请各位读者批评指正了。

愿将此书化作一块铺路石，谨祝后来者勇攀高峰。

刘春英